Sveva Casati Modignani
Bilder eines Lebens

Sveva Casati Modignani

Bilder eines Lebens

Roman

Aus dem Italienischen von
Brigitte Lindecke

Marion von Schröder

26. Juli 2002

1 »Sie war groß und schlank, eine schöne junge Frau«, bestätigte die Zeugin, eine etwa sechzigjährige Hausfrau, die klein und rund war wie eine Kugel. »Ich wollte nach der Messe gerade die Kirche verlassen, da kam sie herein. Ich hatte eine Einkaufstüte dabei«, erklärte sie und deutete dabei auf die Plastiktüte, die neben ihr auf dem Boden stand. »Sie hatte nichts bei sich außer einer Umhängetasche aus buntem Stoff mit Fransen und kleinen Spiegeln. Wissen Sie, was ich meine, Commissario, eine von diesen orientalischen Taschen. Auch der Pareo, den sie über der Hüfte festgesteckt hatte und der ihre Beine bis zu den Knöcheln bedeckte, und das Taschentuch, das sie um den Kopf gebunden und im Nacken geknotet hatte, sahen indisch aus. Sie ist an mir vorbeigelaufen und hat die Wolke eines wunderbaren Parfüms hinterlassen. Ich bin stehen geblieben, um sie anzusehen: Sie war wunderschön. Ich dachte, sie wäre ein Fotomodell. Ich habe sie in diese Kapelle gehen und vor der Statue der heiligen Therese mit dem Jesuskind niederknien sehen. Dann bin ich gegangen. Ich habe die Kirche verlassen, und als ich über den Platz lief, habe ich eine Bekannte getroffen, und wir haben ein Schwätzchen gehalten. Dann habe ich in der Bar gegenüber einen koffeinfreien Espresso getrunken. Wissen Sie, Koffein bekommt mir nicht. Ich habe also in aller Ruhe genüsslich an meinem Espresso genippt, da höre ich auf einmal die Sirene eines Krankenwagens. Ich habe also schnell die Tasse ausgetrunken, und von der Bartür aus gesehen, dass der Krankenwagen vor der Kirche angehalten hat. Also bin ich über den Platz gerannt, so schnell ich konnte mit meiner schlechten Lunge. Jedenfalls, als ich angekommen bin, haben die Sanitäter die junge Frau gerade weggetragen. Ich habe sie genau gesehen. Ihr wunderschönes Gesicht war blutverschmiert. Wie ein rohes Stück Fleisch, Commissario. Gütiger Gott, wie sie sie zugerichtet haben! Und ausgerechnet hier, im Haus des Herrn!«

Sie zog ein Taschentuch aus ihrem geblümten Kleid und trocknete eine Träne. Sie saß neben dem Kommissar auf der Kante einer Bank in der Kapelle der heiligen Therese. Ihnen gegenüber fotografierten die Männer von der Spurensicherung einige Blutflecken auf dem Boden, die sie mit Kreide markiert hatten. Von ihrem Sockel schien die heilige Therese mit dem Jesuskind die Szene, die sich zu ihren Füßen abspielte, mit unendlichem Mitleid zu beobachten.

»Ich danke Ihnen, Signora«, sagte der Kommissar, der dem Bericht aufmerksam gelauscht hatte. Die Männer von der Kripo überprüften jeden Winkel der Kirche, wobei sie versuchten, so wenig Lärm wie möglich zu machen, aus Respekt vor dem Ort, an dem sie sich befanden.

»Wer kann sie so brutal überfallen haben?«, fragte die Frau den Kommissar.

Der Mann sah sie nachdenklich an. Dann lächelte er und sagte: »Das werden wir herausfinden, seien Sie beruhigt.«

Der Kommissar hieß Giovanni Bonanno und hatte sein ganzes Leben als Ordnungshüter verbracht. Da er gut war in dem, was er tat, hatte er sich Stufe für Stufe zum Leiter der Mordkommission von Mailand hochgearbeitet.

Kurz zuvor hatte er in seinem Büro im Polizeipräsidium die dritte Zigarette des Tages zwischen den Fingern hin und her gedreht. Er musste mit dem Anzünden noch zehn Minuten warten, denn er hatte sich wieder einmal vorgenommen, nur noch eine pro Stunde zu rauchen. Unterdessen betrachtete er durch das geöffnete Fenster den heiteren Himmel, und am liebsten wäre er an diesem Julimorgen zum Angeln an den Fluss gegangen. Er bedauerte zutiefst, dass er das nicht konnte, und wollte sich gerade wenigstens das vorgezogene Vergnügen der Zigarette gönnen, als Inspektor Capuzzo in sein Zimmer platzte.

»Ist es nicht mehr üblich anzuklopfen?«, herrschte der Kommissar ihn an und verzichtete darauf, das Feuerzeug zu entzünden, das er in der Hand hielt.

»Entschuldige, soeben ist eine Meldung von der Einsatzzentrale gekommen. In San Marco ist eine Frau überfallen worden«, verkündete Capuzzo atemlos.

Die Kirche am Ende der Via Fatebenefratelli lag nur einen Häuserblock vom Polizeipräsidium entfernt. In wenigen Minuten waren sie vor Ort. San Marco war wie ausgestorben. Doch dann war eine kleine Gruppe von Leuten aus einer Seitenkapelle aufgetaucht: die Hausfrau mit der Einkaufstüte, ein junger Pfarrer mit dichtem Haar, ein großer und hagerer alter Mann sowie ein paar Schaulustige, die von der Sirene des Krankenwagens angelockt worden waren.

Der Pfarrer hatte in wenigen Worten die Auffindung des Opfers geschildert. Wie jeden Morgen hatte er am Hauptaltar die Acht-Uhr-dreißig-Messe zelebriert. Anschließend war er frühstücken gegangen. Ungefähr um halb zehn war er wieder in der Kirche, um die Psalmen zu lesen und über das Evangelium zu meditieren. Auf einmal hatte er hinter seinem Rücken ein dumpfes Geräusch gehört. Er hatte die Heilige Schrift auf die Brüstung des Hauptaltars gelegt und sich umgeblickt. Es war niemand zu sehen gewesen. Also war er durch das Hauptschiff geschritten, bis er zu seiner Linken einen Mann auf dem Boden entdeckte, der keuchend versuchte, wieder auf die Beine zu kommen. Es war der zitternde alte Mann, der nun schweigend neben der Hausfrau auf der Bank saß.

Der Mann hatte dem Kommissar erzählt, dass er sich nach der Messe noch in der Kirche aufgehalten habe, weil er sich im Haus des Herrn weniger einsam fühle. »Seit ich Witwer bin«, hatte er geflüstert, »macht meine Schwerhörigkeit die Einsamkeit noch schmerzlicher.« Als er sich entschlossen hatte, die Kirche zu verlassen, hatte er in der Kapelle der heiligen Therese die rücklings auf dem Boden liegende Frau bemerkt. Sie habe ausgesehen wie eine Tote. Er hatte sich erschrocken und um Hilfe geschrien, aber nicht ein Laut war aus seiner Kehle gekommen. Dann war ihm schwindlig geworden und er war dort hingefallen, wo der Pfarrer ihn gefunden hatte, der beim Anblick des wie tot aussehenden Mädchens in die Sakristei gelaufen war, um den Notarzt zu rufen. So weit die Informationen, die der Kommissar gesammelt hatte. Nun, da die Zeugen entlassen waren, blieb Bonanno in der Kapelle, um die Daten, über die er verfügte, zu sortieren. Eine schöne junge Frau hatte an einem Werktag um kurz nach neun die Basilika betreten, um zu beten. Gemäß der Aussage der Hausfrau war sie alleine gewesen und hatte nicht ängstlich gewirkt. Dann war sie überfallen worden. Vielleicht war der Angreifer bereits in der Kirche gewesen und hatte auf sie gewartet. Vielleicht war er ihr auch gefolgt. Der Kommissar formulierte schnell seine Hypothesen, während er die Zigarettenschachtel in seiner Jackentasche knetete. Sicher war bisher nur die Uhrzeit des Überfalls, der stattgefunden hatte, als der Pfarrer frühstücken gegangen war und der alte Mann, isoliert durch seine Schwerhörigkeit, sich noch am etwa dreißig Meter vom Tatort entfernten Hauptaltar aufhielt.

»Capuzzo, was habt ihr gefunden?«, fragte Bonanno den Inspektor, der in die Kapelle trat.

»Wir haben die Tatwaffe entdeckt«, erwiderte Capuzzo und zeigte ihm einen Kerzenleuchter aus Messing. Der fassettierte Fuß war blutverschmiert. Bonanno nickte. Ein Mitarbeiter der Spurensicherung nahm ihn in Empfang und steckte ihn in eine Plastiktüte.

»Er lag in einem Beichtstuhl, ganz hinten in der Kirche«, erklärte der Inspektor. Dann las er dem Kommissar seine Notizen vor. »Wir haben eine Schwarzweißfotografie, ein weißes Baumwolltaschentuch und einen Flakon Chanel sichergestellt«, berichtete er.

»Das ist alles?«, fragte Bonanno.

»Zumindest bis jetzt. Diese Gegenstände müssen aus der Handtasche gefallen sein, von der uns jede Spur fehlt, wie auch die Sanitäter des Krankenwagens bestätigen.«

Der Kommissar nickte. »Gibt es etwas Neues von dem Mädchen?«

»Sie ist ins Niguarda-Krankenhaus gebracht und in der Notfallchirurgie operiert worden. Einer von unseren Männern ist dort«, berichtete der Inspektor.

»Dann fahren wir auch hin«, entschied Bonanno.

Unterwegs rief der Kommissar im Gericht an, um den Staatsanwalt zu informieren.

Im Warteraum der Notaufnahme sprach Bonanno mit dem Chirurgen, der die junge Frau operiert hatte.

»Die Patientin hat ihr Bewusstsein noch nicht wiedererlangt. Das Schädelhämatom müsste sich jedoch schnell zurückbilden. Eine großflächige Hautverletzung haben wir genäht. Wir haben sie auf die Intensivstation gebracht, wo wir sie so lange behalten werden, bis sie sich völlig erholt hat.« Nach einer kurzen Pause fügte er hinzu: »Zu Ihrer Information, derjenige, der sie überfallen hat, hat ihr nur einen Schlag versetzt, um sie bewusstlos zu machen. Wir konnten problemlos nähen. Die Frau ist gesund. Man sollte ihre Familie benachrichtigen«, schloss er.

»Im Augenblick kennen wir ihre Identität noch nicht. Man hat ihr die Tasche mit sämtlichen Papieren gestohlen. Wir müssen so bald wie möglich mit den Routineermittlungen beginnen«, entgegnete der Kommissar, während er eine Zigarette aus der Schachtel nahm. »Kann man hier irgendwo in Ruhe rauchen?«, fragte er.

Der Chirurg lächelte und wies auf eine Glastür, die zu einer Terrasse führte. »Da draußen, Commissario. Erinnern Sie Ihre Männer wie immer daran, dass sie sich beeilen und diskret sein sollen. Sobald es Neuigkeiten gibt, werde ich Sie informieren«, versprach er. Er wusste, dass die Kollegen von der Spurensicherung die digitalen Fingerabdrücke des Opfers nehmen, es fotografieren und die Ergebnisse sofort auswerten würden. In kürzester Zeit würden sie viele Dinge über die junge Frau herausfinden und vielleicht auch über den Angreifer.

»Das Opfer hat sich verteidigt«, fügte der Chirurg noch hinzu, als er schon im Begriff war, in den OP zurückzukehren. »Zumindest muss sie versucht haben, die Tasche, die sie um die Schulter hängen hatte, zu verteidigen. Wir haben eine Hautabschürfung am Schulteransatz behandelt.« Er spuckte die Informationen brockenweise aus.

»Ist das alles, Professore?«, fragte Bonanno ungeduldig und drehte die Zigarette zwischen den Fingern hin und her.

»In Folge des Schlags in den Nacken ist sie nach vorn gefallen. Es ist nichts gebrochen, aber das Gesicht ist mit Hämatomen übersät.«

Der Kommissar nickte und erinnerte sich an die Aussage der Hausfrau. Er machte zwei Schritte auf die Terrassentür zu, als der Chirurg ihn noch einmal rief. Bonanno zündete dennoch die Zigarette an und nahm einen tiefen Zug, woraufhin ihm der Arzt einen verständnisvollen Blick schenkte.

»Ich biete Ihnen noch eine Information an. Ich weiß nicht, wie das Gesicht dieser Frau vor dem Überfall aussah, aber ich kann Ihnen versichern, dass sie den Körper einer Statue hat. Wunderschön.«

»Gut. Das hat man mir schon gesagt«, brummte Bonanno. Er ging hinaus auf die Terrasse und genoss endlich seine dritte Zigarette des Tages.

27. Juli 2002

2 Lucia Bonanno Brambilla stellte einen Servierteller mit einem Berg Spagetti mit Tomate, Basilikum und Paprika auf den Küchentisch. Sie war groß und hatte einen kräftigen, gut geformten Körper. Sie war Mailänderin. Ihr blondes Haar und die blauen Augen hatten den Polizeiinspektor Giovanni Bonanno gleich fasziniert, als er sie am Strand von Mondello bei Palermo kennen gelernt hatte. Seit dieser ersten Begegnung waren dreißig Jahre vergangen. Damals war Lucia eine junge Lehrerin gewesen, die mit ein paar Freundinnen in Urlaub gefahren war. Bonanno hatte ihr diskret den Hof gemacht. Sie hatte die moralische Stärke des Sizilianers geschätzt. Es war keine Liebe auf den ersten Blick gewesen, sie hatte sich erst nach und nach in ihn verliebt. Schließlich hatten sie geheiratet.

Sie hatten lange in Sizilien gelebt, wo ihre beiden Kinder geboren wurden. In Mailand wohnten sie nun seit zwölf Jahren, seit Giovanni zum stellvertretenden leitenden Kommissar der Kriminalpolizei der lombardischen Hauptstadt ernannt worden war. Als profunder Kenner fast sämtlicher Mechanismen der Mafia hatte er in komplexen Untersuchungen über die Verbindungen zwischen dem organisierten Verbrechen, der Welt der Politik und der Geschäftswelt bedeutende Resultate erzielt. Daraufhin war er zum leitenden Kommissar befördert worden. Die Familie und die Arbeit waren sein Leben, Letztere schluckte jedoch beinah all seine Zeit. Als die Kinder noch klein gewesen waren, hatte sich Signora Bonanno oft beklagt: »Ich komme mir vor wie eine allein erziehende Mutter.« Giovanni verschwand manchmal für mehrere Tage, ohne dass er hätte sagen können, wo er war, noch woran er arbeitete. Lucia hatte häufig Angst um ihn, weil sie wusste, dass er in gefährliche Operationen involviert war. Doch sie verbarg ihre Furcht hinter einer scheinbaren Ruppigkeit, die ihr Mann zu besänftigen suchte, wusste er doch, dass er der Grund für ihre Beunruhigung war.

Der Kommissar war vor einer halben Stunde nach Hause gekommen und hatte sie flüchtig auf die Wange geküsst, während er über Handy telefonierte. Lucia war in die Küche gegangen, um das Wasser für die Spagetti aufzusetzen.

Nun stand die Pasta auf dem Tisch, und ihr Mann telefonierte immer noch. Er lief im kleinen Wohnzimmer ihrer Wohnung hin und her. Das war ein untrügliches Zeichen: Es bedeutete, dass er an einem wichtigen Fall arbeitete.

Signora Bonanno erschien im Türrahmen und gab ihm durch Gesten zu verstehen, dass das Essen fertig sei. Der Kommissar antwortete jedoch nicht und zündete sich eine Zigarette an.

»*Terrone,* Scherge und Raucher. Was hat mich nur geritten, als ich dich geheiratet habe?«, platzte sie heraus und ging in die Küche zurück. Sie schlug energisch die Tür zu, setzte sich an den Tisch und begann allein zu essen.

Ihr Mann kam kurze Zeit später herein und lächelte ihr zu. »Und mich, was hat mich geritten, eine Frau mit einem so schlechten Charakter zu heiraten?«

Als Antwort schnappte sich Signora Bonanno eine Scheibe Brot und warf sie ihm zu. Er fing sie in der Luft auf.

»Weißt du, was Sokrates zu seiner Frau Xanthippe sagte, als sie ihm einmal eine Vase auf dem Kopf zerschlug?«, scherzte der Kommissar, während er sich an den Tisch setzte. »Auf Donner folgt Regen. Xanthippe wurde auch immer so wütend wie du, wenn Sokrates wieder einmal mehr Zeit mit seinen Schülern verbrachte als mit ihr«, schloss Bonanno und versenkte seine Gabel in den Nudeln.

»Arme Frau, ich kann sie gut verstehen«, seufzte die Signora nun wieder beinah sanft.

Im Wohnzimmer klingelte das Telefon. Sie blickte ihrem Mann in die Augen. »Wenn du rangehst, spieße ich dich auf«, warnte sie ihn und schwenkte mit drohender Miene ihre Gabel.

Er aß weiter und ließ den Anrufbeantworter anspringen. Lucia sah ihm an, dass er auf heißen Kohlen saß, ließ es sich aber nicht anmerken. Nun begann auch das Handy zu klingeln. Bonanno schaltete es aus. Seine Frau seufzte resigniert und sagte: »Na los, tu, was du tun musst. Ich stelle dir den Teller warm. Ich hoffe, du schaffst es, dein Mittagessen zu beenden.«

Der Kommissar wischte sich den Mund mit der Serviette ab. »Du bist ein Schatz«, bedankte er sich.

»Was köchelt denn diesmal im Topf?«, fragte sie.

»Ein Raubüberfall in einer Kirche«, erwiderte er und erhob sich vom Tisch.

»Haben sie den Pfarrer ausgeraubt?«

»Eine Frau ist niedergeschlagen worden. Jung und sehr attraktiv, anscheinend. Man hat ihr mit einem Kerzenleuchter eins übergezogen und ihr die Tasche geklaut. Vor dem Schlag hat sie versucht, sich zu wehren, die Spurensicherung hat unter ihren Fingernägeln Hautfetzen des Angreifers gefunden. Wir haben sie analysiert und dank ihrer konnten wir ihn identifizieren. Er ist bereits polizeilich bekannt wegen Diebstahls von Schmuck und Markenuhren. Ziemlich unwahrscheinlich, dass das Opfer wertvollen Schmuck und Uhren in einer Stofftasche hatte. Findest du nicht? Jedenfalls ist es ein merkwürdiger Raubüberfall.«

»Giovanni, in drei Monaten gehst du in Rente. Wie wirst du nur ohne deine Rätsel leben können?«, fragte seine Frau sanft.

»Ich werde dir all die Zeit widmen, die ich dir in dreißig Jahren Ehe vorenthalten habe. Ich werde die Wände unserer Wohnung neu streichen, dich zum Angeln mitnehmen, den Garten an unserem Haus am See pflegen«, sagte er ohne Überzeugung.

»Du wirst in eine tiefe Depression verfallen, und ich werde mir etwas einfallen lassen müssen, um der Zeit, die uns gemeinsam noch bleibt, einen Sinn zu geben«, stellte sie bitter fest.

Ihr Mann hörte sie nicht. Er war bereits im Wohnzimmer. Er hatte die guten Vorsätze des Tages vergessen und sich eine Zigarette angezündet, und nun las er auf dem Display seines Handys die Nummer des Teilnehmers, dessen Anruf er nicht angenommen hatte. Es war die Nummer seines Büros. Er setzte sich in den Sessel und rief Capuzzo an.

»Gibt es Neuigkeiten?«, fragte der Kommissar.

»Terlizzi hat schon dreimal versucht, dich zu erreichen. Er will einen vollständigen Bericht über den Fall San Marco«, informierte ihn der Inspektor.

Terlizzi war der Staatsanwalt, der die Untersuchung leitete. Er hatte einen ersten Bericht bekommen und wollte nun mehr über den Fall wissen, auch weil die Identität des Opfers noch im Dunkeln lag, während die des Täters einige Fragen aufwarf.

Der Täter hieß Gerlando Randazzo und war in Trapani geboren. Gerüchten zufolge sollte er in enger Verbindung zu einem flüchtigen Mafioso stehen, dem einige schwer wiegende Vergehen zur Last gelegt wurden.

Bonanno, der sich in Sizilien von ganz unten hochgearbeitet hatte, kannte die Welt der Mafia gut und hatte nie etwas auf derartige Gerüchte gegeben.

Der Flüchtige war ein dicker Fisch, und Bonanno schloss aus, dass es eine Verbindung zwischen einem Dieb von niedrigem Rang wie diesem Randazzo und dem mächtigen Mafioso gab. Dennoch stimmte etwas nicht mit dem Fall San Marco, und Bonanno wollte mit dem Polizeichef Angelo Marenco sprechen, ehe er dem Staatsanwalt Bericht erstattete.

»Wenn Terlizzi wieder anruft, sag ihm, du hättest mich nicht erreicht«, wies der Kommissar ihn an und fragte: »Gibt es Neuigkeiten über das Opfer?«

»Gute und schlechte. Ihr Körper reagiert zwar, aber sie hat offenbar Schwierigkeiten, sich zu erinnern. Man wird in den nächsten Tagen sehen. Momentan jedenfalls ist die Identität der Frau noch unbekannt«, schloss Capuzzo.

Bonanno beendete das Gespräch kommentarlos.

Seine Frau kam mit einer Tasse Espresso ins Wohnzimmer. »Zucker ist schon drin«, verkündete sie. »Du musst nur noch trinken. Das Essen wärme ich dir heute Abend auf.« Sie setzte sich ihrem Mann gegenüber in den Sessel, während er den Espresso trank.

»Nicht einmal meiner Mutter ist er so gut gelungen«, schmeichelte er und fügte hinzu: »Was meinst du, warum tötet ein Dieb von Markenuhren beinahe eine Frau, nur um ihr eine indische Stofftasche zu stehlen?«

»Um die Tasche seiner Freundin zu schenken, die auf indische Taschen steht«, scherzte sie und sah ihn zärtlich an.

Ihr Mann war ein ehrlicher Staatsdiener. Er bezog ein bescheidenes Gehalt, und gemeinsam hatten sie allerlei Anstrengungen unternommen, um ihre beiden Kinder großzuziehen und ihnen ein Studium zu ermöglichen.

Nun wurden sie gemeinsam alt. Giovanni hatte graues Haar, Tränensäcke unter den Augen und war dick geworden. Sie war noch blond, mit Hilfe von ein wenig Chemie, und ihre Gesichtsmuskeln hatten an Festigkeit verloren. Dennoch sah sie sich und ihren Mann immer noch wie damals, als sie jung und schön waren.

»Gut, ich gehe jetzt arbeiten«, kündigte Bonanno an und erhob sich.

»Ist wohl unnütz, dich zu fragen, wann du heute Abend nach Hause kommst?«, brummte Lucia.

»Na los, schenk mir ein Lächeln«, sagte er und beugte sich zu seiner Frau hinunter, um ihre Wange zu streicheln.

»Ich hab dich lieb, alter Scherge«, flüsterte sie. Dann fügte sie hinzu: »Mach dir keine Sorgen. Du weißt sowieso, dass du auch mit dieser Geschichte fertig wirst.«

»Glaubst du?«

»Da bin ich mir sicher.«

2. August 2002

3 Elena Gorini war fünfunddreißig Jahre alt. Nach ihrem Medizinexamen und der Facharztausbildung in Neurologie hatte sie sich dem Studium der Gedächtnisstörungen gewidmet, das sie durch diverse Fortbildungen und Versuchsreihen in italienischen und ausländischen Forschungsinstituten vertieft hatte.

Seit einigen Jahren arbeitete sie in einem kleinen Team von Spezialisten in der Abteilung für Neuropsychologie am Niguarda-Krankenhaus. Jeder von ihnen betreute eine bestimmte Anzahl von Patienten, über die sie sich in den Besprechungen austauschten.

Der Amnesie-Fall der in der Kirche San Marco überfallenen Frau war Elena Gorini anvertraut worden, doch sie bezog das gesamte Team mit ein.

In der Tat konnte die Frau sich sieben Tage nach der Aufnahme weder an sich noch an ihre Vergangenheit erinnern, und darüber hinaus hatte niemand nach ihr gesucht noch jemand sie vermisst gemeldet. Es schien, als wäre sie allein auf der Welt, ohne Familie, ohne Freunde.

Jeden Morgen rief ein Polizeibeamter auf der Station an, um sich nach der Kranken zu erkundigen. Elenas Antwort war stets dieselbe: »Ihr Zustand bessert sich, aber sie kann uns immer noch nicht sagen, wer sie ist. Und ihr, habt ihr Neuigkeiten?«, fragte die Ärztin ihrerseits. »Nichts«, erwiderte der Polizist.

Sie wussten kaum etwas über die geheimnisvolle Frau, außer dass sie etwa fünfunddreißig war und eine Kaiserschnittnarbe hatte. Sie war bei bester Gesundheit, und körperlich hatte sie das Trauma des Überfalls hervorragend überwunden. Bei ihrer Einlieferung hatte sie einfache, aber hochwertige weiße Unterwäsche, einen indischen Pareo, ein türkisfarbenes Baumwollshirt und ein Paar flache Sandalen angehabt sowie einen Seidenfoulard um den Kopf gebunden.

Am Ringfinger der linken Hand trug sie einen Ring aus Weißgold, auf dessen Innenseite ein Datum eingraviert war: 6. April 1996. Sie hatte weder Nagellackspuren auf den Fingernägeln noch Make-up-Reste im Gesicht. Als man ihr die in der Kirche aufgefundenen Gegenstände überreichte, zeigte sie lediglich Interesse für den Chanelflakon.

Die bekanntlich teure Essenz stand im Gegensatz zu der schlichten Kleidung und dem eher zurückhaltenden Wesen der Frau. Die Ärzte hoben ihre gewählte Sprache und liebenswürdige Art hervor, die darauf schließen ließen, dass sie eine kultivierte Frau mit guter Erziehung war.

Die Einundvierzig, wie man sie nach dem Bett, das sie belegte, nannte, hatte einen makellosen Körper und ein ebenmäßiges Gesicht, in dem große blaue Augen leuchteten. Dennoch schien sie sich ihrer Schönheit nicht bewusst zu sein. Ihre Art zu gehen, sich zu bewegen, zu gestikulieren, war diskret, beinah zögerlich.

Elena Gorini sann über diese Widersprüche nach und fragte sich, was der Schlüssel zum Geheimnis dieser attraktiven und unsicheren Frau sein mochte, die sich mit Chanel einparfümierte und in der Kirche beim Beten überfallen worden war.

Die einzige Verbindung der Einundvierzig zur Wirklichkeit war die Schwarzweißfotografie, die man zusammen mit den anderen Gegenständen gefunden hatte. Bei diesem Bild setzte die Gorini an, um die Patientin zurückzuholen.

An diesem heißen Augustmorgen waren die Jalousien im neuropsychologischen Labor zum Schutz vor dem blendenden Sonnenlicht heruntergelassen. Eine lärmende alte Klimaanlage machte die Hitze erträglich. Die Einundvierzig saß an einem Schreibtisch vor einem Computer. Sie trug einen blauen Morgenrock und Plastiksandalen, die ihr das Krankenhaus zur Verfügung gestellt hatte. Aufmerksam betrachtete sie die Schwarzweißfotografie, die der Bildschirm wiedergab.

Sie führte eine Hand zur Stirn und ließ die Finger schnell darüber gleiten. Ein dunkler Flaum begann den Bereich des Schädels zu bedecken, der sieben Tage zuvor, als man sie genäht hatte, rasiert worden war.

Elena Gorini, die neben ihr saß, bemerkte die Nervosität der Patientin. Sie wusste, dass sie gleich starke Kopfschmerzen überkommen würden, eine Folge des erlittenen Traumas.

»Du bist müde«, sagte sie zu ihr. »Ich gebe dir jetzt ein Schmerzmittel, und dann beenden wir für heute die Sitzung«, fügte sie hinzu, während sie ihr einen Plastikbecher reichte, der mehrere Tropfen einer in Wasser aufgelösten Medizin enthielt.

Die junge Frau trank und fixierte anschließend sofort wieder den Bildschirm. Die Hämatome bildeten sich allmählich zurück und enthüllten ein sehr schönes Gesicht mit markanten hohen Wangenknochen und großen, mandelförmigen Augen.

»Wir sehen uns morgen früh wieder. Schaffst du es allein in dein Zimmer?«, fragte die Ärztin, während sie sich von ihrem Stuhl erhob.

»Ich bleibe noch«, erwiderte die andere schließlich, ohne den Blick von der Fotografie zu lösen.

Es war ein Familienfoto. Im Hintergrund konnte man eine ländliche Laube und landwirtschaftliche Geräte sehen. Die Personen waren in zwei Reihen angeordnet. Die im Vordergrund saßen auf einer Holzbank, die anderen standen dahinter. Zweimal am Tag unterzog Elena Gorini die Einundvierzig einer Reihe von Übungen zur Rückgewinnung der Erinnerung, und jede Sitzung schloss mit der Betrachtung des Fotos. Die Ärztin hatte der Patientin ihre Vermutung verraten, nämlich dass es ihre Familie zeige. Und so suchte die junge Frau auf den Gesichtern nach Spuren einer Vergangenheit, die einfach nicht zum Vorschein kommen wollte.

18

Jetzt aber, da die Kopfschmerzen sich bemerkbar machten, schien ihr, als könne sie sich an etwas erinnern.

Die Neuropsychologin legte ihr eine Hand auf die Schulter und sagte:»Sieh dir ruhig weiter das Foto an, wenn du willst.« Die Kranke zeigte auf ein Mädchen, das auf der Bank saß.»Das bin ich«, flüsterte sie.

Die langen, dünnen Storchenbeine ragten unter einem zerknitterten Röckchen hervor. Das dichte Haar umrahmte ein etwas verängstigtes Gesicht. Hinter ihr stand ein Junge, der kaum der Pubertät entwachsen war und der die Hände auf ihre zarten Schultern legte, als wolle er sie beschützen.

»Das bin wirklich ich«, wiederholte sie langsam.

»Sehr gut«, sagte Elena Gorini, die reglos neben ihr stehen geblieben war. Es war ein bedeutender Augenblick, eine Gelegenheit, die die Ärztin nutzen musste.

»Das bin ich«, wiederholte die Patientin noch einmal.»Aber ich kann mich nicht an meinen Namen erinnern.«

Ein stechender Schmerz im Kopf verschlug ihr den Atem, und sie verlor ihre Konzentration.»Wann werden diese Schmerzen endlich aufhören?«, fragte sie und schloss die Augen, wobei sie die Hände an den Nacken führte.

»In den letzten vierundzwanzig Stunden hast du nur zwei Anfälle gehabt. Das ist jetzt der zweite. In den vergangenen Tagen waren sie häufiger«, beruhigte Elena sie und fuhr fort:»Ganz ruhig, das Schmerzmittel muss jeden Moment wirken.«

»Ich gehe ins Bett«, entschied die Frau. Sie machte Anstalten, sich zu erheben, doch Elena hielt sie an der Schulter zurück.

»Warte. Versuche, dich noch ein bisschen auf das Foto zu konzentrieren. Woran erinnerst du dich sonst? Was fühlst du, wenn du es betrachtest?«, beharrte die Ärztin und setzte sich neben sie.

Die Kranke sah wieder auf den Bildschirm.»Ich kann mich an nichts Konkretes erinnern, an keine besondere Episode, aber irgendetwas auf diesem Bild tut mir weh und bestürzt mich.«

»Wer ist die Frau, die neben dir sitzt?«, drängte Elena.»Kopf hoch, nur noch eine kleine Anstrengung. Danach kannst du dich ausruhen gehen«, versprach sie.

Auf dem Foto, neben dem kleinen Mädchen, saß eine junge Frau in einem Sommerkleid von gewollter Eleganz. Im Arm hielt sie ein Neugeborenes in einem langen, spitzenverzierten Kleid, vielleicht ein Taufkleid.

»Ich glaube, es ist der Kummer dieser Frau, der mir Unbehagen bereitet«, flüsterte die Kranke. »Es ist meine Mutter«, fügte sie hinzu und unterdrückte ein Schluchzen.

»Und das Kind? Wer ist das? Dein Bruder? Ein Schwesterchen?«, insistierte die Ärztin und zeigte auf das Neugeborene.

Das Brummen der Klimaanlage unterstrich die Spannung, die Ärztin und Patientin vereinte.

»Warum weiß ich meinen Namen nicht mehr?«, fragte die Frau anstelle einer Antwort. Es war ein Ablenkungsmanöver des Verstandes, um eine beängstigende Wahrheit ins Dunkel zurückzujagen.

Elena bemerkte es und ließ nicht zu, dass sie auswich.

»Im Moment ist dein Name nicht wichtig. Erzähl mir von dem Kind«, forderte die Ärztin sie auf, überzeugt, dass die Amnesie der Einundvierzig auf ein schmerzliches Erlebnis zurückzuführen war, das die Frau vergessen wollte.

»Ich weiß nichts. Ich kann mich an nichts erinnern. Lass mich in Ruhe!«, entgegnete die Kranke gereizt und begann, nun doch zu schluchzen. Elena schwieg und wartete geduldig, bis die Krise vorüber war. Die Frau beruhigte sich und betrachtete erneut den Bildschirm.

»Das ist Ezio, mein kleiner Bruder«, flüsterte sie schließlich. »Mein Vater hat dieses Familienfoto aufgenommen. Ezio war erst zwei Monate alt, und kurz darauf ist er gestorben.«

Sie schlug die Hände vors Gesicht und weinte nun hemmungslos. Elena umarmte sie liebevoll und drückte sie an sich, bis die Frau aufhörte.

4 »Die Einundvierzig schläft«, verkündete eine Ärztin, die gerade ihre nachmittägliche Visite auf der Station beendet hatte und in das Besprechungszimmer kam. Elena Gorini, die mit den Kollegen am Tisch saß, berichtete von den Fortschritten ihrer Patientin.

»Also, wenn sonst nichts weiter ist, würde ich jetzt gehen«, fuhr die Kollegin fort. »Ich muss noch einkaufen, kurz bei meiner Mutter vorbei, die schon beleidigt ist, weil sie mich nie sieht, und die Kleider aus der Reinigung holen, ehe die Betriebsferien machen.« Die Anwesenden schenkten ihren Problemen keine Beachtung.

»Wenn sie aufwacht, wird sie ziemlich fertig sein«, überlegte Elena, die den Faden der Unterhaltung wieder aufgenommen hatte.

»Ich hab schon verstanden. Ich verschwinde und lasse euch arbeiten«, sagte die Ärztin und eilte hinaus.

»Mir ist da eine Idee gekommen«, fuhr Elena fort. »Wie wär's, wenn ich mit ihr ein bisschen spazieren gehen würde?«, schlug sie vor.

»Was heißt das, ›ein bisschen‹ spazieren?«, fragte der dienstälteste Arzt.

»Einfach mal weg von der Station. Ich mache mit ihr einen Spaziergang durch den Park«, erklärte Elena. »Es ist nur eine kleine Ablenkung, aber es könnte ihr Gedächtnis anregen.«

Die Kollegen blickten sie zweifelnd an.

»Wir bleiben natürlich innerhalb des Krankenhausgeländes«, erläuterte die Gorini.

Als die anderen fort waren, ging sie in den zweiten Stock hinauf. Das Bett Nummer einundvierzig befand sich in einem Einzelzimmer am Ende des Korridors. Auf Zehenspitzen schlich sie hinein, da erwachte die Patientin. Die Ärztin öffnete den kleinen Schrank und nahm die Kleider heraus, die die Frau bei ihrer Einlieferung getragen hatte. Eine Krankenschwester war so nett gewesen, sie zu waschen und ordentlich in den Schrank zu hängen.

»Was machst du da?«, fragte die Einundvierzig schläfrig.

»Ich habe beschlossen, dich zu einem Spaziergang einzuladen«, erwiderte sie und legte die Kleider auf das Bett.

»Du kannst dir nicht vorstellen, wie müde ich bin.«

»Habe ich schon bemerkt. Aber ich bin sicher, dass du keine Kopfschmerzen mehr hast.«

»Ist der Spaziergang einer von deinen Versuchen?«, fragte die Frau.

»Sagen wir, ich möchte gern, dass du mal etwas anderes tust«, erklärte die Ärztin.

»Aber ich muss nicht mitkommen. Ich bin ziemlich eingeschüchtert, und ich möchte nicht, dass es mir nachher noch schlechter geht«, sträubte sich die Frau.

»Es könnte dir aber nachher besser gehen.«

»Glaubst du wirklich? Bist du sicher, dass du weißt, wie ich mich fühle? Ich bin jetzt seit sieben Tagen hier, und niemand ist vorbeigekommen und hat gesagt: ›Ich bin der Ehemann oder der Verlobte, der Sohn, die Mutter oder der beste Freund oder der Arbeitskollege.‹ Niemand hat mich besucht. Woher komme ich? Was habe ich Schlimmes getan, dass keiner nach mir forscht? Dieser Ring, den ich am Finger trage, könnte mein Ehering sein. Wo ist mein Mann? Warum bin ich geschlagen und ausgeraubt worden? War das nur ein Handtaschendiebstahl oder etwas Schlimmeres? Wer garantiert mir, dass nicht, sobald ich wieder draußen bin, wieder jemand versucht, mich zu überfallen, oder schlimmer noch, mich zu töten? Vielleicht würde er mir sogar einen Gefallen tun, denn eines kann ich dir sagen, ich habe keine große Lust mehr weiterzuleben«, schloss sie unter Tränen.

»Kopf hoch, ich bin sicher, dass du dir bald ein neues Leben aufbauen wirst, und das wird nicht nur aus so traurigen Episoden bestehen wie denen, an die du dich vorerst erinnerst.« Elena lächelte ihr zu und reichte ihr die Hand. »Steh auf. Das ist ein Befehl, und du musst gehorchen.«

Die Einundvierzig trocknete sich die Tränen. Sie stand auf und zog eines nach dem anderen die Kleidungsstücke an, die die Ärztin ihr hinhielt. An ihr wirkten der Pareo und das T-Shirt edel. Der um den Kopf gebundene Foulard brachte die Vollkommenheit ihres Gesichtes zur Geltung. Die Ledersandalen betonten ihre schmalen Knöchel und ihre wohlgeformten Füße.

Elena warf ihr einen bewundernden Blick zu. »Du bist sehr attraktiv«, stellte sie fest.

Das Kompliment lief ins Leere. Die Einundvierzig öffnete die Schublade ihres Nachtschränkchens, nahm den Chanelflakon heraus und gab mit einer schnellen Bewegung, die sie offensichtlich gewohnt war, zwei Spritzer auf ihre Handgelenke.

»Vielleicht fühle ich mich tatsächlich ein wenig besser«, sagte sie schließlich und atmete tief ein.

Sie liefen über die Alleen des Krankenhausgeländes. Der Himmel hatte sich zugezogen, und die Luft war merklich kühler. Das Niguarda-Krankenhaus war eine kleine Stadt für sich mit großen weißen Gebäuden, die während des Faschismus errichtet worden waren, asphaltierten Straßen, Bürgersteigen, Bäumen, Blumenbeeten, Autos, Bussen und Menschen, die kamen und gingen.

Die beiden waren in der Nähe des Ausgangs, als ein Pförtner seinen Posten, einen Würfel aus Glas und Aluminium, verließ und auf sie zugelaufen kam.

»Genau Sie habe ich gesucht, Frau Doktor«, sagte er.

»Was ist los?«, fragte Elena.

»Die Polizei möchte Sie sprechen. Ich habe den Polizeibeamten Russo in der Leitung«, verkündete er.

Elena wandte sich an ihre Patientin: »Entschuldige bitte. Ich bin gleich zurück.«

Sie betrat die Pförtnerloge. Der Telefonhörer lag auf dem grauen Plastiktisch. »Gorini am Apparat«, begann sie und führte den Hörer ans Ohr.

Russos Stimme schlug ihr entgegen wie ein Sturmwind. »Ich bitte um Verzeihung, Frau Doktor, aber es gibt brandheiße Neuigkeiten für die Einundvierzig«, verkündete er.

Durch die Glasscheibe beobachtete Elena die Frau, die sich auf eine Bank gesetzt hatte. Sie hatte den Kopf in den Nacken gelegt und die Augen geschlossen.

»Sie hat einen Namen. Er lautet Irene Cordero«, fuhr der Polizist fort.

»Und weiter?«

»Das ist vorerst alles. Der Kollege von der Zentrale sagt, dass sie Ihnen später weitere Informationen zukommen lassen werden.«

»Danke, Russo«, flüsterte Elena. Sie legte auf, dankte dem Pförtner und kehrte zu ihrer Patientin zurück. Sie setzte sich neben sie auf die Bank.

Die Frau rührte sich nicht.

»Die Polizei weiß, wer du bist«, sagte Elena.

»Wirklich?«, fragte die Frau leise.

»Wirklich, Irene«, erwiderte die Ärztin.

5 »Also heiße ich Irene«, wiederholte die Frau nach langem Schweigen.

»Das hat mir zumindest der Polizeibeamte berichtet«, pflichtete Elena bei.

»Haben sie meine Papiere wiedergefunden?«

»Ich weiß es nicht. Sie werden uns später weitere Informationen geben.«

»Du hast gesagt, dass sie gleich nach der Einlieferung meine digitalen Fingerabdrücke genommen haben. Vielleicht sind sie so auf meinen Namen gestoßen. Vielleicht bin ich aktenkundig. Wahrscheinlich führst du gerade einen Galgenvogel spazieren.«

»Genau, wahrscheinlich bist du vor sieben Tagen in die Kirche gegangen, um einen Koffer voller Drogen zu verstecken oder um ihn einem Mittelsmann zu überreichen, der dir dafür einen anderen voller Geld geben sollte. Der hat es sich aber dann anders überlegt, dir eine verpasst und ist mit dem Diebesgut und dem Stoff geflohen. Was meinst du?«, scherzte Elena.

»Und wenn es wahr wäre?«, fragte Irene ängstlich.

»Wenn du aktenkundig wärst, hätte die Polizei uns deinen Namen und alle Einzelheiten zu deinem Leben längst mitgeteilt«, beruhigte die Ärztin sie.

»Irene kommt von dem griechischen *eirene* und bedeutet Frieden«, stellte die Frau nachdenklich fest.

»Du kannst also Griechisch«, bemerkte Elena.

»Gut möglich. Aber wenn ich an meinen Namen denke, kommt mir sofort Irene von Thessaloniki in den Sinn. Sie ist im Jahr des

Herrn 304 den Märtyrertod gestorben«, erklärte sie und fügte hinzu: »Wie ist mein Nachname?«

»Cordero.«

»Das ist ein piemontesischer Name. Irene Cordero. Klingt gut, aber ich verbinde ihn mit nichts und niemandem. Immerhin kannst du ihn morgen auf meine Krankenakte schreiben«, bemerkte sie bitter.

»Bist du sicher, dass du dich an nichts erinnerst?«

»Ich habe hier und da einen lichten Moment, der sich aber gleich wieder verdunkelt. Ich habe dir von meiner Mutter erzählt, doch ich weiß nicht einmal ihren Namen. Da sind Geräusche ohne Sinn in meinem Kopf, die mich verwirren und durcheinander bringen. Vielleicht bin ich verrückt«, überlegte Irene.

»Das bist du nicht. Das garantiere ich dir.«

»Aber das Wort ›verrückt‹ erinnert mich an etwas. Ich höre männliche Stimmen mit verschiedenen Klangfarben, die voller Verachtung sagen: ›Du bist verrückt‹.«

»Ich bin sicher, dass dein Gedächtnis sehr viel angenehmere Erinnerungen gespeichert hat als diese. Hab Vertrauen«, ermutigte Elena sie.

Sie erhoben sich von der Bank und schlenderten über die Allee davon, um zur Station zurückzukehren. Sie gingen eine andere Strecke als auf dem Hinweg und kamen an der Krankenhauskapelle vorbei. Irene blieb stehen und sagte: »Ich würde gern wissen, was ich um neun Uhr morgens an einem Wochentag in San Marco gemacht habe.« Dann fügte sie nachdenklich hinzu: »Jetzt weiß ich, wie ich heiße, aber trotzdem wird mein Gedächtnis nicht besser.«

»Wovor versteckst du dich, Irene?«, fragte Elena sie.

»Vor dem Leid. Ich spüre es tief in mir, wie eine bösartige Fratze, die mich bedrückt und ängstigt. Weißt du, was ich denke? Dass mir vor dem Überfall etwas Schreckliches zugestoßen ist. Also bin ich in meiner Verzweiflung in die Kirche gegangen, um zu beten. Beten hat eine therapeutische Wirkung. Findest du nicht, dass das eine logische Erklärung ist? Aber jetzt reicht es auch. Ich habe keine Lust mehr, mir Fragen zu stellen«, antwortete die Frau.

Elena Gorini sagte nichts und ließ Irene ihren Gedanken nachhängen. Die Frau machte ein paar Schritte und blieb stehen. Sie drehte sich zu der Ärztin um und sagte:»Bevor du in mein Zimmer gekommen bist, habe ich geträumt, dass ich in einem Wald war. Durch das dichte Laub der Bäume sickerten schillernde Sonnenstrahlen. Ich saß auf der Erde, neben mir meine Großmutter. Sie hob den Zeigefinger und sagte: ›Auf diesem Zweig dort habe ich vor langer Zeit meine Liebe abgelegt. Sie ist noch immer da. Siehst du sie?‹ Ich habe hinaufgestarrt, aber über uns waren nur Blätter. ›Da oben ist nichts‹, habe ich Großmutter gesagt. ›Schau genauer hin‹, hat sie beharrt. Ich bin aufgestanden, habe die Arme nach oben gestreckt, und mir ist eine rote Seidenschleife in die Hände gefallen, die sich in eine wunderschöne scharlachrote Rose verwandelt hat.«

»Was hast du dabei empfunden?«, fragte Elena forschend.

»Ein beinahe sinnliches Vergnügen. Dann bin ich aufgewacht. Jedenfalls, an die Großmutter kann ich mich überhaupt nicht erinnern. Vielleicht hat es in meinem Leben nie eine Großmutter gegeben.«

Irene betrachtete die Fassade der Kapelle, die von einem großen Eisenkreuz überragt wurde, und faltete die Hände. Dann bekreuzigte sie sich und sprach:»Im Namen des Vaters, des Sohnes und des Heiligen Geistes.«

Diese mittlerweile ungewöhnliche Äußerung von Religiosität berührte die Neuropsychologin und bestätigte ihren Eindruck, es mit einem sehr komplexen Fall zu tun zu haben.

6   Um neun Uhr morgens an diesem 2. August verließ Doktor Angelo Marenco sein Büro im ersten Stock der Mailänder Präfektur. Er stieg die Freitreppe hinunter und erwiderte zerstreut die Grüße der Angestellten und Mitarbeiter.

Unten angelangt, durchquerte er den Innenhof, in dem die Streifenwagen geparkt waren, ging durch die Toreinfahrt und bog rechts in die Via Fatebenefratelli in Richtung Piazza San Marco.

Ein weiterer schwüler Tag kündigte sich an, aber Angelo Marenco war ein Mann vom Flachland: Hitze machte ihm nichts aus. Was ihn hingegen störte, war verschmutzte Luft.

Er war auf dem Land geboren worden. Seine Familie besaß fünfzig Tage Land in der Provinz Cuneo. So bezeichnete man die Maßeinheit des Grundstücks, das man von Sonnenaufgang bis Sonnenuntergang mit einem Paar Ochsen pflügen konnte. Vor einiger Zeit waren die Ochsen durch Traktoren ersetzt worden, doch der alte Maßbegriff hatte überdauert. Fünfzig Tage waren ein ansehnliches Vermögen.

Schule und Feldarbeit hatten den Rhythmus seiner Kindheit und Jugend bestimmt. Angelo liebte den Sommer. Er hatte begonnen, ihn zu hassen, als er nach Turin gezogen war, um das naturwissenschaftliche Gymnasium zu besuchen. In der Stadt wohnte er bei einer Tante mütterlicherseits, die einen Bankangestellten geheiratet hatte.

In der Stadt erschienen ihm die Sommermonate trocken, und ihm war jeder Vorwand recht, um nach Hause aufs Land zu flüchten. Bis er sich mit seiner Familie überwarf, die gern gesehen hätte, dass er ein Landwirtschaftsdiplom ablegte. Er aber hatte, ohne sie zu Rate zu ziehen, nach ein paar Jahren die Fakultät gewechselt und sich für Jura eingeschrieben.

»Angelo ist ein Dickschädel. Es muss immer alles nach seinem Kopf gehen«, sagte sein Vater über ihn.

»Ein sturer Bauer«, nannten ihn später seine Vorgesetzten, als er in die Polizei eintrat und als einfacher Beamter seinen Doktor machte. Nun war er Polizeipräsident.

Er schritt über den gepflasterten Platz vor San Marco. Dann zog er die Leinenjacke an, die er bis dahin über dem Arm getragen hatte, und betrat die Basilika.

Er tauchte die Fingerspitzen in das Weihwasserbecken und bekreuzigte sich rasch. Das kühle Halbdunkel der Kirche löste sofort ein wohliges Gefühl in ihm aus. Er war kein praktizierender Katholik, aber dennoch liebte er die Ruhe dieser schönen Basilika, die er jeden Morgen aufsuchte, sofern seine Verpflichtungen es zuließen. Seine Mitarbeiter wussten um die eigenwillige Gewohnheit Doktor Marencos und hielten sie für Religiosität. Vielleicht war sie das auch, aber vor allem war sie eine gute Möglichkeit, sich zurückzuziehen und Ideen zu sammeln.

Er war auch an jenem Morgen in San Marco gewesen, an dem die Frau überfallen worden war, die nun im Krankenhaus lag. Als man ihn informiert hatte, hatte er zunächst gedacht, dass er, wenn er nur eine halbe Stunde länger geblieben wäre, ein Verbrechen hätte abwenden und viele Probleme hätte vermeiden können. Schließlich lag die Identität des Opfers immer noch im Dunkeln, und der Angreifer, der sofort identifiziert worden war, hatte sich buchstäblich in Luft aufgelöst.

Er setzte sich wie jeden Tag in die letzte Reihe. Dann senkte er den Kopf auf die Brust und schloss die Augen.

Während dieser Pause, in der er sich sammelte, löste er sich von der Realität, ein Bedürfnis, das sein harter Job ihm auferlegte. Selbst nach zwanzig Jahren in seinem Beruf hatte der Polizeipräsident immer noch Mühe, die blutigen Fakten, mit denen er tagtäglich zu tun hatte, an sich abprallen zu lassen. In der von den knarrenden Schritten des ein oder anderen Gläubigen noch unterstrichenen Stille, dem warmen Kerzenlicht, dem sich nie verflüchtigenden Geruch nach Weihrauch, gewann der Polizist Ressourcen und Energien zurück. Es war genau wie damals, wenn er als Junge stundenlang allein durch die Felder gewandert war.

Seine bäuerlichen Wurzeln schlugen sich in seiner trockenen Sprache, in der Scheu, seine Gefühle zu zeigen, und in der Vorsicht, mit der er Urteile formulierte, nieder.

Nun, in der Stille der Kirche, dachte der Polizeichef an das strahlende Gesicht von Viviana, seiner Frau. Sie war mit den Kindern auf Sardinien zu Besuch bei ihrem Vater, Professor Martinelli, einem hervorragenden Anwalt und Inhaber einer bedeutenden Mailänder Kanzlei.

Viviana war eine schöne Frau, die sich durch ihre Eleganz und ihr schlichtes Auftreten abhob. Er liebte sie aus tiefstem Herzen und vergötterte ihre gemeinsamen Kinder, drei lebhafte Jungen, die er liebevoll »meine Gauner« nannte.

In zwei Wochen würde er zu ihnen ans Meer fahren, um sie von dort nach San Benedetto mitzunehmen, seinem Geburtsort, wo sie wie jedes Jahr die letzten beiden Augustwochen verbringen würden. In diesen Tagen besann sich Angelo Marenco auf einen Großteil seiner Wurzeln zurück. Er brachte seinen Söhnen bei, mit Sichel und Hacke umzugehen, Bohnen von Unkraut zu befreien und das Vieh zu versorgen. Abends saß er mit Verwandten und Nachbarn unter der Laube und hielt Viviana und die Kinder eng um sich geschart, während sein Vater ein paar Flaschen Wein von seinen Weinbergen entkorkte. Irgendwer hatte immer eine Geschichte aus alten Tagen auf Lager, und sein Vater erzählte unweigerlich vom Wirtschaftswunder der sechziger Jahre, als die ersten Industriebetriebe entstanden und auch auf dem Feld der Fortschritt Einzug hielt. Wem es nicht gelungen war, mit den neuen Technologien Schritt zu halten, der hatte Land und Haus verloren.

An dieser Stelle begann Papa Marenco dann gegen die Politiker zu wettern, welche die Industrie unterstützt hatten, statt den Bauern zu helfen.

»Selbst die Kommunisten haben nichts begriffen. Oder vielleicht haben sie auch nur so getan, als würden sie nichts begreifen«, ereiferte er sich. »Sie wollten nur mit den Christdemokraten wetteifern und haben dabei gar nicht gemerkt, dass sie die wichtigste Ressource unseres Landes ausgehöhlt haben.«

Angelo Marenco lächelte: Sein Vater war wirklich ein spezieller Typ. Er war nicht lange zur Schule gegangen, aber er hatte immer Weitblick bewiesen.

So, die kleine meditative Pause war zu Ende. Er erhob sich von der Bank und machte sich auf den Weg zum Ausgang. Über die Via Fatebenefratelli lief er wieder zurück und betrat die Bar gegenüber dem Polizeipräsidium.

Obgleich dichtes Gedränge herrschte, entdeckte der Kellner ihn sofort, denn er überragte alle Anwesenden um einen halben Kopf.

»Wie üblich, Dottore?«, fragte er.

Der Polizeipräsident nickte und näherte sich der Kasse. Die Chefin lächelte ihm zu. Sie war eine blonde Frau um die Vierzig, Piemontesin wie er.

»Oje, Dottore! Was für eine Hitze, nicht?«, sagte sie mit ihrem typischen Akzent.

Er antwortete mit einer resignierten Geste.

»Natürlich, Sie würden sich eher die Kehle durchschneiden lassen, um bloß nicht sprechen zu müssen«, murmelte die Frau halblaut.

Angelo ging zur Bar, zuckerte seinen starken Espresso reichlich, rührte langsam um und trank ihn genüsslich in kleinen Schlucken. Er war gut gelaunt, und da die Blondine ihn weiterhin anlächelte, fragte er scherzend: »Führt Ihr Mann Sie denn nie aus?«

»Nie«, spielte sie den Ball zurück. »Der ist immer müde. Er ist eben nicht aus unserer Gegend.«

»Dann lade ich Sie heute Abend zum Essen ein«, schlug der Polizeipräsident vor.

Die Blondine errötete. Sie war eine anständige Frau, aber schöne Männer gefielen ihr, und Doktor Marenco war genau das, was sie »ein Bild von einem Mann« nannte.

»Hören Sie bloß auf. Ich wäre glatt in der Lage, die Einladung anzunehmen«, erwiderte sie kokett.

»Wenn du dein galantes Zwischenspiel beendet hast, würde ich dich gern sprechen«, sagte Kommissar Bonanno, der auf den Polizeipräsidenten zukam. Angelo atmete erleichtert auf, denn er hätte andernfalls nicht gewusst, wie er sich unversehrt aus der Affäre hätte ziehen können.

»Du kommst aber auch immer im rechten Augenblick«, bemerkte er leise und stellte die leere Tasse auf den Tresen.

Sie verließen die Bar.

»Also?«, fragte der Polizeichef.

»Der Fall San Marco. Es gibt Neuigkeiten«, verkündete Bonanno. »Endlich kennen wir den Namen der schönen Vergesslichen.«

»Wer ist sie?«, fragte Angelo, während er seine Jacke auszog.

»Eine, die du sehr gut kennst. Irene Cordero.«

Als kleiner Junge war Angelo jedes Mal, wenn am Himmel unvermittelt ein Donner grollte, vor Angst erstarrt. So war es auch jetzt. Er überquerte mit Bonanno die Straße und blieb plötzlich stehen, während vor und hinter ihnen die Autos vorbeisausten. Der Kommissar sah ihn besorgt an. Nach einem langen Augenblick setzten sie ihren Weg fort und blieben vor dem Tor des Polizeipräsidiums stehen.

»Wie habt ihr es geschafft, sie zu identifizieren?«, fragte der Polizeichef, der seine Selbstbeherrschung zurückgewonnen hatte.

»Vor ein paar Tagen hat der Pfarrer von San Marco einen feuchten Fleck unter dem Beichtstuhl neben der Kapelle der heiligen Therese entdeckt. Er hat die Handwerker gerufen, die dann gestern am späten Nachmittag in die Kirche gekommen sind. Sie haben den Beichtstuhl verschoben, um nachzusehen, wie groß der Fleck war, und dabei eine Bordkarte für den Flug London-Mailand am 26. Juli gefunden. Der Pfarrer hat sich gleich gedacht, dass er ihn besser ins Polizeipräsidium bringen sollte, und ihn heute Morgen bei Capuzzo abgegeben. Wir haben uns mit der Fluggesellschaft in Verbindung gesetzt, die hat uns den Namen des Passagiers mitgeteilt, und wir haben die digitalen Fingerabdrücke mit denen auf dem Coupon verglichen: Sie sind identisch. Es handelt sich zweifelsfrei um Irene Cordero«, schloss der Kommissar.

»Ausgezeichnet«, sagte Marenco. Ohne ein weiteres Wort ließ er Bonanno vor dem Präsidium stehen und machte sich auf den Weg in Richtung Piazza Cavour.

Das Bild von Irene, der wunderschönen Irene mit dem Porzellangesicht, der so sanften Stimme und dem durchdringenden Blick breitete sich in seinem Kopf und seinem Herzen aus.

Er ging schnell, und in wenigen Minuten erreichte er den Platz. Er überquerte ihn, schritt durch ein hohes schmiedeeisernes Tor und lief eine Allee des öffentlichen Parks entlang. Dann setzte er sich im Schatten einer Platane auf eine Bank.

Von der anderen Seite der Wand aus Bäumen drang der Autolärm herüber. Die Sirene eines Krankenwagens zerschnitt die Luft. Zwei alte Leute spazierten gemächlich über die schattige Allee und unterhielten sich leise. Er dachte daran, wie er Viviana und die Kinder zum Flughafen von Linate gebracht hatte. Es war der 26. Juli gewesen, und sie waren nach Sardinien geflogen.

»Ich brauche dich wohl nicht zu fragen, ob du uns am Wochenende besuchen kommst«, hatte seine Frau gesagt.

»Man kann nie wissen. Vielleicht mache ich das«, hatte er geantwortet und sie umarmt.

»Warum habe ich dich bloß geheiratet?«, hatte Viviana halb im Spaß gefragt.

»Weil du auf Polizisten stehst«, hatte er geantwortet und ihr Gesicht gestreichelt.

Viviana war eine wunderbare Frau, die einzige, die ihn Irene hatte vergessen lassen. Sein Blick war ihr gefolgt, bis sie durch die Kontrolle war. Sie hatte sich umgedreht, zusammen mit den Kindern, und ihm durch die Luft einen Kuss zugeworfen. Er hatte gelächelt und zum Abschied einen Arm gehoben. Dann war er in sein Büro zurückgekehrt, wo man ihm mitgeteilt hatte, dass in der Basilika San Marco eine junge Frau überfallen und ausgeraubt worden war. Nun wusste er, dass Irene das Opfer war.

Zwanzig Jahre waren seit dem Tag vergangen, an dem er sie eingeschüchtert wie ein Schuljunge gefragt hatte: »Irene, willst du mich heiraten?«

Aber sie war wie der Wind. Viele Male hatte er geglaubt, sie in der Hand zu haben, und jedes Mal war ihm bewusst geworden, dass er lediglich Luft in den Händen hielt. Er hatte ihretwegen sehr gelitten.

Zwar hatte er sie nie vergessen, aber mit den Jahren war sein Kummer immer schwächer geworden, und er hatte es geschafft, sich ein glückliches Leben aufzubauen.

Er hatte Irene seit vielen Jahren nicht gesehen. Und nun trat sie erneut in sein Leben.

7 Wie von der Tarantel gestochen stürzte Angelo in das Büro des Kommissars. Bonanno telefonierte gerade, doch als er ihn sah, beendete er abrupt das Gespräch. »Habt ihr sie unter Schutz gestellt?«, fragte der Polizeichef. Es war offensichtlich, dass er von Irene sprach. »Zwei von unseren Leuten bewachen sie seit heute Morgen.« »Wo Irene ist, ist auch Tancredi Sella nicht weit. Und wo Sella ist, gibt es einen Haufen Probleme«, erklärte Angelo besorgt. »Sag deinen Männern, dass sie sich in Bewegung setzen sollen. Findet den Angreifer. Ich will wissen, ob es sich um einen Taschendieb handelt oder um jemand anderen. Machen wir uns an die Arbeit, verstanden?«, polterte er. Dann hastete er hinaus und schlug die Tür hinter sich zu.

Es war nicht seine Art, derart aufzubrausen. Und so lief Bonanno ihm hinterher, während er die Treppe hinunterrannte. Er holte ihn ein, als Angelo gerade ins Auto steigen wollte. »Bitte, beruhige dich«, bat er ihn. Er war vom Laufen außer Atem. »Wir müssen heute Mittag zu Terlizzi. Das wollte ich dir gerade sagen. Ich hatte zwar eine Reaktion von deiner Seite erwartet, aber nicht, dass sie so heftig ausfallen würde. Ich dachte, die Wogen wären längst geglättet«, fügte er immer noch keuchend hinzu.

»Komm ich dir etwa gereizt vor?«, fragte der Polizeichef irritiert.

»Ja. Und das scheint mir unangebracht«, entfuhr es Bonanno, der die Geschichte von Irene und Angelo kannte und wusste, wie sehr dieser gelitten hatte. Dann fügte er hinzu: »Pass auf, dass du dich nicht noch einmal um den Finger wickeln lässt. Du hast eine tolle Familie. Es wäre schade, alles zu verderben.«

Doktor Marenco antwortete nicht. Er knallte Bonanno die Autotür vor der Nase zu und fuhr mit quietschenden Reifen davon.

Während er sich durch den Verkehr schlängelte, ließ er sich über Polizeifunk die Koordinaten des Krankenhauses durchgeben, in dem sich Irene befand.

»Sag ihnen Bescheid, dass ich komme«, befahl er dem diensthabenden Beamten.

So wartete Frau Doktor Gorini bereits auf ihn, als er die Abteilung für Neuropsychologie erreichte.

»Wo ist die Cordero?«, fragte er brüsk, nachdem er sich vorgestellt hatte.

»Herr Polizeipräsident, ich möchte Sie daran erinnern, dass dies hier keine Kaserne ist. Wir sind in einem Krankenhaus, und ich bin für meine Patienten verantwortlich«, entgegnete Elena verärgert über den Tonfall des Mannes, der keinen Widerspruch zu dulden schien. Sie standen vor der Tür zum neuropsychologischen Labor, und sie war nicht bereit, sich einschüchtern zu lassen.

»Ich will Irene Cordero sehen«, insistierte Angelo.

Elena nahm einen ängstlichen Ausdruck in den Augen des Polizisten wahr und dachte, dass dieser schöne und autoritäre Mann möglicherweise nicht nur aus beruflichen Gründen in Irenes Leben involviert war. Also lächelte sie ihm zu und sagte:»Beruhigen Sie sich, Irene geht es gut, und Sie werden sie bald sehen können.« Dann fügte sie in komplizenhaftem Ton hinzu:»Sie hat mich gebeten, ihr ein paar Minuten zu geben, damit sie vorzeigbar ist. Wissen Sie, es ist das erste Mal, dass sie Besuch bekommt.« Sie öffnete die Tür und forderte ihn mit einer Handbewegung auf, einzutreten. In dem kleinen Zimmer war der Computer auf dem Schreibtisch eingeschaltet, und auf dem Monitor war das schwarzweiße Familienfoto zu sehen. Angelo bemerkte das Bild.

Er näherte sich dem Schreibtisch und betrachtete es lange. Die Hände in den Taschen des Kittels, beobachtete Elena Gorini ihn.

»Ich kenne Irene Cordero schon immer«, sagte er schließlich, »aber ich habe sie seit einigen Jahren nicht gesehen.«

»Sechster April sechsundneunzig«, startete Elena Gorini einen Versuch, während sie neben ihn trat.

»Was sagen Sie?«

»Das ist das Datum, das in den Ring eingraviert ist, den Irene trägt. Sagt Ihnen das etwas?«

»Absolut gar nichts. Aber bitte erzählen Sie mir von Irenes Amnesie.« Angelo hatte sich beruhigt, zumindest dem Anschein nach.

»Sie hat lediglich bruchstückhafte Erinnerungen an ihre Kindheit zurückerlangt. Das ist immerhin ein guter Anfang. Wir sind tagelang im Dunkeln getappt.« Sie machte eine Pause und sagte dann: »Ich gehe sie jetzt holen.«

Elena machte ein paar Schritte auf die Tür zu, dann blieb sie stehen. Sie drehte sich um und sagte: »Bis zu diesem Moment war das Foto die einzige Spur, über die wir verfügten. Jetzt kann Ihre Hilfe entscheidend sein.«

Angelo blieb allein. Er setzte sich an den Schreibtisch und betrachtete den Monitor. Das also war das Foto, das in den Protokollen zusammen mit den anderen Gegenständen erwähnt wurde, die man in der Kirche gefunden hatte. Wenn er gleich verlangt hätte, es zu sehen, wäre Irene sofort identifiziert worden. Er betrachtete das Bild, das vor knapp dreißig Jahren aufgenommen worden war. Nacheinander erkannte er die Personen wieder, die das Objektiv fixiert hatte. Er erinnerte sich an einen weit zurückliegenden Tag, an dem Irene ihn gerufen hatte: »Meine Mama will dich. Und ich will dich auch«, hatte sie zu ihm gesagt. So hatte er inmitten ihrer Familie für den Fotografen posiert. Er war der Fünfzehnjährige, der hinter der kleinen Irene stand.

Es überraschte ihn, dass Irene es so lange Zeit aufbewahrt

hatte. »Sie hat es nie vergessen«, flüsterte er, und ein Kloß der Rührung drückte ihm die Kehle zu. Gleich darauf loderte Zorn in ihm auf, denn wieder einmal war er dabei, sich von dieser zerbrechlichen und verzweifelten, egoistischen und mutigen, geradezu gnadenlos aufrichtigen Frau einwickeln zu lassen. Niemand kannte Irene so gut wie er, der sie beinah hatte zur Welt kommen sehen.

Angelo war fünf gewesen, als er sie zum ersten Mal auf den Arm genommen hatte. Es war auf dem Bauernhof der Corderos gewesen, und Irene, gerade mal wenige Tage alt, schrie auf dem Arm ihrer Mutter Rosanna.

»Darf ich sie mal halten?«, hatte Angelo gefragt.

Rosanna hatte sie ihm gegeben. Die Kleine war leicht wie ein Floh. Sie hatte sich sofort beruhigt.

»Du flößt ihr Vertrauen ein«, hatte Rosanna bemerkt.

Er hatte gelächelt und dabei gedacht: Ich werde sie vor den Hexen beschützen.

Er erinnerte sich, wie sie als kleines Mädchen auf dem Weg, der vom Hof zur Straße führte, mit den Beinen im Schnee versank. Ihr rotes Mäntelchen sah aus wie ein Blutfleck auf den endlosen weißen Feldern. Der rosafarbene, bis oben mit Büchern und Schreibheften gefüllte Rucksack lastete auf ihren zarten Schultern, und ab und an schwankte sie. Sie war sechs Jahre alt und besuchte die erste Grundschulklasse. Sie hatte ihn vom Hof aus kommen sehen.

»Angelo, schöner Angelo, komm, flieg zu mir«, hatte Irene gerufen. Ihr Näschen lief, die Augen leuchteten vor Kälte, die Haut der nackten Händchen war wegen der Frostbeulen aufgeplatzt. Als Angelo sie erreicht hatte, hob er sie auf seine Schultern und trug sie bis zur Schule.

Unterwegs hatte sie ihn fast schwindlig geredet mit ihrem Geplapper. Dann hatte sie sich bei ihm mit den Worten bedankt: »Eines Tages werde ich dir ein großes Geschenk machen. Ich werde dir einen wunderschönen Schal kaufen.«

Er hörte, wie die Tür geöffnet wurde, und wandte den Blick vom Bildschirm. Irene war ins Zimmer getreten und sah ihn an. Sie hatte sich nicht verändert, seit sie sich das letzte Mal getroffen hatten. Viele Jahre waren vergangen. Lediglich ihr Blick schien anders. Es lagen keine Schatten mehr über ihren strahlenden blauen Augen.

Sie trug eine lilafarbene Leinenhose und ein weißes Shirt, das ihre perfekte Figur betonte. Um den Kopf hatte sie einen lilafarbenen Foulard gewickelt, der im Nacken geknotet war. Die neuen Kleidungsstücke waren ein Geschenk von Elena.

Der Polizist nahm vage den Geruch nach Chanel wahr, den er gut kannte.

»Ciao, Irene«, sagte er leise und erhob sich vom Stuhl.

»Ciao«, erwiderte sie tonlos.

Elena Gorini, die hinter der Frau stand, betrachtete die beiden schweigend.

»Wie geht es dir?«, fragte Angelo.

»Mir geht es gut, danke«, bestätigte sie, ohne sich zu rühren.

»Ich habe mir das Foto von deiner Familie angesehen«, fuhr er fort. Irene trat zu ihm und sah auf den Bildschirm.

»Ich bin auch darauf. Erkennst du mich?«, fragte er leise.

Wortlos musterte sie das Bild eine ganze Weile. Dann öffneten ihre Lippen sich zu einem Lächeln, und sie zeigte auf den Heranwachsenden, der hinter ihr stand.

»Natürlich erinnere ich mich an dich«, rief sie. Sie breitete ihre Arme aus und sagte: »Angelo, schöner Angelo, komm, flieg zu mir.«

Der Polizeipräsident drückte sie an sich. Irene verbarg ihr Gesicht in der Kuhle an seiner Schulter, näherte ihre Lippen seinem Ohr und flüsterte: »Ich erinnere mich an jede Stunde, jeden Augenblick.«

Lautlos verließ Elena Gorini das Zimmer.

1982
Die Geschichte von Irene und Angelo

8   Angelo war spät dran. Er bremste abrupt, und das Hinterrad seines Mopeds schlitterte über den Asphalt, der im dichten, aus bleifarbenem Himmel herabstürmenden Schneegestöber glatt geworden war.

An diesem nasskalten und melancholischen Dezembernachmittag tauchte die Weihnachtsbeleuchtung die Straßen im Zentrum Mailands in ein farbenfrohes Licht. Angelo schloss das Moped an einen Laternenpfahl und steckte den Schlüssel in die Tasche seiner Windjacke. In seinem Rucksack hatte er ein Biologiebuch, einen Ordner und eine Kladde für seine Notizen. Wie eine Schildkröte zog er den Kopf in seinen Kragen, hauchte in seine starren Hände und eilte die Via dei Giardini entlang. Dann bog er um die Ecke und schritt nach wenigen Metern durch ein niedriges Tor. Eine Zementtreppe auf der linken Seite führte in das weitläufige Kellergeschoss einer Konditorei mit Bar und Teesalon. Dort unten war die Luft warm und feucht. Der Raum war durch weiß gestrichene Wände in verschiedene Bereiche unterteilt: die Umkleideräume für die Angestellten, das Getränkelager, die Vorratskammer, den Arbeitsraum, in dem die Konditoren inmitten von Vanille- und Karamellaromen und zu den Klängen eines Liedes von Amanda Lear, das gerade in Mode war, im Akkord arbeiteten: »Voulez-vous un rendez-vous tomorrow«. Die Decke bestand aus einer Aneinanderreihung von zweihundert Jahre alten Gewölben mit unverputzten Backsteinen.

Das Personal lief geschäftig zwischen dem Kellergeschoss und dem Saal im oberen Stockwerk hin und her. Der Lastenaufzug fuhr rauf und runter, irgendwer fluchte, jemand lachte, ein anderer sang.

»Marenco, beeil dich. Du bist der Letzte, wie immer«, wies ihn ein junger Mann, der in der Umkleide Pullover und Jeans anzog, auf seine Verspätung hin.

»Ich weiß«, sagte Angelo. Er öffnete seinen Spind, hängte Windjacke und Rucksack hinein und begann sich blitzschnell auszuziehen. Er hatte sich verspätet, weil er nach der Biologiestunde noch ins Sekretariat gegangen war, um sich nach den Prüfungsterminen zu erkundigen.

»Und ich bin wieder der Dumme«, protestierte der Kollege im Gehen.

»Morgen habe ich keinen Kurs, dann löse ich dich früher ab«, versprach Angelo, während er sich die weiße Schürze zuband. Dann eilte er die Innentreppe zum oberen Stockwerk hinauf und tauchte hinter dem Tresen der Bar auf.

Er arbeitete sechs Stunden am Tag und machte Espresso, Tee, heiße Schokolade, Punsch, Limonade und Cappuccino. Wenn er ging, nachdem er die ganze Zeit den Koffeindampf eingeatmet hatte, lagen Angelos Nerven blank. Dennoch schätzte er sich glücklich, eine Arbeit zu haben, die es ihm erlaubte, die Miete für sein Apartment zu bezahlen, ohne seine Familie um allzu viel Geld bitten zu müssen.

»He, der Professor ist da!«, rief Rocco, ein Kollege vom Tresen, der ihn an der Kaffeemaschine vertrat.

Rocco war ein netter und großzügiger Neapolitaner um die Vierzig. Er machte sich gerne über Angelo lustig, weil er andere Ziele hatte als er selbst, doch er war immer bereit, ihm zu helfen und seine Unpünktlichkeit zu decken.

Der Laden war gut besucht, die Gäste bevölkerten Bar und Tische. Auch im hinteren Bereich des Lokals, in dem man sich die Einkäufe weihnachtlich einpacken lassen konnte, herrschte Gedränge. An diesen Tagen war die Arbeit einfach mörderisch.

»Einen koffeinfreien doppelten Espresso«, bat eine junge Kundin und reichte ihren Kassenbon dem neapolitanischen Barmann, der die Bestellung an Angelo weitergab: »Dann sind es also drei Cappuccini, zwei Espressi und ein koffeinfreier doppelter Espresso.« Anschließend wandte er sich an die junge Frau und machte eine schelmische Bemerkung.

Angelo, der mit dem Rücken zu ihnen stand und die Maschine bediente, ermahnte Rocco leise: »Du mit deinen blöden Witzen. Wenn der Chef dich hört, bist du geliefert.«

»Wenn ich eine Frau wie die sehe, verliere ich eben sofort den Verstand«, antwortete der Neapolitaner mit unterwürfiger Stimme.

Angelo drehte sich zum Tresen um und musterte die Kundin.

Sie trug einen blauen Lodenmantel, war groß und schlank, und ihre tiefschwarzen Locken umrahmten ein von strahlend blauen Augen erleuchtetes Porzellangesicht.

Am liebsten wäre er über den Tresen gesprungen und hätte sie umarmt. Doch er beschränkte sich darauf, sie anzulächeln. »Ciao, Irene«, grüßte er sie.

»Angelo! Ich glaub es nicht«, rief sie aus.

»Was machst du denn in Mailand?«, fragte der junge Mann.

»Ich habe eine gute Stelle gefunden«, entgegnete Irene hochzufrieden.

Angelo hatte sie zuletzt vor sechs Monaten getroffen, im Sommer. Da hatte Irene in einer Jeansfabrik in San Benedetto gearbeitet. Sie hatte ihm erzählt, dass sie einen Abendkurs für Sekretärinnen besuche, weil sie nicht ihr Leben lang Arbeiterin bleiben wolle wie ihre Mutter. Er hatte ihr Recht gegeben. Sie waren mit dem Fahrrad über die Felder gefahren, und wie immer hatte sie wie ein Wasserfall geredet und ihn mit Worten überschwemmt, wobei sie Wirklichkeit und Fantasie vermischte.

»Kommen die drei Cappuccini heute noch? Außerdem brauche ich noch einen Mandarinenpunsch«, rief Rocco ihn zur Ordnung. Es war ihnen nicht gestattet, sich mit den Kunden zu unterhalten, vor allem dann nicht, wenn am Tresen eine Schlange war.

»Um acht bin ich fertig. Wo kann ich dich finden?«, flüsterte er Irene zu.

»Ich werde draußen auf dich warten«, versicherte sie, bevor sie ihre Tasse mit dem koffeinfreien Espresso leerte.

Angelo arbeitete den ganzen Nachmittag hart und ignorierte die bissigen Kommentare des Neapolitaners. Er dachte an Irene, die allein in einer fremden Stadt war. Er musste sie im Auge behalten, denn sie war zu schön, um unbemerkt zu bleiben, und wer weiß, in was für Schwierigkeiten sie womöglich geriet. Mailand war nicht San Benedetto, wo jeder sie kannte und beschützte. Hier lauerten alle möglichen Gefahren auf schöne Mädchen. Hinter seinem Tresen im Konditoreicafé konnte er oft Szenen beobachten, die ihm missfielen.

Um acht ging er in das Kellergeschoss hinunter, zog sich um und trat hinaus auf die Straße. Der immer noch fallende Schnee dämpfte den Verkehrslärm. Angelo blickte sich um, Irene war nirgends zu sehen. Er spähte in die Bar hinein, doch da war sie auch nicht. Also fand er sich damit ab, auf sie warten zu müssen.

Um neun – er war bereits steif vor Kälte – nahm er sich vor, noch weitere fünf Minuten auszuharren, dann würde er sein Moped holen und nach Hause fahren. Er ließ fünf Minuten verstreichen, danach noch einmal fünf, bis es schließlich beinah zehn war. Schließlich fuhr er enttäuscht und besorgt davon.

Bevor er die sechs Stockwerke zu seinem Apartment erklomm, ging er in den Milchladen, in dem er gelegentlich sein Abendessen zu sich nahm, das aus Milchkaffee und Pastadura bestand.

Das schummrige Lokal hatte weiß gekachelte Wände und Eisentische mit grau gemaserten Marmortischplatten sowie einen Tresen aus dunklem Holz. Der Duft nach Milch vermischte sich mit dem Geruch nach Kaffee, Zimt, Schokolade, Anislikör und Pfefferminzbonbons, die in großen Gläsern aufbewahrt wurden.

»Ich möchte gern telefonieren«, bat Angelo die Besitzerin, die hinter dem Tresen auf einem Hocker kauerte und vor sich hindöste.

Sie war eine winzige alte Frau mit weißem, im Nacken zu einem Knoten zusammengefasstem Haar wie die alten Bäuerinnen, die Angelo so gut kannte. Ihr Name war Vera. Sie hatte einen nunmehr vierzigjährigen Sohn, der ihr im Laden half. Der aber war nicht gerade aufgeweckt und daher ein ständiges Kreuz. »Was wird nur aus ihm werden, wenn ich einmal nicht mehr bin?« Diese Frage, die gar keine Antwort verlangte, richtete sie oft an die älteren Kunden, die ihn hatten aufwachsen sehen. Signora Vera lächelte Angelo zu, stellte den Zähler auf Null und sagte: »Nur zu.«

Die Kabine mit dem Wandtelefon, ein zwanzig Jahre altes Modell, befand sich in einer Ecke im hinteren Teil des Lokals. Angelo trat ein und schaltete das Licht an. Dann wählte er die Nummer seiner Eltern.

Seine Mutter hob ab und fragte besorgt: »Was ist passiert? Wir haben schon geschlafen.«

»Ich wollte nur hören, wie es euch geht«, entschuldigte er sich leise.

Normalerweise rief er nur einmal die Woche zu Hause an, und zwar sonntags, weil es dann bloß die Hälfte kostete.

»Wenn du abends um halb elf anrufst, bedeutet das, dass irgendetwas passiert ist. Hast du Schulden gemacht? Hat man dich bei einer Prüfung durchfallen lassen? Du kannst mir alles sagen. Ich bin hier in der Küche, allein«, ermutigte ihn seine Mutter.

»Ich habe heute die kleine Cordero gesehen. Sie hat mir erzählt, dass sie jetzt in Mailand arbeitet. Weißt du etwas darüber?«, entschloss er sich zu fragen.

Er hörte, wie seine Mutter tief seufzte. »Die arme Agostina ist verzweifelt. Irene ist vor zwei Monaten weggegangen. Wie's aussieht, hat sie eine Stelle als Empfangsdame bekommen. Aber hör du besser auf, ihren Schutzengel zu spielen. Denk lieber an deine Prüfungen. Die Jahre vergehen, und du hast immer noch keinen

Studienabschluss. Dein Vater fängt schon an zu murren, und da hat er nicht Unrecht.«

»In Ordnung, Mama. Ich verspreche dir, dass ich mehr lernen werde«, versicherte er.

Die Neuigkeiten von Irene hatten ihn nicht gerade beruhigt. Er bezahlte das Telefonat, grüßte die Signora und stieg kurz darauf mit einem deutlichen Unbehagen die Treppen des alten Hauses hinauf. Seine Eltern hatten verlangt, dass er sich für Landwirtschaft einschrieb, doch er fühlte sich mehr zu anderen Fakultäten wie Jura oder Philosophie hingezogen. In den Jahren, als er bei seinem Onkel und seiner Tante in Turin gelebt hatte, hatten sich ihm neue Horizonte aufgetan, die mit Landwirtschaft nicht viel gemein hatten. Er wusste, wenn er seine Zweifel in der Familie ausspräche, würden sein Vater und seine Geschwister ihn nicht verstehen. Also schlug er sich weiter durch. Die Prüfungen zogen sich hin, und er fühlte sich schuldig wegen der Studiengebühren, die seine Familie für ihn bezahlte. Einige seiner Freunde vom Gymnasium hatten bereits mit dreiundzwanzig ihren Abschluss gemacht. Er dagegen hatte noch keine klare Vorstellung von seiner Zukunft.

Eine heiße Dusche und erholsamen Schlaf vor Augen, erreichte den sechsten Stock. Seine Mutter hatte Recht: Er musste mehr lernen und damit aufhören, sich als Irenes Schutzengel zu betrachten.

Doch da saß Irene, auf der Fußmatte vor seiner Tür.

Das Treppenhauslicht ging aus. Angelo drückte auf den Lichtschalter. Er war sprachlos. Dafür redete sie:»Na endlich. Ich warte schon seit Stunden auf dich.«

»In Wirklichkeit habe ich auf dich gewartet, ich habe zwei Stunden im Schnee gestanden«, erwiderte Angelo verärgert. Aber er war froh, sie zu sehen. Er öffnete die Wohnungstür. Sofort umfing sie die Wärme eines Ölofens.

»Ich bin um sechs von der Arbeit gekommen und wusste nicht, wo ich bis acht Uhr hinsollte. Letzten Sommer hast du mir deine

Adresse gegeben, und da bin ich. Ich war überzeugt, dass du sofort nach Hause kommen würdest, wenn du mich nicht vor der Konditorei siehst«, erklärte sie.

»Du bist ein verrücktes Huhn«, sagte Angelo und umarmte sie lachend.

Das Unbehagen war plötzlich verflogen.

9   Angelo hatte sich immer für Irene verantwortlich gefühlt, schon seit er ein Junge gewesen war. Er wusste nicht, woher dieser Impuls kam, sie zu beschützen. Er nahm ihn einfach als naturgegeben hin.

»Hast du schon gegessen?«, fragte er sie, während er ihr half, Mantel und Schal auszuziehen.

Sie schüttelte den Kopf und sah sich um.

»Komm, ich zeig dir meinen Palast«, scherzte Angelo.

Das Zimmer war groß, hatte vier kleine Fenster auf zwei gegenüberliegenden Seiten und war möbliert mit einer Tischtennisplatte, zwei ungleichen Stühlen, einem Bett, Metallregalen voller Bücher und Schallplatten und einem alten zweitürigen Schrank. In einer Ecke hinter einem Paravent befanden sich ein Gasherd, ein Waschbecken, eine Konsole für das Geschirr und ein Kühlschrank. An den Wänden hingen Poster mit Drucken von van Gogh und Chagall. Ein schmales Türchen ganz hinten im Zimmer führte in ein winziges Badezimmer mit einer primitiven Dusche.

»Ich mache uns etwas zu essen«, schlug Angelo vor. »Im Kühlschrank sind noch Eier, Milch, Fruchtsäfte, Butter und Käse.«

»Ich habe keinen Hunger«, erklärte Irene und setzte sich auf das Bett. Der Metallrahmen quietschte.

»Du wirst trotzdem etwas essen. Ich mache ganz hervorragende Spiegeleier«, sagte er, während er den Herd anzündete. Er stellte eine Eisenpfanne auf die Flamme und warf ein Stück Butter hinein, das gleich zu zischen begann. Dann schlug er vier Eier auf und gab das Eiklar in die Pfanne. Sobald es weiß wurde, ließ er auch den Dotter hineinfallen, salzte, deckte die Pfanne zu und löschte die Flamme. Zwei Minuten später nahm er den Deckel wieder ab. Das Abendessen war fertig. Sie aßen an der Tischtennisplatte und tranken dazu Ananassaft.

»Jetzt erzähl mir alles«, sagte er und stützte die Ellbogen auf den provisorischen Tisch.

Seit dem letzten Sommer war Irene, sofern das möglich war, noch schöner geworden. Sie trug eine schwarze Hose, einen roten Pulli mit Stehkragen und flache Lederstiefel. Sie war ungeschminkt: Angelo dachte, dass sie es nicht nötig hatte.

»Nach San Benedetto gehe ich nicht mehr zurück. Es tut mir wegen Oma und wegen Vater Leid, aber ich hatte das Gefühl, in dieser Hosenfabrik zu ersticken. Ich bin nicht zur Arbeiterin geboren und auch nicht zur Bäuerin. Ich will mehr vom Leben, und das werde ich auch bekommen«, erklärte sie, während sie sich mit einer Papierserviette den Mund abwischte.

»Was hast du vor?«, fragte Angelo.

»Jeden Tag habe ich an der Nähmaschine gesessen und auf den Samstag gewartet, weil ich am Tag danach nicht in die Fabrik musste. Sonntags bin ich spät aufgestanden, wenn die Sonntagsglocken geläutet haben. Nachmittags wusste ich schon nicht mehr, was ich tun sollte. Die Männer im Dorf saßen in der Kneipe und spielten Karten, die Frauen spazierten über die Hauptstraße. Ab und zu bin ich mit meinen Freundinnen nach Cuneo gefahren, um mir irgendeinen blöden Film anzusehen. So sind die Sonntage dahingegangen, ohne dass etwas passiert ist. Der Sonntag war nur am Samstag schön. Abends ist einem höchstens mal ein Betrunkener auf der Straße begegnet, der fürchterlich fluchte, oder ein paar Bauern, die sich wegen irgendwelcher alten Querelen prügelten. Ein Hund bellte den Mond an. Aus der Ferne ertönte das Klagen einer Frau, die von ihrem Mann geschlagen worden war. Dann kehrte ich auf den Hof zurück. Am nächsten Tag war wieder Montag, und alles ging von vorne los, immer dasselbe

Lied. Ich konnte dieses Leben nicht mehr ertragen, glaub mir«, schloss sie.

Angelo nickte. Auch er hatte dasselbe Unbehagen empfunden und war froh gewesen, dem Willen der Familie nachkommen und zum Studium nach Turin gehen zu können. Dann aber war ihm auch Turin für seine Ambitionen zu klein erschienen, und er war nach Mailand gekommen, der Stadt des Reichtums, des Wohlstands, des Erfolgs.

»Also habe ich mir gesagt«, fuhr Irene fort, »dass ich was unternehmen muss. Ich habe in der Zeitung die Anzeige einer Mailänder Firma gelesen, die eine Empfangsdame suchte und einen Lebenslauf mit Ganzkörperfoto verlangte. Ich habe ihnen die Fotos geschickt, die du letzten August von mir gemacht hast, auf der Piazza von San Benedetto. Ich habe gar nicht mit einer Antwort gerechnet. Doch sie haben mich eingeladen und eingestellt. Jetzt bin ich eine Art Pförtnerin. Ich sitze in der Eingangshalle an einem Schreibtisch mit Glasplatte und Grünpflanzen links und rechts. Ich muss die Besucher empfangen und sie in die verschiedenen Büros führen, immer mit einem Lächeln auf dem Gesicht. Morgens, vor allen anderen, kommt der Chef und mustert mich von oben bis unten. Dann sagt er ›absolut perfekt‹. Ich rufe den Aufzug, und er steigt ein. Sein persönlicher Sekretär, der ihm alles nachmacht, sich ebenso kleidet, ebenso gestikuliert und sogar in derselben Tonlage redet, wiederholt: ›Absolut perfekt‹ und läuft dann dem Chef hinterher«, erklärte sie und äffte die beiden nach.

Angelo lächelte. »Wer ist dieser Chef?«, fragte er.

»Ein Sizilianer. Er heißt Tancredi Sella.« Sie sagte ihm nicht, dass er ein überaus attraktiver Mann war.

»Und die Firma?«

»Die heißt Cosedil. Sie bauen Häuser, ganze Stadtviertel. Und sie kaufen alte Palazzi, Landhäuser, Grundstücke, Geschäfte. Ständig gehen Architekten, Stadträte und Geschäftsleute ein und aus«, berichtete das Mädchen immer aufgeregter.

Wie immer, wenn sie in Fahrt kam, redete Irene wie ein Wasserfall, und Angelo wusste nie, ob sie die Wahrheit sagte oder ihrer Fantasie freien Lauf ließ. Sie erzählte, dass Tancredi Sella verheiratet sei, dass er zwei Kinder habe und eine Mutter, die ihn jeden Tag im Büro anrief.

Irene fuhr fort: »Diese Arbeit langweilt mich langsam ein bisschen. Aber die Bezahlung ist nicht schlecht und die Unterkunft komfortabel. Die Cosedil stellt den Mitarbeitern, die nicht in Mailand wohnen, zwei Etagen in einem Apartmenthaus auf dem Corso di Porta Romana zur Verfügung. Mein Apartment ist ganz winzig, wie eine Puppenstube. Aber es ist alles drin. Ich zahle eine symbolische Miete, und wir haben auch eine Kantine, die sehr preiswert ist. Ende November habe ich zusätzlich zu meinem Gehalt auch ein Paket mit Schönheitscremes, Seifen und Parfüms geschenkt bekommen. Es heißt, dass Sella großzügig sein soll und gern Geschenke macht.«

»Das stimmt. Die Cosedil hat unserer Konditorei vor kurzem eine Namensliste geliefert und Panettone, Champagner und Kaviar in die halbe Welt verschickt. Unser Chef war überglücklich, und die Angestellte, die unsere Lieferungen koordiniert, hat Kosmetik und Parfüm geschenkt bekommen«, bestätigte Angelo. Dann fügte er hinzu: »Was für eine Verschwendung. Wir Bauern haben da eine andere Lebenseinstellung.«

»Du vielleicht. Ich will es bei der Cosedil bis ganz nach oben schaffen. Die Angestellten, die in den oberen Etagen arbeiten, tragen Nerz und Kaschmirpullover. Zum Urlaub fahren sie in die Karibik, und sie gehen ständig auf Partys«, erwiderte Irene.

»Ist das alles, was du vom Leben willst?«

»Oh nein! Ich will sehr viel mehr«, verkündete sie lächelnd.

»Zum Beispiel?«

»Ich will reich sein und bewundert, umworben, umschmeichelt und verehrt werden.«

»Ich dachte, du würdest vom Märchenprinzen träumen. Mädchen in deinem Alter träumen normalerweise von der Liebe.«

»Die Liebe dauert nur einen Tag, sagt meine Oma immer. Reichtum und Macht dagegen dauern das ganze Leben.«

»Irene, Irene, wann wirst du erwachsen?«, seufzte Angelo und zerzauste ihr das Haar.

»Wenn erwachsen werden bedeutet, sich mit dem zufrieden zu geben, was man hat, und aufzuhören, mit offenen Augen zu träumen, werde ich nie erwachsen werden. Ich habe genug gelitten. Und du, mein lieber Angelo, weißt das genau«, erklärte sie.

»Ohne einen Abschluss wird es nicht leicht sein, bei der Cosedil Karriere zu machen«, wandte er ein.

Irene zog sich den Mantel an. »Wollen wir wetten?« Sie hielt kurz inne, bevor sie hinzufügte: »Danke für das Abendessen.«

»Du glaubst doch nicht, dass ich dich allein nach Hause fahren lasse«, sagte er und schnappte sich seine Windjacke.

Es schneite immer noch. Eine rutschige Schicht Schneematsch bedeckte Bürgersteige und Straße. Sie gingen zur Straßenbahnhaltestelle und mussten lange warten, ehe die Bahn kam.

»Du solltest Agostina besuchen«, schlug Angelo ihr vor, dem die Worte seiner Mutter einfielen.

»Das werde ich tun«, sagte Irene.

In der Straßenbahn waren nur wenig Fahrgäste.

»Ich fahre Heiligabend mit dir. Dann bin ich über Weihnachten bei Oma«, versprach sie. »Ich hoffe, dass sie es zu schätzen weiß, immerhin werde ich auf eine Woche Urlaub in Courmayeur verzichten, zu der Dottor Sella uns liebenswürdigerweise einlädt. Aber ich kann nicht Skifahren.«

»Die Großzügigkeit deines Chefs kennt keine Grenzen«, bemerkte Angelo sarkastisch.

»Das kann man wohl sagen. Er ist ein außergewöhnlicher Mann. Er denkt nicht nur an seine Geschäfte, er arbeitet auch für uns. Vor den Weihnachtstagen versammelt er uns alle zu einem Cocktail und überreicht jedem seiner Angestellten ein Geschenk«, verriet sie fröhlich.

»Eben hast du mir noch gesagt, dass die Arbeit dich langweilt«, erinnerte er sie.»Vielleicht schenkt dir der sagenumwobene Dottor Sella ja einen Managerposten zu Weihnachten.«

»Mach dich nicht lustig über mich. Warte nur ab, du wirst schon sehen, wozu ich fähig bin. Wir sind da.«

Sie stiegen aus. Das Mietshaus auf dem Corso di Porta Romana war ein Neubau. Die vollständig aus Marmor und Glas bestehende Eingangshalle war taghell erleuchtet, und ein mit Schleifen verzierter Weihnachtsbaum stand vor zwei verspiegelten Wänden, die ihn unendlich oft reproduzierten.

»Dafür, dass du eine einfache Angestellte bist, hat dich die Cosedil wie eine Prinzessin untergebracht«, stellte Angelo fest. Er empfand eine heftige Abneigung gegen diesen Tancredi Sella, den er nicht kannte.»Also, lass von dir hören«, schloss er brüsk und steckte die Hände in die Taschen seiner Windjacke.

Er war ein paar Schritte auf den Ausgang zugegangen, als Irene noch einmal nach ihm rief.

»Wie kommst du nach Hause?«, fragte sie.

»Zu Fuß«, erwiderte er und lief weiter.

»Angelo, schöner Angelo, komm, flieg zu mir«, rief Irene, und ihre Stimme, in der Verzweiflung mitschwang, brach.

Er ging zurück.

Sie öffnete ihre Arme und drückte ihn an sich.»Ich liebe dich«, flüsterte sie ihm ins Ohr.

Angelo umarmte sie, und sein Verlangen schnürte ihm die Kehle zu.»Ruf mich an, wenn du mich brauchst«, sagte er.

Irene nickte.

10 Irene schob die Magnetkarte in die dafür vorgesehene Vorrichtung. Ein kurzes Summen kündigte an, dass das Türschloss aufgeschnappt war. Sie öffnete die Tür, und automatisch schaltete sich in dem winzigen Apartment das Licht ein. Im Flur ließ sie die Tür des Garderobenschranks aufgleiten und hängte Schal und Mantel auf. Dann befreite sie sich von den Stiefeletten und ging ins Wohnzimmer, wo ihre Füße in dem weichen blauen Wollteppich versanken. Das Zimmer war mit modernen Möbeln ausgestattet: ein viereckiger Tisch, zwei gepolsterte Stühle, ein Sessel und ein Sofa, das man zu einem Doppelbett ausziehen konnte. An der hinteren Wand führten zwei nebeneinander liegende Türen in die Küche und das Badezimmer.

Sie entkleidete sich, zog den Morgenrock über und ging in die Küche, um sich eine Tasse heißen Kakao zu machen, den sie, ausgestreckt auf dem Bett, in kleinen Schlucken trank. Es war nach Mitternacht, und sie hoffte, sofort einschlafen zu können, denn der Wecker klingelte unbarmherzig um halb sieben, und sie konnte es sich nicht erlauben, bei der Cosedil zu spät zu kommen. Bei der Einstellung hatte der Personalleiter ihr gesagt: »Der Chef ist absolut pünktlich. Daher verlangt er auch von seinen Mitarbeitern Pünktlichkeit, egal auf welcher Ebene.«

Zwei Monate waren vergangen, seit sie zum ersten Mal die Büroräume in der Via Turati betreten hatte. Man hatte sie in einen Raum im dritten Stock dieses Palastes aus Glas und Stein geführt. Dort hatten bereits zehn weitere junge und anmutige Mädchen gewartet, alle akkurat geschminkt und frisiert. Sie hingegen hatte nicht einen Hauch von Make-up aufgelegt, trug eine schwarze

Barchenthose und einen weißen, vom häufigen Waschen verfilzten Pulli mit Stehkragen, der ihre schlanke Figur betonte. Sie fühlte sich plump und unpassend. In diesem Moment dachte sie, da sie noch nicht einmal den Kurs für Geschäftssekretärinnen abgeschlossen hatte, sie wüsste nicht, wie sie einen Geschäftsbrief schreiben sollte, falls man sie dazu auffordern würde. In ihrer Panik wollte sie gerade gehen, als eine Angestellte der Cosedil auf sie zukam und lächelnd zu ihr sagte: »Kommen Sie bitte mit.« Sie hatte sie in ein Büro geführt, wo hinter einem langen Tisch ein Mann mit strengem Gesicht und zwei ebenso mürrisch aussehende Frauen saßen. Schweigend hatten die drei sie lange gemustert, ehe sie sie aufforderten, ihnen gegenüber Platz zu nehmen. Dann hatten sie sich leise beraten und den Lebenslauf herumgereicht, den Irene geschickt hatte, ohne ihr auch nur eine Frage zu stellen. Als sie nunmehr dachte, sie würden sie verabschieden und ihr die Tür weisen, sagte der Mann: »Sie sind als Empfangsdame eingestellt. Morgen früh wird sich jemand Ihrer annehmen und Sie in Ihre Aufgaben einweisen. Darüber hinaus werden Sie einen Englischkurs besuchen. Betrachten Sie sich fortan als eine Mitarbeiterin der Cosedil.«

So hatte alles angefangen. Auf einmal war Irene wie von einem Strudel erfasst. Vom Lehrgang hetzte sie zum Englischkurs, zwischendurch blieb gerade mal eine kurze Pause für die Mahlzeiten. Sie musste eine Uniform tragen: blaues, maßgeschneidertes Kostüm, blauweiß gestreifte Seidenbluse und Schuhe mit halbhohem Absatz.

Zwei Wochen später saß sie hinter einem Schreibtisch aus Stahl und Glas im großen Atrium der Cosedil, das durch eine Glasschiebetür mit der Kabine zweier bewaffneter Wachleute verbunden war, die auf einem Monitor das Geschehen innerhalb und außerhalb des Gebäudes überwachten.

Es war zehn Minuten vor acht, als die Tür des Atriums sich öffnete und ein sehr attraktiver, großer Mann mit blauen Augen und Haaren von der Farbe reifen Korns hereinkam. Er trug einen blauen Lodenmantel und in der rechten Hand eine schwarze Aktenmappe. Hinter ihm gingen zwei Leibwächter.

»Wer sind Sie?«, fragte er sie in entschlossenem Ton.

»Ich bin die neue Empfangsdame, Signore. Ich heiße Irene«, hatte sie mit einem Lächeln gesagt, wie man es ihr beigebracht hatte. Und sie hatte hinzugefügt: »Würden Sie mir freundlicherweise auch Ihren Namen sagen?«

»Ich bin der Präsident, Signorina«, hatte er geantwortet und sich in Richtung Privataufzug entfernt, der direkt in das oberste Stockwerk fuhr. Als er, gefolgt von seinen Leibwächtern, in der Kabine verschwand, hatte er sich umgedreht, sie kühl und abschätzend gemustert und geflüstert: »Absolut perfekt.«

Eine halbe Stunde später stand eine Kristallvase mit einem Strauß weißer Lilien auf Irenes Tisch. »Ein Willkommensgruß vom Boss«, hatte der Bote verkündet.

Tancredi Sella, gebürtiger Sizilianer, war ein überaus wohlhabender Mann, der angeblich in der Welt der Politik Protektion von ganz oben genoss. Er arbeitete achtzehn Stunden am Tag, doch er ließ es sich nicht nehmen, gelegentlich ein paar Worte mit seinen Arbeitern, Angestellten und Sekretärinnen zu wechseln.

»Ein strenger, aber sanftmütiger Vater«, so wurde er von den meisten genannt.

All das ging Irene durch den Kopf, während sie Mühe hatte einzuschlafen, und sie dachte, dass sie direkt mit ihm über das Problem sprechen sollte, das an ihr nagte. Tatsächlich langweilte sie ihre Arbeit als Empfangsdame. Sie hatte sich die verschiedenen Unternehmensbereiche der Cosedil angesehen und wollte darum bitten, in die Presse- und PR-Abteilung wechseln zu dürfen. Sie wollte dazulernen, sich verbessern, Karriere machen. Angelo würde stolz auf sie sein. Sie lächelte, und mit dem Lächeln auf dem Gesicht schlief sie ein.

Am folgenden Morgen strahlte die Sonne über der Stadt. Die Temperatur war gesunken und der Schnee zu Eis geworden. Irene stieg in die zum Bersten mit fröstelnden und finster dreinblickenden Berufstätigen gefüllte Straßenbahn. Wie immer erreichte sie die Cosedil vor Arbeitsbeginn. Sie nahm den Personaleingang, ging in den Umkleideraum, zog ihre Uniform an und hängte ihre Kleider in den dafür vorgesehenen Schrank. Dann warf sie einen Blick in das Besucherzimmer, um zu kontrollieren, ob alles in Ordnung war: die Aschenbecher sauber, die Zeitschriften hübsch in einer Reihe, die Blätter der Topfpflanzen vollkommen staubfrei. In der Teeküche nebenan füllte sie die Wasserkocher, vergewisserte sich, dass die Porzellantassen blitzsauber, die Leinentischdecken gebügelt, die Plätzchen frisch waren. In Silberschälchen richtete sie sorgfältig ein paar Nuss- und Schokoladenpralinen an. Dann setzte sie sich an ihren Schreibtisch im Atrium.

In dem Moment trat Tancredi Sella ein.

»Guten Tag, Signor Sella«, begrüßte Irene ihn und richtete sich kerzengerade auf. Sie lächelte ihn an und überlegte dabei, wie sie ihre Bitte um ein Gespräch formulieren sollte. Während er im Aufzug verschwand, dachte sie, dass sie am besten eine seiner Sekretärinnen um einen Termin bat. Oder sollte sie sich an den Personalleiter wenden? Unterdessen zog ein steter Strom an Führungskräften und Angestellten an ihr vorbei, die sie nacheinander begrüßte. Auch die Sekretärin des Personalleiters Doktor Chiara ging an ihr vorbei.

»Signorina Giusti, könnten Sie mir vielleicht einen Termin bei Ihrem Chef machen?«, fragte sie leise.

»Stimmt etwas nicht?«, erkundigte sich die Angesprochene besorgt.

»Es ist alles in Ordnung, danke«, erwiderte Irene.

»Dann brauchen Sie auch keinen Termin«, entgegnete die Sekretärin kurz angebunden und verschwand im Aufzug.

»Dann brauchen Sie auch keinen Termin«, äffte Irene sie leise nach und imitierte die Bewegungen der Sekretärin. Sie war wütend. »Hässliche Hexe, eines Tages wirst du mich noch kennen lernen«, murmelte sie und kehrte an ihren Platz zurück.

Es war ein hektischer Morgen. Die Besucher gaben einander die Klinke in die Hand. Drei Stunden am Stück servierte sie heißen Tee, amerikanischen Kaffee, Pralinen und Plätzchen. Sie bat diejenigen, die warten mussten, ehe sie empfangen wurden, um Verständnis. Um elf bekam sie einen Anruf von Doktor Macrì, dem Chefsekretär des Firmenleiters.

»Ich schicke jemanden runter, der Sie vertritt. Kommen Sie sofort in mein Büro«, befahl er.

Oh Gott, die Hexe hat gemerkt, dass ich sie nachgeäfft habe, und jetzt bestrafen sie mich, dachte Irene. Sie hatte schnell gelernt, mit Tiefschlägen von allen Seiten zu rechnen. Als sie Doktor Macrì gegenüberstand, ließ sie ihm gar keine Zeit, etwas zu sagen.

»Ich weiß, dass man Leute nicht nachäffen darf. Ich bin als Letzte gekommen und zähle nichts. Aber wenn ich höflich eine Bitte formuliere, erwarte ich eine ebenso höfliche Antwort. Jedenfalls ist es nicht nötig, dass Sie sich Umstände machen. Ich gehe auf Zehenspitzen wieder raus, genau so, wie ich gekommen bin«, sagte sie ohne Luft zu holen.

Doktor Macrì blickte sie fragend an. Er verstand nicht, wovon sie sprach und wollte es auch gar nicht wissen. Also ignorierte er ihre Litanei und verkündete: »Signorina Cordero, heute Abend müssen Sie den Chef zum Abendessen begleiten. Signorina Magda wird Ihnen Genaueres dazu sagen. Ich möchte Sie nur bitten, immer den Mund zu halten und zu lächeln. Das ist alles. Danke.« Er öffnete die Bürotür, um sie zu verabschieden.

Irene war so verwirrt, dass sie sich für einen Moment fragte, wie sie diese Neuigkeit deuten sollte. Dann wurde ihr bewusst, dass es genau das war, was sie wollte, und sie hatte es bekommen, ohne irgendjemanden um irgendetwas zu bitten.

Sie klopfte an die Tür von Signorina Magda.

Für Irene war sie eine ältere Frau. In Wirklichkeit aber war sie noch keine vierzig und arbeitete seit fünfzehn Jahren für Doktor Sella. Sie war von kleiner Statur, hatte eine zierliche Figur und bestand offenbar nur aus Sehnen und Brille. Wahrscheinlich war sie schon mit zwanzig so gewesen und würde es auch mit sechzig noch sein. Sie lebte in völliger Abhängigkeit von ihrem Chef, der in ihrer Hierarchie sofort nach Gott kam.

»Kommen Sie herein, meine Liebe«, sagte sie mit liebevoller Stimme, als das Mädchen den Kopf zur Tür hereinsteckte. »Heute Abend speist Dottor Sella mit einem römischen Prälaten, einem Minister und einem Untersekretär im *Hotel De Milan*. Der Dottore ist der Ansicht, dass die Anwesenheit einer diskreten und eleganten Frau das Essen etwas auflockern wird. Sie haben doch ein schwarzes Kostüm, nicht wahr, meine Liebe?«

Irene schüttelte den Kopf: So etwas besaß sie nicht.

»Das ist kein Problem«, erklärte die Frau. »Dann gehen Sie in der Boutique gegenüber vom *Hotel De Milan* gleich eins kaufen. Ich werde die Inhaberin entsprechend informieren. Lassen Sie sich bei der Auswahl der Accessoires behilflich sein. Wir haben in dem Geschäft ein Konto. Es wird Ihnen gefallen, meine Liebe. Oh, eine Sache noch: Fassen Sie Ihr Haar doch mit einer Spange zusammen. Dies ist ein persönlicher Rat. Das ist alles. Danke, meine Liebe«, schloss Signorina Magda.

Irene sah sie zögernd an. »Könnte ich bitte noch ein paar Erklärungen haben?«, flüsterte sie. Sie erwartete, dass die Sekretärin ihr ausführlichere und genauere Anweisungen geben würde, um die Gelegenheit, die sich ihr bot, so gut wie möglich nutzen zu können. Die Aussicht auf ein Essen mit einem Prälaten und zwei Politikern, abgesehen von Doktor Sella, schreckte sie.

»Was haben Sie gesagt, meine Liebe?«, fragte Signorina Magda mit sanfter Stimme.

»Ich habe Angst«, entfuhr es ihr.

Die Frau lächelte. »Machen Sie sich keine Sorgen. Es wird alles gut gehen. Und überdies, falls Sie das beruhigt, Dottor Sella weiß immer, was er tut«, versicherte sie.

»Aber er weiß nicht, was ich tue«, erwiderte Irene betrübt, als sie sich zum Gehen wandte.

11 Irene hatte kein leichtes Leben gehabt. Sie hatte die Sanftmut ihres Vaters und die Gutmütigkeit ihrer Großmutter erfahren, aber auch die Aggressivität ihrer problembehafteten und unberechenbaren Mutter. So hatte sie auch gelernt, sich Gewalt zu entziehen, indem sie sich unauffällig und still verhielt und mit Vorsicht bewegte. Die Angst hatte ihr dieses Verhalten auferlegt. An diesem Abend war sie voller Panik. Sie hoffte, dass sie mit dem schwarzen Kostüm, zu dem sie eine passende Handtasche und flache Schuhe im gleichen Ton trug, möglichst unauffällig war.

Tancredi Sella lächelte ihr zu, als er neben ihr auf dem Rücksitz des schwarzen Mercedes Platz nahm. Das *Hotel De Milan* in der Via Manzoni war in unmittelbarer Nähe der Cosedil, und Irene kam der Gedanke, dass sie zu Fuß schneller gewesen wären. Aber diese Feststellung behielt sie für sich. Sie war noch nie in ein Luxusauto gestiegen, und sie nahm den Geruch nach Leder wahr, der sich mit dem des Aftershaves des Firmenchefs vermischte, das leicht nach Vetiver duftete.

Er schien völlig in Gedanken versunken, während der Wagen in Schrittgeschwindigkeit durch den vorweihnachtlichen Verkehr fuhr, der die Piazza Cavour und die gesamte Via Manzoni verstopfte. Einer der Leibwächter saß am Steuer des Wagens, der andere neben ihm. Keiner der drei Männer richtete das Wort an sie. Sie brauchten beinah eine halbe Stunde, bis der Mercedes vor dem Hotel hielt. Nachdem der Leibwächter ausgestiegen war, reichte er Irene die Hand, um ihr aus dem Wagen zu helfen. Dann geleitete er sie und Doktor Sella in das Hotel. Während sie

59

durch eine Eingangshalle mit Säulen, Spiegeln, Stuck und vergoldeten Bilderrahmen schritten, hakte Tancredi sie unter und führte sie zu einer marmornen Freitreppe.

»Wir dinieren im ersten Stock, im Verdi-Saal«, sagte er und brach damit das Schweigen. »Der Meister hat lange in diesem Hotel gelebt. Und hier starb er auch«, erklärte er, während der Leibwächter ihnen die Mäntel abnahm. Sie betraten den Saal. Über einem Marmorkamin hing ein großes Porträt von Giuseppe Verdi, und in der Mitte des Raumes stand ein ovaler Tisch, der mit Tafelsilber und funkelnden Kristallgläsern gedeckt war. Die weiße Leinentischdecke reichte bis zum Boden. In einer Ecke des Salons war ein Weihnachtsbaum aufgestellt, der in lebhaftem Rot und Gold geschmückt war.

Zwei Kellner servierten drei Männern, die in ausladenden Sesseln vor dem knisternden Kaminfeuer saßen, gerade einen Aperitif.

»Mein Teuerster«, begann der älteste der drei mit Baritonstimme, wobei er sich erhob, um Tancredi zu begrüßen, der auf ihn zukam. Er war sehr groß, schwarz gekleidet, und sein Hals war in einen weißen Kragen gezwängt. Er hatte weißes Haar und ein herbes, strenges Gesicht.

»Eminenz«, antwortete Tancredi und drückte ihm mit einem kaum merklichen Nicken die Hand.

Irene war in der Mitte des Saales stehen geblieben, und da sie nicht wusste, was sie tun sollte, beobachtete sie das Händeschütteln zwischen Doktor Sella und seinen Gästen.

»Kommen Sie, Irene,« rief ihr Chef sie nun, und sie näherte sich den Männern lächelnd. »Signorina Cordero ist die neueste Errungenschaft der Cosedil«, stellte er sie vor.

»Welche Abteilung?«, fragte der Prälat, während er sie wohlwollend betrachtete.

»Öffentlichkeitsarbeit«, erwiderte Tancredi. Das kam einer offiziellen Beförderung gleich. Und das hatte der Dottore einfach so gesagt. Irene zwang sich, ihre Freude zu verbergen.

Hände wurden geschüttelt, dann wies der Monsignore auf den Sessel neben sich und sagte: »Setzen Sie sich, meine Tochter.«

Ein Kellner beugte sich über sie und flüsterte: »Würde Ihnen ein Aperitif zusagen, Signora?«

Irene lehnte mit einem Kopfschütteln ab. Es verschlug ihr den Atem, sie vermochte nicht zu sprechen, doch sie fuhr fort zu lächeln, wie Doktor Macrì es verlangt hatte.

Die Männer unterhielten sich noch ein wenig, ehe sie sich aus ihren Sesseln erhoben und sich zum gedeckten Tisch begaben. Tancredi ließ Irene am Kopfende Platz nehmen. Die Kellner servierten ein Antipasto mit Fisch.

Mit zögerlicher Geste nahm Irene die ganz außen liegende Gabel, in der Hoffnung, dass es die richtige war. Die anderen taten es ihr nach.

Sie entspannte sich, und es gelang ihr, das zarte Fleisch der dünnen Scheibe Lachs zu genießen.

»Das ist sicher irischer Lachs«, bemerkte der Monsignore. Dann wandte er sich an Irene, wobei er sie zärtlich ansah: »Sehen Sie, meine Tochter, die Norweger und Schotten behaupten, dass ihr Lachs der beste sei. Aber das stimmt nicht. Die irischen Gewässer, die direkt in den Atlantik münden, sind wesentlich sauberer. Sind Sie schon mal in Irland gewesen?«

Die Frage war direkt an sie gerichtet, sie kam also um eine Antwort nicht herum. »Leider nein, ich kenne Irland nicht. Und was den Lachs betrifft, den koste ich zum ersten Mal«, erwiderte Irene mit entwaffnender Naivität.

Der Prälat nickte zufrieden. »Öffentlichkeitsarbeit. Das haben Sie doch gesagt, Dottor Sella? Auch bei uns unten in Rom könnten wir eine so entzückende Vertreterin gebrauchen.«

»Versuchen Sie ja nicht, sie mir auszuspannen«, scherzte Tancredi.

»Daran habe ich gar nicht gedacht, aber der Gedanke verdient, in Betracht gezogen zu werden«, entgegnete der Gast. Erneut wandte er sich an das Mädchen: »Sie haben einen wunderschönen Namen. Irene kommt von dem Griechischen *eirene* und bedeutet Frieden. Sie haben die Macht, Frieden zu stiften.« Die Wertschätzung des Prälaten trieb ihr die Röte ins Gesicht. Sie hörte auf zu lächeln und senkte den Blick.

Das Abendessen nahm seinen Lauf, und die Männer sprachen wieder ausschließlich untereinander.

»Die Freunde aus Trapani haben sich einverstanden erklärt, dass wir den Bau der Wasserleitungen übernehmen. Natürlich müssen wir Ihnen dafür eine Gegenleistung bieten. Darum werden Sie sich kümmern, Dottor Sella«, sagte der Untersekretär.

»Natürlich«, erwiderte Tancredi. »Bleibt das Problem mit dem anderen Konkurrenten«, hob er hervor.

»Avvocato Dazaro wird wissen, wie man ihn ruhig hält. Mit Ihrer Hilfe, mein teurer Sella«, mischte der Minister sich ein.

Tancredi war an dem Auftrag gelegen, und er verstand, dass der Minister einen Freund begünstigen wollte. Also schlug er vor: »Man könnte Avvocato Dazaro den gesamten rechtlichen Part der Operation übertragen.«

»Ich denke, er wird sich geehrt fühlen«, versicherte der Minister zufrieden und fügte hinzu: »Ich könnte einen Termin in seiner Kanzlei in Rom vereinbaren.«

»Ab morgen bis Heiligabend ist mir jeder Tag recht«, sagte der Leiter der Cosedil, der es eilig hatte, das Geschäft unter Dach und Fach zu bringen.

»So dringend ist es nun auch wieder nicht«, mischte der Monsignore sich ein.

Irene beobachtete Tancredi heimlich. Er hatte einen Finger in seinen Hemdkragen gesteckt, als wäre er ihm zu eng. Sie nahm diese Geste als ein Zeichen seiner Irritation wahr. Doch als er sprach, verriet seine Stimme nicht die geringste Gemütsregung.

»Sie haben Recht, Monsignore. Die Vergabe des Auftrags ist nicht so dringend. Es ist eine schlechte Angewohnheit von mir, immer alles zu überstürzen. Ich bin ständig von einer grundlo-

sen Eile getrieben. Vielleicht finde ich es einfach aufregend, in
kürzester Zeit meine Ziele zu erreichen.«

»*Festina lente* – Eile mit Weile, sagten schon die alten Römer«,
zitierte sein Gegenüber.

»Sie konnten das, weil sie die Herrscher der Welt waren. Ich bin
noch nicht so weit«, entgegnete Tancredi ironisch und hatte damit die Lacher auf seiner Seite.

»Lieber Sella, vergessen Sie nie, dass es besser ist, die anderen
zum Rennen zu bringen, denn die Zeit spielt zugunsten des Sie-
gers.« Der Geistliche trank einen Schluck Wein und hielt den
Kelch gegen die Flamme einer Kerze, die den bernsteinfarbenen
Ton des Corvo di Salaparuta hervorhob. Dann fuhr er fort: »Die
Anwesenheit der jungen Irene bringt mich auf eine bessere Idee.
Mir fällt gerade ein, dass unser Konkurrent mich um einen Ge-
fallen gebeten hat. Ich werde ihn am vierten Adventssonntag zum
Abendessen einladen. Natürlich erwarte ich auch Sie, Dottor
Sella.«

»In drei Tagen«, präzisierte Tancredi, nunmehr gewiss, dass
die Mediation des Rechtsanwalts Dazaro dem Prälaten missfiel.»Genau«, sagte der Monsignore gütig lächelnd, der offenbar
die Spielregeln bestimmen wollte.

Irene lauschte der Unterhaltung aufmerksam, doch es gelang
ihr nicht, all die versteckten Andeutungen zu begreifen.

»Ich vertraue auf Sie, Monsignore«, schloss Tancredi.

»Und was machen wir mit Avvocato Dazaro?«, fragte der Minister, der wie auf heißen Kohlen saß.

»Der könnte uns zu gegebener Zeit nützlich sein. Ich kenne ihn
nur vom Hörensagen und lege keinen großen Wert darauf, ihm
zu begegnen. Aber Sie, mein lieber Sella, würden gut daran tun,
ihn zu kontaktieren.«

Die Botschaft war eindeutig. Dazaro war jemand, den der
Monsignore nicht gerade schätzte, der ihnen jedoch bei Gele-
genheit nützlich sein konnte. Das Abendessen endete mit einem
Erdbeerparfait an Schokoladensauce. Die Gäste erhoben sich

63

vom Tisch, setzten sich wieder vor den Kamin und warteten darauf, dass der Kaffee serviert wurde. Tancredi nutzte die Gelegenheit, um sich Irene zu nähern.

»Absolut perfekt«, flüsterte er ihr zufrieden zu. »Alfonso wartet draußen. Er wird Sie nach Hause bringen. Danke.« Dann küsste er ihr flüchtig die Hand und entließ sie.

»Irene verlässt uns?«, fragte der Monsignore.

»Wie die Prinzessin aus dem Märchen, die nach Hause muss, ehe die Uhr zwölf schlägt«, rechtfertigte Tancredi sie.

»Miss Lächeln. Sie gestatten doch, dass ich Sie so nenne? Ich hoffe, Sie bald wieder zu sehen.«

Irene stieg mit dem Leibwächter ihres Chefs die Freitreppe hinunter und dachte daran, wie sie Angelo in allen Einzelheiten von diesem Abend erzählen würde.

12 Als sie am nächsten Morgen zur Cosedil ging, hatte Irene einen dicken weißen Beutel bei sich, der das Kostüm und die Accessoires enthielt, die sie am Vorabend getragen hatte. Rasch brachte sie alles ins Büro von Signorina Magda. Sie erreichte ihren Schreibtisch im Atrium genau in dem Moment, in dem Tancredi Sella eintrat, der wie immer hastig ihren Gruß erwiderte.

Um sechs Uhr abends, als alle das Gebäude verließen und nur noch die Führungskräfte und ihre Sekretärinnen blieben, rief Signorina Magda sie an.

»Könnten Sie bitte kurz zu mir hoch kommen, meine Liebe?«

Was wird sie dieses Mal wollen?, fragte sich Irene, während sie an ihre Tür klopfte. Die Sekretärin teilte ihr mit, dass das Kostüm, das sie zum Essen getragen hatte, ihr gehöre. Dann erklärte sie ihr: »Sie werden schon sehr bald Gelegenheit haben, es wieder zu tragen. Apropos, mir scheint, Ihr Lodenmantel ist nicht ganz passend. Natürlich ist das mein Versäumnis, nicht Ihres. Morgen werden Sie daher in dieselbe Boutique gehen und sich einen eleganten Mantel aussuchen. Nehmen Sie einen blauen, der passt zu Ihren Augen. Sie werden den Dottore nach Rom begleiten und mit ihm zum Essen zu Monsignor Sidney gehen, der Ihre Anwesenheit sehr geschätzt hat. Das ist alles, meine Liebe. Kompliment.«

Irene rührte sich nicht.

»Haben Sie noch irgendetwas einzuwenden?«, fragte die Sekretärin.

»Was will die Cosedil von mir?«, fragte Irene zögernd.

»Sie streben doch nach einer anderen Arbeit als der, wegen der

Sie eingestellt wurden, sonst hätten Sie nicht um einen Termin beim Personalleiter gebeten. Die Cosedil will stets das Beste für ihre Angestellten, und deshalb fördert sie die Neigungen ihrer Mitarbeiter. Haben Sie noch weitere Fragen, meine Liebe?«

»Geben Sie mir eine ehrliche Antwort, wenn Sie können. Bin ich auf dem richtigen Weg, um Karriere zu machen?«

Signorina Magda blickte sie über ihre Brille hinweg an. Ihr Gesichtsausdruck war unergründlich. »Das, meine Liebe, liegt allein bei Ihnen.«

Nach der Arbeit fuhr Irene, statt nach Hause, in das Konditoreicafé, in dem Angelo arbeitete. Sie ging direkt zum Tresen. Es war kurz vor acht.

»Hast du Lust, mir zwei Spiegeleier zu braten?«, fragte sie.

»Nur wenn du mich diesmal nicht zwingst, zwei Stunden draußen zu warten«, antwortete er.

Der Schnee war geschmolzen, die Straßen waren sauber. Doch der Verkehr wurde immer chaotischer, je näher Weihnachten rückte. Sie stiegen alle beide auf das Moped, sausten zwischen den Autoreihen hindurch und waren schnell bei Angelo zu Hause.

»Gehen wir in den Milchladen?«, schlug er vor.

»Entscheide du«, erwiderte Irene.

»Der Milchkaffee von Signora Vera ist so gut wie der von meiner Mutter«, entschied Angelo und führte sie in das Lokal. Von der Wärme waren die Scheiben beschlagen. Signora Vera bediente gerade zwei Arbeiter, die sich neben den großen Terrakottaofen gesetzt hatten. Der Sohn der Ladeninhaberin legte einen Holzscheit hinein.

Die Tische waren vor allem von Männern besetzt, die sich unterhielten und mit anderen Stammgästen Bemerkungen und Witze austauschten.

Signora Vera kam zu ihnen. »Wer ist dieses schöne Mädchen?«, fragte sie und sah Irene voller Sympathie an.

»Wir sind aus dem gleichen Dorf. Ich habe sie aufwachsen sehen«, erklärte Angelo.

»Du meinst wohl eher, ihr seid zusammen aufgewachsen. Schließlich seid ihr mehr oder weniger gleich alt«, befand die Frau. »Schokolade und Löffelbiskuit. Richtig?«

»Ein Mahl für Könige, würde meine Oma sagen«, erwiderte Irene.

Die leichten und duftenden, in die heiße Schokolade getauchten Plätzchen bekamen eine weiche Konsistenz, zergingen auf der Zunge.

»Gestern Abend habe ich Lachs gegessen«, begann Irene.

»Das ist Zeug für Reiche«, bemerkte Angelo.

»Ich war zum Abendessen im *Hotel De Milan* mit unserem Firmenchef und drei Männern aus Rom. Einer war ein Monsignore«, erzählte sie.

»Was hast du mit diesen Leuten zu schaffen?«, fragte Angelo mit harter Stimme.

»Ich bin zur Miss Lächeln gewählt worden. Ich war die Begleitung für ein geschäftliches Treffen – so sah es jedenfalls aus – zwischen dem Dottore und diesen drei Typen.«

»Ich dachte, du bist Pförtnerin.«

»Ich bin befördert worden: Ich mache jetzt Öffentlichkeitsarbeit. Sie haben mich neu eingekleidet und Dottor Macrì, der Sekretär vom Chef, hat mir erklärt, dass ich lächeln und still sein sollte. Und das habe ich gemacht. Nach dem Essen hat mich der Chauffeur nach Hause gefahren, und die Männer sind noch geblieben, um zu reden.«

»Ich habe keinen Hunger mehr«, sagte Angelo und schob die Schale mit der Schokolade von sich.

»Bist du böse?«

»Sehr.«

»Warum?«

»Ich verstehe nicht, was für einen merkwürdigen Job du da hast.«

»Öffentlichkeitsarbeit. Dafür werde ich bezahlt. Und ich kann dir versichern, dass es nicht leicht ist. Aber ich stelle mich sehr gut an. Keiner hat mich angerührt oder hat Komplimente gemacht. Im Gegenteil, ich bin mit sehr viel Respekt behandelt worden. Ist da was Schlimmes dran?«, bäumte das Mädchen sich auf. »Ja. Die ganze Sache gefällt mir nicht«, flüsterte Angelo, der fast platzte vor Wut.

»Du bist nur eifersüchtig«, entgegnete Irene ruhig.

»Ich bringe dich jetzt nach Hause«, entschied er und stand auf.

»Ich bin nicht zu dir gekommen, um zu streiten«, wandte Irene ein.

»Warum, was soll ich denn deiner Meinung nach davon halten? Dass du großes Glück hast? Es gibt junge Frauen wie dich, die Blut und Wasser schwitzen, um ein kleines Gehalt nach Hause zu bringen. Dann kommt das Aschenbrödel aus San Benedetto daher, und der blonde und faszinierende normannische Prinz führt sie in den goldenen Salon des *Hotel De Milan* und setzt sie mit dem Segen des Monsignore mit zwielichtigen Geschäftemachern an einen Tisch. Und was macht sie? Sie schweigt und lächelt, weil sie nichts anderes kann. Sagst du mir jetzt, was ich von all dem halten soll?«, platzte Angelo heraus und lief zum Ausgang des Lokals.

»Ich glaube nicht, dass es zwielichtige Typen sind. Außerdem stimmt es nicht, dass ich nur schweigen und lächeln kann. Ich bilde mich weiter. Ich mache auf Kosten der Firma einen Englischkurs und einen Sekretärinnenkurs«, berichtigte sie ihn und folgte ihm aus dem Milchladen.

»Um danach direkt im Schlafzimmer von einem der beiden zu landen. Wahrscheinlich sogar in dem vom Firmenchef.«

»Du bist schlimmer als meine Oma. Du bist ungerecht und gemein. Ich habe nichts Verwerfliches getan, ich habe das nicht verdient«, sagte sie mit Tränen in den Augen.

Instinktiv umarmte Angelo sie und verschloss ihr den Mund mit einem Kuss. »Ich bin verliebt in dich«, flüsterte er und zog sie an sich.

»Ich auch in dich«, sagte sie mit einem Seufzen. »Ich habe mich in dich verliebt, als ich fünf war.« Wie sie das so sagte, musste sie

an den Tag denken, an dem in San Benedetto das große Fest stattgefunden hatte. All ihre Freundinnen von den umliegenden Höfen waren zur Kirmes ins Dorf gegangen. Ihre Mutter lief derweil
barfuß zwischen Stall und Tenne hin und her. Die Weinflasche in
der Hand, fluchte sie zwischen zwei Schlucken auf ihre Hirnge-
spinste. Obwohl Feiertag war, war Irenes Vater in der Fabrik und
machte Überstunden. Die Großmutter arbeitete im Garten.

»Mama, gehst du mit mir zu den Karussells?« Das war weniger
eine Frage als eine flehentliche Bitte. Sie wusste, dass sich der
Zorn ihrer Mutter sehr bald in einen Orkan verwandeln würde.
Und sie wollte dann nicht da sein.

So hoffte sie, das Schlimmste zu verhindern. »Meine Freundinnen sind alle im Dorf«, hatte sie sich beklagt. Sie hatte einen
Satz nach hinten gemacht, um sich nicht von Rosanna, die das
Gleichgewicht verlor und – kopfüber – auf den Boden fiel, eine
Backpfeife einzufangen. Rosanna war einen Moment liegen geblieben. Als sie – die auf wundersame Weise nach wie vor unver-
sehrte Weinflasche in der Hand – wieder aufstand, hatte Irene
sich aus dem Staub gemacht. Sie hatte sich an das Gitter geklam-
mert, das den Garten von der Straße trennte. Stumme Tränen liefen ihr über die Pausbacken.

»Was ist denn diesmal passiert?«, hatte Angelo sie gefragt. Er
kam mit seinen Freunden mit dem Fahrrad von seinem Hof und
war gerade auf dem Weg ins Dorf. Die anderen waren weiterge-
fahren, als er angehalten hatte. Er war stehen geblieben. Er war
noch ein Junge, mit kurzer Hose und blauem Unterhemd.

»Nichts«, hatte sie geantwortet und sich die Tränen abgewischt.

»Du weinst.«

»Ich habe Zwiebeln geschält.«

»Natürlich, das passiert mir auch, wenn ich Zwiebeln schäle.«
Er hatte so getan, als würde er ihr glauben.

»Gehst du Karussell fahren?«, hatte sie ihn gefragt.

»Ja, und ich nehme dich mit«, hatte er lächelnd geantwortet,
sie hochgehoben und auf die Stange seines Fahrrads gesetzt.

Irene erinnerte sich an die lange Fahrt über sonnige Feldwege, an die warme Juniluft, die ihr das Haar zerzauste und ihr Gesicht streichelte, an den Atem von Angelo, der schnell in die Pedale trat und aus voller Kehle sang: *Prendi questa mano, zingara* ... Irenes Kummer hatte sich in Freude verwandelt. Ihr Angelo hatte sie für ein paar Stunden aus ihrer Verzweiflung gerettet. »Heiratest du mich, wenn ich groß bin?«, hatte sie ihn flüsternd gefragt. Er hatte sie jedoch nicht gehört und einfach weitergesungen.

Nun, in Angelos Armen, sagte Irene: »Ich habe dich immer geliebt. Ich bin nach Mailand gekommen, weil ich es ohne dich im Dorf nicht mehr aushalten konnte.«

Er suchte erneut nach ihren Lippen und küsste sie lange, voller Leidenschaft. Sie waren allein auf der kaum befahrenen Straße und spürten die Kälte nicht, die sie einhüllte. Er schämte sich für seine dumme Eifersucht. Die kleine Cordero war ein Geschenk des Schicksals.

»Wer gibt mir jetzt die Kraft, dich zu verlassen?«, fragte er leise.

»Morgen werden wir wieder zusammen sein«, erwiderte sie.

Angelo dachte an die Karte, die das italienische Heer ihm geschickt hatte. Er hatte vergessen, den Antrag auf Zurückstellung des Einberufungsbefehls abzusenden. Sein Vater hatte ihn am Morgen angerufen, um ihm zu sagen, dass er ein Esel sei. Im Januar musste er beim Bezirkskommando in Cuneo vorstellig werden.

»Du wirst dein Studium unterbrechen müssen. Wer garantiert mir, dass du weiterstudierst, wenn du das Militär beendet hast? Das ganze Geld, das wir bis jetzt für dich ausgegeben haben, ist komplett zum Fenster herausgeworfen«, hatte er gebrüllt und ihm seine Verantwortungslosigkeit vorgeworfen.

»Morgen werden wir wieder zusammen sein«, wiederholte Angelo. Er hatte nicht den Mut, ihr zu sagen, dass sie sich nach den Feiertagen würden trennen müssen.

13 Irene flog zum ersten Mal in ihrem Leben, im Privatflugzeug von Tancredi Sella. Mit an Bord waren Doktor Macrì, Signorina Magda, Anwalt Scianna und die beiden Leibwächter, die den Firmenchef der Cosedil nie allein ließen.

Mit geschlossenen Augen saß Irene in einem bequemen Sessel eines kleinen Salons und gab vor zu schlafen. Sie war wie betäubt von all dem, was mit ihr geschah. Sie war verliebt in Angelo, in seine Stärke, seine Fähigkeit, sie zu beschützen und ihr ein Gefühl der Geborgenheit zu geben. Sie schätzte ihn und hatte unbegrenztes Vertrauen zu ihm. Das Wissen jedoch, von ganzem Herzen geliebt zu werden, weckte in ihr die Furcht, ihn zu verärgern. Es hätte ihm nicht gefallen, sie in diesem Flugzeug zu wissen, das sie, in der Rolle der Miss Lächeln, nach Rom brachte. So hatte sie ihm die Reise verschwiegen, auf die sie um keinen Preis verzichtet hätte. Sie hatte alles, was ein Mädchen von bescheidener Herkunft sich wünschen konnte, in Reichweite: Sie besaß elegante Kleider, traf wichtige Leute, flog im Privatflugzeug. Warum sollte sie darauf verzichten? Die Alternative war, nach San Benedetto zurückzugehen, auf dem Hof zu leben und in der Fabrik zu arbeiten. Sie war vollkommen überzeugt, dass das Leben sie nach Jahren voller Leid endlich belohnte, und sie würde sich von niemandem, nicht einmal von Angelo, verbieten lassen, es zu genießen.

Die Maschine landete um sechs Uhr nachmittags auf dem Flughafen Ciampino. Unter der beinah unterwürfigen Ehrerbietung des Flughafenpersonals durchquerten sie das Gebäude.

Zwei blaue Wagen standen bereit, um sie nach Rom zu brin-

71

gen. Doktor Sella stieg mit den Leibwächtern und Anwalt Scianna in den einen. Irene, Doktor Macrì und Signorina Magda nahmen im zweiten Fahrzeug Platz, das von einem Chauffeur gelenkt wurde.

»Sie haben eine sehr schöne Tasche. Allerdings stand sie nicht auf der Liste mit den genehmigten Einkäufen. Kann ich davon ausgehen, dass Sie das Stück von Ihrem eigenen Geld gekauft haben?«, fragte die Sekretärin leise.

»Das würde mir nicht im Traum einfallen! Ich habe sie als ein kleines Geschenk für die Fahrt nach Rom betrachtet«, erwiderte Irene seelenruhig, während der Wagen über die Umgehungsstraße fuhr.

Signorina Magda schlug eine Hand vor den Mund, als wolle sie einen Schrei unterdrücken.

»Meine Liebe, ist Ihnen eigentlich klar, was Sie da getan haben?«, fragte sie leise. Sie war entsetzt.

Irene verzog keine Miene.

Doktor Macrì war in einige Akten vertieft, die er aus seiner Mappe hervorgeholt hatte, und schien die beiden Frauen zu ignorieren.

»Die Boutique ist Eigentum der Cosedil«, erklärte Signorina Magda.

»Na also, wo liegt dann das Problem?«, entgegnete das Mädchen.

Doktor Macrì brach plötzlich in Gelächter aus, und Irene verstand nicht, ob er über den Dialog zwischen Signorina Magda und ihr lachte oder über den Inhalt einer Akte, die er prüfte.

Die Wagen hielten im Hof eines barocken Palazzos in der Via Borgognona im Herzen der Stadt. Irene und Signorina Magda stiegen in einen Aufzug, mit dem sie in den dritten Stock fuhren. Dort kamen sie in ein Apartment mit Holzdielen, geschnitzten Kassettendecken, antiken Truhen und großen Renaissancegemälden. Die Zimmer waren klein, ruhig und einladend.

»Bis ins letzte Jahrhundert war dies hier das Stockwerk der Bediensteten. Als der Dottore den Palazzo erworben hat, hat er ihn in ein Gästehaus umgewandelt. Wir werden heute Nacht hier schlafen. Das ist Ihr Zimmer«, sagte die Signorina Magda und zeigte ihr einen Raum, der mit Möbeln im Empirestil eingerichtet war.

»Und wo sind der Dottore und die anderen?«, erkundigte sich Irene.

»Signor Sella logiert in seinem Apartment im ersten Stock, die anderen im zweiten Stock. Das hier ist Ihr Bad. Ich bin im Zimmer gegenüber. Wenn Sie etwas benötigen, benutzen Sie das Telefon. Grüner Knopf für die Küche, weiß für die Garderobiere, blau für mein Zimmer, rot, wenn Sie nach draußen telefonieren möchten. Haben Sie noch Fragen, meine Liebe?«

»Nein. Danke, Signorina Magda«, antwortete Irene, die sich verloren fühlte und sich fragte, was sie in diesem Palazzo machte, wo sie jetzt lieber in Mailand wäre, bei Angelo.

»Sie haben zwanzig Minuten, um sich fertig zu machen. Dann gehen Sie in den Hof hinunter, wo der Dottore Sie abholen wird. Ich habe noch ein wenig liegen gebliebene Arbeit zu erledigen. Einen schönen Abend, meine Liebe«, schloss die Sekretärin.

Als sie im Hof erschien, erwartete Tancredi sie mit zerstreuter Miene. Sie stiegen ins Auto, wie üblich mit den Leibwächtern, und verließen den Palazzo in der Via Borgognona. Sie fuhren durch ein Labyrinth aus kleinen, mit Weihnachtsbeleuchtung geschmückten Sträßchen. Der Verkehr in Rom war besonders chaotisch. Durch das Fenster betrachtete Irene die strahlend hellen Geschäfte und die lärmenden Menschen, die sich in den Straßen drängten. Dann fuhr der Wagen durch die Einfahrt eines barocken Palazzos und blieb in einem rechteckigen, von einem Laubengang gesäumten Innenhof stehen. Zwischen den Säulen, die das Bogengewölbe trugen, standen große Terrakottakübel mit Zitronenbäumen. Sie stiegen eine große Freitreppe hinauf und fanden sich in einem mit rotem Damast ausgekleideten Vorraum wieder, mit großen dunklen Vorhängen an den Wänden und höl-

73

zernen Putten. Diesmal trug der Monsignore einen Talar und empfing sie in seinem Büro.

»Miss Lächeln wollte mich mit ihrer Anwesenheit erfreuen«, begrüßte sie der Prälat, während er auf sie zukam und ihr die Hand entgegenstreckte, die Irene herzlich drückte.

»Es war sehr freundlich von Ihnen, mich einzuladen. Ich freue mich, Sie wiederzusehen«, entgegnete sie.

Der Monsignore grüßte Tancredi und sagte: »Ich danke Ihnen, Dottor Sella, für diesen wunderschönen heiligen Georg, der mir heute Morgen zugestellt worden ist und der sich nun in meinem Salon befindet.«

»Nur eine kleine weihnachtliche Aufmerksamkeit«, spielte Tancredi das Geschenk herunter, während er dachte, dass die antike Holzstatue ihn ein Vermögen gekostet hatte.

In diesem Augenblick traf auch der andere Gast ein. Der Prälat ging ihm entgegen und begrüßte ihn herzlich.

Es war der Abgeordnete Franco Cardano, der etwa im gleichen Alter war wie der Herr des Hauses. Seine dünnen Lippen und die Adlernase verliehen ihm das Aussehen eines Raubvogels.

»Das ist Irene, Abteilung für Öffentlichkeitsarbeit der Cosedil«, stellte der Monsignore sie vor und fügte sogleich hinzu: »Ich habe Dottor Sella eingeladen, weil ich wollte, dass ihr euch kennen lernt.«

Der Abgeordnete berührte mit den Lippen flüchtig die Hand, die Irene ihm entgegenstreckte, und begrüßte Tancredi mit einem kräftigen Händedruck.

Dann wandte er sich erneut an die junge Frau: »Wir sind uns doch schon einmal begegnet. Helfen Sie mir«, bat er sie und sah sie mit einem Blick an, der sie verlegen machte.

»Ich kann Ihnen nicht helfen, tut mir Leid. Ich bin sicher, dass wir uns heute zum ersten Mal sehen.«

»Ihre Schönheit wird Sie noch weit bringen«, beharrte der Mann.

»Weit wohin?«, fragte Irene naiv.

Für einen Moment fand der Politiker keine Antwort, doch der Prälat schaltete sich im rechten Augenblick ein. »Lieber Franco, Irene widmet sich eher den geistigen Freuden. Genau wie ich. Dennoch fasziniert mich die Welt der Politik und der Finanzen. Ich wollte, dass du unseren Freund Sella kennen lernst, weil er große Pläne mit unserer geliebten Insel hat. Sie dürften dich interessieren«, erklärte er offen, während sie sich in das Speisezimmer begaben.

Wieder einmal beschränkte Irene sich darauf, zuzuhören und zu lächeln. Dennoch verfolgte sie beim Abendessen aufmerksam die Unterhaltung und verstand, dass die Cosedil, um den Auftrag für die Wasserleitungen zu bekommen, die Unterstützung des Ministeriums für öffentliche Arbeiten brauchte, die allerdings an bestimmte Konditionen gebunden war. Als das Gespräch so weit gediehen war, ließ Irene die Gäste allein, wie sie es bereits in Mailand getan hatte. Der Chauffeur setzte sie im Hof des Palazzos in der Via Borgognona ab, und sie ging in ihr Zimmer hinauf. Jemand hatte ihr Bett für die Nacht vorbereitet, ihr Schlafanzug lag ausgebreitet auf der Bettdecke und wartete nur darauf, angezogen zu werden. Auf dem Nachttisch stand eine kleine Porzellanetagere mit Gebäck und Schokoladenpralinen, daneben ein Tablett mit einer Flasche Mineralwasser und einem Glas.

Irene zog sich schnell aus und schlüpfte ins Bett. Doch ihre Gedanken wanderten zwischen Angelo und der Arbeit bei der Cosedil hin und her: Ersterer bedeutete Sicherheit, letztere eine wunderbare Gelegenheit. Nur leider waren sie unvereinbar. Sie wälzte sich lange im Bett hin und her, stand schließlich auf, ging zum Fenster und sah in den Hof hinunter. Ein Auto fuhr vor, aus dem zwei blonde Frauen in Pelzmänteln ausstiegen. Einer der Leibwächter Sellas begleitete sie und führte sie in den Palazzo. Kurz darauf kam auch der andere blaue Wagen an, mit Tancredi und dem Abgeordneten. Sie wirkten sehr euphorisch, und als sie die wenigen Meter zurücklegten, die sie vom Eingang trennten, benahmen sie sich wie alte Freunde.

Irene gefiel nicht, was sie da sah, denn sie fand es weder Tancredis noch des Untersekretärs würdig. Die junge Frau fragte sich, ob der Monsignore wusste, dass die beiden Männer, nachdem sie ihn verlassen hatten, den Abend in Gesellschaft wenig anständiger Damen fortsetzten. Sie zog es vor, sich darauf keine Antwort zu geben. Also ging sie wieder ins Bett und schlief bald darauf ein.

14 Angelo war schlecht gelaunt. Irene war nämlich verschwunden. Die beiden hatten sich vor dem Konditoreicafé verabredet, und sie war einfach nicht gekommen. Er hatte sie weder auf dem Treppenabsatz zu Hause noch im Milchladen entdeckt. Sie war weder bei der Cosedil, wo er angerufen und nach ihr gefragt hatte, noch zu Hause, wo eine lakonische Ansage auf ihrem Anrufbeantworter ihn aufforderte, es zu einem späteren Zeitpunkt noch einmal zu versuchen.

Es war Heiligabend. Um acht Uhr am Abend hatte die Konditorei ihre Pforten geschlossen. Um neun stieg Angelo auf der Piazza Castello in den Bus, der ihn nach Cuneo bringen sollte. In wenigen Stunden würde er seine Eltern und seine Geschwister wiedersehen und ihre Vorwürfe über sich ergehen lassen.

Es würde ein furchtbares Weihnachtsfest werden. Er saß ganz hinten, an einem beschlagenen Fenster, und es waren nur wenige Fahrgäste im Bus. In den Gepäcknetzen türmten sich Weihnachtsgeschenke, Panettones und Sektflaschen. Auch Angelo hatte bunte Päckchen dabei, auch wenn sie die Marencos kaum besänftigen würden. Am Tag zuvor hatte er einen schroffen Brief von Alfredo bekommen, seinem großen Bruder, der vor einem Jahr geheiratet und bereits ein Kind hatte.

In seinem Brief schrieb er unter anderem: »Mit unserem Geld, für das wir bis zum letzten Centesimo schwitzen mussten, haben wir dir ermöglicht, zu studieren. Du hast Zeit vergeudet und in vier Jahren Universität nichts zuwege gebracht. Jetzt musst du wegen deiner Unachtsamkeit zum Militär. Das ist eine unverzeihliche Dummheit ...«

77

Alfredo hatte Recht. Angelo hatte keine Entschuldigung. Er war niedergeschlagen und fühlte sich wie ein Versager. Vielleicht hatte Irene all das gespürt. Wie sollte er sie beschützen, wenn er nicht einmal auf sich selbst aufpassen konnte? Der Fahrer hatte den Motor gestartet. Jenseits des Fensters, auf der anderen Straßenseite, forderten einige Plakate junge Leute auf, in den Polizeidienst einzutreten. Es war eine schöne Werbung. Sie zeigte das stolze und männliche Gesicht eines Jungen mit intelligentem Blick.

»Ciao, Angelo«, flüsterte Irene und setzte sich neben ihn. Sie hatte einen großen Leinensack dabei, den sie auf den Schoß nahm.

Er antwortete nicht, wandte sich ihr auch nicht zu, um sie anzusehen. Sein Herz aber schlug schneller.

»Du bist böse auf mich, ich weiß«, sagte sie, während der Bus sich in Bewegung setzte. »Du hast mir schrecklich gefehlt«, fuhr sie leise fort.

Die Rührung schnürte ihm die Kehle zu.

»Rede mit mir«, flehte Irene.

Endlich drehte Angelo sich langsam zu ihr um und umarmte sie, verbarg sein Gesicht an ihrer Schulter. Er drückte sie fest an sich, bis sein Herzschlag sich beruhigte.

»Ich habe nicht mehr mit dir gerechnet«, gestand er schließlich.

»Du wusstest doch, dass wir zusammen nach Hause fahren würden. Das war ein Versprechen«, sagte sie. Dann begann sie zu erzählen. »Ich war beruflich in Rom. Ich bin mit der Privatmaschine des Dottore geflogen und habe in einem fürstlichen Palast gewohnt. Wenn ich es dir vorher gesagt hätte, wärst du sicher wütend geworden. Aber ich habe die Stunden bis zu diesem Augenblick gezählt.«

Angelo dachte, dass auch er für etwas um Verzeihung bitten musste. Doch er sagte nur: »Erzähl mir von Rom.«

Er lauschte Irenes Bericht und versuchte seine Verärgerung zu verbergen, denn es war offensichtlich, dass sie sich von dieser Glitzerwelt angezogen fühlte, mit der er nicht mithalten konnte.

Auch dieses Mal vertraute sie ihm nicht alles an. So verschwieg sie ihm etwa die Episode mit den Prostituierten. Das war ein dunkles Detail und sprach nicht gerade für ihren Chef, den sie zumindest seit jenem Abend in einem anderen Licht sah.

Noch wenige Stunden, bevor sie in den Bus gestiegen war, während der Weihnachtsfeier in den Büros in der Via Turati, hatte sie Tancredi beobachtet. Während er jedem Mitarbeiter ein teures Geschenk überreichte, sagte sie sich: Er hat zwei Gesichter – ein öffentliches und ein privates. Und sie hatte sich gefragt, welches wohl das wahre Gesicht war.

Irene hatte eine kleine goldene Armbanduhr bekommen. »Absolut verdient«, hatte Tancredi erklärt, als er sie ihr überreichte. Nun trug sie das Schmuckstück am Handgelenk, wo Angelo es sah.

Das war ein weiterer Tiefschlag für ihn.

Er hatte sein Weihnachtsgeschenk für Irene im Rucksack. Doch er beschloss, es ihr nicht zu geben, um sich durch den Vergleich nicht gedemütigt zu fühlen.

»Ach, mein Angelo, das ist nicht unsere Welt. Ich bin zwar dort hineingeraten, aber nur durch Zufall. Dennoch, solange ich darin verkehre, möchte ich den größtmöglichen Vorteil daraus ziehen«, erklärte sie.

Einige Stunden später kam der Bus auf dem Bahnhofsvorplatz von San Benedetto an. Papa Marenco wartete bereits. Er war gekommen, um Angelo abzuholen, und es freute ihn nicht besonders, ihn mit Irene zu sehen. Er hatte keine Vorurteile gegenüber den Corderos, aber es gefiel ihm nicht, dass sein Sohn mit der Tochter von Rosanna anbandelte, deren Wahnsinn das ganze Dorf bezeugen konnte.

Auch Angelo missfiel es, seinen Vater zu sehen. Er hatte gehofft, Irene zu Fuß zum Hof begleiten zu können. Obwohl es Nacht und eiskalt war, hätte ihm der lange Weg über die gefrorenen Felder erlaubt, sie noch eine Weile an seiner Seite zu haben.

»Morgen früh komme ich zu dir«, flüsterte er ihr zu und konnte sich nicht recht entschließen, den Platz zu überqueren, um zu seinem Vater zu gehen.

»Warum kommst du nicht später noch vorbei? Ich hatte gehofft, Heiligabend mit dir zu verbringen«, fragte sie.

»Ich auch«, entgegnete er, »aber es wird nicht leicht, mich von meiner Familie loszueisen.«

»Also was ist, seid ihr bald fertig?«, drängte Pietro Marenco.

Angelo legte eine Hand auf Irenes Arm und führte sie zu seinem Vater.

»Deine Großmutter liegt im Krankenhaus«, sagte Pietro Marenco an Irene gewandt.

Sie antwortete nicht. Plötzlich spürte sie die Kälte der Nacht und fing an, mit den Zähnen zu klappern.

»Dein Vater wollte es dir nicht sagen, damit du dir keine Sorgen machst«, fügte der Mann hinzu.

Irene spürte Angelos schützende Hand auf ihrer Schulter.

»Komm mit uns. Der Chefarzt ist ein Freund von mir. Sie lassen dich rein, auch wenn es schon spät ist«, schlug Pietro Marenco vor und hielt ihr die Wagentür auf.

15 Irene schlich sich auf Zehenspitzen in das Krankenhauszimmer. An der Wand über dem Kopfende des Bettes, in dem Agostina lag, verbreitete eine Lampe ein spärliches Licht. Sie trat näher. Zwei in die Nasenlöcher eingeführte Kanülen aus transparentem Plastik erleichterten der Frau das Atmen. Zwei weitere Betten in dem Raum standen leer. Irene setzte sich ans Kopfende und legte eine Hand auf die der Großmutter. Agostina öffnete die Augen.

»Ciao, Oma«, sagte Irene.

»Du hast kalte Hände«, flüsterte Agostina.

»Draußen friert es.«

»Wie spät ist es?«

»Fast Mitternacht.«

»Du bist's Irene, nicht wahr?«, fragte die Frau und fuhr nach einer kurzen Pause fort:»Ich wusste, dass du kommst.«

»Wie geht es dir?«

Die Großmutter antwortete nicht.

Die Wände waren blassgrün gestrichen. Auf der Metallkommode befanden sich ein Glas mit Kamillentee, eine Packung mit sterilen Mullbinden und eine Schachtel Plätzchen.

»Wie geht es dir?«, wiederholte Irene.

Agostina konnte sich nicht entschließen, zu antworten.

Irene stand auf, zog den Mantel aus und legte ihn auf das Nachbarbett.

»Kaum lasse ich dich mal einen Moment allein, machst du schon Unsinn«, sagte sie schließlich vorwurfsvoll und setzte sich wieder neben die alte Frau.

»Ich habe viel Unsinn gemacht. Einmal mehr oder weniger, das ist doch jetzt auch egal«, murmelte die Großmutter.

»Von wegen. Du musst sofort hier raus. Was für einen Sinn hätte mein Leben ohne dich?«

»Den gleichen wie vor ein paar Monaten, als du weggegangen bist«, hielt Agostina ihr vor und setzte für einen Moment ihre gewohnt finstere Miene auf.

»Willst du streiten? Ich jedenfalls nicht. Ich bin fortgegangen, um meinen Weg zu finden, denn die Fabrik ist nicht das Richtige für mich. Aber ich wusste ja, dass du da bist und dass ich nur nach Hause kommen muss, um deine Rügen zu hören. Ich hätte nie gedacht, dass ich dich im Krankenhaus vorfinden würde, noch dazu so schwach. Sag mir, dass das alles nur Theater ist, damit ich nicht wieder weggehe«, versuchte sie zu scherzen, aber ihr war mehr danach, zu weinen und sich über die Großmutter zu beugen, um sie zu umarmen.

Bevor sie den Raum betreten hatte, hatte sie mit dem Arzt gesprochen, der Nachtdienst hatte. So hatte sie erfahren, dass ihre Großmutter zwei Tage zuvor von ihrem Schwiegersohn gebracht worden war, der sie, nahezu im Todeskampf, am Fuß der Treppe aufgefunden hatte.

»Sie hatte einen Apoplex. Zwei Arterien sind verstopft, und sie hat Kammerflimmern. Wir müssen also mit dem Schlimmsten rechnen«, hatte er in seinem unverständlichen Ärztejargon erklärt. Dann hatte er hinzugefügt: »Wir behandeln sie. Aber sie ist alt und hat schon lange mit diesen Beschwerden zu kämpfen. Wusstet ihr das nicht?«

Irene war nie aufgefallen, dass Agostina krank war. »Oma ist noch gar nicht so alt. Sie ist erst fünfundsechzig«, hatte sie eingewandt.

Die Nachtschwester hatte sich eingemischt: »Sie ist eine sehr einsame Frau. Der Einzige, der sie besucht, ist ihr Schwiegersohn. Er kommt jeden Morgen vorbei, ehe er in die Fabrik geht. Wo sind ihre Kinder und Enkelkinder?« »Der Schwiegersohn, von dem Sie reden, ist mein Vater. Meine Onkel, Tanten und Cousins leben in Biella, Ivrea und Turin, und ihre Kinder kennen ihre Großmutter kaum. Aber jetzt bin ich ja da. Kann ich heute Nacht bei ihr bleiben?«

»Das wird ihr sicher gut tun«, hatte die Schwester zugestimmt.

Es war ein kleines Krankenhaus, das erst vor wenigen Jahren erbaut worden war und von den Bewohnern des Umlandes vor allem in Notfällen aufgesucht wurde. Ernstere Fälle wurden in die besser ausgestatteten Gesundheitszentren gebracht. In diesem kleinen Haus hielt man sich nicht an die ehernen Vorschriften der großen Kliniken und überließ die Nachtwache gern den Angehörigen der Patienten.

So machte Irene sich bereit, die Nacht bei der Großmutter zu verbringen. Sie bedauerte, nicht gleich ihren Vater umarmen zu können. Aber sie würde ihn ja am nächsten Morgen sehen.

»Du bist weggegangen, um diesem Marenco hinterherzulaufen«, sagte die Großmutter unvermittelt.

»Wenn du so redest, bist du unerträglich«, ärgerte sich Irene.

Antonias Augen funkelten schelmisch. »Ich freue mich, dass du hier bist«, sagte sie. »Leg dich hin und schlaf. Dann nicke auch ich bald ein.«

Die junge Frau löschte das Licht. Sie streckte sich auf dem Nachbarbett aus und deckte sich mit ihrem Mantel zu. Doch keine der beiden konnte einschlafen. Im Korridor läutete eine Glocke. Die Schwester ging an ihrem Zimmer vorüber und setzte ihren Weg fort bis zu dem Gang, aus dem der Ruf gekommen war.

Irene dachte, dass es in Mailand hochspezialisierte Krankenhäuser gab, in denen ihre Großmutter sicher eine bessere Behandlung bekäme. Aber sie wusste nicht, an wen sie sich wenden konnte, um die alte Frau verlegen zu lassen. Ganz davon abgesehen, dass am nächsten Tag Weihnachten war und alles geschlossen sein würde. Sie war kurz davor, einzuschlafen, als sie die Stimme ihrer Großmutter vernahm.

»Von all meinen Kindern habe ich deine Mutter am meisten geliebt, auch wenn sie mir den größten Kummer bereitet hat. Sie war sonderbar, aber sie konnte nichts dafür«, flüsterte Agostina.

»Sie war Alkoholikerin«, erwiderte Irene und unterdrückte ein Gähnen. Sie war müde, aber sie wusste, dass die Großmutter sie nicht schlafen lassen würde.

»Das war nicht ihre Schuld«, insistierte die Alte.

»Wessen Schuld denn dann?«

»Ich weiß es.«

Irene warf den Mantel beiseite und setzte sich im Bett auf. »Und ich darf es nicht wissen? Niemand hat je gewagt, sich gegen meine Mutter durchzusetzen. Es war wie ein ungeschriebenes Gesetz, es wurde einfach totgeschwiegen. Opa konnte nach seinem Schlaganfall nicht mehr reden. Du, meine Onkel und Tanten, mein Vater, ihr alle habt so getan, als würdet ihr nichts sehen, nichts wissen. Sie hasste uns alle, Papa war der Einzige, an dem sie ihre Wut nicht ausgelassen hat. Was war das Besondere an ihm?«, fragte das Mädchen in der Hoffnung, dass die Großmutter sich endlich zu einer Erklärung entschließen würde.

»Dein Vater war unschuldig, und Rosanna hat ihn respektiert«, behauptete Agostina.

»Und ich? War ich etwa nicht unschuldig?«, entgegnete Irene.

»Deine Mutter war eine sehr komplizierte Frau«, beteuerte Agostina.

»Du sprichst immer noch in Rätseln«, protestierte Irene.

Die Großmutter hatte keine Lust, über ihre Tochter zu reden, und wechselte das Thema. »Ich wäre so gern in meiner Küche und würde vom Fenster aus die Felder betrachten. Und ich hätte gern eine Packung Erdnüsse«, sagte sie mit einem Seufzer.

»Die hast du mir immer zum Dorffest geschenkt«, erinnerte sich Irene. »Für mich schmecken sie nach Amerika.«

Das Amerika, das sie kannte, stammte aus den Erzählungen von Barbarina, der Chefin der Bar Centrale. Als sie ein kleines Mädchen gewesen war, hatte Irene in einer Ecke des Lokals gesessen und gewartet, während ihre Mutter sich mit Wein vollaufen ließ, und Barbarina hatte ihr von Amerika erzählt. Sie sagte, jemand mit Talent könne dort drüben eine große Persönlichkeit werden, ganz gleich, ob er arm oder reich war. Sie erzählte ihr von ihrer Tochter. Irene kannte die Geschichte, hörte sie aber immer wieder gerne. Die Tochter hieß Silvia. Sie war nach Frankreich gegangen, um als Barfrau in einem Pariser Bistro zu arbeiten. Dort war sie einem amerikanischen Regisseur aufgefallen, der sie als Komparsin für ein Varietéstück engagiert hatte. Silvia tanzte gern. Der Regisseur war ihr Sprungbrett gewesen. Sie war mit der gesamten Kompanie nach New York gegangen. Barbarina zeigte der kleinen Irene Fotos ihrer Tochter, wie sie in Tüll und Flitter vor einem Hintergrund aus Hochhäusern tanzte. Sie blätterte in Theaterzeitschriften, die über sie schrieben, Miss Silvia Ferrero, Tänzerin einer großen Broadway-Show. Barbarina bekam von ihrer Tochter aus Amerika Päckchen mit Kleidern, Schmuck, Kakao und Erdnussbutter.

Irene schnupperte an den Paketen, die für sie so sehr nach Amerika rochen, einem Ort fernab der Traurigkeit. Manchmal bot Barbarina ihr ein Brötchen mit Erdnussbutter an. Es schmeckte köstlich. Und so versprach sie der Großmutter nun: »Ich werde dir eine Packung Erdnüsse besorgen.«

»Versuch lieber, mich nach Hause zu bringen. Ich will hier nicht sterben, in diesem traurigen Zimmer. Ich möchte zwischen meinen Kupfertöpfen sterben, in dem Geruch der Äpfel auf der Anrichte, meiner Öfen und des Lavendels, der an den Balken hängt. Öffne mal die Schublade im Nachtschränkchen«, befahl sie.

Irene gehorchte. In der Schublade waren ein Portemonee, ein Kamm, ein paar sorgfältig gebügelte Leinentaschentücher, goldene Ohrringe und eine Schwarzweißfotografie. Sie zeigte die gesamte Familie, mitsamt den Onkeln und Tanten, dem Großvater, der Großmutter und mit ihr selbst als kleinem Mädchen, mit Angelo hinter ihr und der Mama, den kleinen Bruder auf dem Arm, der wenige Tage später sterben sollte. Kurz nach seinem Tod war auch ihre Mutter gestorben.

»Nimm das Foto und bewahre es gut auf«, sagte die Großmutter.

Irene betrachtete es lange und steckte es dann in ihr Portemonee.

»Warum erzählst du mir nicht von meiner Mutter?«, versuchte sie es erneut.

»Bitte deinen Vater, dir Rosannas Geschichte zu erzählen. Er kennt sie von A bis Z«, erwiderte Agostina.

Die Krankenschwester steckte ihren Kopf zur Tür herein. »Was ist das hier für ein Lärm?«, fragte sie. »Nachts wird geschlafen.«

»Kümmern Sie sich um Ihre eigenen Angelegenheiten«, warnte die Großmutter sie.

»Das würde ich gern tun, wenn ich mich nicht um Sie und die anderen Kranken kümmern müsste«, entgegnete die Frau und ging.

»Jetzt schlafen wir«, sagte Irene, »morgen werde ich mit Papa sprechen.« Es war inzwischen tiefe Nacht, und endlich schliefen sie ein.

16 Mauro Cordero kam um halb sieben Uhr morgens ins Krankenhaus. Er hatte saubere Wäsche, Sekt und Panettone mitgebracht. Als er in das Zimmer trat, fand er dort Irene vor, die auf dem Bett neben dem der Großmutter lag. Sie schliefen beide. Er bewegte sich so leise wie möglich. Nachdem er die Pakete auf dem Tisch abgestellt hatte, setzte er sich ans Fenster und wartete, dass sie wach wurden. Diese beiden Frauen waren seine ganze Welt, er hatte niemand anderen, seit Rosanna und vor ihr das Kind gestorben waren. Er sah sie an und war glücklich.

Mauro hatte sehr gelitten, als Irene weggegangen war. Sie war bei ihm in der Fabrik vorbeigekommen, um sich von ihm zu verabschieden.

»Ich ziehe nach Mailand«, hatte sie zu ihm gesagt.

»Falls es dir dort nicht gut gehen sollte, komm sofort zurück«, hatte er sie gebeten und gefühlt, wie in ihm etwas zerbrochen war.

»In Ordnung«, hatte das Mädchen geantwortet.

Sie hatte ihn noch am selben Abend angerufen. »Ich habe eine Stelle in einer bedeutenden Firma bekommen«, hatte sie ihm glücklich verkündet.

»Vergiss Oma nicht«, hatte er schüchtern gesagt, wie es seine Art war. Am liebsten hätte er noch hinzugefügt: »Du fehlst mir sehr«, aber das wagte er nicht.

»Ich will reich werden, Papa. Ich will, dass du mehr von deinem Leben hast.« Das war ihre Art, ihm zu sagen, dass sie ihn liebte.

Irene war wie ein kleiner Vogel mit großen Flügeln. Sie musste weit fliegen. Ihr Vater konnte ihr da keinen Vorwurf machen. Er hätte nicht einen Finger gerührt, um sie auf diesen traurigen Hof zurückzuholen, auch wenn er wusste, dass San Benedetto beileibe nicht der schlechteste Ort zum Wohnen war. Er hoffte nur, dass Rosanna vom Himmel aus über sie wachen würde.

»Frohe Weihnachten! Kaffee und Medizin«, verkündete eine Krankenschwester mit lauter Stimme, als sie in das Zimmer trat. Agostina öffnete die Augen, schloss sie aber sofort wieder. Irene erwachte, sah ihren Vater und lächelte ihm zu. Sie stieg aus dem Bett und ging zu ihm, um ihn zu umarmen.

»Frohe Weihnachten, Papa«, flüsterte sie, um die Großmutter nicht zu stören.

»Ich wusste, dass ich dich hier finden würde. Angelo hat es mir gestern erzählt«, antwortete er halblaut.

»Natürlich, dachtest du, dass ich euch an einem Tag wie diesem allein lassen würde?«, fragte ihn das Mädchen leise.

»Geh nun nach Hause und ruh dich ein bisschen aus. Um Oma kümmere ich mich.«

»Warum hast du mich nicht angerufen und mir gesagt, dass sie im Krankenhaus ist?«, fragte sie beinah vorwurfsvoll.

»Ich wollte nicht, dass du dir Sorgen machst. Außerdem wusste ich, dass du hier sein würdest.«

Zwei Putzfrauen kamen herein und schickten sie aus dem Zimmer, während Agostina weiterschlummerte.

»Im Erdgeschoss ist eine kleine Bar. Ich lade dich zu einem Cappuccino und einer Brioche ein«, schlug ihr Vater vor. Seine Augen leuchteten vor Glück.

Bei einem Kaffee erfuhr Irene, dass Agostinas Kinder über ihren Zustand benachrichtigt worden waren, es jedoch nicht für nötig gehalten hatten, ihre Pläne für die Weihnachtsferien zu ändern.

»Sie wird sowieso bald wieder gesund. Wir haben schon ein Hotel in den Bergen gebucht und sind so gut wie auf dem Sprung«, hatte ihr ältester Sohn gesagt, der auch im Namen seiner Geschwister sprach.

»Sie wird so schnell nicht gesund. Oma ist schwer krank«, unterbrach Irene den Bericht ihres Vaters.

»Ich weiß«, erwiderte er. »Der Kardiologe hat mir gesagt, dass er sie nach den Feiertagen ins Krankenhaus in Cuneo bringen lassen wird.«

»Und wenn es dann zu spät ist?«

»Das wird es nicht. Es wird alles gut gehen, mein Kind. Geh jetzt nach Hause«, sagte er streng und streichelte zärtlich ihre Schulter.

»Warum schickst du mich weg?«, fragte Irene misstrauisch.

»Du warst die ganze Nacht im Krankenhaus. Du musst dich jetzt ein paar Stunden ausruhen. Ich komme heute Abend nach Hause.«

»Gut. Heute Abend müssen wir reden.« »Worüber?« »Über Mama. Ich muss es einfach wissen. Oma sagt, dass du die ganze Geschichte kennst, und es ist Zeit, dass du sie mir erzählst.«

Mauro Cordero legte beide Hände auf die Schultern seiner Tochter. Er sah ihr in die Augen, als wolle er in ihre Seele blicken.

»Das werde ich tun«, flüsterte er. »Es wird schwer sein für mich zu reden, genau wie für dich zuzuhören. Aber wie immer hat Agostina Recht.«

Irene verließ das Krankenhaus und wartete lange auf den Überlandbus, der sie in die Nähe des Hofes brachte. Als sie auf das Haus zuging, knirschte der Schnee, der die Straße bedeckte, unter ihren Schuhen. Die fahle Sonne warf die langen Schatten der Bäume auf die weiße Fläche. Wie immer war die Tür unverschlossen. Die Küche war blitzblank. Mauro hatte den Ölofen neben dem Kamin auf die höchste Stufe gestellt, damit die Wärme über die Treppe auch in das obere Stockwerk gelangte. Auf dem Wäscheständer neben dem Ofen hing Wäsche zum Trocknen. Der mit einer rotgrünen Weihnachtstischdecke geschmückte Tisch war für zwei gedeckt. Auf einem alten Backtrog stand der Weihnachtsbaum mit vielen Lämpchen, und über der Krippe prangte der Weihnachtsstern. Irene zog ihren Mantel aus und blieb stehen, um die Familienfotos anzusehen, die, seit sie denken konnte, in einer Reihe auf der Anrichte standen. Ein Bild berührte sie ganz besonders, ein Bild, auf dem sie als kleines Mädchen zusammen mit ihrer Mutter zu sehen war. Hand in Hand liefen sie über eine Lindenallee in San Benedetto. Sie lächelten glücklich. Rosanna trug einen hellen Mantel und Schuhe mit hohen Absätzen und presste eine Handtasche an sich. Während Irene ihre Mutter betrachtete, fiel ihr auf, dass sie sich sehr ähnelten. Papa hatte das Foto an einem Sonntagnachmittag im Frühling aufgenommen. Ein heiterer Tag, denn Rosanna hatte verkündet, dass sie ihr ein Brüderchen schenken würde. Ein denkwürdiger Tag, wertvoll wie ein Juwel, nach all den dunklen Jahren, die ihm vorausgegangen waren. Onkel und Tanten hatten den Hof verlassen und waren mit ihren Familien in die Stadt gezogen. Nur ihre Eltern und Großeltern waren geblieben. Der Zustand des Großvaters hatte sich verschlechtert. Er aß fast nichts mehr und saß stets in seinem Rollstuhl neben dem Feuer oder abseits in einer Ecke, den Kopf auf die Brust gesenkt. Papa war immer in der Fabrik. Sie machte Hausaufgaben am Küchentisch, und von Zeit zu Zeit hob sie den Blick zur Pendeluhr an der Wand, über der Anrichte. Die Tage waren kurz, es wurde schnell Abend. Die Stunden vergingen, und Mama hätte schon seit einer Weile zu Hause sein müssen. Doch von ihr war weit und breit keine Spur.

»Fahr ins Dorf und such sie«, befahl die Großmutter mit einem Seufzer.

Rosanna arbeitete in einer Fertigungsschneiderei. Sie nähte Kleidersäume, niemand konnte so gut mit Nadel und Faden umgehen wie sie. Sie schrieb auch Gedichte, die Irene sehr gefielen. Rosanna las sie ihr manchmal vor und sagte dann: »Sie sind ekelhaft.« Anschließend zerriss sie die Seiten. Sie war auch ein echter Ratefuchs und löste selbst die kompliziertesten Kreuzwort- und Bilderrätsel. Sie wäre eine bemerkenswerte Frau gewesen, hätte sie nur nicht dieses Laster gehabt.

Als die Großmutter ihr also befahl, die Mutter holen zu gehen, krampfte sich Irenes Herz zusammen, denn es war eine schmerzliche Aufgabe. Sie schlüpfte in ihren Mantel, zog die Wollmütze tief ins Gesicht und erreichte die große Straße, wo sie vor Kälte von einem Fuß auf den anderen trat. Sie wartete auf den Bus und setzte sich dann neben den Fahrer, der sie kannte und von ihr kein Geld für die Fahrkarte nahm.

Am Dorfplatz stieg sie aus und ging direkt in die Bar Centrale. Ihre Mutter saß ganz hinten in der finstersten Ecke des Lokals. In einer Hand hielt sie ein Weinglas, in der anderen eine Zigarette. Mit vernebeltem Blick betrachtete sie den Horizont, den jedoch nur sie sehen konnte. Irene setzte sich neben sie und streichelte ihren Arm.

»Oma wartet auf dich«, flüsterte Irene.

»Lass mich in Ruhe«, nuschelte Rosanna.

»Ich will auch, dass du nach Hause kommst«, sagte das Kind verzweifelt.

»Das hier ist mein Zuhause«, erwiderte die Frau und streichelte die Weinflasche. »Das andere ist nur ein Bauernhaus, das von dreckigen Leuten bewohnt wird.«

Irene wusste, dass es besser war, den Mund zu halten und sich zu gedulden, bis Rosanna vollkommen betrunken war. Dann erst würde sie sich mühsam hochrappeln und zur Tür wanken, wobei sie zu ihr sagen würde: »Gehen wir.«

Sie mussten nach Hause laufen, denn es war nunmehr spät geworden und der Bus fuhr nicht mehr. Der lange Marsch unter dem klaren Sternenhimmel ließ die Wirkung des Weins zum Teil verfliegen.

Als sie nach Hause kamen, setzte Irene sich in die Küche und aß die Suppe, die ihr die Großmutter warm gehalten hatte. Rosanna ging währenddessen nach oben ins Schlafzimmer, um ihren Mann zu wecken, der in der Fabrik Nachtschicht hatte. Nachdem Mauro mit seinem Lieferwagen davongefahren war, lief Irene hoch zu ihrer Mutter, die inzwischen wieder nüchtern war. Rosanna lächelte ihr zu und klopfte neben sich auf das Bett, damit sie sich zu ihr unter die Decke legte.

Dann umarmte sie ihre Tochter, und nun löste sich Irenes Spannung, sie ließ sich gehen und brach in verzweifelte Tränen aus.

»Weinst du, weil ich so böse bin?«, fragte Rosanna zärtlich. Aber sie wusste nicht, woher die Schluchzer kamen, die ihre Brust erbeben ließen.

»Erzähl mir etwas Schönes«, sagte Rosanna und zog sie an sich.

»Wenn du morgen nicht in die Kneipe gehst, erzähle ich dir ganz viele schöne Dinge«, flüsterte Irene unter Tränen. Dann schlief sie erschöpft ein.

Als sie am nächsten Morgen erwachte, war das Haus leer. Die Großmutter versorgte im Stall die Tiere, der Großvater hatte sich irgendwohin zurückgezogen, und ihr Vater war noch nicht aus der Fabrik heimgekehrt. Sie blickte aus dem Fenster und sah, wie ihre Mutter eilig davonging, wobei sie sich auf ihren schwindelerregend hohen Absätzen in den Hüften wiegte. Sie war auf dem Weg zum Bus, der sie zur Arbeit brachte.

Irene zog sich an, schlenderte in die Küche hinunter, wo das Milchschälchen, Kakao und Plätzchen für sie bereitstanden. Sie aß im Stehen, packte dabei Bücher und Hefte in ihren Rucksack und lief dann durch die Weinfelder zur großen Straße, wo der Überlandbus hielt. An der Haltestelle stand wie immer Angelo, der auf sie wartete, ohne dass er es sich anmerken ließ. Irene hatte die Sorgen des Vorabends vergessen und lächelte glücklich.

Nun löste sie ihren Blick von der Fotografie, die sie an einen Teil ihrer Vergangenheit erinnert hatte, den sie hatte vergessen wollen, den wegzuschieben ihr jedoch nicht gelang. Sie wollte Licht in die Geschichte ihrer Mutter bringen. Sie wollte endlich die Wahrheit wissen, die ihre Familie ihr immer verschwiegen hatte. Die anderen hüllten ihre Mutter in ein Geheimnis, das Irenes Geist und ihr Herz verwirrte. Würde sie es erst kennen, könnte sie sich vielleicht von diesem Unwohlsein befreien, das die Erinnerung an ihre Mutter in ihr hervorrief. Angelo Marenco hingegen war der gute und reine Teil in ihrer Vergangenheit.

Das Telefon, eines von den alten schwarzen, das noch an der Wand angebracht war, begann zu läuten.

Es war Angelo. »Ich komme gleich vorbei«, sagte er.

Irene ging in ihr Zimmer hinauf. Es war noch genauso, wie sie es verlassen hatte. Das Bett mit dem Kopfende aus Nussbaumholz und die Decke mit Schottenkaros, der Schrank, die Spitzengardinen, die ihre Mutter genäht hatte, der Schaukelstuhl mit der in rosa Seide gekleideten Puppe, die ihr Vater ihr geschenkt hatte, die Bildchen, die sie selbst aus Trockenblumen gemacht hatte. Zitternd vor Kälte hastete sie ins Bad, um sich zu waschen. Im Haus gab es keine Heizung. Sie zog sich wieder an und machte sich auf den Weg in die Küche. Dort stellte sie eine Auflaufform mit Ravioli in den Ofen und öffnete eine Flasche Wein.

Angelo klopfte und trat ein. »Frohe Weihnachten«, wünschte er und drückte ihr ein Päckchen mit einer Schleife in die Hand. Er hatte endlich den Mut gefunden, es ihr zu geben.

»Frohe Weihnachten«, erwiderte sie und überreichte ihm ihr Geschenk.

Für einen Moment sahen beide einander verlegen an. Dann breitete sie die Arme aus. »Angelo, schöner Angelo, komm, flieg zu mir«, rief sie lachend. Sie umarmten sich, und er küsste sie, wobei ihn ein Glücksgefühl durchströmte, und er hätte sich gewünscht, dass es nie aufhörte. Stattdessen schob er sie sanft von sich und fragte: »Wie geht es Agostina?«

»Schlecht. Du kennst sie ja. Sie beklagt sich nie und ist griesgrämig wie immer. Mein Vater ist bei ihr. Aber ich bin bei dir, und es wird trotz allem ein schönes Weihnachtsfest«, sagte Irene.

»Trotz allem«, wiederholte Angelo und dachte daran, dass es in seiner Familie besser gelaufen war, als er gedacht hatte. Das war allein das Verdienst seiner Mutter, die die Fähigkeit besaß, Spannungen zu lösen, und die ihm ein feierliches Versprechen abgerungen hatte: Er würde die Universität nicht verlassen und

93

den Marencos die Befriedigung verschaffen, einen Sohn mit Universitätsabschluss zu haben.

»Dann bist du zum Mittagessen eingeladen. Es gibt Ravioli mit Schmorbraten, Wein und Panettone«, verkündete Irene.

Sie packten ihre Geschenke aus. Angelo hatte ihr einen Flakon Chanel No. 5 geschenkt. »Das ist das Parfüm von Marilyn Monroe«, kommentierte Irene. »Es ist sehr teuer.« Sie rieb den Verschluss über ihre Handgelenke und hinter die Ohren. »Für mich bist du Marilyn Monroe. Lass mich mal riechen«, sagte Angelo und barg sein Gesicht in der Kuhle zwischen Hals und Schulter des Mädchens. »Es ist sehr sinnlich«, erklärte er, wobei er die Worte der Verkäuferin benutzte, die ihm das Parfüm verkauft hatte.

»Ich glaube nicht, dass ich ein sinnliches Mädchen bin«, erwiderte sie errötend und schob ihn sanft weg.

»Das stimmt. Du bist nur das Wunderbarste auf der Welt«, stellte Angelo fest.

Sie waren beide aufgeregt und eingeschüchtert.

»Mach jetzt mein Geschenk auf«, forderte Irene ihn auf.

Es war ein blauer Schal aus weichem Kaschmir. Er hatte ein Viertel ihres Gehalts gekostet.

»Du bist ja verrückt! Das ist doch was für Reiche.«

»Seit ich ein kleines Mädchen war, wollte ich dir einen Schal wie diesen schenken. Und jetzt habe ich es getan.«

Sie setzten sich an den Tisch. Während des Essens hörte Irene nicht auf zu plaudern.

»Angelo, Verliebte machen Liebe«, sagte sie auf einmal.

Er verstand nicht, ob dieser voller Unschuld ausgesprochene Satz eine Frage oder eine Aufforderung war.

»Ja, das tun sie«, erwiderte er.

»Warum machen wir es dann nie?«

»Du bist erst achtzehn. Du kommst mir noch vor wie ein Kind. Liebe machen ist etwas für Erwachsene«, bemerkte er.

»Hast du es schon mal getan?«

Angelo errötete. Er hätte gern die Rolle des erfahrenen Mannes gespielt, der das Leben kennt. Aber das war er nicht, und er konnte sich nicht verstellen.

»Komm schon, antworte mir«, bohrte Irene.

»Ja, einmal auf dem Gymnasium. Mit der Schwester von einem Freund, die sehr viel älter war als ich«, gestand er.

»Einmal nur?«

»Danach war da noch eine Studienfreundin. Ihre Mutter hat uns erwischt, und ich habe mir meine Klamotten geschnappt und bin halb nackt die Treppe hinunter geflüchtet. Das ist mir heute noch peinlich.«

Sie lachte herzhaft. »Warst du in diese Mädchen verliebt?«

»Sie gefielen mir.«

»Ist es schön, Liebe zu machen?«

»Jetzt reicht es aber!«, beendete er das Thema.

»Ich finde, dass wir Liebe machen sollten, denn du willst es und ich möchte es auch«, insistierte Irene.

»So etwas plant man nicht. Es passiert einfach, und deshalb tun wir es nicht, jedenfalls nicht heute und nicht in diesem Haus«, erklärte er.

»In der Fabrik waren Arbeiterinnen, die jünger waren als ich und die es schon eine ganze Weile gemacht haben«, bohrte sie hartnäckig weiter.

»Das ist ihre Sache. Beenden wir das Thema.«

Er hätte ihr gern gesagt, dass es nichts gab, wonach er sich mehr sehnte. Doch da er sie liebte, wollte er, dass es wie durch ein Wunder geschah, an einem einzigartigen Ort. Aber er fand nicht die Worte, um ihr dies und noch anderes zu sagen.

»Mein Vater wird bald hier sein«, log sie. Sie fühlte sich zurückgewiesen und fing an, die Küche aufzuräumen.

»Danke für das Mittagessen«, sagte Angelo, der sich nicht entschließen konnte zu gehen.

»Deine Familie wartet auf dich. Du musst nach Hause«, erinnerte Irene ihn brüsk. Sie war beleidigt und verlegen wegen ihres Vorstoßes. Und sie fühlte sich schuldig, weil sie darüber das Leid ihrer Großmutter vergessen hatte. Also fügte sie hinzu:»Ich fahre wieder ins Krankenhaus. Wir sprechen morgen.«

Angelo ging hinaus und schlug die Tür hinter sich zu. Er war verwirrt, weil er das Mädchen zurückgewiesen hatte, das er liebte, obwohl er es am liebsten bis in alle Ewigkeit in seine Arme geschlossen hätte.

Irene riss die Tür auf. Sie sah ihn mit gesenktem Kopf über das zugeschneite Grundstück davongehen.»Du bist nur ein Bauer. Eine zum Aussterben verurteilte Spezies«, rief sie ihm wütend nach.

Da kam Angelo zurückgerannt. Er umarmte sie und bedeckte ihr Gesicht mit Küssen.»In zwei Wochen gehe ich zum Militär. Ich wusste nicht, wie ich es dir sagen sollte«, flüsterte er.

»Jetzt hast du es mir ja gesagt.«»Morgen leihe ich mir den Wagen von meinem Vater. Wir können irgendwo hinfahren. An einen wunderschönen Ort. Wir werden zusammen sein und einander unsere Gefühle zeigen«, versprach Angelo.

In dem Augenblick fuhr Mauros Lieferwagen vor. Der Mann stieg aus dem Wagen, während der Junge die Hand zum Gruß hob und davonging.

»Ich bin gekommen, um ein paar Kleider zu holen. Oma ist gestorben«, sagte der Vater und ging ins Haus.

Irene hasste sich dafür, an die Liebe und an das Leben gedacht zu haben, während die Großmutter im Sterben lag. Ein stechender Schmerz bohrte sich in ihr Herz.

»Ich dachte, sie wäre eingeschlafen. Wir hatten zusammen Panettone gegessen und einen Schluck Sekt getrunken. Irgendwann hat sie gesagt, dass sie schlafen wolle. Sie hat gegähnt. Und dann ist sie gestorben«, erzählte Mauro mit vom Weinen geröteten Augen.

3. August 2002

17 Irene war in ein Zimmer im obersten Stock des Pavillons für Neuropsychiatrie verlegt worden. Angelo hatte angeordnet, dass immer ein Polizeibeamter vor der Tür Wache schob.

»Du wirst ein paar Tage hier bleiben müssen«, sagte Angelo, nachdem er sie über die Anwesenheit des Beamten informiert hatte.

»Warum?«, fragte Irene.

»Wir haben deinen Angreifer noch nicht gefunden und wollen noch ein paar Versuche unternehmen, ehe wir dich gehen lassen.« Nach einer kurzen Pause fügte er hinzu: »Kannst du dich wirklich nicht erinnern, was du bei dir hattest, als du aus London gekommen bist?«

»Denkst du, wenn ich mich erinnern würde, wäre ich noch hier?«, entgegnete sie gereizt.

Abgesehen von dem Bett und einem Nachtschränkchen aus Metall standen in dem Zimmer noch zwei Sessel. Angelo beantwortete einen Anruf auf seinem Handy und setzte sich auf eine Sessellehne. »Ich werde einen meiner Männer schicken, um sie abzuholen. Nur keine Sorge«, sagte er und beendete das Gespräch.

Irene ging zu ihm, setzte sich in den Sessel und legte ihren Kopf auf sein Bein.

Angelo streckte eine Hand aus, um ihre Schulter zu berühren, zog sie jedoch sofort wieder zurück. Er stand auf und ließ sich in dem Sessel gegenüber nieder. Er war verlegen, wollte es aber nicht zeigen.

»Ich brauche menschliche Nähe«, erklärte Irene. »Hast du

überhaupt eine Vorstellung davon, wie ich mich fühle? Meine Erinnerungen tauchen auf wie Konfetti, die der Wind heranweht.« In diesem Moment sah sie Angelo als Dreiundzwanzigjährigen vor sich in der Uniform eines Offiziersanwärters. Er kam aus der Kaserne und lief ihr entgegen, über eine lange Allee, in der die Lindenbäume blühten. Völlig außer Atem vom Laufen und vor lauter Aufregung sagte er zu ihr:»Ich habe die Hausschlüssel eines Freundes.« Er hatte sie in eine kleine Villa auf dem Hügel gebracht, inmitten eines Lärchenwaldes. Es war Mai, sie waren jung, und gemeinsam entdeckten sie die Liebe.

»Ich bitte um Verzeihung, Chef.« Die Stimme des Polizisten, der in der Tür stand, holte sie in die Wirklichkeit zurück.

Angelo ging mit dem Mann aus dem Zimmer und ließ sie allein. Irene trat ans Fenster und bemerkte zwei kleine Jungen, die in der Allee des Krankenhauses spielten. Ein alter Mann, der sich unsicher auf einen Stock stützte, wurde um ein Haar von ihrem Ungestüm umgeworfen, erschrak und schimpfte mit den beiden. Während Irene diese Szene beobachtete, verspürte sie auf einmal einen stechenden Schmerz im Nacken. Sie trat vom Fenster zurück. Doktor Gorini hatte ihr einen Beutel mit Medikamenten gegeben, der nun auf dem Nachtschrank neben einer Flasche Mineralwasser und einem Glas lag. Sie suchte die Packung mit den Schmerztabletten heraus, nahm zwei und schluckte sie mit etwas Wasser herunter. Dann schloss sie die Fensterläden, streckte sich auf dem Bett aus und hoffte, dass die Medizin bald ihre Wirkung tun würde.

»Bekommst du Kopfschmerzen?«, fragte Angelo, der wieder hereingekommen war.

»Genau.«

»Dann lasse ich dich jetzt in Ruhe.« Schließlich setzte er hinzu: »Wenn du Hilfe brauchst, klingele einfach. Dein Schutzengel draußen vor der Tür wird dir helfen.«

»In Ordnung«, erwiderte sie.

»Eine letzte Sache noch. Heute Abend wirst du Besuch bekommen. Mutter Maria Francesca, die Äbtissin von Altopioppo, wird zu dir kommen. Sie hatte eine Woche keine Nachrichten von dir und war in Sorge um dich. Schließlich hat sie sich entschlossen, die Polizei anzurufen, um dich vermisst zu melden. Ich habe sie persönlich darüber informiert, was dir zugestoßen ist. Ich denke, dass es wichtig für dich sein wird, sie zu treffen«, sagte Angelo und ging.

Angelos Worte waren wie durch ein fernes Megaphon zu ihr gedrungen. Nun hämmerten sie in ihrem Kopf und dehnten sich aus wie die Kreise, die ein ins Wasser geworfener Stein erzeugt. Während das Schmerzmittel zu wirken begann, erinnerte Irene sich.

2000

18 Es war halb sieben Uhr morgens. Noch war es war dunkel, und der Nebel hüllte sie ein wie eine Watteschicht.

Die Scheinwerfer des Autos vermochten diese milchige Masse nicht zu durchdringen, und sie konnte die weißen Linien nicht erkennen, die die Fahrbahn begrenzten. Sie wusste nicht, wo sie war. Die Scheibenwischer schmierten und überzogen die Windschutzscheibe mit einem gräulichen Matschfilm. Irene war allein und fürchtete sich. Sie fuhr so langsam wie möglich, in der Hoffnung, den Straßenrand zu erkennen, doch der Nebel rief nur riesige Gespenster hervor, die aussahen, als wollten sie sie verschlingen.

Irgendwann begann der Motor ihres Mercedes auszusetzen, und kurz darauf blieb der Wagen stehen. Die Scheinwerfer, die ins Nichts leuchteten, erloschen, und Irene fand sich in völliger Stille wieder.

»Verdammte Scheiße!«, fluchte sie und versuchte, sich Mut zu machen. Vergeblich probierte sie, den Motor neu zu starten. »Verreckt«, stellte sie fest.

Sie öffnete die Tür. Ringsum nichts als Nebel und Stille. Vorsichtig stellte sie einen Fuß auf die Erde und spürte unter ihrer Sohle eine Eisschicht. Sie hätte auf der Tangenziale in Richtung Mailand sein sollen, doch nun war sie sonst wo gelandet. Sie stieg aus dem Fahrzeug, und plötzlich drang das leise Läuten einer Glocke zu ihr.

Geleitet von dem Klang, der sich hartnäckig wiederholte, machte sie ein paar Schritte und konnte die Silhouette einer Kirche ausmachen. Sie wurde von einem Glockenturm überragt, dessen Spitze sich im Nebel verlor. Ein kleines Licht über dem weißen Marmorportal erleuchtete den von niedrigen Myrtehecken gesäumten Weg.

Nun hörte sie den lieblichen Gesang weiblicher Stimmen, der vom Klang einer Orgel begleitet wurde.

Sie erreichte die Kirche, schob das alte Tor auf und wurde sogleich von einem intensiven Geruch nach Weihrauch umfangen. Eingeschüchtert blieb sie stehen. Das flackernde Licht zahlreicher Kerzen hob die Fresken hervor, die die Kirchenschiffe schmückten. Die Nonnen bildeten zwei dunkle Reihen zu beiden Seiten des Hauptaltars.

»Lasset uns beten«, ertönte die Stimme einer Ordensschwester.

»Ehre sei Gott in der Höhe und Friede auf Erden«, antworteten die Stimmen im Chor.

Irene trat auf dem Terrakottaboden näher und versuchte, dabei keinen Lärm zu machen.

»Das Wort Gottes ist zu uns herabgesandt worden«, beteten die Nonnen.

Sie erreichte den Altar, und eine Schwester, die erste in der linken Reihe, wandte den Kopf und bemerkte sie.

Die Nonne löste sich aus der Gruppe und kam mit kurzen Schritten auf sie zu. Als sie bei ihr angelangt war, flüsterte sie lächelnd: »Kann ich Ihnen behilflich sein, Signorina?«

»Ich habe mich im Nebel verfahren«, erklärte Irene verwirrt.

»Sie sind in der Abtei von Altopioppo«, erwiderte die Schwester, die eine Brille mit dicken Gläsern trug.

»Wie bin ich nur hier gelandet?«, fragte Irene sich. Dann wandte sie sich an die Nonne: »Mein Wagen ist liegen geblieben. Dürfte ich bitte mal den Pannendienst anrufen? Mein Handy ist nicht aufgeladen.«

Unterdessen sangen die Nonnen weiter.

»Kommen Sie mit mir«, entschied die kleine Schwester und ging ihr voran zu einer Tür auf der rechten Seite des Kirchenschiffes. Sie liefen durch einen Korridor, der mit kleinen Tischen

101

mit Spitzendeckchen und Nippes, mit Blumenbildern an den Wänden und einer Voliere mit zwei gelben Wellensittichen ausgestattet war. Durch ein Fenster, das an der linken Wand entlanglief, erblickte Irene einen winzigen alten Kreuzgang. Nach wenigen Schritten traten sie in einen geräumigen Vorraum. Das große Porträt eines Bischofs hing an einer mit hellem Nussbaumholz verkleideten Wand.

»Ziehen Sie Ihre Jacke aus und hängen Sie sie dort hin«, forderte die Schwester Irene auf und zeigte auf einen an der Wand befestigten Kleiderhaken. »Ich gehe uns inzwischen einen Kaffee machen.«

»Ich möchte nur kurz das Telefon benutzen«, sagte Irene, »machen Sie sich bitte keine Umstände mit dem Kaffee.«

»Aber das tue ich sehr gern«, erwiderte die kleine Schwester mit einem schelmischen Lächeln. »Und Sie werden mir dabei Gesellschaft leisten. Nur keine Eile. Im Leben ist für alles Zeit«, sagte sie und ging ihr voran in einen anderen Korridor. Irene folgte ihr neugierig. Schließlich fand sie sich in einer kleinen weißen und gelben Küche wieder, mit modernen elektrischen Küchengeräten und Wandschränken. Die Nonne stellte zwei Tassen und eine Zuckerdose aus weißem Porzellan auf ein Metalltablett und platzierte es in der Mitte eines quadratischen Tisches.

Durch ein hohes, kleines Fenster, das durch ein schmiedeeisernes Gitter geschützt war, sah Irene, dass der Nebel sich auflöste. Sie konnte sogar das Blau des Himmels erahnen.

»Die Schwestern sagen, dass niemand so guten Kaffee macht wie ich. Wissen Sie, ich bin mit Kaffee groß geworden. Ich komme aus Mailand. Meine Eltern hatten eine Rösterei an der Porta Venezia. Ich heiße Maria Luciana. Verraten Sie mir auch Ihren Namen?«, fragte die Nonne.

In einer weißen Keramikkanne, von der Schwester mit heißem Dampf angewärmt, begann zäh und dickflüssig der Kaffee herabzurinnen.

»Ich heiße Irene«, antwortete sie.

»Der Herr war großzügig mit Ihnen. Sie sind wunderschön«, bemerkte die Nonne. »Bei mir war der liebe Gott nicht so großzügig. Ich bin nicht schön geboren, und als ich ganz klein war, habe ich die spanische Grippe bekommen. Zwar habe ich überlebt, aber das Fieber hat mein Augenlicht geschwächt, und ich war immer sehr kurzsichtig. Der Herr hat es so gewollt. Er hat seine Pläne, die unser kleiner Verstand nicht begreifen kann. Aber, liebe Irene, einmal in meinem Leben, nur ein einziges Mal wäre ich gern groß, stark und schön gewesen wie Sie«, erklärte sie und goss den Kaffee in die Tassen. »Trinken Sie, solange er noch heiß ist«, forderte sie ihren Gast auf und fügte hinzu: »Man sagt, Kaffee sei ungesund. Ich trinke viel davon und bin trotzdem über achtzig geworden, und immer bei bester Gesundheit, dem Herrn sei Dank.«

Der Kaffee war wirklich ausgezeichnet und Irene lobte ihn.

»Ich muss jetzt zurück in die Kirche. Warten Sie hier, ich schicke Ihnen Mutter Maria Ernesta. Oder kommen Sie mit mir, wenn Ihnen das lieber ist«, sagte die Schwester.

Irene folgte ihr. Sie war müde, denn sie hatte erst kurz zuvor die Villa von Tancredi in Cassano d'Adda verlassen. Am Abend zuvor hatte sie sich nach einem der üblichen heftigen Streitgespräche, in denen beide ihr Unglück am anderen ausließen, entschlossen, im Ankleidezimmer im zweiten Stock zu schlafen. Dorthin folgte Tancredi ihr nicht. Aus unerfindlichen Gründen gab es in der Villa Räume, die er nicht betrat. Die Küche zum Beispiel oder den riesigen, mit antiken Schränken möblierten Raum, in dem die gesamte Wäsche des Hauses aufbewahrt wurde. Dort stand ein Bett, das niemand benutzte und in dem Irene sich sicher fühlte, eingehüllt in den Geruch nach Lavendel, der in kleinen Säckchen zwischen den Laken und Leinentischtüchern steckte.

Wenn sie im Ankleidezimmer übernachtete, fiel sie in der Regel in einen erholsamen Schlaf. In dieser Nacht hatte sie jedoch nicht lange schlafen können. Vielleicht hatte der Streit das Maß ihrer Geduld überschritten. Dem Anschein nach besaß Irene alles, was eine Frau sich wünschen konnte: Schönheit, Geld, Erfolg. In Wirklichkeit aber war sie unzufrieden und unglücklich, weil sie sich bewusst wurde, dass sie das Träumen verlernt hatte. Ebenso hatte sie die Fähigkeit verloren, sich nach etwas zu sehnen, Pläne zu schmieden, dem Leben einen Sinn zu geben.

Wohin sie auch ging, stets hatte sie eine Schar Höflinge um sich, die bereitwillig jeden ihrer Wünsche erfüllten. Der Kreditrahmen ihrer EC-Karte war unbegrenzt. Jedes Fest, jeder Empfang wurde nur dann als bedeutend erachtet, wenn sie anwesend war. Bei solchen Anlässen verbarg sie ihr Unbehagen hinter sprühendem Witz und einem auf den Lippen festgefrorenen Lächeln. Sie lebte ein Leben, das ihr nicht gehörte, inmitten von Menschen, die sie oft nicht interessierten. Als sie jung und naiv gewesen war, hatte sie sich von der Faszination, die von Tancredi ausging, mitreißen lassen. Doch dann hatte sie verstanden, wie süchtig er nach Macht und Reichtum war und dass er bereit war, viele Kompromisse einzugehen, nur um zu erreichen, was er wollte. Hinter der Güte, mit der er Geschäftspartner, Mitarbeiter und Angestellte behandelte, verbarg er eine dünkelhafte Allmacht, die Irene nicht mehr ertragen konnte.

Die Idylle mit Tancredi hatte Risse bekommen.

»Was willst du überhaupt vom Leben?«, hatte er sie einmal während einer heftigen Diskussion gefragt.

»Ich will meine Träume zurück«, hatte sie verzweifelt geantwortet.

»Du bist ja verrückt«, hatte er gesagt.

»Das wäre ich gern, dann bräuchte ich nicht zu sehen, was für ein Mensch du bist. Du denkst, dass wir alle käuflich sind und jeder einen Preis hat.«

»Den hast du auch. Ich muss es wissen, schließlich habe ich ihn bezahlt«, hatte er ihr vorgeworfen.

»Aber du hast mich nicht bekommen. Wenn ich mich dir wirklich verkauft hätte, würdest du mich jetzt verachten und hättest mich längst beseitigt. Genau wie all die anderen, die du gekauft hast, um dich dann ihrer zu entledigen. Vor mir dagegen hast du Angst, und zwar gerade deshalb, weil du mich nicht besitzt.«

Irene wusste, wie sie ihn verletzen und in die Ecke treiben konnte, wo er sich dann verteidigte. Und irgendwann hatten sie sich getrennt. Er lebte in seiner Villa auf dem Land, sie in einer Wohnung im obersten Stockwerk eines Gebäudes aus dem neunzehnten Jahrhundert in der Via Solferino. Doch sie sahen sich jeden Tag im Büro, denn Irene leitete die PR- und Marketingabteilung der Cosedil. Sie bekleidete nunmehr eine wichtige Position innerhalb der Firma und war hoch geschätzt.

Dora, Tancredis rechtmäßige Ehefrau, wohnte mit den Kindern im Haus in der Via Gesù und traf ihren Mann nur selten.

So war Irene am Abend zuvor anlässlich eines Essens mit den Führungskräften der Cosedil nach Cassano gefahren. Alles war gut gegangen, bis die Gäste die Villa verlassen hatten. Nach dem Streit mit Tancredi hatte sie im Ankleidezimmer geschlafen und war bei Tagesanbruch erwacht. Der Schlaf hatte ihre Aggressivität verfliegen lassen. Sie war in ihr Zimmer im ersten Stock gegangen, hatte geduscht und Hose, Wollpulli und eine Jacke angezogen. Danach war sie hinuntergegangen und in ihren Wagen gestiegen, der im Hof geparkt war. Ein dichter Nebel hatte sich über den Park gelegt, doch sie hatte nicht auf die Vernunft gehört und beschlossen, nach Hause zurückzukehren, nach Mailand.

Nun hatte ihr Schwester Maria Luciana bedeutet, sich auf eine Bank an der Wand im Korridor zu setzen, und sie allein gelassen. Kurze Zeit später kam eine junge und anmutige Nonne zu ihr.

»Guten Tag, Irene. Ich bin Mutter Maria Emanuela. Ich habe gehört, dass Sie ein Problem mit Ihrem Wagen haben«, sagte sie. Über der Nonnentracht trug sie eine schwarze Strickjacke aus schwerer Wolle. »Lassen Sie mich doch mal einen Blick auf den Motor werfen«, fügte sie hinzu und ging ihr voran zum Ausgang.

Der Nebel hatte sich inzwischen vollständig aufgelöst, und die Sonne stieg hinter den Feldern auf. Irene ging über die myrtengesäumte Allee zurück und entdeckte endlich den eisbedeckten offenen Platz vor der Abtei, wo ihr Wagen liegen geblieben war.

»Ich war eigentlich auf der Tangenziale unterwegs. Ich verstehe gar nicht, wie ich hierher gekommen bin«, fragte sie sich.

»Vielleicht hat der Herr Sie zu uns geführt«, bemerkte Maria Emanuela in fröhlichem Ton.

»Das ist eine schöne Art, das Leben zu sehen. Alles Positive, was geschieht, geschieht aus dem Willen des Herrn«, sann Irene nach.

»Genauso ist es«, pflichtete die Schwester bei.

Maria Emanuela setzte sich auf den Fahrersitz und betätigte den Anlasser, ohne Erfolg. Also stieg sie aus und öffnete die Motorhaube. Aus der Tasche ihres Gewands holte sie eine kleine Taschenlampe hervor. Sie richtete den Lichtkegel auf die Elektroanschlüsse des Motors und stöpselte eine Reihe von Kabeln aus und wieder ein.

»Alles in Ordnung«, stellte sie fest. »Ich gehe jetzt unseren Wagen holen und gebe Ihnen Starthilfe«, informierte sie die junge Frau.

»Ich möchte nicht, dass Sie sich Umstände machen. Ich bitte Sie nur, den Pannendienst anzurufen«, sagte Irene, der unwohl war, weil sie so einfach in das Kloster geplatzt war.

»Wie Sie wollen. Vielleicht ist es besser so, denn ich würde Ihnen ohnehin nur erlauben, bis zur Werkstatt im Dorf zu fahren. Die Batterie muss ausgetauscht werden. Ihr Mercedes ist zwar neu, aber das hier ist nicht die Originalbatterie. Man hat sie hereingelegt, meine Gute«, behauptete die Schwester.

»Sind Sie Kfz-Mechanikerin?«, fragte Irene überrascht.

»Ich bin Luftfahrtingenieurin«, erwiderte Mutter Maria Emanuela.

Die beiden Frauen verabschiedeten sich, und die Schwester ging zum Kloster zurück.

Während sie auf den Pannendienst wartete, schlenderte Irene zur Kirche hinüber, um sich die Fassade anzusehen. Ein Stein neben dem Portal trug eine lateinische Inschrift: IM JAHR 1176,

AM 23. APRIL, IST DIESE KIRCHE, DIE DEN HEILIGEN MA-
RIA UND JOSEF GEWIDMET IST, ERRICHTET WORDEN.
Seitdem waren beinah neunhundert Jahre vergangen, und die
Schönheit des heiligen Gebäudes war unversehrt.

Die Glocke begann wieder zu läuten. Es war acht Uhr morgens. Ein großer, magerer Mann mit schönem, strengem Gesicht
und einem kurzen, grau melierten Bart kam aus der Tür eines
benachbarten Gebäudes. Er trug eine Cordhose und einen Roll-
kragenpullover aus grober Wolle.

»Guten Tag«, grüßte er mit einem offenen Lächeln.

Er öffnete das alte Portal und trat in die Kirche.

»Guten Tag«, erwiderte Irene und folgte ihm.

Sie sah ihn in der Tür verschwinden, die vom rechten Kirchen-
schiff ins Kloster führte, und blieb neben einer Säule stehen. Die
Nonnen saßen bereits auf ihren Bänken, als der Mann kurz darauf wieder auftauchte. Er trug die heiligen Paramente, und sein
Messgewand war von einem schönen leuchtenden Grün und mit
goldenen Applikationen verziert. Er ging zum Altar, bekreuzigte
sich, faltete die Hände und begann die Messe zu zelebrieren.

Irene ging. Sie erreichte ihren Wagen und setzte sich auf den
Fahrersitz. Aus dem Wageninneren betrachtete sie die schlichte
Architektur der Abtei, dachte an die unschuldige Sanftmut von
Mutter Maria Luciana und an die Aufrichtigkeit und Fröhlichkeit von Mutter Maria Emanuela. Sie fragte sich, welche Gründe
eine junge und derart attraktive Frau mit einem Diplom in Luft-
fahrttechnik bewogen haben konnten, sich in den Mauern eines
Klosters einzuschließen. Sie fand keine Antwort. Stattdessen verspürte sie den Wunsch, etwas mehr über die Abtei von Altopioppo zu erfahren.

Im Dunkel ihres Krankenzimmers lag Irene auf dem Bett und erinnerte sich. Leise wiederholte sie: »Altopioppo.« Bei diesem Namen gab ihre Erinnerung ihr ein wichtiges Bruchstück ihrer Geschichte wieder: die Tage vor dem Überfall.

23. Juli 2002

19 Es war halb sechs am Nachmittag. In der gedämpften Stille der Abtei von Altopioppo sprachen die Nonnen das *Magnificat* und sangen zum Abschluss der Vesper *Ehre sei Gott in der Höhe.*

Mit zwei anderen Gästen des Klosters hatte Irene der Abendmesse beigewohnt. Seit einiger Zeit suchte sie häufig Zuflucht in Altopioppo. An diesem alten Ort, an dem die Zeit stehen geblieben schien, versuchte sie, Ordnung in ihre Gedanken und in ihr unruhiges Leben zu bringen.

Die Julisonne bohrte sich durch die Scheiben der seitlichen großen Einzelbogenfenster und erleuchtete die Apsis der alten Kirche.

Die Schwestern klappten ihre Messbücher zu und gingen schweigend in den kleinen rechteckigen Kreuzgang hinaus, worauf sie im Inneren des Klosters verschwanden. Auch Irene und die anderen Gäste verließen die Kirche. Lediglich Mutter Maria Francesca, die Äbtissin, blieb auf ihrem Platz sitzen. Den Kopf auf die Brust gesenkt, die Arme unter dem schwarzen Skapulier über Kreuz, setzte sie ihr Gebet fort.

Mutter Maria Francesca war fünfzig Jahre alt und leitete seit fünfzehn Jahren mit mütterlicher Strenge die Gemeinschaft der Benediktinernonnen von Altopioppo. Mit zweiundzwanzig war sie ins Kloster eingetreten, nachdem sie ein Studium der klassischen Sprachen und Theologie abgeschlossen hatte. Sie war nur zufällig in Palermo geboren worden. Ihre Mutter war eine berühmte Theaterschauspielerin, ihr Vater Kunstgeschichtsprofessor. Ihre frühe Kindheit hatte sie in Theatergarderoben und hinter Theaterkulissen in ganz Italien verbracht, und da sie sich dort häufig langweilte, hatte sie bald lesen und schreiben gelernt. Ihre Mutter spielte immer, selbst wenn sie nicht auf der Bühne stand, und ihr Sinn für Theatralik faszinierte die kleine Francesca. Ihren Vater sah sie nur, wenn sie nach Rom zurückkehrten, wo er an der Universität lehrte. Der Professor sah seine schüchterne und stille Tochter an und sagte dann zu ihr: »Du bist aber groß geworden.« Sie antwortete: »Danke, Papa«, da sie es als Kompliment auffasste.

Als die Zeit kam, da sie zur Schule gehen musste, kamen ihre Eltern überein, dass ein gutes Internat die beste Lösung sei. So kam Francesca mit sechs Jahren nach Arles in Frankreich, wo man sie in einer Gemeinschaft von Nonnen unterbrachte. Ihre Schulfreundinnen litten sehr unter der Trennung von ihren Familien, sie aber fühlte sich wie ein Fisch im Wasser. Francesca war ein wissbegieriges, lebhaftes und sehr unabhängiges Mädchen. Sie sang gern, hatte einen bemerkenswerten Stimmumfang und liebte Schlager ebenso wie gregorianische Gesänge. Im Alter von zehn Jahren sprach sie fließend Französisch, Englisch und Deutsch. Mit sechzehn machte sie ihr Abitur mit Bestnote und verließ das Internat. Ihr Vater war inzwischen gestorben, und ihre Mutter lebte in Mailand, ihrer Heimatstadt. Francesca zog zu ihr und schrieb sich an der katholischen Universität ein. Mit zwanzig machte sie ihren Abschluss in klassischen Sprachen und zog zu einem Musiker, einem Freund der Mutter, in den sie sich verliebt hatte. Es waren die Jahre der Studentenunruhen. Sie ging mit Freunden auf die Straße, organisierte Demonstrationen, führte die Besetzungen der Universitäten an und besuchte Theologiekurse, wo sie Antworten auf die vielen Fragen suchte, die sie quälten. Ihre Tage folgten einem mörderischen Rhythmus. Eines Nachts hatte ihr Freund sie geweckt, um mit ihr zu schlafen, und sie hatte diesen Akt als einen Missbrauch empfunden.

In den folgenden Tagen hatte Francesca sich gefragt, ob sie

überhaupt beziehungsfähig war oder ob das Ganze für sie nicht ein zu enger Schuh war. Kurz darauf hatte sie in den Unterlagen ihres Vaters eine ausführliche Studie über die lombardische Kunst des vierzehnten Jahrhunderts gefunden. Besondere Aufmerksamkeit hatte der Professor den Fresken Giottos in der Abtei von Altopioppo gewidmet. Dieser Text war für sie der Anlass gewesen, die alte Kirche zu besichtigen. Sie war mit der Vespa hergekommen, allein. Bedächtig hatte sie das alte Tor des heiligen Gebäudes geöffnet und eine kleine Gruppe von Nonnen gesehen, die um den Hauptaltar herum auf den Bänken saß. Sie hatte ihre Gebete angehört und schließlich den Blick gehoben, um die Flucht von freskengeschmückten Gewölben zu betrachten, die das Nachmittagslicht hervorhob. Dabei hatte sie an ihren Vater gedacht, der Tag um Tag in dieser Kirche verbracht hatte, um diese wunderbaren Fresken, die die Geschichten des Alten und des Neuen Testaments erzählten, zu studieren, zu analysieren und zu beschreiben. Als sie das Gemälde der Verkündung betrachtete, wurden Francesca die Zerbrechlichkeit des Menschen und seine Hoffnung auf Erlösung bewusst.

Ihr wurde bewusst, dass Gott einer Frau die Aufgabe anvertraut hatte, seinen Sohn, Jesus, zu gebären, der zur Welt gekommen war, um der Menschheit beizustehen. Im Mysterium der Geburt Christi fand Francesca endlich die Antwort auf viele quälende Fragen, und sie verstand, wie sie ihrem Leben Sinn geben konnte.

»Kann ich etwas für Sie tun?«, hatte eine leise Stimme sie gefragt. Francesca war zusammengezuckt. Neben ihr stand eine Nonne, die sie voller Sympathie ansah. Die anderen waren gegangen, und die Kirche war leer.

»Ich suche Gott«, hatte sie geflüstert.

»Such ihn in dir«, hatte die Nonne geantwortet.

An diesem Abend war Francesca in die Stadt zurückgekehrt und hatte ihre Koffer gepackt. Ihr Freund war in dem Augenblick

110

hereingekommen, in dem sie gerade gehen wollte. Er hatte sich zwingen müssen, seinen Zorn über diese unerklärliche Flucht im Zaum zu halten.

»Du verlässt mich?«, hatte er bestürzt gefragt. Er liebte Francesca von ganzem Herzen. Dieses Mädchen, wenngleich nicht sehr schön, jedoch voller intellektueller Kraft, faszinierte ihn. »Ich will dich nicht verlieren. Wohin gehst du?«

»Weit weg von dem Lärm, dem Geschrei und den fruchtlosen Debatten«, hatte sie geantwortet und ihn zärtlich angesehen.

»Glaubst du, dass es einen Ort gibt, der weit genug weg ist von all dem?«

»Vielleicht. Ich weiß es noch nicht. Aber wenn ich begreifen will, was um mich herum geschieht, muss ich erst in mich selbst hineinsehen.« »Ich liebe dich. Bitte verlass mich nicht.«

»Lass uns nicht streiten, ich bitte dich. Versuche mich zu verstehen. Ich muss weggehen.« Sie hatte ihn umarmt und lange fest an sich gedrückt.

Kurz darauf war sie ins Kloster eingetreten. Zunächst als Gast, dann als Postulantin.

Sie verbrachte die Tage zwischen Studium, Arbeit und Gebet. Nach einem Jahr war sie Novizin geworden, und mit neunundzwanzig hatte sie das Ordensgelübde abgelegt. Gott hatte sie nicht enttäuscht, in ihm hatte sie einen unerschöpflichen Quell der Liebe gefunden. Ihr Bedürfnis, gegen Ungerechtigkeiten zu kämpfen, war nicht erloschen, und in der Kurie hatte man ihr deswegen den Beinamen »die Kämpferin« gegeben. Nachdem sie Äbtissin geworden war, hatte sie mit wirtschaftlichem Geschick der Klostergemeinschaft wieder auf die Beine geholfen, indem sie oft hohe Zuschüsse für die Restaurierung von Inkunabeln sammelte. Sie hatte einen Verlag ins Leben gerufen, der theologische Werke veröffentlichte, wobei sie für die Auswahl der Texte und das Layout zuständig war.

Schließlich hatte sie viel Energie in die Gründung eines Chors gesteckt, der auf gregorianische Gesänge spezialisiert war und schon nach kurzer Zeit zu einer Attraktion wurde. Die Leute kamen in die Abtei, um die Stimmen der Nonnen zu hören. Das spärliche Vermögen des Klosters hatte sich von Jahr zu Jahr vergrößert, und Francesca hatte notwendige Sonderausgaben in Angriff nehmen können: die Installation einer Heizungsanlage für das Kloster und die Abtei und eine moderne und funktionale Küche.

Die Äbtissin war ein Vulkan, der ständig aktiv war. Zwei jungen Mitschwestern hatte sie gestattet, das Restaurationshandwerk zu erlernen, und sie in aller Welt auf Lehrgänge geschickt. Anschließend hatte sie ihnen die Pflege der alten Fresken der Kirche überantwortet. Jene Nonnen, die an einem Studium interessiert waren, besuchten auf Kosten des Klosters Universitätskurse.

Sie hatte der Kurie Geld entlockt und einen neuen Flügel der Abtei bauen lassen: Der mittelalterliche Flügel wurde, vollkommen umgebaut, in ein Gästehaus umfunktioniert und bot nun Platz für Besucher, Kongresse, Debatten und Gebetsrunden.

Sie hatte sich mit den Schwestern anderer Orden herumgeschlagen und bei der Kirche die Abschaffung des »Brustschleiers« erwirkt, einer gestärkten Binde, die den Hals der Nonnen fest einschnürte. Sie hoffte, dass es ihr gelingen würde, auch die weiße Haube auszumustern, die das Haar verbarg, denn sie schränkte die Bewegungsfreiheit ein.

Ihr Leben war ein ständiger, mit Demut geführter Kampf und dennoch geprägt vom Beten und Arbeiten, wie die Klosterregel es vorsah.

Nun war Mutter Maria Francesca in Sorge um die Zukunft von Altopioppo. Vor langer Zeit hatte Graf Giovanni Richiedei aus Soncuíno die zweitausend Hektar Land, die das Kloster umgaben, an einen Mann verkauft. Diesem war es nun angeblich gelungen, eine Genehmigung zu erwirken, um gegenüber dem Kloster ein Wohnviertel mit Tennisplätzen und Schwimmbädern zu bauen.

Als die Äbtissin diese Gerüchte aufgeschnappt hatte, war sie umgehend in die Kurie gestürzt.

»Können wir denn nichts unternehmen, um das Projekt zu stoppen?«, hatte sie den Bischof gefragt.

Der Prälat wusste, dass die Schwester mit dem Gedanken liebäugelte, selbst zwei Bauernhäuser in der Nähe des Klosters zu erwerben, um sie zu restaurieren und zum Sitz einer modernen Bibliothek zu machen.

»Es tut mir sehr Leid, Madre, aber ich kann Ihnen nicht helfen. Außerdem ist es keineswegs sicher, dass der neue Eigentümer das Viertel bauen will. Abgesehen davon braucht die Kurie Geld. Geben Sie also besser auf.« Der Bischof hatte viele andere und weit schlimmere Probleme zu lösen.

»Das werde ich niemals. Ich werde beten. Ich glaube immer noch an die Hilfe des Herrn«, erwiderte die Schwester.

Um sechs Uhr an diesem Julinachmittag, nachdem sie ihre Gebete beendet hatte, beschloss die Äbtissin, die Nonnen zu versammeln.

»Ich habe erfahren, dass möglicherweise ein neues Viertel neben dem Kloster gebaut werden soll. Einige von euch werden vielleicht denken, dass es keine große Katastrophe ist, wenn wir die beiden Bauernhäuser für unsere Bibliothek nicht bekommen werden. Das stimmt natürlich in gewisser Weise. Aber wir brauchen die Spiritualität jetzt mehr denn je, und wir müssen mit Kultur und Wissen gegen Prahlerei und Oberflächlichkeit angehen. Ich fordere euch daher auf, zu beten, dass wir neben unserer Abtei die neue Bibliothek errichten können.«

An diesem Abend hatte Irene, die an der Versammlung teilgenommen hatte, sich der Äbtissin genähert und ihr zugeflüstert: »Ich muss mit dir reden.«

Daraufhin hatten die beiden sich in einen kleinen Salon im Erdgeschoss zurückgezogen.

»Vielleicht kann ich dafür sorgen, dass du über die Bauernhäuser verfügen kannst, an denen dir so viel liegt.«

Mutter Maria Francesca hatte sie fragend angesehen.

»Vertrau mir«, hatte Irene nur gesagt. »Morgen fliege ich nach London, um mein Kind zu besuchen. Am Montag, wenn ich wieder zurück bin, werde ich dir alles erklären.«

Die Äbtissin wusste, wie unruhig Irene jedes Mal war, wenn sie von den Besuchen in London zurückkam. Seit einiger Zeit fehlte ihr das Kind sehr, und Mutter Maria Francesca war mehr als einmal drauf und dran gewesen, sie zu ermutigen, die Arbeit bei der Cosedil aufzugeben und sich ihm ganz zu widmen. Aber sie kannte Irene gut. Sie wusste, die junge Frau musste allein dahinter kommen, dass es für sie an der Zeit war, ihrem Leben eine entscheidende Wendung zu geben. Da sie sich in London auch um Altopioppo kümmern würde, beschloss die Äbtissin, dass Mutter Maria Imelda sie begleiten sollte.

20 Irene saß am Schreibtisch und sah die Abschrift einer Konferenz über die islamische Welt durch, die ein belgischer Mitbruder in Altopioppo geleitet hatte.

Der Islam war nach dem Angriff auf die Twin Towers in New York in den Klostergemeinschaften der ganzen Welt zu einem Thema geworden, das Anstoß zu umfassenden Überlegungen gab.

Während ihrer Aufenthalte im Kloster wurden der PR-Fachfrau sämtliche wichtigen Projekte vorgelegt, die an die Öffentlichkeit gelangen sollten.

Der Hausverlag des Klosters plante, die Mitschriften einiger Konferenzen in einem Sammelband zu veröffentlichen, wobei dem italienischen Text eine englische Übersetzung gegenübergestellt werden sollte. Mutter Maria Imelda, die einst Parlamentsdolmetscherin gewesen war, besorgte die englische Fassung, während Irene die italienische durchsah. Gleich nach dem Mittagessen hatte die Äbtissin Mutter Imelda in ihr Büro gerufen.

»Ich habe beschlossen, dass du mit Irene zu unseren Mitschwestern nach London fahren wirst. Dort wird Mutter Mary Judith einen Blick auf deine englische Version werfen. Diese Sammlung der Konferenzmitschriften liegt mir sehr am Herzen. Wir können uns keine Fehler erlauben«, hatte sie angekündigt.

Seit zwanzig Jahren war Mutter Maria Imelda nicht mehr nach England zurückgekehrt. Dort hatte sie nicht nur studiert, Museen besucht und enge Beziehungen zu Lehrern und Studienfreundinnen unterhalten, sondern auch gelernt, ein Pferd zu reiten und zu rudern.

Sie war bei den Worten der Äbtissin erst errötet. Dann hatte sie jedoch ein Kribbeln im Hals verspürt und war schließlich in ein unbändiges Freudengelächter ausgebrochen, während ihre Augen sich mit Tränen füllten.

»Beruhige dich. Irene muss einige persönliche Dinge erledigen. Ihr werdet morgen zusammen aufbrechen«, hatte die Äbtissin geschlossen.

Mutter Maria Imelda setzte sich an ihren Schreibtisch gegenüber Irenes.

»Morgen früh werden wir nach London fliegen, du und ich«, flüsterte sie mit lachender Stimme.

Irene nickte, ohne den Blick vom Bildschirm zu lösen.

»Ich weiß jetzt schon, dass ich diese Nacht kein Auge zutun werde. Ich bin viel zu aufgeregt«, fuhr die Nonne flüsternd fort.

»Du hast noch dreißig Seiten Text zu übersetzen. Wenn du dich beruhigst, wirst du sie bis morgen früh fertig haben«, sagte Irene.

Am Tag darauf, dem 24. Juli, hatte Mutter Maria Giovanna sie mit dem kleinen Bus des Klosters zum Flughafen von Linate gebracht.

Für die Reise trug Maria Imelda, die die Sechzig überschritten hatte, ein Kostüm aus sackfarbenem Leinen. Ihr Haar steckte unter einer komischen hellblauen Baumwollmütze. Irene hatte eine weiße Baumwollhose und ein türkisfarbenes T-Shirt angezogen.

Am Flughafen Heathrow wurden sie von Mutter Mary Judith und Mutter Mary Susan empfangen. Beide waren ein paar Jahre zuvor in Altopioppo zu Gast gewesen, und sie tauschten Umarmungen und Höflichkeiten aus.

Dann stiegen alle in die U-Bahn und tauchten an der Haltestelle Green Park wieder auf. Zu Fuß erreichten sie schließlich das kleine Kloster in der Brook Street hinter der St. John geweihten

Kirche. Sie machten sich frisch, denn auch in London war es sehr warm, nahmen Tee und Plätzchen zu sich. Eine angeregte Unterhaltung kam in Gange, die sie erst am Mittag beendeten.

Nach dem Mittagessen verabschiedete Irene sich von den Nonnen, bevor sie in ihre Wohnung in der Cherry Lane fuhr.

»Ich weiß nicht, wann ich zurückkommen werde«, sagte sie zu Mutter Maria Imelda. »Ich habe ein paar Dinge zu erledigen.«

»Tu, was du tun musst«, erwiderte diese.

Irene kannte das Mayfair-Viertel, in dem sich das Kloster befand, mit den gewundenen Sträßchen von Shepherd's Market sowie Savile Row und Albany Court sehr gut. Sie ging oft mit ihrem Sohn dorthin, um ihn in den eingezäunten Gärten umhertoben zu lassen.

Sie sah kurz in den Himmel. Eine Ansammlung weißer Wolken schob sich träge gen Westen, und vielleicht würden sie einen Schauer spenden. Sie fand sich in der Cherry Lane wieder. Die alte Kopfsteinpflasterstraße war von einer Reihe weißer Villen mit bunten Toren und Fensterläden in leuchtendem Kupfer gesäumt. Vor der Nummer sieben nahm sie den Schlüssel aus ihrer indischen Tasche, die sie über der Schulter trug. Sie blieb stehen, um das Haus zu betrachten: die blitzenden Fensterscheiben, die weißen Geranien auf den Fensterbänken des Erkerfensters, den stets gepflegten Vorgarten. Schließlich stieg sie die Stufen hinauf, steckte den Schlüssel ins Schloss und trat in den Vorraum.

Frida kam ihr entgegen. Sie trug die Uniform, die alle Angestellten Tancredis trugen: ein weißes Kleid mit feinen blauen Streifen und eine gestärkte Schürze. Trotz des nordischen Namens war Frida Sizilianerin. Sie besaß die bernsteinfarbene Haut der Frauen aus dem Süden, hatte das weiße Haar zu einem Zopf geflochten und im Nacken zu einem Knoten gebunden.

»Willkommen, Signora«, empfing sie die Frau.

Im Haus herrschte Stille. Ein leichter Vanillegeruch hing im hell erleuchteten Vorraum in der Luft. Die wuchtige Pendeluhr neben dem Aufzug schlug vier Uhr. Irene bemerkte ein Paar Roll-schuhe, die neben einem Schirmständer aus chinesischem Por-zellan lagen. Sie atmete den Geruch nach Wachs ein, mit dem Frida das Parkett bohnerte. Ein Lichtstrahl fiel auf ein Gemälde aus dem achtzehnten Jahrhundert, das eine Panoramaansicht von London zeigte. Sie hatte es vor vielen Jahren auf einer Auk-tion bei Sotheby's zu einem hohen Preis erstanden. Es war eine wirklich wertvolle Malerei.

»Der Kleine ist mit seiner Oma draußen. Im Hyde Park war heute ein Puppentheater. Sie werden zum Tee wieder zurück sein«, informierte Frida sie sofort.

»Dann gehe ich nach oben in mein Zimmer«, sagte Irene und betrat die Treppe, die in die oberen Stockwerke führte.

Sie öffnete die Tür zu ihrem Zimmer. Es war ein schöner Raum, der mit antiken Möbeln eingerichtet war. Achtlos warf sie die Ta-sche auf das mit einer Tagesdecke aus blassgrünem Atlas zuge-deckte Bett und ging in das Ankleidezimmer. Dort befreite sie sich von ihren Kleidern und betrat das Bad, um sich eine erfrischende Dusche zu gönnen. Danach nahm sie eine Jeans und ein weißes Polo-Shirt aus ihrem Kleiderschrank, zog sich an und ging wie-der in ihr Zimmer. Sie öffnete den hinter einem schönen Gemälde von Christi Geburt aus dem siebzehnten Jahrhundert versteck-ten Tresor, der mit Briefen und Dokumenten voll gestopft war. Sofort fand sie, was sie gesucht hatte. Sie setzte sich an den Schreib-tisch vor dem Fenster, das auf den Garten hinausging, und las auf-merksam.

Es war das Schriftstück, in dem Tancredi die Schenkung der Grundstücke und Gebäude von Altopioppo bestätigte.

Sie erinnerte sich an den Abend, an dem er ihr nach dem Abend-essen im Salon ihrer Wohnung in der Via Solferino, von der aus man auf die Dächer Mailands blickte, einen Umschlag überreicht hatte.

»Ein Geschenk für dich«, sagte er. »Es ist nicht der übliche Schmuck.«

»Das sehe ich«, erwiderte sie und öffnete den Umschlag. Es war eine Schenkungsurkunde, in der er den Besitz in Altopioppo vor den Toren Mailands an sie abtrat.

»Was soll ich damit?«, fragte sie verwirrt.

»Nichts. Aber dem Jungen wird es eines Tages nützlich sein«, erklärte er.

Er erzählte ihr, dass es sich um ein großes Grundstück mit Weizenfeldern und Bewässerungswiesen handelte, auf dem schlichte Häuser mit einem kleinen, bewohnten Dorfkern, einige Bauernhöfe und eine alte Villa standen.

»Die Villa ist wunderschön. Sie stammt aus dem achtzehnten Jahrhundert, und die Fresken in den Sälen sind gut erhalten. Dazu gehört übrigens auch ein riesiger Park mit Statuen aus der Epoche, an denen Kletterpflanzen emporranken«, erläuterte er.

Irene hatte dieses Geschenk im Namen ihres Sohnes angenommen. Es war eine Art Mitgift für den kleinen John, der im Gegensatz zu Tancredis ehelichen Kindern, die eines Tages das riesige Vermögen erben würden, nicht den Namen seines Vaters trug.

Nun aber schien es, dass Tancredi neue Pläne für Altopioppo hatte, und er handelte, als gehöre der Besitz noch ihm. Seine Absicht war offensichtlich: Er wollte den Wert eines Gutes steigern, dessen Nutznießer später einmal sein Sohn sein würde.

»Er hätte wenigstens vorher mit mir sprechen können«, protestierte sie leise, während sie das Dokument in die indische Tasche steckte.

Dann erinnerte sie sich daran, dass Tancredi kürzlich versucht hatte, sie sowohl in ihrem Büro als auch zu Hause und im Kloster zu erreichen. Doch sie hatte sich immer verleugnen lassen. Vielleicht hatte er mit ihr über Altopioppo sprechen wollen.

Der Moment war gekommen, Klarheit in ihr Leben und in ihre Beziehung zu bringen. Ihr wurde bewusst, dass auch der kleine John Klarheit brauchte. Niemand wusste besser als sie, die in unklaren Verhältnissen aufgewachsen war, wie wichtig dies für ein Kind war.

Da hörte sie Stimmen im Erdgeschoss, darunter auch die ihres Sohnes. Sie stürzte die Treppe hinunter, und der Kleine lief ihr entgegen. Lachend packte sie ihn unter den Achseln, hob ihn hoch und drückte ihn an sich. Rosalia, Tancredis Mutter, hieß sie mit der gewohnten Litanei aus Klagen willkommen, hinter der sie ihre überbordende Liebe zu dem kleinen Enkel verbarg.

»Ich werde alt, und dein Sohn ist immer schwerer zu bändigen«, sagte sie.

»*Don't believe her*«, flüsterte John.

»Wie war das Puppentheater?«, fragte Irene, während sie Rosalia einen Kuss auf die Wange drückte.

»Ich muss immer hinter ihm her sein, ständig schnappt er sich etwas und haut ab. Er hat nicht das geringste Gespür für Gefahren. Sieh mal, was er gestern im Park wieder gemacht hat.« Die Frau zeigte ihr eine Beule auf Johns Kopf, wo die dichte hellblonde Mähne einen Bluterguss versteckte.

»Jetzt gibt die Mama ihrem Kind so viele Küsse, bis die Beule verschwindet«, sagte Irene und umarmte ihn. Sie gingen ins Wohnzimmer, wo Frida Tee und Apfelkuchen servierte.

»Setz dich anständig hin«, befahl die Großmutter ihrem Enkel.

»Nein. Ich will bei Mama auf den Arm«, protestierte John.

»Hörst du? Ach, was für ein ungezogenes Kind.« Rosalia tat so, als wäre sie böse, dann wandte sie sich an Irene: »Wie lange bleibst du bei uns?«

»Ein paar Tage. Am 26. Juli muss ich wieder in Mailand sein.«

Irene musterte ihren Kleinen und konnte gar nicht aufhören, sich zu wundern, wie ähnlich er Tancredi sah.

»War sein Vater als Kind auch so?«, fragte sie Rosalia.

»Die beiden ähneln sich wie ein Ei dem anderen«, bestätigte die Frau. »Dein Sohn hat den gleichen Charakter wie sein Vater.«

»Mama, stimmt es, dass Papa und du nicht verheiratet seid?«, fragte John unvermittelt.

»Da hast du's, die erste peinliche Frage. Und du wirst noch viele andere hören, denn er wird größer und vergleicht sich mit seinen Freunden. Außerdem will er ständig alles wissen«, betonte Rosalia.

»Stimmt. Wir sind nicht verheiratet«, gab Irene zu.

Da klingelte es an der Tür. Zwei kleine Nachbarjungen waren vorbeigekommen, und John ging mit ihnen zum Spielen in den Garten.

Irene goss sich und Rosalia Tee ein.

»Du scheinst mir nicht ganz auf der Höhe«, bemerkte Tancredis Mutter.

»Das täuscht, Rosalia. Mit geht es ganz gut, und das scheint mir fast ein Wunder. Doch ich habe noch keine Entscheidung für meine Zukunft getroffen«, flüsterte sie.

»Dann beeile dich, denn John wird schnell größer, er fängt an, sich Fragen zu stellen, und er braucht dich nötiger als mich. Du spielst die Halbtagsmutter und weißt noch nicht, ob du dir eine Zukunft an Tancredis Seite aufbauen sollst oder nicht«, entfuhr es Rosalia.

Irene dachte an die endlosen Diskussionen über diese und andere Fragen. Zahllose Überlegungen im Laufe der Jahre hatten ihr keine klaren Antworten geben können. Sie war sich nicht sicher, ob sie ihr Leben tatsächlich mit Tancredi teilen wollte, aber wenn sie sich zwischen ihrer Arbeit und ihrem Sohn entscheiden müsste, würde sie John wählen.

»Ich werde mich beeilen«, versprach sie.

»In ein paar Tagen fahre ich mit dem Jungen nach Cefalù, wie jedes Jahr. Warum kommst du nicht mit uns?«

»Ich muss ein paar Dinge in Mailand erledigen und brauche dazu mindestens eine Woche. Dann könnte ich nachkommen. Ich sage dir Bescheid«, erwiderte sie.

»Habe ich schon mal erwähnt, dass ich, wenn ich zwischen Dora und dir hätte wählen können, dich als Schwiegertochter gewollt hätte?«

»Du lässt es mich seit einer Weile spüren. Du hast entschieden, dass die Waagschale sich zu meiner Seite neigt.«

»So ist es.«

»Wir werden sehen. Jetzt möchte ich für morgen erst einmal einen Ausflug mit meinem Sohn organisieren. Ich würde gern nach Canterbury fahren.«

»Ich lasse es den Chauffeur wissen«, schlug Rosalia vor.

»Auf keinen Fall. Wir nehmen den Zug, das wird John sehr viel mehr Spaß machen«, entschied Irene.

Am nächsten Morgen warf Irene an der Victoria Station zwei Briefe ein. In einem befand sich die Schenkungsurkunde über Altopioppo, adressiert an sie selbst mit der Anschrift des Klosters. Sie würde ohne Gepäck nach Mailand fahren, und das Dokument war zu wichtig, um es in einer Stofftasche zu transportieren. Im anderen hatte sie zwei Zeilen an Tancredi geschrieben: »Ich habe erfahren, dass du große Umbauarbeiten in Altopioppo planst. Allerdings habe ich nicht die Absicht zuzulassen, dass du dich als Herr über etwas aufspielst, was dir nicht gehört. Lass uns darüber reden.« Dieser Brief war an den Mailänder Sitz der Cosedil gerichtet.

Am Abend, als sie aus Canterbury zurück war und John ins Bett gebracht hatte, entschloss sie sich, ins Kloster zurückzukehren, um die Arbeit von Mutter Maria Imelda noch einmal durchzugehen. Sie würde auch die Nacht dort verbringen.

Ehe sie das Haus in der Cherry Lane verließ, hatte sie wegen der Hitze in Mailand schon einmal einen indischen Pareo und ein T-Shirt angezogen.

Am nächsten Morgen, am 26. Juli, hatte sie um sieben die Maschine nach Mailand genommen.

25. Juli 2002

21 In der Villa in Cala di Volpe war ein großes Essen zu Ehren von Tancredi Sella im Gange, der seinen zweiundfünfzigsten Geburtstag feierte. Alle waren anwesend: seine Exfrau, die eigens ihren Urlaub in den Dolomiten unterbrochen hatte, seine Söhne, die auf dem Mittelmeer segelten und in Sardinien angelegt hatten, sein alter Onkel, der Erzbischof von Cefalù, andere Familienangehörige jeglichen Verwandtschaftsgrades sowie seine Freunde und engsten Mitarbeiter. Außerdem gaben sich Journalisten, Schriftsteller, Künstler, Politiker, berühmte Modedesigner, Unternehmer, Fußballspieler, Finanziers und Ränkeschmiede die Ehre. Es war sein alljährlicher Triumph.

Der milde und trockene Wind der Insel umschmeichelte die sonnengebräunten Gesichter der Anwesenden und ließ die luftigen Kleider der Damen wehen. Das Funkeln der Juwelen und das Strahlen der Lächeln waren verschwenderisch wie zu Karneval geworfenes Konfetti. Die Kellner servierten raffinierte Speisen und Champagner, und ein jeder hatte ein Geschenk für das Geburtstagskind mitgebracht.

Ein achtundzwanzigköpfiges Orchester spielte melodische Musik und berühmte Lieder aus den Siebzigern. Aus den Vereinigten Staaten war eigens ein Chansonstar eingeflogen worden, die von ihrem Mann, ihrem Sohn, ihrem Agenten und zwei Leibwächtern begleitet wurde. Es war das Geschenk von Don Giuseppe Nicosia, einem reichen sizilianischen Unternehmer, der in Denver wohnte und wie ein zweiter Vater für Tancredi war.

Der Gefeierte war in blendender Verfassung, obgleich er im Morgengrauen aufgestanden war und den ganzen Vormittag gearbeitet hatte, ehe er mit seinem Helikopter auf dem Rasen vor der Villa gelandet war. Bäder in der jubelnden Menge waren sein Lebenselixier, denn sie befriedigten sein Bedürfnis, sich geliebt zu fühlen.

»Wie läuft es denn so, großer Boss?«, flüsterte eine wohlvertraute Stimme.

Tancredi ließ vor einer anmutigen jungen Parlamentarierin aus Rom gerade seinen ganzen Charme spielen. Er beendete seine Höflichkeitsfloskeln und drehte sich zu Franco Bruschi um.

Er und Franco kannten sich noch aus der Schulzeit. Damals besuchte der junge Sella ein privates, von Ordensbrüdern geführtes Institut, während Franco auf die staatliche Schule ging. Sie waren Nachbarn und hatten sich angefreundet, weil Sella ein Ass in Griechisch und Latein war, wohingegen der andere wie ein Taschenspieler mit Mathematik umging.

Franco stammte aus Mailand, sein Vater war Direktor einer Filiale der Banco di Sicilia. Tancredis Vater war ein Gemeindebeamter. Beide hatten wenig Geld und viele Träume. Sie waren gute Freunde geworden und hatten sich nicht mehr getrennt.

»Ich brauche fünf Minuten Pause«, vertraute Tancredi ihm an, hakte ihn unter und entfernte sich mit ihm in Richtung Pool.

»Pause wovon, von wem? Ohne all das hier würdest du dich tot fühlen«, sagte Franco und wies mit einer ausladenden Geste auf den Ort, die Gäste, die gesamte Szenerie.

»Ohne dich würde ich mich tot fühlen. Du bist meine sprechende Grille, die Bocca della Verità. Du bist der Einzige, der den Mut hat, mir immer zu sagen, was er denkt«, sagte Tancredi und setzte sich auf ein weißes Sofa.

»Und jedes Mal riskiere ich mit meiner scharfen Zunge, sämtliche Ämter zu verlieren, die ich bekleide«, entgegnete Franco.

»Die hättest du längst verloren, wenn ich einen Ersatz für dich gefunden hätte. In Wirklichkeit bist du nicht nur dem Namen nach Franco, du bist auch dem Wesen nach frank und frei. Gemeinsam haben wir einen weiten Weg zurückgelegt, der stets bergauf ging, gemeinsam haben wir den Gipfel erreicht. Es wäre zu schön, wenn mein steineklopfender Großvater heute hier wäre und mich sehen könnte«, flüsterte er. Er erinnerte sich daran, wie seine Eltern eines Sonntags – er war acht und lebte mit seiner Familie in Palermo – beschlossen hatten, nach Alcamo zu fahren, um Großvater Tancredi zu besuchen. Sie saßen alle in der Küche und tranken kühlen Wein. Er war hinausgegangen, um den Großvater zu beobachten, der an die Hauswand gelehnt auf einem Stuhl saß und sich in der prallen Sonne ausruhte. Dabei trug er einen schwarzen Wollschal um die Schultern. Er rauchte eine dicke kubanische Zigarre.

»Und du, wer bist du?«, hatte der Alte gefragt, als das Kind sich ihm genähert hatte.

»Dein Enkel. Ich heiße Tancredi, wie du.«

»Dann bist du also der Junge von Giovanni.«

Ein Hund von einer undefinierbaren Rasse mit rötlichem Fell umkreiste und beschnupperte ihn. Er hieß Denver. Das Tier hatte einen sanften Blick.

»Ist dir nicht warm?«, fragte der Junge.

»Ich trage noch die Kälte aus Amerika in mir«, hatte der Großvater erklärt, und dabei hatten seine dünnen Lippen eine Wolke blauen Rauchs ausgestoßen.

»Wie ist Amerika?«

»Unendlich.«

Die Antwort befriedigte die Neugier des Jungen nicht, und er unternahm einen weiteren Anlauf. »Wie sind die Amerikaner?«

»Ich hab nicht viele kennen gelernt. Ich war immer mit meinen Landsleuten zusammen.« Der Großvater geizte mit Worten. Er war mit einem Dampfschiff nach Amerika aufgebrochen, als er dreißig war und man in Alcamo Hunger litt. Er war bis nach Denver in Colorado gekommen. Zwanzig Jahre lang hatte er Steine geklopft, um die Straßen zu pflastern. Dann war er zurückgekehrt, hatte ein Haus und ein Grundstück gekauft und gesagt: »Ich bin müde. Ich ruhe mich jetzt ein bisschen aus.« Er

125

hatte sich in die Sonne gesetzt und seither nicht mehr gearbeitet.

Jedes Jahr zu Weihnachten bekam der Großvater ein Paket aus Denver mit Kleidung, kubanischen Zigarren und besonderen Süßigkeiten.

Der Alte verwahrte die Bonbons für seine Enkelkinder, wenn diese ihn besuchen kamen. Nun bot er auch dem kleinen Tancredi welche an.

»Diese hier sind etwas ganz Besonderes. Ein Freund schickt sie, Don Giuseppe Nicosia. Vor vielen Jahren habe ich ihm einen Gefallen getan, und das hat er nie vergessen. Er ist ein ehrenwerter Mann.«

An jenem Nachmittag im Juli hatte der kleine Junge zum ersten Mal den Namen Giuseppe Nicosia gehört.

Nicosia und Franco Bruschi hatten ihm zu seinem Glück verholfen.

»Dein Großvater wusste, dass du einmal ein bedeutender Unternehmer werden würdest«, stellte Franco fest und holte ihn aus seiner Erinnerung an die ferne Zeit zurück. »Diesen Brief für seinen amerikanischen Freund hat er dir gegeben, keinem anderen«, hob er hervor. »Apropos, was war das für ein Gefallen, den dein Großvater Don Nicosia getan hatte?«, fragte Franco.

»Das habe ich dir nie gesagt, oder?«

»Ich habe dich nie gefragt.«

»Er ist an seiner Stelle ins Gefängnis gegangen. Acht lange Jahre war er im Gefängnis von Denver, dann hat man ihn aus den Vereinigten Staaten ausgewiesen.«

»Einen solchen Gefallen vergisst man nicht.«

»Das kommt drauf an. Manche Menschen haben ein miserables Gedächtnis«, stellte Tancredi fest.

»Das sind schlechte Menschen. Die haben keinen Sinn für Freundschaft und werden schnell zu Grunde gehen. Du bist nicht so, und du hast noch eine Menge vor dir.«

»Was meinst du damit?«

»Deine Söhne. Die Sellas müssen eine Dynastie werden«, erklärte Franco.

»Ruggero und Antonio sind zwei Taugenichtse, die von ihrer Mutter verwöhnt werden. Sie haben keine Lust zu arbeiten. Außerdem müssten sie sich um Politik kümmern, und das kann ich nicht von ihnen verlangen, schließlich bin ich der Erste, der sich davor drückt. Ich benutze sie, wenn sie mir nützlich ist, wie eine ekelhafte Medizin, die man nehmen muss«, argumentierte Tancredi.

Saro, der Majordomus, tauchte neben ihnen auf.

»Signora Rosalia verlangt Sie am Telefon«, flüsterte er Tancredi ins Ohr.

Sie hatten schon am Morgen miteinander gesprochen, und seine Mutter hatte ihm bereits zum Geburtstag gratuliert. Sie wusste, dass in Cala di Volpe sein Fest im Gange war. Warum wohl rief sie ihn an?

»Sag ihr, dass ich sie gleich zurückrufe«, sagte er zum Majordomus.

»Es ist dringend. Ich habe mir erlaubt, Ihnen das schnurlose Telefon zu bringen.« Saro hielt ihm den Apparat hin.

»Mama!«, begann Tancredi. »Was ist los? Geht es dir gut? Geht es John gut?«

»Hör zu. Ich habe dir ja gesagt, dass Irene hier ist. Ich habe noch einmal darüber nachgedacht, und ich glaube, dass sie kurz davor ist, eine Entscheidung zu treffen. Sie ist mit dem Jungen nach Canterbury gefahren, um einen Ausflug zu machen. Sie wird heute Abend zurückkommen. Erledige deine Sachen und fahre hierher«, befahl seine Mutter.

»Könntest du etwas weniger in Rätseln sprechen?«

»Ich denke an eure Zukunft, an euch beide, jetzt wo deine Ehe mit Dora zu Ende ist. Je eher du kommst, desto besser. Ich umarme dich.« Seine Mutter beendete das Gespräch. Sie wusste, dass Tancredi sofort aufbrechen würde.

22 Am 25. Juli gegen sieben Uhr abends erhielt die Maschine der Cosedil, der Finanzierungsgesellschaft Tancredi Sellas, die Startgenehmigung.

Ohne sich von seinen Freunden, seinen Kindern oder seiner Exfrau zu verabschieden, war Tancredi aufgebrochen. In seinem Leben gab es nur einen Menschen, der in der Lage war, ihn aus der Bahn zu werfen: Irene.

Als sie begonnen hatte, sich von ihm zu distanzieren, hatte er schon wenige Tage, nachdem sie gegangen war, ein Gefühl der Leere verspürt, die er nicht zu füllen vermochte. Tancredi brauchte sie. Er hatte sie mit Anrufen überhäuft.

»Wenn du unseren Sohn liebst, dann halt dich eine Weile von mir fern«, hatte sie gesagt.

Von nun an hatte Irene zusehen müssen, wie sie Arbeit, Kind und die Aufenthalte in Altopioppo unter einen Hut brachte.

Tancredi ließ sich von der Flugbegleiterin ein Glas Wasser und ein Beruhigungsmittel bringen. Dann streckte er sich auf dem Sofa aus und hoffte, während des Flugs schlafen zu können. Aber der Schlaf wollte sich nicht einstellen. Die Gedanken und Erinnerungen überschlugen sich und ließen ihm keine Ruhe. Er dachte an John, der sich so verzweifelt nach seiner Mutter sehnte. John war ein bemerkenswertes Kind. Er besaß Entschlossenheit, Mut und war auf so natürliche Weise sympathisch, dass ein jeder ihn unwiderstehlich fand. Der Junge gefiel ihm besser als die beiden Kinder, die er mit Dora hatte. Vielleicht weil er nicht wusste, dass er einen reichen und mächtigen Vater hatte. In gewisser Weise war das natürlich auch Dora zu verdanken, die eiserne Regeln für dieses Kind aufgestellt hatte.

Dora war die einzige Tochter von Don Beppo Giuffrida. Als fähiger Wahlmann, der unzertrennlich mit jener Partei verbunden war, die seit vierzig Jahren das Land regierte, wurde er von Freunden wie von Feinden gefürchtet. Man hängte ihm tausend Schandtaten an, doch das waren alles nur Gerüchte. Ihm standen sämtliche Türen offen, und keine Verleumdung hatte je an der Übermacht gekratzt, die er – mit gütigem, väterlichem Griff – in Sizilien wie andernorts ausübte. Von ihrem Vater hatte Dora ein alles andere als sanftes Wesen geerbt. Als Mädchen hatte sie dem illustren Vater zu schaffen gemacht, und als Ehefrau hatte sie ihren Mann zurechtgestutzt.

Vor sieben Jahren, als sie von Irenes Schwangerschaft erfuhr und noch nicht daran dachte, sich scheiden zu lassen, trat sie Tancredi ruhig und bestimmt entgegen.

Zuvor hatte sie dafür gesorgt, dass sie an dem Abend allein essen würden. Im Speisesaal ihres Palazzos in der Via Gesù waren die Terrassentüren weit geöffnet und intensiver Blumenduft strömte herein.

Der Kellner hatte Risotto mit Kürbisblüten und Schwertfisch vom Grill mit Gemüse in einer süßsauren Sauce serviert. Der Koch aus Trapani, der sich seit zwanzig Jahren um den Speiseplan der Familie kümmerte und den Galadiners vorstand, hatte als Abschluss des Menüs Crêpes mit Waldfrüchten vorbereitet. Dora hatte über Belanglosigkeiten geplaudert, und Tancredi hatte ihr mit der gewohnten Höflichkeit zugehört. Sie waren zwei wohlerzogene Fremde, durch zwei nunmehr erwachsene Kinder und stichhaltige ökonomische Interessen aneinander gebunden. Jahrelang war Dora die treue Ehefrau eines über die Stränge schlagenden Mannes gewesen. Doch sie war nicht eifersüchtig, weil sie nämlich nicht verliebt war. Sie hatte ihn geheiratet, um der drückenden Atmosphäre in Sizilien zu entkommen, wo alle sie kannten und ihr eine Achtung erwiesen, die ihr lästig war.

Vor ein paar Jahren hatte sie einen Aristokraten kennen gelernt, der von der Verwaltung seines Vermögens lebte. Es war
Liebe auf den ersten Blick gewesen.

Tancredi hatte aus seinem Verdruss über diese Verbindung keinen Hehl gemacht. Er war nicht eifersüchtig, aber ihn ärgerte
dieser allzu ehrliche und untadelige Mann.

Auch Dora war keineswegs argwöhnisch geworden wegen
Irene, die zwanzig Jahre jünger war als sie und von allen als eine
Art zweite Signora Sella betrachtet wurde. Sie hielt die junge
Frau für intelligent und geistreich. Wenn sie Irene traf, begrüßte
sie ihre Nebenbuhlerin wie eine liebe Freundin. Die junge Pie-
montesin würde niemals dem Bund zwischen ihr und ihrem
Mann, der auf Macht gegründet war, ernsten Schaden zufügen.
Es sei denn, dass …

Dieses ›Es sei denn, dass‹ war ein lästiger Gedanke, hervorge-
rufen durch ein paar hartnäckige Gerüchte über eine Schwangerschaft Irenes. Wenn es wahr wäre, müsste sie Vorsichtsmaß-
nahmen ergreifen.

Daher also flüsterte Dora an jenem Abend, als das Essen sich
dem Ende zuneigte: »Es sei denn, dass …«

»Es sei denn was?«, fragte ihr Mann.

»Es sei denn, du bist verrückt geworden.«

»Wenn du mir einen kleinen Tipp geben könntest, würde ich
vielleicht begreifen, wovon du sprichst.«

»Man munkelt, dass Irene schwanger ist«, sagte sie mit ruhiger
Stimme.

»Du hast es also gehört«, erwiderte er mit einem Gefühl der
Erleichterung.

»Wir hatten noch nie Geheimnisse voreinander.«

Tancredi ließ sich einen Moment Zeit, um nachzudenken.
Schließlich kam er zu dem Schluss, dass Dora Recht hatte. Sie waren immer ehrlich zueinander gewesen.

»Ich hätte in den nächsten Tagen mit dir darüber gesprochen«,
erklärte er. Und das stimmte auch.

»Dann lass uns das Problem angehen.«

»Muss es denn überhaupt ein Problem sein? Es ist Irenes Kind«, argumentierte er.

»Es ist auch deins. Ich glaube nicht, dass du in dieser Hinsicht Zweifel hast«, stellte sie fest.

»Natürlich nicht. Ich muss außerdem sagen, dass mir die Sache gar nicht einmal missfällt. Sie ist glücklich, und ich möchte gern noch ein Kind«, erwiderte Tancredi lächelnd.

»Ausgeschlossen. Du sollst wissen, dass ich dann die Scheidung einreichen würde. Was denkst du, kommt eine Scheidung für dich in Frage?«, erkundigte sie sich ruhig und drehte den kleinen, mit rosa Diamanten besetzten Ring um ihren Finger.

»Ich könnte dir alles geben, was du willst. Du könntest deinen Aristokraten heiraten, der in der Vergangenheit lebt, und ich würde vielleicht Irene heiraten«, versuchte er in gezwungen scherzhaftem Ton.

Doras Lächeln erlosch. »Ich habe schon alles, was ich will«, behauptete sie eisig.

Er wagte nicht einmal, sich vorzustellen, was passieren würde, wenn seine Frau ihrem Vater, Don Beppo Giuffrida, sagen würde, dass sie sich scheiden lassen musste, weil er ein außereheliches Kind gezeugt hatte.

Um ihm ihre Vorstellung unmissverständlich klarzumachen, fuhr Dora fort: »Weh dir, wenn du vorhast, meinen Kindern auch nur einen Centesimo wegzunehmen.«

»Dein Ton gefällt mir nicht.« Ihr Mann versuchte, sich Respekt zu verschaffen.

»Und mir gefällt es nicht, wenn mit der Familie gespaßt wird. Es sei denn, ich entscheide es«, erklärte sie. Mit »Familie« meinte sie auch die Firmen, die Beziehungen, die Geschäfte.

Tancredi hatte unter anderem deshalb sein Finanzimperium ausdehnen können, weil sein Schwiegervater sämtliche Schläge seiner Feinde auf jeder Ebene abgewehrt hatte. Er erschauerte beim Gedanken daran, was passieren würde, wenn Don Giuffrida ihn seinem Schicksal überließ oder, schlimmer noch, wenn er ihm den Krieg erklärte. Aber wie immer, wenn er sich in die Enge getrieben fühlte, mobilisierte er all seine Ressourcen, um einen Ausweg zu finden. In diesem Moment dachte er, dass er sich neue und mächtigere Allianzen schaffen und sich aus dem Kreis der Giuffridas zurückziehen müsste. Jetzt war es notwendig, sein Image eines Mannes, der politisch völlig neutral war, wieder zu stärken. Allerdings würde kein Monat und auch kein Jahr ausreichen, um dieses neue Ziel zu erreichen. Es war eine langwierige Angelegenheit, für die man Geduld brauchte. Also war er vorerst, und zwar noch für eine ganze Weile, gezwungen, sich seine Frau und seinen Schwiegervater nicht zum Feind zu machen.

Er lächelte und streckte die Hand aus, um ihr Knie zu streicheln, und sie erwiderte sein Lächeln. Wenn sie sich jedoch hätte vorstellen können, welchen Plan Tancredi innerhalb von Sekunden ausgeheckt hatte, wäre sie nicht so selbstsicher gewesen.

»Du hast gewiss schon eine Lösung im Kopf. Ich bin ganz Ohr«, begann er.

»Hast du schon mal was von Abtreibung gehört?«, fragte seine Frau.

»Flüchtig. Das ist eine Lösung, die ich nicht befürworte. Außerdem steht sie in diesem Fall außer Diskussion, Irene will nämlich das Kind.«

Dora trank gerade ihren abendlichen Ananas- und Fencheltee und stellte die Tasse auf einen kleinen Tisch aus hellem Nussbaumwurzelholz. Eine warme Windböe drang in den Salon, blähte die Vorhänge und verströmte den Geruch nach Jasmin. Das waren ihre Lieblingsblumen und auch die ihres Liebhabers, der ihr erzählt hatte, dass Paolina Borghese, die Schwester Napoleons, diese Blumen so sehr liebte, dass sie sich nie von ihnen trennte. Wohin sie auch ging, stets hatte sie ihren Jasmin bei sich.

»Was Irene will, ist vollkommen unwichtig. Es zählt nur, was wir wollen«, entschied sie.

»Vielleicht sind wir mit dem falschen Fuß losmarschiert. Eine

Abtreibung ist ausgeschlossen, auch weil sie gegen das Gesetz verstößt.«

Signora Sella brach in schallendes Gelächter aus. Ihre goldenen, saphirgeschmückten Ohrgehänge klimperten.

»Tancredi, ich bitte dich! Spiel hier nicht den Moralapostel, das ist jetzt wirklich nicht angebracht«, rief sie.

Sie führten eine sehr ernste Diskussion, und trotz der gegenseitigen Sticheleien wollte keiner von beiden streiten.

Noch einmal dachte Tancredi, dass es nötig wäre, sich von seinem Schwiegervater zu distanzieren. Er musste sich mit Franco Bruschi, seinem besten Freund und wichtigsten Mitarbeiter, über diesen Punkt beraten. Dessen Intelligenz und Weitsicht hatten sich stets als äußerst nützlich erwiesen. Also ließ er sich seine Verärgerung über den Sarkasmus seiner Frau nicht anmerken. Vielmehr beschränkte er sich darauf, den Zeigefinger in seinen Kragen zu stecken, als ob er zu eng wäre – ein deutliches Zeichen für seine Nervosität.

»Ich bin sicher, dass du noch eine andere Lösung im Kopf hast«, sagte er.

»Wie du weißt, löst man da, wo wir herkommen, Situationen wie diese mit einer Zwangsheirat. Also wird dir nichts anderes übrig bleiben, als einen vorbildlichen Ehemann aufzutreiben, der sich glücklich schätzt, sich die Vaterschaft für das Kind aufhalsen zu lassen.«

»Sie möchte nicht heiraten. Ich bezweifle sogar, dass sie mich heiraten würde, wenn ich sie darum bitten würde. Sie will keinen Ehemann, aber sie will dieses Kind. Sie ist verrückt genug, auf jeden Anstand, unser Geld und alles andere zu pfeifen.«

»Irene ist schlau, und du bist ein Dummkopf. Wie auch immer, die Sache geht mich nichts an. Du solltest nur wissen, dass ich keinen weiteren kleinen Sella dulde. Arrangier dich dementsprechend«, hatte Dora bestimmt.

Tancredi hatte ihrem Willen entsprochen und eine für alle verträgliche Lösung gefunden: Das Kind würde seinen Namen nicht tragen und folglich auch nicht das Vermögen der Sellas angreifen. Es würde nicht einmal in Italien zur Welt kommen und leben. An jenem Abend hatte Dora ihn zufrieden verabschiedet.

»Das Problem ist gelöst«, hatte sie gesagt, ehe sie ihn allein gelassen hatte.

Als nun das Flugzeug in London zur Landung ansetzte, fand Tancredi sogar, dass Dora ihm einen Gefallen getan hatte. Sie hatte ihn gezwungen, den Jungen von seiner Welt fern zu halten, und das war für John von Vorteil. Nur im Sommer kam sein Sohn für einen Monat nach Italien. Und den verbrachte er am Meer, in Cefalù, im Haus von Rosalia d'Antoni, seiner Mutter.

23 Vom Erkerfenster des Wohnzimmers aus sah Rosalia ihren Sohn mit den beiden Leibwächtern aus dem Rolls Royce steigen. Tancredi trat in die Eingangshalle.

»Wo sind Irene und der Junge?«, fragte er seine Mutter, die ihm entgegenkam.

»John ist in seinem Zimmer. Er schläft schon eine Weile. Und Irene, als hätte sie etwas gerochen, hat gesagt, dass sie einen geschäftlichen Termin hat, und ist gegangen«, erklärte Rosalia. Nach einer Weile fügte sie hinzu: »Es tut mir Leid. Ich habe versucht, dir noch Bescheid zu sagen, aber du warst schon weg. Jetzt hab ich dich für nichts und wieder nichts anreisen lassen.«

Sie ging ihrem Sohn voran in die Bibliothek, wo Tancredi erschöpft in einen roten Ledersessel sank.

»Mama, wenn es dich nicht schon gäbe, ich hätte dich bestimmt nicht erfinden können. Du hast mich allen Ernstes bis hierher kommen lassen, damit ich Irene treffe, und dann ist sie nicht da«, platzte er heraus.

»Hör zu, ich mache mir Sorgen um Johns Zukunft. Nur weil du jetzt umsonst geflogen bist, geht die Welt nicht gleich unter. Jedenfalls ist es gut, wenn du weißt, dass Irene gerade dabei ist, ihre Meinung zu ändern.«

»Hat sie dir das gesagt?«

»Ja und nein. Ich habe es gespürt. Natürlich kann ich mich auch irren, aber das glaube ich nicht. Irgendetwas sagt mir, dass sie sehr bald eine Entscheidung treffen wird. Ich bin sicher, dass sie aus ihrer Isolation heraus möchte. Und wenn das passieren sollte, könnte sich, schön wie sie ist, jemand in sie verlieben und sie dir vor der Nase wegschnappen«, erklärte sie mit der ihr eigenen Offenheit. »Ich habe Irene seinerzeit falsch eingeschätzt, ich dachte, sie wäre berechnend. Doch das habe ich später bereut. Sie ist die richtige Frau für dich.«

Rosalia wusste, dass Irene nach Johns Geburt eine schwere Zeit durchgemacht hatte, und Tancredi war nicht in der Lage gewesen, ihr zu helfen. Er hatte sich von seiner Frau Angst einjagen lassen. Das sagte sie allerdings jetzt nicht, sondern setzte nur hinzu: »Du kannst mit Frauen nicht umgehen. Und vor allem hast du Angst vor ihnen.«

»Das stimmt. Allein schon wie ich mich dir gegenüber verhalte. Ich bin zweiundfünfzig, du rufst mich mitten auf meiner Geburtstagsparty an, und ich renne los. Findest du das normal?«

»Ja. Denn ich weiß, was gut ist für dich, für das Kind und für Irene. Du musst sie zurückerobern. Du hast Charme, also mach was draus. Etwas ganz Großes. Du musst dich in ihren Augen rehabilitieren. Und hör um Himmels willen auf, den harten und unsensiblen Macho zu spielen, denn das bist du nicht«, entfuhr es Rosalia.

Sie ließ ihn allein, damit er nachdenken konnte.

Tancredi fuhr mit dem Aufzug in den zweiten Stock, wo sich die Schlafzimmer von John und dem Kindermädchen befanden. Auf Zehenspitzen schlich er in das Zimmer seines Sohnes und ließ die Tür halb offen, damit ein wenig Licht aus dem Flur hereinfiel. Auf einem kleinen Tisch stapelten sich einige Kinderzeitschriften. Er wich einem Tennisschläger aus, der auf dem Boden lag. Der Vollmond schaute neugierig zum Fenster herein.

Tancredi erinnerte sich an eine Nacht, die ein paar Jahre zurücklag. Er war unangemeldet nach London gekommen und hatte auf seinen Schlaf verzichtet, um ein paar Stunden mit Irene zu verbringen. In ihrem Schlafzimmer im ersten Stock hatte er sie nicht gefunden und sich schon Sorgen gemacht. Also war er in den zweiten Stock hinaufgegangen und hatte sie in dem Zimmer, das für das Kind bestimmt war, das einen Monat später geboren werden sollte, auf dem Sofa entdeckt. Sie hatte durch das Fenster in den Sternenhimmel gesehen. Ihr runder Bauch, der sich unter dem Nachthemd wölbte, schien den Mond einzuschließen.

»Wusstest du, dass der Himmel von London sechsundzwanzig Farbnuancen hat?«, hatte Irene gefragt, während er sich über sie beugte, um sie zu küssen.

»Hast du sie gezählt?«, hatte Tancredi geflüstert und sie umarmt.

»Sie reichen von Milchweiß bis Tiefblau und gehen dabei über alle Schattierungen von Grau und Gold«, hatte sie ihm mit einem Gähnen erklärt. »Nachts komme ich oft hier herauf, damit das Kind sich schon einmal an das Zimmer gewöhnt. Es muss alles nach und nach geschehen. Ich erzähle ihm vom Himmel, von mir, von den Sternen, von den Abenteuern von Peter Pan und von denen meiner Großmutter Agostina. Ich glaube, es gefällt ihm, mir zuzuhören, denn er tritt und scheint mir zufrieden.«

Das Kind war inzwischen groß geworden und war blond und strahlend wie er. Er beugte sich über das Kinderbett, um den Jungen zu beobachten, der tief und fest schlummerte wie alle Kinder. Tancredi verspürte einen Knoten im Hals vor Rührung. Zögernd legte er eine Hand auf seine Locken und streichelte sie sanft.

»Wenn dir ein Engel Gesellschaft leistet, sag ihm, dass dein Vater deine Mutter heiraten möchte«, flüsterte er. »Sie ist das Schönste, was mir in meinem Leben passiert ist. Zwar ist sie ein bisschen kompliziert, aber das macht sie nur noch interessanter. Ich bin hoffnungslos verliebt in sie.« Auf Zehenspitzen schlich er wieder aus dem Zimmer und ging ins Erdgeschoss hinunter. Das Haus war in tiefe Stille getaucht. Er war so müde, dass er nicht schlafen konnte.

In ein paar Tagen würde die Großmutter mit ihrem Enkel nach Cefalù fahren. Er würde sich die Zeit nehmen, ein paar Tage mit ihnen zu verbringen, und er hoffte, dass Irene die Absicht hatte, ihnen nachzukommen. Er wollte John glücklich über den Strand laufen und mit den Kindern der Fischer spielen sehen.

Anders als seine ehelichen Kinder brauchte John keine Leibwächter. Seine Söhne hatten den Schutz allerdings umso nötiger, da Dora nun, nach Beppo Giuffridas Tod, ihren Feinden ausgeliefert war.

Der mächtige Sizilianer war zusammengebrochen, als er allein auf der Terrasse seines Hauses in Palermo saß und einen Teller Nudeln mit Sardinen aß.

Manch einer hatte den Verdacht geäußert, er sei vergiftet worden. Die Antwort des Arztes aber hatte gelautet: Herzinfarkt. Keiner war der Todesursache weiter auf den Grund gegangen.

Sein Ableben hatte Staub aufgewirbelt, und seine Leute waren in einer Anschlagsserie dezimiert worden. Der Kampf um den Machtwechsel hatte begonnen. Die Spuren hatten die Ermittler schließlich nach Rom geführt, wo die Untersuchungen jedoch im Sande verliefen. Auf der Insel wehte nun ein neuer Wind. Die Politiker, die Beppo Giuffrida unterstützt hatten, waren in Ungnade gefallen. Dora, die nun aus ihrer Untertänigkeit ihrem Vater gegenüber befreit war, hatte sich scheiden lassen, um ihren Aristokraten zu heiraten.

Tancredi war folglich ein freier Mann. Er brauchte nur Irenes Einwilligung, um seinem Leben eine Wendung zu geben. Aber sie war ungreifbar wie Luft.

3. August 2002

24 Irene weinte leise und strich über den Ring, den sie am Finger trug. Auf der Innenseite war das Geburtsdatum ihres Sohnes eingraviert: 6. April 1996. Tancredi hatte ihr das Schmuckstück einen Tag nach Johns Geburt geschenkt.

Sie saß im Dunkeln auf ihrem Bett im Krankenhauszimmer. Da legte sich sanft eine Hand auf ihre Schulter, und eine Frauenstimme sagte: »Irene, ich bin's.«

Sie knipste eine kleine Lampe an, die auf dem Nachttisch stand. Mutter Maria Francesca stand vor ihr und lächelte sie an.

»Hallo, Madre«, flüsterte Irene, zu müde, um sich vom Bett zu erheben.

»Also erinnert du dich an mich«, stellte die Äbtissin befriedigt fest und beugte sich zu ihr herunter. Die alte Frau umarmte sie und strich ihr über das störrische Haar. Dann fügte sie hinzu: »Was ist los, mein Kind?«

Irene begann zu weinen.

Die Äbtissin versuchte, ihr Mut zu machen. »Na, komm schon, es ist alles halb so schlimm. Nun wird alles wieder gut«, sagte sie zärtlich und wiegte die Jüngere in ihren Armen. Doch die Tränen wollten nicht versiegen.

»Ich habe mein Kind vergessen«, erklärte Irene schluchzend. »Wie ist es möglich, dass ich mich erst jetzt an ihn erinnert habe, wo er doch mein Leben ist, mein einziger Liebling?«

»Freust du dich denn nicht, dass du dich in deinem Herzen und deinen Gedanken an ihn erinnert hast? Du musst aufhören zu weinen und Gott dafür danken, dass er dir den kleinen John geschenkt hat.«

Mutter Maria Francesca nahm zwei Papiertaschentücher vom Nachttisch und trocknete ihr das Gesicht.

»Geht es dir jetzt besser?«, fragte sie.

»Ein bisschen. Haben wir gerade Tag oder Nacht?«

»Es ist fast acht Uhr abends. Die Polizei hat mich hierher gebracht. Sie befürchten wohl, dass dir jemand etwas antun könnte, also werde ich beten, dass dir nichts passiert. Vor dem Zimmer steht ein Schutzengel, der über dich wacht, und ein Wagen mit deinem Abendessen. Ist dir nach essen zumute?«

»Kommt drauf an«, erwiderte Irene.

»Ich glaube, ich habe Obstsalat mit Eis gesehen.«

»Dann schon. Leistest du mir Gesellschaft?«

Die Äbtissin ging hinaus, um den Wagen zu holen, während Irene aufstand. Die beiden Frauen schoben die Stühle an den Wagen und setzten sich einander gegenüber.

Beim Essen warf Irene der Äbtissin von Zeit zu Zeit verstohlene Blicke zu. Diese verstand, dass sie zögerte, offen mit ihr zu reden. Mutter Maria Francesca hatte keine Eile, denn sie wusste, dass Irene manchmal eine Weile brauchte.

»Du hast mir gefehlt«, sagte die Schwester.

»Fangen wir jetzt an, einander sentimentales Zeug zu erzählen?«, fragte Irene scherzend.

»Warum nicht? Ich kann dir zumindest sagen, dass ich oft an dich gedacht habe«, entgegnete die Äbtissin lächelnd.

»Und dass du in deinen Gebeten bei mir gewesen bist, und dass Gott mich findet, ganz gleich wo ich mich verstecke und so weiter«, zählte Irene auf.

»Gibt es schöneres Süßholz als Floskeln?«, erwiderte die Äbtissin. »Du solltest mal unsere neue Postulantin hören, sie ist ein wandelndes Zitatenlexikon: Glaube versetzt Berge, wenn es Gott nicht gäbe, so müsste man ihn erfinden und so weiter.«

Sie lachten so laut, dass der Polizist neugierig hereinsah.

»Kümmern Sie sich um Ihren eigenen Kram«, wies Mutter Maria Francesca ihn zurecht. Der Mann schloss die Tür wieder und gab ihnen damit erneut Anlass für Gelächter. Dann verflog die Heiterkeit, und Schweigen senkte sich zwischen die beiden.

»Ich glaube, es ist der Moment gekommen, einige Entscheidungen für mein weiteres Leben zu treffen. John braucht mich und ich ihn«, flüsterte Irene.

Die Äbtissin rührte den Obstsalat in der Schale durch.

»Wie raffiniert. Sie haben geriebene Mandeln und Erdnüsse reingetan«, bemerkte sie, als wolle sie Irenes Worte ignorieren.

»Madre, hörst du mir zu?«

»Es ist halb neun Uhr abends. Ich bin heute Morgen um fünf aufgestanden, und ich bin müde, aber ich bin nicht taub«, erwiderte sie.

»Dieser Obstsalat wäre was für meine Großmutter gewesen. Sie mochte Erdnüsse. Und meine Mutter auch«, erinnerte sich Irene. Dann fuhr sie fort: »Ich war verrückt nach Brot mit Erdnussbutter. Barbarina hat mir oft welches angeboten, die Besitzerin der Bar Centrale. Ihre Tochter hat ihr aus Amerika Erdnussbutter geschickt. Als ich ein kleines Mädchen war, wollte ich nach Amerika auswandern.«

»Deine Erinnerung ist zurückgekehrt«, stellte die Schwester fest.

»Ja, aber nicht ganz. Das sind alles nur Bruchstücke meiner Vergangenheit, die ab und zu aufblitzen. Es ist, als hätte ich ein Buch in der Hand und würde hier und da mal ein Kapitel lesen, nach dem Zufallsprinzip.«

»Woran erinnerst du dich von deinem Aufenthalt in London?«, fragte die Nonne.

»An alles, würde ich sagen, einschließlich eines wunderschönen Tages mit meinem Sohn. Mein Sohn!«, rief sie. »Er ist mit seiner Großmutter in Sizilien. Ich muss sie anrufen. Er fehlt mir so sehr!«

»Du wirst ihn morgen früh anrufen«, beruhigte die Schwester sie. »Hier, ich hab dir einen Brief mitgebracht. Du hast ihn in London abgeschickt und ihn an dich selbst adressiert.«

Irene nahm den Umschlag, in dem sich die Besitzurkunde über Altopioppo befand, und legte ihn ungeöffnet auf den Wagen.

»Es ist spät. Ich muss nach Altopioppo zurück«, verkündete die Nonne, die Irene mit ihren Gedanken allein lassen wollte.

»Ich komme mit dir«, schlug Irene vor.

»Ich glaube, du bist in diesem Zimmer vorerst sicherer. Pass auf dich auf, meine Tochter. Ich rufe dich morgen an.«

Die Äbtissin stand auf und näherte sich ihr, um sie auf die Stirn zu küssen.

Als sie wieder allein war, nahm Irene den Umschlag und legte ihn auf den Nachttisch. Sie hatte keine Lust, ihn zu öffnen.

Sie setzte sich aufs Bett und dachte an ihren Sohn, der ihr fürchterlich fehlte. Die Trennung von ihm zehrte an ihr. Schließlich begann sie zu beten, in der Hoffnung, so ihren Schmerz lindern zu können. Doch nicht einmal das Gebet vermochte die Leere in ihr zu füllen.

Dann erinnerte sie sich an eine Art Zauberritual, das ihre Großmutter immer angewandt hatte, um ihr Herz von einer unerträglichen Last zu befreien.

142

1972

25 Eine Hand legte sich auf ihre Schulter. Irene wachte sofort auf und hob instinktiv einen Arm vor das Gesicht.

»Sei leise und steh auf«, sagte die Großmutter in flüsterndem Ton.

Für einen Moment hatte sie befürchtet, ihre Mutter wecke sie mitten in der Nacht, da so etwas schon häufiger vorgekommen war. Rosanna weckte sie, damit sie ihr Platz in ihrem Bett machte. Es kam auch vor, dass sie sie umarmte und ihr weinend sagte, sie liebe sie. Manchmal aber warf sie ihr auch vor, ihr Ruin zu sein. Irene wusste nie, wann ihre Mutter sie hasste und wann sie sie liebte. Sie wusste auch nicht, warum sie so unterschiedliche Gefühle an ihr ausließ.

Die Stimme der Großmutter beruhigte sie. Hastig glitt sie aus dem Bett und rieb sich die vom Schlafen noch geschwollenen Lider.

»Was ist passiert?«, fragte sie und unterdrückte ein Gähnen.

»Wir machen einen Ausflug. Zieh dich an. Ich warte in der Küche auf dich«, erklärte Agostina leise, bevor sie lautlos das Zimmer verließ.

Es war ein sehr kleiner Raum am Ende des Korridors im oberen Stock ihres Bauernhauses, der zwei winzige Fenster besaß. Eines ging nach hinten hinaus, wo sich Hühnerhof, Kaninchenstall, Geräteschuppen, Heuschober und Misthaufen befanden. Das andere Fenster ging zu der von den Ställen gesäumten Tenne, und von dort blickte man auf »die große Straße«, die ins Dorf führte. Von hier aus sah sie das erste Licht des Tages.

Ihre Kleider, eine Jeans und ein Baumwollpulli, lagen gefaltet auf dem kleinen Bett neben dem ihren, das momentan unbenutzt war. Aber sie wusste, dass eines Tages ein kleines Brüderchen oder Schwesterchen darin schlafen würde. Ihre Mutter war nämlich schwanger, und sie schien glücklich darüber zu sein.

Irene machte sich auf den Weg in die Küche und rutschte rittlings das hölzerne Treppengeländer hinunter. Auf dem Tisch erwarteten sie eine Tasse Kakao und eine Scheibe Brot mit Nutella.

Agostina stand vor dem Fenster und betrachtete die Tenne, die immer heller wurde. Unterdessen trank sie in kleinen Schlucken ihren Kaffee. Sie trug ein Festtagskleid aus blauer Seide, das mit kleinen weißen Sternen übersät war. Die breiten Schultern ließen ihre große und schlanke Gestalt kräftig wirken.

»Wohin gehen wir?«, fragte Irene, während sie frühstückte.

»In einen Wald«, sagte die Großmutter.

»Was für einen Wald?«

»Das wirst du schon sehen«, erwiderte Agostina knapp und stellte ihre Tasse ins Spülbecken. Dann steckte sie Schinkenbrötchen und eine Flasche Orangenlimonade, die sie aus dem Kühlschrank nahm, in einen Leinensack.

Das Bauernhaus war noch in völlige Stille getaucht. Der Hahn krähte zum ersten Mal, und bald würden alle aufwachen.

»Wann kommen wir wieder?«, fragte das Mädchen.

»Wir sind noch nicht weg, und du willst schon wissen, wann wir zurückkommen«, sagte Agostina vorwurfsvoll.

»Wissen sie es?«, bohrte Irene weiter. Sie meinte ihre Eltern.

Die Großmutter nahm ein Blatt Papier und einen Bleistift aus der Schublade der Anrichte.

»Schreib«, befahl sie. »Wir sind den ganzen Tag weg.«

Irene gehorchte und unterzeichnete mit: IRENE UND OMA.

Dann folgte sie Agostina in den Hinterhof. Die Großmutter stieg auf das Fahrrad und sorgte dafür, dass ihre Enkelin sicher auf dem Gepäckträger saß.

Sie trat kräftig in die Pedale und radelte über die ausgehobene Straße. Die Juniluft hatte noch die Kühle der Nacht gespeichert.

144

Als sie auf dem Platz von San Benedetto angekommen waren, machte Agostina das Fahrrad an einem Laternenpfahl fest. Der Überlandbus war bereits im Begriff, abzufahren. Sie stiegen ein, und die Großmutter bezahlte die Tickets.

»Fahren wir nach Turin?«, fragte Irene.

»Nein. Jetzt sei lieb und schlaf«, riet Agostina. Sie hatten sich hinten in den Bus gesetzt, und die Großmutter bot ihr eine Schulter an, damit sie den Kopf anlehnen konnte.

»Wir werden an einem Ort aussteigen, der Castel Rocchero heißt. Du kennst ihn nicht, aber ich. Du wirst sehen, es wird schön werden«, versicherte sie.

Irene wusste, dass sie sich auf ihre Oma verlassen konnte. Also ließ sie sich vom Schaukeln des Busses wiegen, lauschte dem regelmäßigen Atmen ihrer Großmutter, sog ihren Geruch nach Heu und Lavendel ein und schlief wieder ein.

Inzwischen stieg die Sonne in ihrer ganzen Pracht am Horizont auf und warf lange Schatten zwischen die Baumreihen, die die Straße säumten. Agostina zog den zierlichen Körper ihrer Enkelin fest an sich, und ihr Herz lief förmlich über vor Zärtlichkeit.

Als die beiden aus dem Bus stiegen, sah Agostina sich bestürzt um. Der Graben, der einst das Schloss umgeben hatte, war nicht mehr da. An seiner Stelle gab es einen Parkplatz für Autos. Dort, wo sich einst Felder erstreckt und ein majestätischer Nussbaum erhoben hatten, standen nun Häuser, von denen eines dem anderen glich. Sie waren von einer finsteren Hässlichkeit, obwohl sie alle einen winzigen Garten besaßen. Agostina hatte Mühe, die Straße zu finden, die zum Buchenhain führte.

»Seit dreißig Jahren war ich nicht mehr hier«, rechtfertigte sie sich vor Irene. »Es kommt mir vor, als wäre es gestern gewesen, dass ich diese Straße zu Fuß, mit dem Fahrrad oder auf einem Karren zurückgelegt habe. Aber in Wirklichkeit ist viel Zeit vergangen, und ich fürchte, dass ich mich verlaufen habe.«

»Müssen wir jemanden besuchen?«, fragte das Mädchen.

Sie bekam keine Antwort. Die Großmutter schritt mit langen, gleichmäßigen Schritten am Rand der Straße voran, auf der die Autos vorbeifuhren. Sie liefen beinahe eine Stunde, als Agostina den Arm hob und auf ein Dickicht aus Bäumen zeigte, das sich in der Ferne dunkel vor der prallen Morgensonne abhob.

»Dort, da oben ist es«, sagte sie.

»Was?«

»Du wolltest wissen, wohin wir gehen. Dort oben gehen wir hin.«

»Das ist kein Ausflug«, protestierte Irene.

Einen Ausflug machen bedeutete für die Kleine, ans Meer zu fahren, zum Beispiel in Ligurien. Andere Kinder zu treffen, mit denen sie spielen konnte, mittags im Restaurant zu essen, oder ein Picknick auf der Wiese zu machen. Der Ort, den die Großmutter ihr zeigte, besaß keinerlei Attraktionen.

»Es wird sehr interessant werden«, erklärte Agostina und ging strammen Schrittes weiter.

Als sie den Buchenwald betraten, merkten sie, dass sie nicht allein waren. Unzählige Leute waren mit Rucksack und Spazierstock unterwegs. In den vergangenen Tagen hatte es viel geregnet, und nun suchten sie im Unterholz nach Pilzen und Schnecken. Großmutter und Enkelin wanderten lange und schenkten ihnen keine Beachtung, bis Agostina irgendwann stehen blieb. Sie stellte die Leinentasche auf den Boden und holte eine Wolldecke hervor, die sie auf der Wiese ausbreitete.

»Setzen wir uns«, schlug sie vor.

Die Sonne hatte Mühe, das dichte Laub der Bäume zu durchdringen. Die Luft war frisch, und es herrschte eine tiefe Stille, die durch das Summen der Insekten noch hervorgehoben wurde.

»Ich habe Durst«, klagte Irene. Sie hockte sich im Schneidersitz auf die Decke, wie ihre Großmutter es tat.

»Trink Limonade. Die ist nur nicht mehr kalt. Tut mir Leid«, sagte Agostina.

Irene öffnete die Flasche und nahm einen tiefen Schluck, während die Großmutter sich an die raue Rinde eines Baums lehnte. Sie hatte die Augen geschlossen, und eine Träne lief ihr über die Wange.

Irene sagte nichts. Sie verstand, dass im Kopf ihrer Großmutter etwas vor sich ging, und wartete darauf, es zu erfahren. Indessen biss sie in ein Brötchen. Agostina machte sehr leckere Brötchen, denn sie bestrich sie mit Butter und belegte sie mit in Öl eingelegten Pilzen, Artischocken und Schinken. So aß das Mädchen erst eins und dann noch eins. Einige Krümel fielen auf das Laubbett, das das Erdreich bedeckte, und aus dem Nichts tauchte eine Prozession von Ameisen auf, um die winzigen Reste zu plündern. Irene, die bald acht werden sollte, wusste viele Dinge über das Leben der Ameisen, weil ihre Lehrerin Stunden damit zugebracht hatte, über ihre Intelligenz zu sprechen. Also begann sie, in Ermangelung einer anderen Ablenkung, der hektischen Betriebsamkeit der Insekten zuzusehen.

»Vor dreißig Jahren ist genau an dieser Stelle dein Großvater gestorben«, begann Agostina und brach das Schweigen.

Irene dachte an ihren Großvater, der nach einer langen Krankheit gestorben war und für immer auf dem Friedhof von San Benedetto ruhte.

»Er hieß Luigi. Sein Körper ist auf dem Friedhof bestattet. Aber sein Geist ist hier, zwischen diesen Zweigen, und ich kann ihn noch fühlen«, fuhr Agostina fort.

Irene sah sich um und suchte eine Bestätigung für die Worte ihrer Großmutter. Sie fand jedoch keine.

»Ich habe zwei Ehemänner gehabt. Und zwischen den beiden einen Liebhaber. Deinen Großvater.«

Irene schnappte das Wort »Liebhaber« auf und spürte, dass es falsch klang auf den dünnen Lippen ihrer Großmutter. Diese Vokabel war für sie ein Synonym für Sünde, und es schwangen Bedeutungen darin mit, die sie nicht zu definieren gewusst hätte. In jedem Fall aber stand es im Widerspruch zur gesetzten Strenge ihrer Großmutter. Also dachte sie, dass es ihr nicht gut gehe.

»Wir müssen nach Hause«, sagte sie.

»Er war der ältere Bruder meines ersten Mannes. Ich habe ihn so sehr geliebt, dass ich dachte, ich müsste ebenfalls sterben, als er mich verlassen hat. Aber ich durfte nicht sterben, denn ich trug deine Mutter in mir. Ich musste leben. Das verstehst du doch?«

»Nein«, entgegnete Irene. »Opa hieß Armando.«

»Du wirst langsam groß. Du musst endlich die Geschichte deiner Familie erfahren. Ich habe dir gesagt, dass es ein interessanter Ausflug werden würde. Ich lüge nicht. Dein Großvater war Luigi Benazzo. Ich habe nie aufgehört, an ihn zu denken.«

Irene fühlte sich unwohl. Sie war an Andeutungen, Halbwahrheiten, an dauernde Widersprüche, die sie in den Worten und im Verhalten ihrer Familie entdeckte, inzwischen gewöhnt. Doch nun zwang die Großmutter sie, sich Dinge anzuhören, die sie lieber nicht wissen wollte.

»Fahren wir nach Hause«, wiederholte sie. Sie schickte sich an, aufzustehen, aber Agostina hielt sie am Arm fest.

»Du musst es erfahren. Dein Leben, deine Zukunft liegen mir am Herzen. Man kann nicht mit all diesen Zweideutigkeiten leben. In unserer Familie gibt es zu viel davon für ein Mädchen wie dich. Sieh mal, Irene, das Leben ist für niemanden leicht. Aber für uns Frauen ist es besonders schwierig. Die Welt verändert sich rasend schnell und nicht zum Guten, zumindest nicht für uns. Nun sind in unserem Haus viele schmerzliche Dinge geschehen, und zwischen diesen Mauern hätte ich nicht reden können. Doch hier, an diesem Ort, der meinem Herzen so teuer ist, kann ich dir von deinen Wurzeln erzählen. Ich will, dass du meine Geschichte kennst. Auch ich bin einmal jung gewesen, auch ich war einmal ein kleines Mädchen wie du. Siehst du diese alte Buche? Auf diesem Ast dort oben habe ich einst meine Liebe abgelegt und den Mut gefunden, weiterzuleben. Wenn ich es nicht getan hätte, wenn ich mich nicht von dieser Last befreit hätte, die mein Herz zerquetschte, wäre auch ich gestorben und du wärst nie geboren worden. Eines Tages, vielleicht in einem Jahr, vielleicht morgen, wird dieser Buchenwald abgeholzt werden und mit ihm auch mein Baum. Irgendwer wird hier ein Dorf bauen, oder eine Fabrik, oder eine Straße. Aber jetzt ist er noch so, wie er vor vielen Jahren gewesen ist, als ich als Braut in das Haus der Benazzos gekommen bin.«

Agostinas Geschichte

26 Agostina war während des Ersten Weltkriegs geboren worden, als ihr Vater an der Front war. Sie hatte das Licht der Welt im Stall erblickt, auf einem Heuhaufen, der mit einem Laken zugedeckt war. Ihre Mutter hatte sich gedemütigt gefühlt, weil sie schon das dritte Mädchen war, und daher geweint.

Die Neugeborene war sehr zart. Wenn sie gestorben wäre, so wäre das für niemanden eine Tragödie gewesen. Dennoch klammerte sie sich sofort an die Brust ihrer Mutter und saugte mit einer Kraft, von der man nicht wusste, woher sie sie nahm.

Nach einer Woche ging die Mama zum Pfarrer, um für den unreinen Akt, mit dem sie ein neues Leben gezeugt hatte, um Vergebung und darüber hinaus um den Gefallen zu bitten, ihrem Mann in einem Brief die Geburt mitzuteilen. Sie war mit dem Schreiben wenig vertraut und konnte gerade einmal ihren Namen zu Papier bringen.

»Sagt ihm, Herr Pfarrer, es tut mir Leid, dass ich wieder nur ein Mädchen zur Welt gebracht habe. Dass ich hoffe, ihm das nächste Mal, wenn er aus dem Krieg zurückkommt, einen Jungen zu gebären, und dass ich diese hier Agostina nenne, weil sie im August geboren ist«, hatte sie diktiert, und das Geld für das Briefpapier und die Briefmarke auf den Tisch der Sakristei gelegt.

Der alte Pfarrer dachte, dass es überflüssig sei, Geld für eine schlechte Nachricht zu verschwenden. Abgesehen davon sah die Kleine ohnehin nicht aus, als würde sie lange durchhalten. Und das sagte er ihr auch.

»Macht nichts«, erwiderte die Mutter. »Er ist der Herr im Haus und muss benachrichtigt werden.«

Agostina aber starb nicht. Als ihr Vater aus dem Krieg zurückkehrte, versteckte sie sich, denn dieser bärtige und zerlumpte Mann, der zudem einen fremden Geruch an sich hatte, erschreckte sie. Auch die größeren Schwestern musterten ihn furchtsam, doch der Mann kümmerte sich nicht um sie. Er wollte stattdessen wissen, wie die Ernte gelaufen war, ob die Kühe gekalbt hatten, ob die Frau Schulden gemacht hatte. Er lächelte erst, als sie ihn über diesen letzten Punkt beruhigte.

»Während du weg warst, habe ich auch deine Rolle übernommen. Wir schulden niemandem etwas«, versicherte sie. »Aber wir haben alles entbehrt, und der Hunger ist groß«, fügte sie beinahe entschuldigend hinzu. Schließlich stellte sie die übliche Porreesuppe auf den Tisch.

Nun erst betrachtete der bärtige Mann Pierina, seine älteste Tochter.

»Wie alt bist du?«, fragte er sie.

»Sieben«, erwiderte Pierina und errötete vor lauter Scheu.

»Gehst du in die Schule?«

»In die zweite Klasse.«

»Dann verdinge ich dich im kommenden Sommer als Kuhhirtin. Ein Mund weniger zu stopfen und ein paar Säcke Weizen gespart«, entschied der Mann.

Das war die erste Erinnerung, die Agostina an ihren Vater hatte. Sie entsann sich auch des Weinens ihrer Schwester, die bei ihrer Mutter Schutz gesucht hatte und flehte: »Nein, bitte nicht als Kuhhirtin!«

Nur wenige Jahre später traf sie das gleiche Schicksal. Sie wurde von der Schule genommen, noch ehe sie die zweite Grundschulklasse beendet hatte.

Es war an einem Sonntag im März, als ihr Vater unvermittelt sagte: »Ich bringe dich jetzt ins Dorf.«

Agostina wurde blass, und ein Schauer durchfuhr ihren zierlichen Körper. Sie sah ihre Schwestern an, die sich bereits fertig gemacht hatten, um dem Vater zu folgen.

151

»Du wirst sehen, so schlimm ist es nicht«, ermutigte Pierina sie.

»Sie geben dir Milch, Käse und Brot so viel du willst«, beruhigte sie Gianna. Aber auch sie beide waren nicht glücklich. Die Mutter hatte für jede von ihnen ein kleines Bündel saubere Wäsche vorbereitet. Sie sagte nur: »Seid tüchtig.« Sie hatte schließlich noch drei andere Kinder zu versorgen – alles Jungen.

Auf dem Platz standen viele Bauern in Sonntagskleidung mit von der Kälte geröteten Wangen. Einige suchten junge Mädchen, die sie mit den Herden in die Berge schicken konnten. Gianna und Pierina waren sofort vermittelt, denn sie waren bereits ziemlich groß und wirkten aufgeweckt. Bei Agostina war es schon schwieriger, sie an den Mann zu bringen. Ihr hagerer kleiner Körper und ihr eingefallenes Gesicht machten keinen sehr guten Eindruck. Ihr Vater versuchte einen zögernden Bauern zu überzeugen.

»Sie wirkt nur so schmächtig, aber sie ist kräftig wie ein Stier. Als sie geboren wurde, sah sie aus wie eine kleine Spinne, doch nicht eine Krankheit hat sie gehabt. Außerdem isst sie so gut wie nichts. Und sie gehorcht«, versprach er.

Der Bauer glaubte ihm schließlich. »In Ordnung, ich nehme sie.«

»Fünf Lire Lohn am Tag«, bestimmte der Vater. Für die größeren Töchter hatte er sieben verlangt und bekommen.

Agostina hatte kurz zuvor die Schwestern ihren Herren folgen sehen, und nun war sie an der Reihe.

»Ich bringe sie Euch im Herbst wieder«, versicherte der Mann, als er davonging.

»Wir sehen uns«, sagte ihr Vater zu dem Bauern. Dann wandte er sich an sie: »Mach mir bloß keine Schande.« Das war sein Abschiedsgruß.

Kein Kuss, keine Zärtlichkeit, kein Lächeln. Agostina schleppte sich hinter dem Mann mit den langen und schnellen Schritten her. Irgendwann drehte sie sich um und rief: »Sag Mama einen Gruß von mir.« Aber ihr Vater war schon fort.

Agostina wusste, dass ihre Mutter traurig war, sie als Kuhhirtin fortschicken zu müssen, doch sie wusste auch, dass sie sich dem Willen ihres Mannes nicht widersetzen durfte. Ihr Vater strebte danach, seinen Grundbesitz zu mehren, und er legte eisern jeden Soldo auf die Seite, um ein neues Stück Land zu kaufen. Drei Töchter, die für einen fremden Herrn arbeiten gingen, und das über sechs Monate, bedeutete nicht nur einen kleinen Verdienst, sondern sparte auch sechs Säcke Weizen. Die Familie wurde größer, und ihre Mutter hatte noch ein weiteres Kind »bestellt«.

Die ersten Tage in den Bergen waren extrem hart. Die Schönheit der blühenden Wiesen, des wie gemalten blauen Himmels, des duftenden Windhauchs erfreuten das Mädchen nicht, weil es sie gar nicht wahrnahm. Agostina weinte immer nur und zählte ständig die Kühe, aus lauter Furcht, eine zu verlieren. Die Einsamkeit der Weiden, die schneebedeckten Berge am Horizont und die plötzlichen Gewitter erschütterten sie. In ihrer Erinnerung suchte sie nach dem wohligen Geruch ihres Bauernhauses und den vertrauten Gesichtern, und sie wäre gern ein großer Vogel gewesen und nach Hause geflogen.

Die Herrin war allerdings recht freundlich zu ihr. Bei Tagesanbruch, wenn sie zur Weide aufbrach, drückte sie ihr einen dicken Laib Brot und eine üppige Portion Käse in die Hand. Es kam auch vor, dass sie ihr heimlich, damit ihr Mann es nicht merkte, ein gekochtes Ei oder ein Stück Speck zusteckte. Irgendwann hörte Agostina auf zu weinen, sich zu erinnern, nachzudenken, zu wünschen.

Im Herbst, als sie ins Tal hinunterging, erkannte ihre Familie sie fast nicht wieder. Sie hatte zugenommen, war kräftiger geworden, um eine halbe Spanne gewachsen, und ihre Wangen waren gerötet. Außerdem hatte sich ihr Herz verhärtet, doch das bemerkte niemand.

Ihr Vater hatte ein neues Feld gekauft. Nun besaß er dreißig Tage Land und wirkte zufrieden. Es war ein neuer Bruder geboren worden.

»Wir müssen härter arbeiten, denn die Münder werden immer mehr«, behauptete ihr Vater.

Eines Abends bat Agostina ihre Mutter um Erlaubnis, zur Schule zurückkehren zu dürfen. »Wenigstens, um die zweite Klasse zu Ende zu machen«, sagte sie.

Der fortgeschrittene Herbst und der Winter waren für das Land tote Jahreszeiten. Sie hatte gedacht, dass Vater, Mutter und Schwestern die Tiere auch ohne sie versorgen könnten.

»Ich werde mit deinem Vater sprechen«, versprach die Bäuerin. Agostina war intelligent, lernte gern und hatte eine schnelle Auffassungsgabe.

Am nächsten Morgen, als sie den Porree auf dem Ofen briet, teilte sie ihr das Verbot mit. »Was die Schule betrifft, hat dein Vater nein gesagt«, erklärte sie.

»Warum?«, wagte Agostina zu fragen.

»Man braucht Geld für neue Schuhe, Bücher und Hefte.«

Das war wie eine Ohrfeige für sie. Das Geld, das sie in sechs Monaten Arbeit verdient hatte, war die Frucht ihrer Mühen. Sie hatte es der Familie übergeben, aber sie dachte, dass ein wenig davon ihr gehöre. Sie fand, sie habe ein Anrecht darauf.

»Du musst dich um die Kleinen kümmern, wenn ich arbeite«, erklärte ihre Mutter. »Es sind jetzt neun Münder zu stopfen«, flüsterte sie.

»Und es werden bald noch mehr sein, denn wie ich sehe, erwartest du noch ein Kind«, erwiderte das Mädchen.

»Das habe ich mir nicht ausgesucht. Man muss die Kinder nehmen, wie sie kommen«, seufzte ihre Mutter resigniert.

Damit war das Thema erledigt.

Sie war vierzehn, als ihr Vater sie zum ersten Mal mit Gianna und Pierina nach Diano Marina zur Olivenernte schickte.

»Ein elendes Leben ist das, schuften wie die Tiere«, sagten ihre älteren Schwestern jedes Mal, wenn sie von der Riviera zurückkehrten. Nun erfuhr Agostina diese undankbare Mühe am eigenen Leib.

Es regnete tagelang, und sie arbeitete im strömenden Regen, knietief im Matsch. Ihre Hände rissen auf, und die Wunden schlossen sich nicht mehr. Viele Mädchen weinten und riefen unter Tränen nach ihrer Mama. Agostina dagegen biss die Zähne zusammen und klagte nicht. Wenn sie konnte, stopfte sie sich mit Khakipflaumen und Orangen voll. Ihr Herz wurde immer härter.

Sie nährte einen dumpfen Zorn gegen ihren Vater, der ihr und ihren Schwestern so viel Leid auferlegte, und Wut wegen der Resignation ihrer Mutter, die sich dareinfügte, ein Kind nach dem anderen zu gebären.

Agostina war nun beinah erwachsen, und von ihren Freundinnen hatte sie erfahren, wie die Dinge zwischen Mann und Frau funktionierten. Sie sah weiße Strähnen zwischen den braunen Haaren ihrer Mutter auftauchen, die allmählich ihre Zähne verlor und immer blasser und magerer wurde.

Einmal überraschte sie die Bäuerin, wie sie weinte. Ihre Mutter weinte jedes Mal, wenn sie merkte, dass sie wieder schwanger war.

»Warum lehnst du dich nicht auf?«, fragte Agostina, die fast platzte vor Zorn auf ihren Vater.

»Sprich nicht so. Das ist Sünde«, sagte die Mutter.

»Was er macht, ist Sünde«, erwiderte sie wütend.

»Der Mann ist eben der Mann.«

»Der Mann ist schlimmer als ein Tier. Ich werde nie heiraten«, entschied sie.

»Warte nur ab, mit der Zeit wirst du sehen, dass es bei dir nicht anders sein wird«, sagte die Mutter und sah ihre Tochter beinah zärtlich an.

Die beiden älteren Schwestern lebten inzwischen in Turin, wo sie als Hausmädchen arbeiteten. Jeweils am Monatsende kamen sie nach Hause und übergaben dem Vater ihren Lohn. Zum Dank schalt der Mann sie, weil sie zu wenig verdienten. Er jammerte immerzu.

Eines Winters kam Agostina von der Olivenernte zurück und hoffte, bis zum Frühling im Bauernhaus bleiben zu können, bis auch sie als Dienstmädchen nach Turin gehen sollte. Sie hatte sich ziemlich verkühlt. Ihre Mandeln waren geschwollen, so dass sie kaum schlucken konnte, und sie hatte Fieber. Als sie in die Küche trat, bügelte ihr Vater gerade Fünf- und Zehnlirascheine.

»Morgen gehst du nach Frankreich«, sagte er.

Agostina wusste, was dieser Befehl bedeutete. Die Schwestern und ein paar Freundinnen waren bereits vor ihr dort gewesen.

»Ich fühle mich nicht gut«, klagte sie.

»Dann bleibst du heute Nacht im Stall. Es gibt nichts Besseres als die Wärme von Vieh, um Krankheiten zu heilen. Morgen bist du dann bereit für die Reise.«

Sie schlief im Stall, und am nächsten Tag war das Fieber verschwunden. Zusammen mit einer ganzen Gruppe von Mädchen überquerte Agostina die Grenze mit Kurs auf Grasse. Dort sollten sie Veilchen pflücken.

Tag für Tag, von Sonnenauf- bis Sonnenuntergang, bückte sie sich, um die Blumen zu pflücken. Agostina lernte schnell, Sträußchen zu zwanzig, vierzig und sechzig Veilchen zu binden. In regelmäßigen Abständen kam eine Frau vorbei und legte die Sträuße in riesige Schachteln, die sofort in die großen Städte verschickt wurden: Paris, Lyon, London. Sie waren Geschenke für hofierte und elegante Frauen, die angesichts der Blumen glücklich lächelten und nichts von dem Schmerz und der Mühe, den Entbehrungen und den Tränen anderer, weniger vom Glück begünstigter Frauen wussten.

Im Frühling des Jahres 1931 kehrte Agostina aus Grasse zurück. Einer ihrer kleinen Brüder kam ihr entgegengelaufen.

»Mama ist gestorben«, verkündete er.

»Wann?«, fragte sie wie betäubt.

»Letzten Monat. Sie hat ein Kind bekommen und ist danach gestorben.«

Es war Abend. Ihr Vater und die anderen Brüder versorgten im

Stall die Tiere. Als der Bauer sie sah, streckte er sofort die Hand aus, damit sie ihm das Geld gab, das sie in Frankreich verdient hatte.

»Du hast meine Mutter sterben lassen«, platzte Agostina heraus. »Du hast dir nicht einmal die Mühe gemacht, mir zu schreiben, um es mir zu sagen. Aber was ist schon eine Frau für dich? Doch nichts als ein Tier, das du ausbeuten kannst, solange es noch atmet! Du liebst dein Vieh mehr als deine Kinder. Dein Land ist dir wichtiger als unsere Mutter. Sie ist gestorben, und ich habe nichts davon gewusst. Warum?«

Ihr Vater sah sie verwundert an. Er wusste nicht, ob er sie ohrfeigen oder für verrückt erklären sollte. Jedenfalls streckte er erneut die Hand aus.

»Das Geld«, befahl er.

»Mein Geld gebe ich dir nicht. Du hast mir schon viel zu viel weggenommen. Was ist mit mir, was soll aus mir werden? Ständig kaufst du Land und Tiere. Und das Einzige, was ich davon habe, sind Schnupfen, diese abgetretenen Schuhe und dieser Schal, der mittlerweile aussieht wie ein Putzlumpen. Du bist kein Vater, du bist ein Ausbeuter!«

Die Brüder hatten aufgehört zu arbeiten. Sie stützten sich auf die Stiele ihrer Heugabeln und lauschten verblüfft ihrer älteren Schwester, die sie kaum kannten.

»Wenn du mir nicht sofort das Geld gibst, spieße ich dich hiermit auf«, zischte der Mann und zielte mit der Heugabel auf sie. Gerade hatte er damit noch das Streulager der Kühe gewendet.

»Ich hoffe so sehr, dass alles, was du angehäuft hast, den Bach runtergeht, dass dein Land und deine Tiere von den Mühsalen, Krankheiten und Schmerzen deiner Kinder und unserer Mutter gezeichnet sein werden. Willst du auch dieses bisschen Kleingeld? Da hast du es, du Schuft!« Sie warf das Geld auf die Erde, mitten in den Kuhmist.

Ihre Brüder hatten ihre Arbeit wieder aufgenommen. Was sie gesehen und gehört hatten, war so erschütternd, dass sie es lie-

157

ber vergessen wollten. Der Vater brach in schallendes Gelächter aus, das jedoch einem Schluchzen glich. Er beugte sich herab, um das Geld aufzusammeln. Als er sich wieder aufrichtete, war Agostina verschwunden.

Sie ging nach Turin und bat ihre Schwestern um Hilfe. Die fanden für sie eine Stelle als Dienstmädchen im Haus eines Lehrerehepaares mit vier Kindern.

27 Agostina war an ganz andere Mühen gewöhnt. Die Arbeit als »Mädchen für alles« empfand sie daher als nicht allzu anstrengend. Es war nicht schwierig, Betttücher mit Waschpulver zu waschen, Holz für den Ofen zu hacken, Möbel zu verschieben, um Staub zu wischen, mit Asche Fettflecken von Tellern und Töpfen zu entfernen, Fensterscheiben mit angefeuchtetem Zeitungspapier zu polieren und nebenbei vier aufmüpfige Kinder zu bändigen. Probleme gab es erst, als sie kochen sollte, denn wie alle Bauern war sie mit einem Herd nicht vertraut. Sie konnte eine Suppe zubereiten, aber angesichts eines Stückes Fleisch, das geschmort, gekocht oder gebraten werden sollte, geriet sie in Verlegenheit. Bei ihr zu Hause aß man extrem selten und dann auch nur sehr schlechtes Fleisch. Den Tisch zu decken war eine gewichtige Tätigkeit, Bügeln eine unmögliche Übung. Ihre großen und schwieligen Hände kannten kein Zartgefühl. Oft zerbrach sie daher wertvolle Porzellantassen und Kristallgläser, und die Schäden wurden ihr vom Lohn abgezogen.

Sie schlief auf einem Feldbett in einer kleinen Kammer unter der Treppe, gleich neben der Küche. Ein Raum von anderthalb mal drei Metern: Das war ihr Zimmer. Sie aß die Tischreste und war glücklich, wenn die Herrin ihr ein abgelegtes Kleid schenkte.

Sie beklagte sich nie. Doch das Land fehlte ihr. Sie sehnte sich nach dem Leben an der frischen Luft, der Wärme der Tiere, dem Geruch der Erde, dem Krähen des Hahns und der Stille der Nacht.

Am Sonntag hatte sie sechs Stunden frei. Die nutzte sie, um sich mit Gianna und Pierina zu treffen, die inzwischen beide einen Verlobten hatten. Meist spazierten sie am Flussufer entlang, wo die Stadt endete und das Land begann.

Die zukünftigen Schwager waren zwei Brüder aus einer Bauernfamilie aus der Gegend von Cuneo. Im Herbst sollten sie heiraten, und ihre Schwestern würden wieder auf dem Feld arbeiten. Auch sie mochten die Stadt nicht.

Einmal kam Pierina mit einer geschwollenen, blauen Wange an. Der Vater hatte sie geschlagen.

»Wir sind mit unseren Verlobten nach Hause gefahren, um den Alten um Geld für die Mitgift zu bitten«, erzählte Gianna.

»Da ist es leichter, einem vorbeifliegenden Spatz eine Feder auszurupfen, als dem Kerl hundert Lire zu entlocken«, fügte Pierina hinzu.

»Wenn es nach ihm ginge, könnten wir ohne Bluse und Betttücher, Tischdecken oder Matratzen heiraten.«

»Zum Glück haben unsere Verlobten uns verteidigt, sonst hätte er uns noch umgebracht.«

»Aber das Geld habt ihr dann doch bekommen«, sagte Agostina.

»Mit Hängen und Würgen. Wir mussten ihm drohen, dass wir zu den Carabinieri gehen«, erklärte Pierina.

»Wenn mich eines Tages jemand bitten sollte, seine Frau zu werden, soll er wissen, dass ich keine Mitgift mitbringe«, überlegte Agostina. »Ich werde mich niemals beugen, damit ich kriege, was mir zusteht.«

Nach dem Streit mit ihrem Vater und der Flucht nach Turin hatte Agostina beschlossen, dass sie nicht mehr aufs Land zurückkehren würde. Und lange davor, noch als kleines Mädchen, hatte sie sich geschworen, niemals zu heiraten. Sie wollte keinen Mann, der ihr einen dicken Bauch machte und sie mit all den Schwangerschaften umbrachte. Abgesehen davon mochte sie keine Kinder. Sie hatte sich von klein auf um ihre jüngeren Geschwister kümmern müssen. Das war eine Aufgabe, die ihre Geduld strapazierte. Ebenso wenig gefiel es ihr nun, die Kinder ihrer Herrschaft zu versorgen. Agostina kannte keinen Mutterinstinkt, und sie lehnte die Vorstellung von einem Leben als Paar ab. Allerdings hatte sie nicht mit den Trieben ihrer achtzehn Jahre gerechnet. Eines Sonntags stellten ihre Schwestern und die zukünftigen Schwager ihr einen Freund vor: Giacomo Benazzo, Bauer wie sie.

Giacomo war ein schöner Junge. Er trug ein ironisches Lächeln zur Schau, das ihr gefiel, und die Margerite im Knopfloch seiner Jacke ließ ihn sehr freundlich wirken.

»Die Benazzos sind reich«, informierte Pierina sie. »Sie haben Weinberge und Weizenfelder. Wenig Vieh, nur für die Bedürfnisse der Familie, die sehr groß ist.«

»Auch unsere Familie ist reich, aber ich habe nie einen roten Heller gesehen, und ihr beide seid verprügelt und mit Steinen beworfen worden, um einen kleinen Anteil dessen zu bekommen, was euch gehört«, bemerkte Agostina.

Bald darauf heirateten ihre Schwestern, und sie hatten nun keine Zeit mehr, am Sonntag in die Stadt zu kommen, um ihr Gesellschaft zu leisten. Giacomo Benazzo hingegen schon. Er lud sie ins Lichtspielhaus ein, wo sie noch nie zuvor gewesen war. Er schenkte ihr eine Schachtel San-Carlo-Pralinen. Er ging mit ihr auf die Kirmes. Und er erzählte ihr von seiner Familie.

»Bei uns zu Hause hat meine Mutter das Sagen. Sie ist geizig uns Kindern gegenüber und boshaft zu ihren Schwiegertöchtern. Wir sind fünf Brüder, alle verheiratet, außer mir, dem Jüngsten. Meine Schwägerinnen ertragen sie alle irgendwie. Mal sehen, ob auch ich eine Frau finde, die sie erträgt!« Es sollte eine Art Heiratsantrag sein, doch Agostina bemerkte es nicht.

Dennoch hielt sie oft inne, um über ihre Situation als Dienstmagd nachzudenken, die ebenso erniedrigend war wie das Zusammenleben mit ihrem Vater, wenn auch weniger anstrengend. Überdies lebte sie nicht gern in der Stadt, und die Sehnsucht nach dem Land fraß sie allmählich auf. Im Haus ihrer Herrschaft fühlte sie sich wie eine Gefangene. Die einzige Lösung wäre gewesen, einen Bauern zu heiraten. Aber wenn sie an ihre Mutter dachte, konnte sie sich mit dem Gedanken an eine Ehe nicht anfreunden.

An einem Sonntag im Sommer führte Giacomo sie in das Kiesbett des Flusses. Dort, wo das Wasser einen Bogen machte, gab es einen kleinen Felsstrand. Sie hatten ihre Schuhe ausgezogen und ließen die Füße im klaren und kühlen Wasser baumeln.

Diesmal hatte der junge Mann ihr eine Schachtel Erdnüsse mitgebracht. Agostina zerdrückte die Schalen zwischen Zeigefinger und Daumen, dann teilte sie die Nuss in ihre beiden Hälften: eine Hälfte für sie, die andere für ihren Freund. Sie dachte, dies sei die richtige Weise, die Dinge zwischen Mann und Frau zu teilen. Das Schöne und das Hässliche, Erholung und Mühe, Geld und Unannehmlichkeiten sollten je zur Hälfte aufgeteilt werden. Aber so war es nie. Die Männer rissen alles an sich, und den Frauen ließen sie nur die Krümel. Sie kostete den zarten Geschmack der Nüsschen, der sich mit dem ihres alten Grolls vermischte. Es gelang ihr nicht einmal, mit diesem liebenswerten Jungen glücklich zu sein.

Nach einer Weile hob sie den Blick zu den Bergen, die die Stadt einschlossen. Sie erinnerte sich an die langen Sommer und die melancholischen Herbste ihrer Kindheit, die sie auf den Weiden verbracht hatte. Wehmütig dachte sie an die zahmen Kühe und den Klang ihrer Glocken, an das Gefühl der Verlassenheit, das wie ein Stein auf ihrem Herzen lastete. Sie wäre auch dann allein, wenn sie heiraten würde, denn es gab keinen Mann, der ihre Gedanken mit ihr zu teilen vermochte.

Verbittert grübelte sie vor sich hin, während Giacomo über das Wetter plauderte. Er sprach vom Winter, der vorzeitig hereinbrechen würde, von den Weinstöcken, die geschützt werden müssten, von den zwei Jahren Militärdienst in Reggio Calabria, wo er das Meer und die Küste Siziliens gesehen hatte.

Irgendwann warf Giacomo sie ohne Vorwarnung in den Kies und nahm sie mit einer Leidenschaft, die ihr durchaus gefiel. Danach aber schien er ihr nichts mehr zu sagen zu haben. Während er sie nach Hause brachte, wagten sie beide nicht einmal, einander anzusehen. Was blieb, war nur der zarte Geschmack der Erdnüsse in ihrem Mund.

In der Nacht, als sie auf ihrem Feldbett in der Kammer unter der Treppe lag, überfiel Agostina eine tiefe Bestürzung über das Vorgefallene.

Sie hatte ihre Ehrbarkeit verloren. Einzig und allein sie hatte, als Frau, für ihre Jungfräulichkeit Sorge zu tragen. Sie erinnerte sich an die Drohungen des Pfarrers, die er in seinen Sonntagspredigten gegen unanständige Frauen ausstieß. Ein anständiges Mädchen durfte sich keinem schamlosen Verlangen hingeben, wenn es nicht dazu verdammt sein wollte, bis in alle Ewigkeit in der Hölle zu schmoren. Ebenso hatte eine Frau die Pflicht, Kinder zu gebären, weil das nach Gottes Wille der einzige Zweck der Ehe war.

Agostina dachte lange über diese und andere unverletzliche Regeln nach. Frauen, ganz gleich ob Ehefrauen oder Töchter, durften sich nicht wehren, wenn sie geschlagen, verachtet oder über alle Maßen ausgebeutet wurden, sondern mussten es im Namen ihrer Unterlegenheit gegenüber dem Manne hinnehmen. Was allerdings die Arbeit anging, so sollten sie mit den Männern durchaus mithalten. Nach jeder Geburt mussten die Mütter den Herrgott für das durch Unzucht gezeugte Kind um Vergebung bitten. Den Vätern wurde dagegen nichts abverlangt.

Nur selten bemächtigten sich Frauen im fortgeschrittenen Alter der Rolle des Mannes und rächten sich an den anderen für die erlittenen Qualen, indem sie die Tür zu ihrem Herzen verschlossen. Möglicherweise war Giacomos Mutter einer dieser seltenen Fälle.

»Wie auch immer, das geht mich nichts an«, flüsterte sie zu sich selbst. Sie wollte diesen komischen Verlobten nicht mehr sehen.

Daher ging sie am folgenden Sonntag nicht zu ihrer Verabredung mit Giacomo. Sie wollte sich die Demütigung ersparen, ihn

163

nicht anzutreffen. Mehr als eine Freundin hatte ihr anvertraut, dass ihr Verlobter, nachdem er sie genommen hatte, spurlos verschwunden war. Zwei Sonntage in Folge verbrachte sie ihre freien Stunden auf dem Feldbett und versuchte zu schlafen, auch weil sie dann nicht nachdenken musste.

Am dritten Sonntag stand Giacomo Benazzo auf einmal vor dem Dienstboteneingang. In der einen Hand hielt er seinen Hut, in der anderen eine Tüte Süßigkeiten.

»Warum bist du nicht mehr gekommen?«, fragte er. Er war verlegen und wurde rot.

»Ich weiß nicht«, erwiderte sie.

Es war unnütz, ihm ihre komplexen Gedanken zu erklären, er hätte sie ohnehin nicht verstanden. Er sah unglücklich aus. Doch auch Agostina war nicht glücklich. Sie dachte an ihre Schwestern. Wenn die beiden ihre Verlobten getroffen hatten, hatten ihre Augen vor Freude geleuchtet. Aber sie war anders. Sie hegte Groll und maß den tiefen Brunnen der Ungerechtigkeiten. Ihre Schwestern zogen es vor, sich keine Gedanken zu machen.

»Ich bin gekommen, um dich zu fragen, ob du meine Frau werden willst«, verkündete Giacomo.

Es rührte sie kein bisschen, dass er wie ein geprügelter Hund vor ihr stand. Sie sah ihn als das, was er war: ein anständiger Junge, zu sanftmütig, um wahr zu sein. Früher oder später, das wusste sie, würde auch er die Hand gegen sie erheben.

»Ich liebe dich«, flüsterte der junge Mann.

Noch nie hatte sie jemand geliebt, doch diese Worte vermochten ihr Herz nicht zu schmelzen.

»Verstehe«, erwiderte Agostina. Sie wollte ihn nicht beleidigen und fügte hinzu: »Ich werde darüber nachdenken.«

Giacomo schenkte ihr die Süßigkeiten, die sie widerwillig annahm.

»Du musst jetzt gehen. Meine Herrschaften erlauben dem Dienstmädchen nicht, Herrenbesuch zu empfangen«, ermahnte sie ihn.

»Ich wollte dir noch sagen, dass ich dich auch heiraten will, weil ich dich schön finde.«

Es sollte ein Kompliment sein, doch es ärgerte sie.

»Danke«, sagte sie dennoch.

»Ich erwarte dich nächsten Sonntag mit einer Antwort«, bat er.

»Ich komme, wenn ich kann«, entgegnete Agostina.

Am nächsten Sonntag ging sie zu ihrem üblichen Treffpunkt. Und zwar deshalb, weil sie festgestellt hatte, dass sie schwanger war.

Dieser Umstand, an den sie überhaupt nicht gedacht hatte, war ihr wie ein Unglück erschienen. Die Herrschaften würden sie gewiss aus dem Haus jagen, und sie hätte nicht gewusst, wo sie hingehen sollte. Wenn sie also mit Würde überleben wollte, brauchte sie tatsächlich einen Ehemann.

28 Die Trauung wurde in der Kirche von Castel Rocchero vollzogen, dem Dorf der Benazzos. Agostina war im dritten Monat schwanger. Ihr Verlobter schenkte ihr ein Kleid aus himmelblauem Musselin, Ohrringe und eine Anstecknadel mit Granatsteinen. Sie kaufte ihm von ihren Ersparnissen das Seidenhemd für die Hochzeit.

Ihre Schwestern hatten ihren Beitrag geleistet, um sie mit einer bescheidenen Mitgift auszustatten: Bettwäsche, Handtücher, Rosshaarmatratzen, Sprungfederrahmen und eine Minimalausstattung an Wäsche. Der Vater beschränkte sich darauf, die Einwilligung zu unterzeichnen, denn Agostina war noch minderjährig.

Ein paar Tage vor der Hochzeit hatte Giacomo seine Braut mit in sein Dorf genommen, um sie seiner Familie vorzustellen. Die Schwiegermutter hatte elf Kinder geboren, von denen noch acht lebten: drei Mädchen und fünf Jungen. Die Töchter lebten mit ihren Ehemännern woanders, die Söhne hatten ihre Frauen ins Haus gebracht. Daher waren an jenem Tag auch die Schwägerinnen und eine Schar Kinder anwesend. Da der alte Benazzo seit einer Weile tot war, hatte Maria, die Witwe, die Rolle des Familienoberhauptes übernommen. Sie wurde »Maina d'fer« genannt, die eiserne Maria, und dieser Spitzname sagte alles über ihren Charakter.

Als sie die zukünftige Schwiegertochter erblickte, sagte sie nur: »Das ist keine unterwürfige Frau.«

Giacomo erwiderte daraufhin: »Mir gefällt sie so.«

Als das Paar nach der Trauung in das Bauernhaus zurückkehrte, wurde es mit der *sparata* empfangen, einem alten Versöhnungsritual. Verwandte und Freunde standen mit ihren Gewehren Spalier vor dem Haus, in das das Brautpaar eintreten sollte. Dabei schossen sie zum Gruß in die Luft, wobei sie einen Höllenlärm machten.

Das Mittagessen nahmen sie alle gemeinsam auf der Tenne ein. Der Wein und die Septembersonne ließen die Gäste kühn werden und lösten die Zungen. Derbe Witze machten die Runde, und es wurde herzhaft gelacht.

Zu diesem Anlass achtete die Schwiegermutter nicht auf die Kosten, denn sie wollte den guten Ruf der Benazzos bei den Nachbarn wahren. Die neuen Schwager musterten Agostina voller Sympathie, die Schwägerinnen voller Furcht.

Die junge Frau fühlte sich schon den ganzen Tag nicht wohl. Sie aß wenig, und irgendwann lief sie in den Stall, um sich zu übergeben.

»Morgen früh will ich dein Laken waschen«, sagte eine Stimme hinter ihr. Boshaft betrachtete Maina d'fer das blasse Gesicht der Schwiegertochter.

»Dann müsst Ihr warten, bis ich entbunden habe. Ich bin im dritten Monat schwanger«, entgegnete Agostina und funkelte sie herausfordernd an. Sie war wütend auf Giacomo, der nicht den Mut gehabt hatte, seiner Familie gegenüber zuzugeben, dass sie in anderen Umständen war.

»Ich habe schon gemerkt, wie die Dinge stehen. Und ich frage mich, ob die Frucht in deinem Leib von unserem Fleisch und Blut ist. Denn ist der Weg erst einmal geöffnet, so können, wo einer war, auch hundert andere rein.«

Agostina wusste, dass sie kein leichtes Leben in dieser Familie haben würde, und da ihr Leben nie leicht gewesen war, hatte sie sich damit abgefunden, es aushalten zu müssen. Aber diese Beleidigung konnte sie nicht auf sich sitzen lassen.

Schnurstracks kehrte sie an ihren Platz am Tisch zurück, neben ihrem Mann. Die Gäste brachten gerade einen Trinkspruch auf sie aus. Da hob sie ihr Glas und verkündete mit klarer Stimme: »Auf die Gesundheit unseres Kindes, das, so Gott will, in sechs Monaten geboren wird.«

Alle verstummten, sogar die Tiere, die in den Resten wühlten. Das hatte es noch nie gegeben, dass eine Frau bei ihrer Hochzeit öffentlich ihren Zustand verkündete, auch wenn eine schwangere Braut nichts Ungewöhnliches war. Ging dann die Rechnung bei der Geburt nicht auf, sagte man in der Regel, das Kind sei eine Frühgeburt oder aber die Madonna habe der Mutter ein paar Wochen geschenkt. Alle bemerkten, dass Agostinas Ankündigung eine Herausforderung an die Schwiegermutter war. Die hatte jedoch ihrerseits nicht die geringste Absicht, sich von diesem Mädchen, das sich eindeutig zu wichtig nahm, unterkriegen zu lassen.

Sie ging lächelnd zu Agostina, kniff sie boshaft, so dass es wehtat, in den Arm und erklärte: »Die beiden Turteltäubchen haben wohl Eile, ein paar tüchtige Arbeiter auf die Welt zu bringen. Gott weiß, wie sehr wir sie brauchen. Einer wird schon erwartet, und hundert weitere werden noch kommen. Trinken wir also auf das Wohl der beiden.« Sie hob das Glas, führte es an die Lippen und leerte es zügig.

»Hundert Kinder!«, riefen die Gäste und begannen wieder zu lachen, um ihre Verlegenheit zu überspielen und den Sturm, der sich über dem Bankett zusammenbraute, zu vertreiben.

Aber es war nicht leicht, Agostina zum Schweigen zu bringen, denn sie hatte jahrelang stumm gelitten. Sie litt auch jetzt, da sie sich zu einer Verbindung gezwungen fühlte, die sie im Grunde nicht wollte. Und sie musste unbedingt das letzte Wort haben.

»Ich hoffe nicht«, sagte sie. »Ich bin einen Moment schwach geworden bei diesem schönen jungen Mann, der mich anschließend gleich heiraten wollte. Nur ein Moment, und das hat mir gereicht. Wie auch immer, Gottes Wille geschehe.«

Amüsiert warfen sich die Gäste besorgte Blicke zu. Maina d'fer hatte Zunder bekommen.

Am Abend liefen Agostina und Giacomo durch die Felder.

»Vielleicht hat meine Mutter Recht. Du bist keine unterwürfige Frau«, bemerkte er.

»Das wusstest du, und trotzdem hast du mich gewollt«, entgegnete sie.

»In einem Haus können nicht alle befehlen. Jeder Hühnerstall hat seinen Hahn.«

»Eben. Keine Henne«, insistierte Agostina.

»Ich will nicht für meine Mutter Partei ergreifen, aber ich will mich auch nicht gegen sie auflehnen. Wenn dieser Hof floriert und wir alle in Ruhe und Frieden arbeiten können, so ist das auch ihr Verdienst.«

»Sie hat mich im Stall beleidigt, nachdem mir übel geworden ist. Ich respektierte sie, aber ich will ebenfalls respektiert werden. Ich bin ein Gast und muss dafür sorgen, dass ich akzeptiert und nicht getreten werde.«

Giacomo antwortete nicht. Seine Schwägerinnen argumentierten nicht so, das wusste er. Offenbar hatte er sich eine schwierige Frau ausgesucht. »Du kannst dich nicht allein gegen alle stellen«, erklärte er schließlich.

Agostina atmete den herben Duft des Weinberges ein, wo die Trauben schon auf die Ernte warteten. Das Land war ihr Leben. Sie war dazu geboren, den Boden zu bestellen und ihn zu lieben, wenngleich auch das eine schwierige und sehr mühsame Beziehung war. Nicht immer gab die Erde her, was man von ihr erwartete, und dennoch forderte sie stets die Seele desjenigen, der sich ihr widmete. »Ich war immer allein gegen alle. Ich habe allein gegen meine Angst vor Hexen gekämpft, als ich so groß war« – sie hielt die Hand etwa einen Meter über den Boden – »und sie mich als Hirtin auf die Alm geschickt haben. Genauso gegen meine Angst vor Blitzen, wenn es donnerte und ich keinen Unterschlupf hatte, gegen die Angst, etwas falsch zu machen, wenn ich wie ein Arbeitstier geschuftet habe. Jetzt habe ich keine Ängste mehr. Und auch keine Tränen. Ich liebe niemanden, selbst dich nicht.

Ich habe dich nur aus Gründen der Schicklichkeit genommen«, sagte sie mit wehmütigem Lächeln.

Giacomo hätte sie gern gefragt, ob sie das Kind liebe, dass sie in ihrem Schoß trug, aber er wagte es nicht. Er hatte Angst vor ihrer Antwort.

Sie erriet seinen Gedanken und lächelte. »Wie oft wir heute beim Essen schon Gott strapaziert haben. Da wird ihn einmal mehr nicht stören. Ich schwöre dir also, dass ich eine gute Ehefrau und eine gute Mutter sein werde. Und jetzt lass uns schlafen gehen.«

Die beiden hatten sich ein ganzes Stück vom Haus entfernt. Ihre Sonntagsschuhe, die ihnen ohnehin zu eng waren, hatten sie irgendwann ausgezogen, um sie nicht zu beschmutzen. Sie trugen sie nun in der Hand, während sie barfuß über die noch lauwarme Erde liefen. Im Dunkeln sahen sie ein paar Glühwürmchen, die letzten des Sommers, und die dunkle Silhouette eines Heuhaufens.

»Ich werde hier schlafen«, sagte Giacomo.

»Ich leiste dir Gesellschaft«, entschied sie.

Sie gruben sich eine Nische und streckten sich nebeneinander aus.

»Es stimmt nicht, dass ich dich nicht liebe«, gestand Agostina nach einer Weile. Die Nähe ihres Mannes nahm ihr zwar nicht ihre Einsamkeit, doch sie tröstete sie ein wenig. Sie dachte, dass sie letztendlich Glück gehabt hatte. Sie wagte gar nicht, daran zu denken, was aus ihr geworden wäre, wenn Giacomo sie nicht geheiratet hätte. Als sie klein gewesen war, hatten die Bauern abends gerne Geschichten erzählt. Einmal hatte eine Frau von einem armen schwangeren Mädchen berichtet, das wegen der Schande von zu Hause fortgejagt wurde. Als das Kind geboren wurde, hatte sie es ins Waisenhaus gegeben. Danach war sie nach Turin gegangen, um dort anzuschaffen.

Der Kommentar ihrer Mutter hatte damals gelautet: »Da sieht man's ja, die war dafür geschaffen, sonst hätte sie es nicht gemacht.«

»Weißt du, ich bin dafür nicht geschaffen, für diese Bettgeschichten«, flüsterte sie nun.

»Das habe ich schon gemerkt«, sagte Giacomo. Er drehte sich auf die Seite und schlief ein.

Maina d'fer stand auf, als es noch tiefe Nacht war. Sie öffnete die Tür zum Zimmer des Brautpaares, aus dem bisher kein Laut herausgedrungen war, so sehr sie auch die Ohren gespitzt hatte. Enttäuscht verzog sie das Gesicht. »Da ist mir glatt der Teufel ins Haus gekommen«, brummte sie, von Eifersucht übermannt.

Sie ging in die Küche hinunter und nahm gemahlenen Kaffee, Zucker, ein Ei und Plätzchen aus ihrem Versteck. Zuerst schlug sie das Eigelb mit dem Zucker schaumig und übergoss es dann mit dem kochenden Kaffee, dann tunkte sie die Löffelbiskuits hinein. Sie genoss ihr vorzügliches Geheimfrühstück. Anschließend verwischte sie alle Spuren dieser ersten Mahlzeit und stellte Wasser auf den Herd, um den Zichorienkaffee für ihre Söhne, Schwiegertöchter und Enkel zuzubereiten. Sie würde ein Stückchen Butter hineingeben und ihn mit trockenem Brot servieren.

Auf einmal vernahm sie Geräusche von draußen. Ihre neue Schwiegertochter fegte den Hof mit dem Reisigbesen, die Tiere waren bereits im Gehege, und Giacomo putzte den Stall.

»Der Teufel. Mir ist der Teufel ins Haus gekommen«, wiederholte sie. Sie dachte, dass sie zu der Alten eines nahe gelegenen Dorfes gehen sollte, die in dem Ruf stand, eine Hexe zu sein. Die wollte sie um Kräuter bitten, die sie ins Feuer werfen konnte, um das Böse zu vertreiben.

29 Agostina hatte kein leichtes Leben bei den Benazzos. Ihre Hoffnungen auf die Solidarität der Schwägerinnen wurden enttäuscht. Obgleich auch sie Opfer ihrer Schwiegermutter waren, hatten die anderen Frauen sich nicht auf ihre Seite gestellt. Agostina war so anders als ihre Schwägerinnen. Sie tratschte nicht, sie jammerte nicht und sie arbeitete mehr, als von ihr verlangt wurde. Abends nahm sie zwar an den gemeinsamen Rosenkranzgebeten teil, aber sie gesellte sich anschließend nicht zu den anderen in den Stall. Meist blieb sie in der Küche, setzte sich vor den erloschenen Kamin, dessen Glut noch ein klein wenig Wärme ausstrahlte, und strickte. So entstanden zahlreiche Häubchen und kleine Pullover für das Kind, das sie erwartete. Als sie zum ersten Mal gewagt hatte, die Öllampe anzumachen, hatte die Schwiegermutter sie umgehend wieder gelöscht und zu ihr gesagt: »Hier erlauben wir uns keinen solchen Luxus.« Die Alte hatte bereits etwas auszusetzen gehabt, als Agostina ein Knäuel Wolle gekauft hatte. Also hatte sie einen ihrer Pullover aufgetrennt, um daraus neue zu stricken, und ihren Mann nicht nach Geld gefragt. Auch hatte sie mit der Zeit gelernt, im Dunkeln zu arbeiten. Sie zählte die Maschen, und das half ihr, sich zu beruhigen.

Agostina war allerdings nicht die Einzige, die sich vor dem allabendlichen Beisammensitzen drückte. Auch Luigi sonderte sich ab, der älteste Sohn von Maria. Er war vierzig, hatte sechs Kinder, und obwohl er müde war, ließ er seine Kinder am Abend wiederholen, was sie in der Schule durchgenommen hatten. Die Stimmen der Kleinen, die auf einer Bank kauerten, leisteten ihr Gesellschaft.

172

Luigi war ein gutmütiger Mann. Er sah sie nicht wie die anderen voller Misstrauen an. Sein nachdenklicher Blick ruhte vielmehr manchmal voller Zufriedenheit auf ihr. Es kam sogar vor, dass er sie nach ihrer Meinung zum Wetter fragte, über die Senkung der Traubenpreise oder die trächtige Kuh, die kurz vor dem Kalben war. Das tat er, wenn sie allein waren, und bewies ihr damit eine Wertschätzung, die ihr schmeichelte.

Giacomo vermied es, Agostina häufiger zu belästigen, als statthaft war. Er war sich bewusst geworden, dass er eine komplizierte Frau geheiratet hatte. Zu diesem Eindruck trug vor allem ihre Bescheidenheit bei. Sie arbeitete fehlerlos, verlangte nichts, beugte sich der eisernen Disziplin, die ihre Schwiegermutter ihr auferlegte, und dennoch machte sie den Eindruck, der gesamten Familie die Stirn zu bieten. Ihm schien, dass sogar seine Mutter sie fürchtete, und ein wenig ging es ihm genauso.

Stille Wasser sind tief, dachte er und hoffte, dass die Geburt ihres Kindes sie zähmen würde.

Am Abend nach dem Beisammensein, wenn die Familie wieder ins Haus zurückkehrte, hatte Agostina meist längst den Herd verlassen und sich in ihr Bett zurückgezogen. Er ging in ihr gemeinsames Zimmer hinauf, legte sich ohne Lärm zu machen hin und wartete schweigend darauf, dass sie ihm eine gute Nacht wünschte. Er wusste, dass sie noch wach war, dennoch tat sie es selten. Schließlich schlief Giacomo ein. Manchmal kam es vor, dass Agostina leise sagte: »Wenn du willst, hier bin ich.« Er wollte. Er hätte jede Nacht gewollt. Deshalb suchte ein Mann sich ja eine Frau. Bei ihr war allerdings nichts selbstverständlich. Er nahm sie und flüsterte ihr zu: »Ich finde dich wunderschön.« Sie gab weder ein Stöhnen noch ein Seufzen von sich. Sie log, wenn sie sagte: »Hier bin ich.« Denn sie war weit fort, weiß der Himmel wo. Hätte er sie doch nur erreichen können! Aber sie zog sich in irgendein unerreichbares Versteck zurück, und in Giacomo blieb ein ärgerliches Gefühl der Unbefriedigtheit zurück.

173

Agostina hatte ihm versprochen, dass sie eine gute Ehefrau und Mutter sein würde. Ehrlich gesagt, konnte er nicht das Gegenteil behaupten. Eines Abends im Winter, nachdem er sich lange an ihr zu schaffen gemacht hatte, zog er sich bestürzt zurück.

»Vielleicht läuft es besser zwischen uns, wenn du nicht mehr schwanger bist«, seufzte er.

»Es tut mir Leid«, sagte sie. »Mehr als das kann ich nicht«, entschuldigte sie sich.

»Es läuft darauf hinaus, dass ich irgendwann in der Scheune schlafen werde, wie Luigi«, prognostizierte er.

»Ich verstehe nicht«, sagte sie verwirrt.

»Wusstest du das nicht?«

»Was denn?«

»Mein Bruder will keine Kinder mehr. Er sagt, er hat schon zu viele gemacht. Deshalb schläft er seit drei Jahren in der Scheune.«

Das also war der seltsame Geruch, dachte Agostina.

Es gefiel ihr, mit der Heugabel bewaffnet die Sprossenleiter zu erklimmen, das Heu hinabzustoßen und dabei bis zu den Waden in dieser nachgiebigen Masse zu versinken. Von ihr ging der starke Geruch nach Gras, Erde und Blumen aus, die die Sonne getrocknet hatte, ohne sie jedoch ihrer besten Essenzen zu berauben. Wie viele Bauern hatte Agostina eine sehr feine Nase. Doch in der Scheune der Benazzos hatte sie sofort einen schärferen, eindringlicheren Geruch wahrgenommen, der so intensiv war, dass er sie verwirrte. Dieser Geruch also ging von Luigi aus.

»Du redest nie mit deinen Schwägerinnen, oder?«, fragte Giacomo sie.

»In dieser Familie sieht jeder jeden schief an. Eine winzige Kleinigkeit genügt, und schon fahren sie aus der Haut. Ich rede nicht, so habe ich meine Ruhe«, erklärte sie.

Ein paar Tage zuvor, als sie das Erdreich um die Weinreben herum umgegraben hatte, hatte sie auf einmal Seite an Seite mit

Luigi gearbeitet. Er hatte sich auf den Spaten gestützt und sie mit einem milden Lächeln angesehen.

»Nur Mut«, hatte er zu ihr gesagt. »Unsere Familie ist weder schlechter noch besser als viele andere.«

»Wenn ich an meine denke, ist das hier das reinste Zuckerschlecken«, hatte sie erwidert.

»Irgendwo muss es eine bessere Art geben, zusammenzuleben. Wir kennen nur diese. Meiner Mutter gelingt es trotz allem, uns geeint zu halten. Sie hasst ihre Schwiegertöchter, weil sie ihre Söhne eifersüchtig hütet«, hatte er erklärt.

»Genau wie ihren Bohnenkaffee«, hatte Agostina ausgeplaudert und sein Lächeln erwidert. »Sie steht auf, wenn alle anderen noch schlafen, um sich einen Kaffee mit einem geschlagenen Ei zu machen, und dann tunkt sie Löffelbiskuit hinein. Derweil müssen wir Zichorienkaffee trinken. Deine Mutter weiß nicht, dass ich vor ihr hinuntergehe und alles sehe.« Sie wusste nicht, warum sie sich zu dieser Enthüllung hatte hinreißen lassen, die sie selbst ihrem Mann verschwiegen hatte. Luigi war der einzige Mensch, der ihr Vertrauen einflößte, und tatsächlich hatte er aus vollem Herzen gelacht.

»Da muss ich vierzig Jahre alt werden, um von diesen kleinen Heimtücken meiner Mutter zu erfahren. Sicher, du redest wenig, aber dir entgeht nichts.«

»Wenn du willst, erzähle ich dir auch vom Tamarindensirup und den Pfefferminzbonbons, die sie hinter dem Stapel guter Teller versteckt«, hatte sie weiter ausgepackt.

»Ärgere dich nicht. Das ist schlecht für dein Kind«, hatte er sie gewarnt.

Agostina hatte in die Hände gespuckt, den Stiel des Spatens gepackt und sich wieder an die Arbeit gemacht.

»Vielleicht werde ich ja wie sie, wenn ich alt bin«, hatte sie geschlossen.

Sie schob die Gedanken fort und wandte sich an ihren Mann.

»Es täte mir Leid, wenn du auf dem Heuboden schlafen würdest.

Ich werde mir beim nächsten Mal mehr Mühe geben«, versprach sie, immer noch umhüllt von dem Vertrauen, das Luigi in ihr ausgelöst hatte.

Es war später November. Agostina vergrub ihren Kopf in das Kissen und sog die Luft ein.

»Es riecht verbrannt«, stellte sie fest.

Im Haus war alles still. Die Familie schlief tief und fest.

»Ich rieche nichts«, erwiderte Giacomo.

»Doch«, beharrte sie. Sie sprang auf, legte sich einen Schal um die Schultern und stürzte die Treppe hinunter, die in die Küche führte. Im Dunkel stieß sie gegen einen Stuhl, der mitten im Zimmer stand. Sie lief hinaus ins Freie und sah den Rauch, der vom Geräteschuppen aufstieg.

Der Schuppen befand sich im gleichen Gebäude wie der Stall und grenzte an den Heuschober. Im Dunkeln konnte Agostina zwei Männer ausmachen, die sich prügelten. Sie konnte die Faustschläge deutlich hören. Sie ging zu ihnen hinüber und vernahm die keuchende Stimme von Luigi.

»Mach sofort den Stall auf und scheuch die Tiere raus«, befahl er. Dann ließ er seinen Gegner mit einem Hieb in die Magengrube endgültig zu Boden gehen.

Plötzlich waren alle Benazzos auf der Tenne. Der bewusstlose Mann auf dem Boden war Franco, einer der Brüder Benazzo.

Hinter dem Schuppenfenster zeichnete sich bedrohlich eine Feuerzunge ab.

Agostina lief los, um die Tiere zu befreien, ehe der Brand sich auf den Stall ausweitete.

»Holt alle Decken, macht sie nass und werft sie aufs Feuer«, befahl Luigi.

Agostina begann, Wasser aus dem Brunnen hochzuziehen. Dann reichten sie die Eimer von einem zum anderen und kippten sie über den Flammen aus. Unterdessen brachte jemand die Decken. Agostina tränkte sie mit Wasser, und alle begannen, die Feuerzungen zu löschen.

Folgendes war geschehen: Nachdem Franco den Abend in der Dorfwirtschaft verbracht hatte, war er so betrunken zum Gutshof zurückgekehrt, dass er die Haustür nicht gefunden hatte. Er war in den Schuppen gegangen, überzeugt, dass er in seinem Zimmer war. Dort hatte er sich auf einem alten Tisch ausgestreckt, den er für sein Bett hielt. Dann hatte er sich eine Zigarre angezündet, die ihm aus der Hand gefallen war und dabei Holzspäne und Stroh in Brand gesteckt hatte.

Luigi, der in der Scheune schlief, war aufgewacht, als er die schwankenden Schritte auf der Tenne gehört hatte. Er hatte sich sofort gedacht, das es Franco sein musste, weil die Hunde winselten anstatt zu bellen. Dennoch war er misstrauisch geworden, als er das Knarren der Schuppentür gehört hatte anstelle der Haustür.

Also war er heruntergekommen, wo er sofort den beißenden Geruch des Rauchs wahrnahm. Er riss die Schuppentür auf und entdeckte seinen Bruder schnarchend auf dem Tisch. Er hob ihn hoch und schleppte ihn hinaus auf die Tenne. Dabei wachte Franco auf, erkannte seinen Bruder jedoch nicht. Er war so betrunken, dass er Luigi für einen Angreifer hielt und ihm einen Faustschlag aufs Kinn verpasste. Das hatte zu einer Rauferei geführt, die Luigi schnell mit einem kräftigen Schlag beendete, während er losbrüllte, um die Familie herbeizurufen.

Ernesta, Francos Frau, die den armen Kerl ohnmächtig danieder liegen sah, hatte begonnen, auf Luigi zu schimpfen: »Verräter, du hast ihn bewusstlos geschlagen!«

Die Kinder, denen verboten war, das Haus zu verlassen, bildeten hinter den Fenstern einen Wald aus neugierigen Gesichtchen, die das ungewohnte Schauspiel beobachteten.

Derweil holte Agostina weiter Wasser aus dem Brunnen. Wenn ein Eimer voll war und an der Kette schaukelte, packte sie den Henkel und gab ihn den anderen.

Als sie erneut einen Eimer hob, verspürte sie plötzlich ein Reißen im Bauch. Sofort übermannte sie ein heftiger Schmerz in der Lendengegend. Sie stieß ein Klagen aus und brach zusammen.

Die Familie konnte das Feuer bezwingen. Agostina brachten sie sofort ins Krankenhaus, wo sie jedoch eine Fehlgeburt erlitt. Der Schreck und die Anstrengung dieser Nacht hatten ihr Kind das Leben gekostet.

Giacomo hatte sie in der Kalesche ins Krankenhaus gefahren, wobei er das Pferd zu einem halsbrecherischen Galopp angetrieben hatte.

Obwohl es mitten in der Nacht war, wurde Agostina sogleich behandelt.

Später sprach der Arzt, der eine Ausschabung der Gebärmutter vorgenommen hatte, mit Giacomo. »Es wäre ein Junge geworden«, sagte er. »Ihr Bauern habt einfach keinen Respekt vor euren Frauen. Die Ärmste hat jetzt hohes Fieber. Geh ihre Sachen holen. Könnte sein, dass sie die Nacht nicht überlebt, wenn die Entzündung nicht abklingt.«

Giacomo sah den Mann an, der ihm fürchterliche Angst einflößte. Er hatte die Bedeutung seiner Worte nicht begriffen.

»Respekt habe ich. Mehr als genug. Das war wegen dem Brand. Die Kleider habe ich jedenfalls hier. Ich kann sie sofort nach Hause bringen, ich muss nicht die Nacht abwarten«, stammelte er schüchtern.

»Ich habe gesagt, dass es ein Wunder wäre, wenn deine Frau die Nacht überlebt«, schleuderte ihm der Arzt brutal ins Gesicht.

Giacomo sank auf eine Bank im Korridor vor dem Saal mit den zwanzig Betten, wo Agostina ums Überleben kämpfte.

»Geh jetzt nach Hause. Hier kannst du sowieso nichts tun«, befahl der Doktor.

Giacomo schlich hinaus zu dem Pferd, das mit der Kalesche vor den Stufen des Krankenhauses stand. Er stieg auf den Kutschbock, wickelte sich in eine Decke, ließ den Kopf auf die Brust sinken und weinte. Seine Hände und seine Nase waren verbrannt, aber er spürte deswegen keinen Schmerz. Den einzigen Schmerz spürte er in der Magengegend, und der zerriss ihn förmlich. Er hätte nie gedacht, dass er wegen einer Frau jemals so leiden würde. Er dachte an ihre zierliche und dennoch kräftige Gestalt, ihr Gesicht mit den zarten Zügen, die schwieligen und starken Hände, die großen Augen mit dem durchdringenden Blick, die hinter die Dinge zu blicken vermochten. Agostina ist nicht dazu geboren, Mann und Kinder zu haben, dachte er.

Als die Nacht sich im Grauschleier eines eiskalten Morgens auflöste, stieg er von der Kalesche und warf die Decke über den Rücken des Pferdes. Er kehrte auf die Station zurück, die Agostina aufgenommen hatte.

Eine Nonne mit weißer Haube kam auf ihn zu.»Deine Frau ist wie eine Katze. Sie hat sieben Leben«, sagte sie lächelnd. »Danke unserem Herrn und geh in die Kirche, um eine Kerze anzuzünden.«

Nun kam ihm wieder in den Sinn, was seine Frau ihm über ihre Geburt erzählt hatte: »Ich war spindeldürr. Anfangs hat Mutter gedacht, dass ich nicht lange leben würde. Aber wie du siehst, bin ich noch da.«

Sie behielten Agostina viele Tage im Krankenhaus. Bevor Giacomo sie auf den Hof zurückbrachte, ermahnte der Doktor ihn: »Schone sie wenigstens ein Jahr. Vorher würde sie keine zweite Schwangerschaft überstehen.«

Giacomo nickte glücklich. Zu Weihnachten brachte er dem Arzt zum Dank einen Masthahn. Agostina verbrachte den Winter indessen neben dem Feuer. Sie nähte, strickte, hörte den Kindern zu, wie sie Luigi ihre Lektion aufsagten und lernte ebenfalls etwas dabei. Wortlos ertrug sie die Sticheleien ihrer Schwiegermutter, die keinen Vorwand ausließ, um immer wieder zu sagen: »Manche Frauen taugen zu nichts. Nicht mal zum Kinderkriegen.«

Als der Frühling kam, erwachte nicht nur die Erde, sondern auch sie. Sie hatte jede Menge Energie gespeichert und wollte endlich wieder arbeiten.

Agostina fühlte sich gut. Sie hatte sich noch nie besser gefühlt.

Manchmal dachte sie an das Kind, welches das Schicksal ihr verweigert hatte, bis sie mit unbarmherziger Aufrichtigkeit in sich hineinhorchte und zu dem Schluss kam, dass sie es nie gewollt hatte. »Ich bin nicht zur Mutter geboren«, stellte sie mit Bestürzung fest.

Es wurde Mai, eine Musikgruppe kam zum Marienfest auf den Hof, und auf der Tenne wurde gefeiert. Widerspenstig wie immer entwischte Agostina ihrem Mann und den anderen Gästen, die sie zum Tanz aufforderten. »Ich kann nicht tanzen«, entschuldigte sie sich und entfloh vor der kollektiven Heiterkeit, die sie traurig machte, ohne dass sie gewusst hätte, warum. Sogar Maina d'fer, die mehr als sonst getrunken hatte, hatte zu tanzen begonnen und dabei ein ungeahntes Talent enthüllt. Agostina hatte sich zurückgezogen, war zur Scheune gelaufen und die Sprossenleiter hochgeklettert. Dort oben warf sie sich in den Heuhaufen, der beruhigend duftete: nach Erde, Gras, sonnengetrocknetem Laub und nach ihrem Schwager Luigi. Sie hob einen Arm vor ihr Gesicht und weinte. Das letzte Mal, als sie geweint hatte, war sie sieben Jahre alt gewesen. Damals hatte man sie als Kuhhirtin in die Berge geschickt.

Da berührte eine raue Hand ihren Arm. Luigi hatte sich neben sie gelegt. Sie spürte seinen Atem, der nach Pfefferminz duftete. Sie barg ihr Gesicht an seiner Brust, und nun sprudelten alle Tränen hervor, die sie jahrelang unterdrückt hatte. Ihr hartes Herz schmolz wie ein Schneeball in der Sonne. Sanft küsste ihr Schwager ihr Gesicht, und dann geschah das Wunder. Agostinas Schoß nahm diesen freundlichen und Vertrauen einflößenden Mann auf, und es war, als explodierten um sie herum tausend Feuerwerkskörper voller Lichter und Farben.

»Mein Gott, was hab ich nur mit dir gemacht!«, flüsterte Luigi und zog sie eng an sich.

Agostina dachte: Ich bin verliebt.

Auf der Tenne tanzten und lachten sie immer ausgelassener. Niemand nahm von ihrer Abwesenheit Notiz.

30 Sie waren nicht stolz auf ihre Liebe, die sie im Verborgenen auslebten, wohl wissend, dass sie sich versündigten.

»Ich komme mir elend vor«, sagte Luigi mehrere Male. »Ich habe Schuldgefühle gegenüber meiner Frau, die meine Untreue nicht verdient hat. Genauso gegenüber Giacomo, der fast zwanzig Jahre jünger ist als ich und für den ich einst wie ein Vater war.«

Die achtzehnjährige Agostina, die ihren Gefühlen ausgeliefert war, gestand ihm eines Tages: »Ich bin nicht für Giacomo gemacht und hätte ihn nicht heiraten dürfen. Warum hast du nicht auf mich gewartet?«

»Wie hätte ich das machen sollen? Als du geboren wurdest, war ich dreiundzwanzig. Ich war längst ein Mann.«

»Aber du hast noch weitere zehn Jahre gewartet, ehe du geheiratet hast.«

»Agostina, was für einen Unsinn reden wir da? Und was für Fehler begehen wir? Ich könnte dein Vater sein, stattdessen sind wir nun ein Liebespaar. Meine Frau und mein Bruder haben das alles nicht verdient.«

»Du hast Recht. Lass uns hier aufhören, Luigi. Früher oder später werden sie uns erwischen, und das wird ein schlimmer Augenblick für mich und alle Benazzos sein.«

Auch Agostina wurde von Schuldgefühlen gequält. Sie sah Giacomo zärtlich an und spürte, dass sie für ihn lediglich eine Art Geschwisterliebe empfand. Wohingegen die Liebe, die sie sich weder erträumt hatte noch hatte vorstellen können, ihr Herz schmelzen ließ und ihr ein Kribbeln im Magen verursachte. Sie spürte keine Mühe, wenn sie gebeugt und unter der sengenden

Sonne die Erde bearbeitete. Ihre Augen suchten Luigi. Wenn sie Luigi sah, war sie beruhigt. Genauso erging es ihm. Er machte die zierliche und kräftige Gestalt seiner Schwägerin am äußersten Ende der Felder aus, auch wenn sie kaum zu erkennen war. Die Lust, aufeinander zuzulaufen und beim anderen Schutz zu suchen, wurde allmählich unwiderstehlich. Aber beide wussten, dass das Land hundert Augen hat, auch wenn man glaubt, keine Menschenseele sei in der Nähe. Das Verlangen nach dem anderen wurde heftiger, und beide mussten sich schrecklich zusammenreißen, um es zu bekämpfen.

Eines Abends, während Agostina am Fenster Teller spülte und Luigi draußen vor dem Fenster die Sicheln schliff, hörte sie, wie er leise nach ihr rief.

Die Familie war draußen auf der Tenne, ein paar Nachbarn waren zu Besuch gekommen.

»Ich habe einen Ausweg gefunden«, sagte er.

Giacomo saß am Küchentisch und führte die Liste der Lohnarbeiter. Agostina näherte ihr Gesicht dem Fenstergitter, ohne ihre Arbeit zu unterbrechen. Ihr Herz hatte angefangen zu rasen.

»Zwei Freunde aus Alba haben ein Grundstück in Argentinien gekauft. Sie fahren Ende des Monats los. Ich muss nur noch die Papiere fertig machen. Ich gehe nämlich mit ihnen«, flüsterte er.

Am liebsten hätte sie gesagt: »Ich komme mit dir.« Doch sie senkte den Kopf über die Tellerstapel und dachte, dass es der einzige Weg für sie beide sei.

»Ich warte heute Nacht auf dich«, schloss er.

Sie begann wieder, energisch die Teller mit Asche zu schrubben. Als sie die Küche aufgeräumt hatte, trocknete sie sich die Hände an der Schürze ab und schickte sich an, hinauszugehen.

»Wohin willst du?«, fragte Giacomo, der von seinem Heft aufblickte.

Agostina zuckte zusammen. In Gedanken war sie weit fort gewesen, doch die Stimme ihres Mannes holte sie in die Wirklichkeit zurück.

»Ginetta geht es nicht gut. Ich sehe mal nach ihr«, erwiderte sie.
Ginetta, eine Kuh von einer alpinen Rasse, war trächtig. An
diesem Tag hatte sie nicht gefressen, und Agostina hegte den Verdacht, dass etwas nicht in Ordnung war.

»Ich komme mit dir«, sagte Giacomo und klappte das Heft zu.
Gemeinsam überquerten sie die Tenne, die vom Stimmengewirr
der Bauern widerhallte. Sie saßen im Licht der Sterne beisammen und erzählten sich die ewig gleichen Geschichten.

Das Paar betrat den Stall, wo die Tiere längst schliefen. Giacomo machte das Licht an, und sie näherten sich Ginetta, die sie
mit sanften Augen ansah. Sie bemerkten, wie die Rückenmuskeln
der Kuh erzitterten. Agostina streichelte ihr übers Maul.

»Sie hat ein bisschen Fieber«, stellte sie fest.

»Wir müssen morgen früh den Tierarzt rufen«, überlegte ihr
Mann.

»Bring mir Wasser. Sie muss trinken. Und eine Decke. Das Tier
braucht Wärme«, sagte sie.

Die beiden blieben eine Weile bei der Kuh und streichelten sie.
Im Lichtschein der Lampe hob sich das kräftige und strenge Profil von Giacomo vor einer Stallwand ab und warf einen riesigen
Schatten darauf. Agostina erschauerte, als hätte auch sie Fieber.
In Gedanken brachte sie eine endlose Reihe von Vorwürfen gegen sich selbst vor. Sie hätte so gern gewollt, dass er sie misshandelte, wie ihr Vater es getan hatte, um eine Rechtfertigung für
ihren Treuebruch zu haben. Stattdessen berührte er beinah unmerklich zärtlich ihre Hand, als wolle er ihr sagen: »Ich schätze
dich sehr.« Agostina fühlte sich schäbig, niederträchtig. Sie hatte
das Gefühl, die schlimmste aller Frauen zu sein, und dachte: Ich
habe nicht den Mut, ihn zu verlassen. Er verdient es nicht. Sie
wusste, dass Giacomo ihre Liebe zu Luigi niemals verstanden
hätte, denn sie selbst fand keine Worte, die zu erklären vermochten, warum sie sich verliebt hatte. Sie sah ihren Mann an, und in
einem Anflug beinahe mütterlicher Zärtlichkeit erklärte sie: »Ich
werde dich nicht verlassen.«

Offensichtlich verstand Giacomo sie nicht. »Ich werde bei Ginetta bleiben. Geh du nur schlafen«, erwiderte er.

Agostina lächelte ihm zu. Sie verließ den Stall und lief zur Scheune hinüber.

Dort wartete Luigi bereits auf sie. Er zog sie an sich und flüsterte ihr ins Ohr. »Ich bringe meine Familie nach Argentinien«, gestand er.

Sie nickte. Das war die einzig richtige Entscheidung.

»Aber heute Nacht, nur diese eine Nacht, bin ich noch dein«, fügte er hinzu. Er weinte, während er sie liebte, und seine Tränen vereinten sich mit den ihren, als sie auf ihr Gesicht fielen.

Die beiden waren so versunken, dass sie das Rascheln des Rocks auf der Sprossenleiter nicht bemerkten.

Maina d'fer hatte von der Tenne aus gesehen, wie ihre Schwiegertochter sich vom Stall entfernt hatte und zur Scheune gelaufen war. Sie war ihr gefolgt und beobachtete nun die beiden Körper, die einander suchten. Enttäuscht verzog sie das Gesicht. Dann stieg sie schweigend wieder herunter und schlüpfte ins Haus. Sie ging ins Bett und dachte, dass es besser wäre, zu vergessen, was sie gesehen hatte.

Aber sie schaffte es nicht. In den folgenden Tagen ließ sie Agostina nicht aus den Augen und sah sie in einem neuen Licht. Wenn ihr Luigi, so reif, so vertrauenswürdig und aufrichtig, ihretwegen den Kopf verloren hatte, dann musste diese Schwiegertochter etwas Besonderes haben, was nicht nur von ihrer Charakterstärke herrührte. Vielleicht war etwas an Agostina, was ihr bisher entgangen war. Luigi war ein nachdenklicher Mensch. Er hatte recht spät geheiratet und seine Wahl reiflich überlegt. Mit seiner sanftmütigen, aber nicht dummen Frau hatte er sechs Kinder gezeugt und sich dann zurückgezogen. Nicht nur seinetwegen, sondern aus Rücksicht auf seine Frau. Er kümmerte sich um seine Kinder, wie ihre anderen Söhne es nicht taten. Für ihn waren sie nicht bloß billige Kräfte für die Feldarbeit. Er bemühte sich, auch ihre geistigen Fähigkeiten zu entwickeln. Was zog ihn nur so sehr zu Agostina hin, dass er geweint hatte wie ein Kind?

Maina d'fer war verwirrt. Sie würde niemandem davon erzählen. Nie würde sie dieses heikle Geheimnis verraten. Aber sie war besorgt. Sie konnte das Unglück förmlich riechen. Die Kräuter, die sie von der Hexe bekommen und im Kamin verbrannt hatte, um den Teufel zu vertreiben, hatten nichts genützt. Am Sonntagmorgen sah sie ihren beiden Söhnen, dem ältesten und dem jüngsten, voller Sorge nach, als sie sich mit Axt und Säge in Richtung Buchenhain entfernten, um Holz zu machen.

Agostina winkte den beiden von der Stalltür aus zu. Dann ging sie wieder hinein, um Ginetta zu versorgen, die auf dem Weg der Besserung war.

Es wurde Mittag. Im Bauernhaus erklangen die Schreie von Giacomo, der atemlos zur Tenne gerannt kam.

»Luigi ist vom Baum gefallen. Geht und ruft den Doktor.« In Windeseile holte er die Kalesche aus der Remise, und Agostina half ihm, das Pferd anzuspannen.

Maina d'fer schloss die Augen und flüsterte: »Das Unglück ist da.« Dann befahl sie dem Sohn: »Lauf du ins Dorf, um den Arzt zu holen. Du findest die anderen in der Kirche.«

Giacomo schwang sich aufs Fahrrad, während Agostina auf die Kalesche stieg und die Zügel nahm. Ihre Schwiegermutter setzte sich neben sie.

Sie hielten auf den Buchenwald zu. Dort angelangt, konnten sie sofort den Weg erkennen, den die beiden Männer eingeschlagen hatten. Kurz darauf entdeckten sie einen Stapel geschnittenes Holz und stiegen von der Kalesche. Zwischen den Bäumen begann die junge Frau zu laufen. Maina folgte ihr langsam. Sie hatte keine Eile, es zu sehen.

Da drang der verzweifelte Schrei ihrer Schwiegertochter zu ihr herüber.

Luigi lag rücklings auf dem Boden wie eine Marionette, deren Arme und Beine ausgekugelt waren. Der Ast, auf den er geklettert war, war offenbar plötzlich durchgebrochen, und er war in die Tiefe gestürzt. Durch die Rinde hing der Ast noch am Baum. Die junge Frau beugte sich über den Mann, streichelte sein erloschenes Gesicht und flüsterte ihm unter Tränen süße Worte zu.

»Du bist noch früher gegangen, als ich dachte, und hast mich allein gelassen«, klagte sie.

»Lass ihn wenigstens jetzt in Frieden«, sagte Maina mit fester Stimme.

Die Tage vergingen. Luigi hatte eine Leere hinterlassen, die selbst die Kinder spürten. Doch nicht nur sie waren ruhiger geworden, auch der Klatsch hatte aufgehört, und all die kleinen Fehden waren beigelegt worden. Eines Abends stieg Agostina auf den Heuboden und blieb dort, um Trost in ihren Erinnerungen zu suchen. Kurz darauf sah sie ihre Schwiegermutter, die oben auf der Leiter stand.

»Es wäre an der Zeit, dass du deinen Mann aufsuchst«, mahnte die Alte sie. »Du weißt schon, was ich meine. Er hatte Anweisung, dich bis zum Herbst zu schonen.«

»Warum sollte ich?«, fragte Agostina.

»Du hast diesen Monat deine Periode nicht bekommen«, erinnerte Giacomos Mutter sie und kniff verbittert die Lippen zusammen.

Ihre Schwiegertochter sah sie verwirrt an. »Das ist mir gar nicht aufgefallen«, sagte sie.

»Mir schon. Ich schreibe mir die Daten aller meiner Schwiegertöchter auf. Schließlich will ich wissen, wann ein Enkel kommt«, erklärte sie und sah der jungen Frau in die Augen. »Es wäre gut, wenn dein Kind von Giacomo wäre.«

31 Agostina machte sich auf den Weg in den Buchenwald, als der Morgen anbrach. Sie vernahm das letzte Singen eines Käuzchens. Das Geräusch ihrer Schritte ging dem Erwachen der Amseln, Lerchen und Spatzen voraus, die verärgert begannen, Lärm zu schlagen. Unsicher bewegte sie sich über das noch im Dunkeln liegende Terrain, wobei sie mehrmals stolperte. Dann entdeckte sie den Stoß Holz, das Luigi und Giacomo am Tag des Unglücks gehackt hatten. Bisher hatte ihn noch niemand zum Haus gebracht. Sie lief noch ein paar Meter weiter, dann blieb sie stehen. Der Himmel wurde allmählich heller. Sie hob den Blick und erkannte den Baum, von dem Luigi heruntergefallen war. Sie streichelte den Stamm und legte das Ohr an die Rinde, fast als wolle sie das Atmen der verletzten Pflanze hören. Dann berührte sie die Blätter des großen Astes, der unter Luigis Gewicht gebrochen war. Die Rinde hielt ihn immer noch fest und hinderte ihn daran, sich zu lösen.

Nun ging sie in die Hocke und tastete mit den Händen den Boden ab. Bald schon fand sie die sanfte Kuhle, die sich dort gebildet hatte, wo Luigi gestürzt war. Sie setzte sich im Schneidersitz auf die Stelle. Die weiche Erde war wie ein großes Kissen, noch feucht vom Morgentau. Sie legte die Hände auf die Knie und schloss die Augen. Langsam atmete sie die Luft ein, die nach Wald duftete. Seit Tagen drückte der Schmerz wie ein Stein auf ihre Brust, und sie litt furchtbar.

»Wir werden ein Kind haben«, flüsterte sie.

Der Geist des geliebten Mannes war da. Sie spürte ihn mit allen Sinnen und wusste, dass er ihr zuhörte. Deshalb war sie in den

Wald gegangen. Luigi sollte wissen, dass ein Teil von ihm noch lebte. Sie spürte einen Lufthauch um ihre Schultern und dachte, dass er sie umarme. Agostina begann einen langen Monolog an Luigi und erzählte ihm, dass sie als Kind den Geist des Windes kennen gelernt und ihn sich zum Freund gemacht habe. Damals hatte der Wind sie gelehrt, sich von ihrer Angst zu befreien. Man musste sie nur aus sich herauskriechen lassen und dann fest an den Ast eines Baumes binden.

»Jetzt muss ich mich von dem Schmerz über deinen Verlust befreien«, verkündete sie ihm.

Sie ließ den Schmerz langsam aus ihrer Brust gleiten und band ihn an den zerbrochenen Ast. Anschließend lächelte sie: »Jetzt geht es schon besser. Unser Kind soll nur mein Lächeln kennen lernen. Ich werde ihm viel von dir erzählen. Auch von den Gefühlen, die du aus einem vertrockneten Herzen wie dem meinen hast sprießen lassen. Es wird dir ähnlich. Jedes Mal, wenn ich es umarmen werde, wird es sein, als würde ich dich umarmen. Es wird deine Stimme, dein Gesicht und deine Kraft haben, und es wird mich beschützen. Ich habe dich sehr geliebt, Luigi. Lebe wohl, mein Liebster.«

Sie nahm eine Hand voll feuchter Erde, eine Masse aus Laub, Schimmelpilzen, Rinde und Moos, und rieb sich damit das Gesicht ein.

»Sieh nur, wie tief du gesunken bist. Du siehst aus wie eine Hexe.« Die Stimme gehörte Giacomo, der plötzlich vor ihr stand, die Hände in den Hosentaschen.

»Ich war verliebt in ihn«, gestand Agostina und sah mit tränenerfüllten Augen zu ihm hoch.

»Schweig«, befahl er mit brüchiger Stimme.

Sie erhob sich und wischte sich die Erde aus dem Gesicht. »Du hast es gewusst«, sagte sie ruhig.

»Ich brauchte nur zu sehen, wie du ihn angesehen hast und er dich. Ich hätte blind sein müssen, um es nicht zu bemerken.« Er hatte sich an den Stamm der Buche gelehnt, eine halbe Toscano-

Zigarre aus der Tasche geholt und sie angezündet. Durch seine Lippen stieß er eine Wolke bläulichen Rauches aus. Die Sonne war aufgegangen, und die ersten Strahlen erleuchteten das Unterholz.

Agostina spürte, wie eine quälende Melancholie sie durchbohrte. Ein Sonnenstrahl drang durch den bläulichen Zigarrenqualm und erinnerte sie an die rauchigen Lichter der Manege eines Wanderzirkus, der sich für ein paar Tage direkt vor dem Dorf niedergelassen hatte. Giacomo hatte sie mit in die Vorstellung genommen. Es gab keine wilden Tiere und auch keine dressierten Pferde, sondern nur Seiltänzer und Possenreißer. Der Trommelwirbel, das Funkeln der Kostüme, die Stimme des Zirkusdirektors untermalten die Vorführungen der Akrobaten, Jongleure und Clowns, die dem Publikum großzügig ihre Nummern darboten. Sie waren Kinder, Mädchen, junge Männer und Alte, die sich nicht schonten. Unter der dicken Schicht Schminke, die sie grotesk wirken ließ, um die Leute zum Lachen zu bringen, hatte Agostina die Traurigkeit eines unsteten Lebens wahrgenommen. Ebenso erkannte sie die außergewöhnliche Fähigkeit, im Tausch gegen Applaus, Gelächter und ein bisschen Kleingeld Herz, Kraft und Verstand zu geben. Am nächsten Tag, als der Zirkus sein Zelt abbaute, hatte sie einen Korb mit Eiern und Gemüse vorbeigebracht. Sie hatte ihn auf die Holztreppe eines Wagens gestellt und war schnell davongelaufen.

Nun, inmitten der Buchen, sah sie ihren Mann an. Sie dachte an seine unendliche Geduld, daran, wie er sie im Krankenhaus umsorgt hatte und wie er sie monatelang geschont hatte. Nie ein Vorwurf, nie eine ungeduldige Geste. Und nun sagte er ihr, dass er von ihrer Liebe zu Luigi gewusst und dennoch geschwiegen hatte. Er hatte ihr alles gegeben, ohne etwas dafür zurückzuverlangen. Sie war nie in ihn verliebt gewesen, doch in diesem Moment liebte sie ihn aus tiefstem Herzen.

»Ich verdiene dich nicht«, flüsterte sie.

Giacomo lächelte sie an.

»Warum hast du mich nicht aufgehalten, als du die Möglichkeit dazu hattest?«, fragte Agostina.

»Ich habe es versucht. Doch du hast es nicht einmal gemerkt«, gestand er trostlos.

»Verzeih mir«, bat sie. Sie streckte eine Hand aus, um sein Gesicht zu streicheln. Aber ihr Mann hinderte sie daran, packte sie am Handgelenk und drückte so fest zu, dass er ihr weh tat.

»Du bist eine Hure!«, beschimpfte Giacomo sie.

Agostina zuckte zusammen, als hätte sie ein Peitschenhieb getroffen, während ihr Mann sie voller Verachtung ansah. Sein plötzlicher Sinneswandel verwirrte und verletzte sie. Sie hatte sich nie als Hure betrachtet, denn Huren waren Frauen, die sich prostituierten. Das hatte sie nicht getan. Sie hatte sich ihm aus Schwäche hingegeben und ihn dann aus Notwendigkeit geheiratet. Zwar hatte sie ihm versprochen, ihm immer eine gute Ehefrau zu sein, doch sie hatte ihr Wort nicht gehalten, weil sie sich in ihren Schwager verliebt hatte. Sie wusste, dass sie gesündigt hatte, aber sie war keine Hure. Wieder hörte sie die Mahnung ihrer Schwiegermutter: »Es wäre an der Zeit, dass du deinen Mann aufsuchst.« Die Worte waren beinahe ein Befehl gewesen, dem sie nicht nachgekommen war. Nach Luigis Tod hatte sie sich wie eine Witwe gefühlt. Sie konnte keinen anderen Mann in ihrem Schoß empfangen, auch nicht ihren Ehemann.

Sie blickte Giacomo stolz an. »Das ist eine Beleidigung, die ich nicht verdient habe«, flüsterte sie leise. »Wie deine Mutter immer gesagt hat, ich bin keine unterwürfige Frau. Gott weiß, wie gern ich es gewesen wäre. Damit hätte ich mir vieles ersparen können. Ich bin auch nicht undankbar, selbst wenn es den Anschein hat. Giacomo, ich liebe dich, ob du es glaubst oder nicht. Aber ich kann nicht mehr deine Frau sein.«

Ihr Mann schlug sie mit voller Wucht auf die Wange, woraufhin Agostina das Gleichgewicht verlor und fiel. Aggressivität war ihm normalerweise völlig fremd.

»Du bist keine Frau, du bist ein Dämon«, sagte er und richtete seine Zigarre auf sie, als wollte er sie damit durchbohren. Seine Augen waren rot und glänzten. Plötzlich flüsterte er heiser: »Luigis Tod wird für immer auf deinem Gewissen lasten, ebenso wie auf meinem.«

Die Frau wich bestürzt zurück. Giacomo jagte ihr mit einem Mal Angst ein.

»Was willst du damit sagen?«, fragte sie leise und hoffte, dass er nicht antworten würde.

»Auch Kain hat seinen Bruder nicht aus reiner Lust am Töten ermordet. Er ist über die Grenzen des Statthaften hinaus provoziert worden, und anschließend hat er es bereut. Hast du jetzt verstanden?«

Ein Sonnenstrahl fiel ihr direkt in die Augen. Agostina senkte den Kopf und hielt sich die Ohren zu. »Luigi ist vom Baum gefallen«, schrie sie aus vollem Halse. Sogleich erklang verzweifeltes Flügelschlagen. Die Vögel waren erschrocken und flogen auf. Dann herrschte Stille.

»Hure!«, beschimpfte Giacomo sie und trat gegen den Stamm des beschädigten Baumes.

Agostina stand auf und sah ihn eisig an. »Ich bin schwanger von deinem Bruder«, sagte sie mit fester Stimme.

Ihr Mann trat die Zigarre aus, dann ging er davon, die Hände in den Taschen. Seine Schultern bebten, und sie hörte ihn, halb lachend, halb weinend, sagen: »Keiner wird behaupten können, dass es nicht mein Fleisch und Blut ist.«

Agostina spürte ein Kneifen im Unterleib. Sie dachte, dass eine schwangere Frau Zufriedenheit an ihr Kind weitergeben sollte, doch sie strahlte nichts als Verzweiflung aus. Also erinnerte sie sich an das, was ihre Mutter einmal gesagt hatte: »Eine schwangere Frau ist heilig. Wer sie beleidigt, begeht eine Sünde, denn das Kind wird sein ganzes Leben lang die Folgen tragen.«

32 Im matten Licht der Abenddämmerung konnte Agostina ihre Schwestern mit deren Ehemännern ausmachen. Sie saßen mit dem Rest der umfangreichen Familie auf Holzbänken unter der Laube. Die Kinder tollten um die Erwachsenen herum und spielten Verstecken. Die junge Frau blieb im Schatten einer Weide stehen, die ihren Schopf bis auf die Wasseroberfläche eines Baches herabneigte. Sie stellte den Kunstfaserkoffer, in den sie Kleider und Betttücher gepackt hatte, auf die Erde. Es war nicht leicht, vor all diese Leute zu treten und um ein Bett zu bitten, weil sie nicht wusste, wo sie hin sollte.

Die Hunde mussten ihre Gegenwart bemerkt haben, denn auf einmal stürzten sie ins Freie. Agostina sah sie die Tenne überqueren und kläffend auf sie zulaufen. Rasch nahm sie einen am Ufer liegenden Stein und warf nach ihnen. Aber davon ließen sich die Tiere nicht beeindrucken. Da pfiff jemand. Die Hunde blieben vor ihr stehen und begannen nun, bedrohlich zu knurren. Ein alter Mann, den sie nicht kannte, erhob sich von der Bank und kam in ihre Richtung. Sie rührte sich nicht, denn sie wusste, dass die Hunde auf sie losgehen würden, sobald sie einen Schritt machte.

Der Mann erblickte sie und sah sie schief an. »Was willst du hier?«, fragte er.

»Ich suche Gianna und Pierina, meine Schwestern«, sagte sie.

Die Kinder hatten aufgehört zu spielen und sich hinter dem Mann aufgestellt, der mit einer Handbewegung die Hunde fortschickte.

Ein kleines Mädchen trat vor. »Du bist Tante Agostina«, rief es.

Die Kleine errötete vor Aufregung und lief ihre Mutter suchen. Sie war die älteste Tochter von Gianna.

»Na dann los! Komm schon!«, forderte der Griesgram sie in einem Tonfall auf, der wohl herzlich klingen sollte.

Endlich kamen ihr Gianna und Pierina entgegen und fuchtelten mit den Armen, um ihre Überraschung darüber kundzutun, unerwartet ihrer Schwester gegenüberzustehen, die sie seit deren Hochzeit nicht mehr gesehen hatten. Sie fragten nicht, wie es ihr gehe, sondern erkundigten sich nur abwehrend: »Was ist passiert?«

Agostina musterte sie eingehend. Sie waren beide wieder schwanger. Pierina hatte bereits drei Kinder, Gianna nur zwei.

»Wie hat die Kleine mich erkannt?«, fragte die junge Frau, statt zu antworten.

»Sie ist eben ein Schlaufuchs. Sie hat dich auf einem Foto gesehen«, erklärte Gianna. Dann ging sie zu ihrer Schwester und umarmte sie. »Ich rieche Schwierigkeiten«, sagte sie.

Der alte Mann näherte sich, nahm Agostinas Koffer und entfernte sich in Richtung Bauernhaus.

»Du warst immer schon seltsam. Was hast du diesmal angestellt?«, wollte Pierina wissen und sah sie misstrauisch an.

Ihre Schwestern waren nicht gerade glücklich darüber, sie zu sehen, und sie gaben sich nicht sonderlich Mühe, es zu verbergen. Von Zeit zu Zeit hatten sie einander geschrieben, aber keine von ihnen hätte die fünfzig Kilometer zurückgelegt, um ihre jüngere Schwester zu besuchen. Reisen war ein Luxus, der besonderen Anlässen vorbehalten war: Hochzeiten oder Beerdigungen.

»Mir steht nicht der Sinn nach so vielen Menschen«, flüsterte Agostina und wies auf die im Freien versammelte Familie. »Ich möchte eigentlich nur ein paar Tage bleiben«, fuhr sie fort und sah ihre beiden Schwestern flehend an.

»Unser Schwiegervater hat deinen Koffer schon mitgenommen. Das bedeutet wohl, dass du bleiben kannst«, beruhigte Gianna sie.

193

Zu dritt machten sie sich auf den Weg zum Haus. Agostina trug ihr Sonntagskleid aus grauer Seide und hatte das Haar im Nacken zu einem Knoten gebunden. Die Sonnenbräune in ihrem Gesicht verbarg ihre Müdigkeit, die man dennoch an ihrem Blick erriet.

Als ihre Schwager sie erkannten, lächelten sie ihr zu und boten ihr ein Glas Wein an. Die anderen Verwandten und ihre Kinder erwarteten offensichtlich eine Erklärung.

»Ich gehe nicht mehr zu den Benazzos zurück«, verkündete sie schließlich.

Ihr Koffer stand vor der Tür des Hauses, einem Bauernhof, der jenem, den sie gerade verlassen hatte, sehr ähnelte.

Niemand machte eine Bemerkung. Je weniger sie wussten, um so weniger hatten sie mit der ganzen Sache zu tun. Dennoch las Agostina in den Augen aller eine deutliche Missbilligung. Eine Frau, die ihren Mann verließ, hatte man noch nie gesehen. Kein noch so schlimmer Grund konnte ein solches Verhalten rechtfertigen. Niemand, nicht einmal die Frauen, zogen den Schmerz in Betracht, den Agostina in sich trug. Gefühle waren eine Extravaganz, die sie sich nicht erlauben konnten.

»Du wirst bei einer deiner Schwestern schlafen«, sagte eine alte Frau, wohl die Schwiegermutter der beiden.

Pierina sah ihren Mann an, der sofort nickte. Er würde in der Scheune schlafen müssen.

»Danke«, flüsterte Agostina.

»Dann gehen wir jetzt schlafen. Es ist spät geworden«, befahl der Schwiegervater.

Kurz darauf standen die drei Schwestern gemeinsam in Pierinas Zimmer, wo das letztgeborene Kind von anderthalb Jahren in der Holzwiege strampelte.

»Also?«, fragte Gianna. Sie war bereits im Nachthemd und aus ihrem Zimmer entwischt, um ihren Schwestern noch kurz Gesellschaft zu leisten.

»Ich habe heute in aller Frühe den Überlandbus genommen.

Als ich im Dorf angekommen bin, konnte ich mich nicht recht entschließen. Ich bin zu Fuß hergekommen und habe überall herumgefragt, wo ihr seid. Es ist keine schöne Geschichte, die ich mit mir herumtrage«, gestand Agostina. Sie hatte keine Lust zu erzählen, auch wenn sie wusste, dass sie ihren Schwestern eine Erklärung schuldete.

Pierina hatte ihre Kleider akkurat gefaltet und über eine Stuhllehne gelegt. Nun löste sie ihren Dutt und legte die Haarspange aus Schildpatt auf die Marmorplatte des Nachtschränkchens. Die Öllampe auf der Kommode verbreitete ein gelbliches Licht. Agostina saß noch angezogen auf der Bettkante.

»Haben sie dich davongejagt?«, erkundigte sich Pierina.

»Ach was! Weggelaufen bin ich. Sie wissen noch nicht einmal, dass ich hier bin«, erwiderte sie.

»Warum?«, fragte Gianna ungeduldig.

»Ich bin schwanger, und das Kind ist nicht von Giacomo«, verkündete Agostina und hätte am liebsten hinzugefügt: Da ist noch eine andere Sache, aber sie ist zu schlimm, als dass man darüber sprechen könnte.

Schweigen legte sich über die drei Schwestern. Dann bekreuzigten sich Gianna und Pierina und beteten gemeinsam: »Oh, lieber Herrgott, steh all jenen bei, die allein sind. Und dem, der deine Gesellschaft verschmäht, gib einen Tritt in den Hintern. So sei es.« Das war ein uraltes Gebet, das auch eine Bestrafung derjenigen vorsah, die sich den Regeln widersetzten.

»Ich weiß, was ihr jetzt denkt: dass ich eine Hure bin«, flüsterte Agostina.

Pierina sagte nichts.

»Du warst immer schon seltsam. Aber eine Hure warst du nicht«, sagte Gianna unerwartet, was fast einer Absolution gleichkam. In der Tat fügte sie hinzu: »Aber das sind Dinge, die sich nur Damen erlauben dürfen, wie die Herzogin Ludovica, die Frau vom Grafen Cesare Soria. Sie ist von einem Offizier geschwängert worden. Der Graf hätte sie trotzdem behalten, aber sie ist mit dem

Offizier durchgebrannt. Jetzt lebt sie in Rom und ist immer noch eine Grande Dame. Frauen wie wir müssen dagegen gottesfürchtig sein, sonst respektiert uns niemand.«

»Was hast du dir nur dabei gedacht, Giacomo zu betrügen?« Pierina hatte eine sanfte Art, Fragen zu stellen, die sehr an ihre Mutter erinnerte.

»Ich habe mir gar nichts dabei gedacht. Das ist eine Sache, die vom Herzen ausging«, erwiderte Agostina aufrichtig. »Ich weiß noch, wie wir Kinder waren. Ihr habt es manchmal fertig gebracht zu lächeln. Ich nicht. Ich war immer traurig. Mein Leben war genau wie eures, dennoch wart ihr manchmal glücklich. Darum habe ich euch oft beneidet. Ich kann mich nicht an eine einzige sorglose Stunde erinnern, und zwar von meiner Geburt bis zu meinem neunzehnten Lebensjahr. Dann ist eines Tages unbemerkt die Liebe auch zu mir gekommen, und sofort war es eine reine Freude. Ein Wunder, das ich gar nicht glauben konnte. Wieder und wieder habe ich mir gesagt: Das passiert mir, ausgerechnet mir. Ich habe nicht nach dieser Freude gesucht, sie ist einfach so gekommen. Und ich war glücklich, wie keine von euch es je sein wird. Dann kam der Schmerz. Er ...«

Gianna führte den Satz für sie zu Ende: »Er ist abgehauen und hat dich in dem ganzen Schlamassel allein gelassen.«

»Er ist gestorben, ohne zu wissen, dass ich ein Kind erwarte. Meine Schwiegermutter wusste es und hat mir geraten, die Verantwortung einfach auf Giacomo zu übertragen. Aber ich habe es nicht fertig gebracht, mich so weit zu erniedrigen. Ich habe es meinem Mann gesagt. Die Benazzos wollen keine Skandale. Giacomo hätte das Kind als das seine betrachtet, aber ich wollte das Bett nicht mehr mit ihm teilen. Ich begehre ihn nicht. Ich habe ihn nie geliebt. Außerdem ...« Agostina sagte nichts mehr. Sie konnte niemandem, nicht einmal sich selbst, von der schrecklichen Enthüllung im Wald erzählen.

Sie knöpfte ihr Kleid auf, zog es aus und legte ein Nachthemd an, das sie aus dem Koffer holte.

»Und die Matratzen, die schönen aus Rosshaar, die wir dir von unserem Geld gekauft haben?«, fragte Pierina. Nun schienen plötzlich die Matratzen wichtiger als die Zukunft der Schwester.

»Ich konnte sie nicht mitnehmen«, entschuldigte sich Agostina.

»Du hast dein Leben für immer ruiniert, weil du so merkwürdig bist. Wir können den anderen unmöglich die Wahrheit erzählen. Das würde auch auf uns zurückfallen, obwohl uns keine Schuld trifft. Das ist keine Bosheit, Agostina. Es ist nur besser, wenn gewisse Dinge nicht herauskommen«, sagte die ältere Schwester.

»Ich habe euch nur darum gebeten, ein paar Tage hier bleiben zu dürfen. Dann bin ich wieder weg«, lenkte Agostina ein, wobei sie sich, erschöpft vor lauter Müdigkeit, aufs Bett fallen ließ. Sie wollte nicht an die Zukunft denken, sondern nur schlafen und das Kind ihres Geliebten in ihrem Schoß hüten. Schließlich konnte sie es ihren Schwestern nicht zum Vorwurf machen, dass sie ihre Gründe nicht nachvollziehen konnten, auch wenn sie die ihren verstand. Am nächsten Tag würde sie sich überlegen, was zu tun war, um ganz von vorne anzufangen. Sie gähnte.

»Aber die Betttücher habe ich mitgebracht. Nehmt sie, es sind eure.«

33 Der Zufall half ihr schließlich. Eines Tages rollte ein Lastwagen an dem Bauernhaus vorüber. Der Fahrer fuhr übers Land, um Frauen für die Umpflanzung von Reis in der Gegend von Tortona zu rekrutieren.

»Wenn Ihr mich nehmt, komme ich mit Euch«, sagte Agostina zu dem Mann.

Dieser sah ihre zierliche, aber kräftige Statur abschätzend an. Er hatte den gleichen Blick wie der Bauer, der sie damals als Kuhhirtin genommen hatte. Agostina dachte, dass gewisse Dinge im Leben sich immer wiederholten.

»Es sind vierzig Tage von heute an gerechnet«, informierte sie der Mann. »Der übliche Lohn plus vierzig Kilo Reis, wenn ich dich hierher zurückbringe.«

»Abgemacht«, entschied sie.

»Eine Matratze hast du?«, fragte der Anwerber.

Einige Frauen auf dem Lastwagen hatten eine zusammengerollte Matratze und eine Tasche mit Kleidung dabei. Agostina dachte an die Mitgift ihrer Schwestern, und beim Gedanken an die Enttäuschung der beiden darüber, dass sie sie bei den Benazzos gelassen hatte, brach sie in schallendes Gelächter aus. Früher oder später war alles immer nur eine Frage von Matratzen.

»Ich werde mir einen großen Sack mit Maisblättern füllen«, sagte sie.

Pierina drückte ihr den Koffer in die Hand. »Die Betttücher gehören dir«, bekräftigte sie. »Was machst du Mitte Juli, wenn das Umpflanzen und Jäten des Reises vorbei ist?«, erkundigte sie sich noch.

»Das Einzige, was ich gelernt habe: arbeiten«, erwiderte Agostina.

»Und was machen wir, falls dein Mann nach dir suchen sollte?«

»Sagt ihm von mir, dass mein Gewissen rein ist, seines aber schwarz wie das des Teufels. Das wird er verstehen«, entgegnete sie nur knapp, bevor sie auf den Lastwagen stieg, der schaukelnd davonfuhr.

Die Frauen stimmten ein Lied an, glücklich, dass sie einen sicheren Verdienst hatten.

Sie waren Bäuerinnen im Alter von fünfzehn bis dreißig Jahren, einige arbeiteten sonst auf bescheidenen Familiengütern, andere waren Lohnarbeiterinnen. Viele von ihnen ließen ihre Kinder zurück, die sie den Verwandten anvertrauten, um eine mörderische Arbeit aufzunehmen. Ihre Mütter und Großmütter waren auf den Reisfeldern krank geworden, einige gar gestorben. Das konnte leicht passieren, wenn die überaus zarte Pflanze in Sümpfen angebaut wurde, die von Malariamücken heimgesucht wurden. Dennoch gaben die Frauen diese zerstörerische Arbeit nicht auf. »Wenn man auch im Reisfeld nicht alt wird, im Elend stirbt man mit Sicherheit«, sagten sie, und jedes Jahr setzten sich erneut Hunderte dem Risiko aus.

Agostina hätte gern an der Euphorie ihrer Gefährtinnen teilgehabt und all ihre Gedanken, Fragen und Sorgen beiseite geschoben. Aber ihr Wille war nicht stark genug, um die Überhand über den Schmerz zu gewinnen. Sie betrachtete die Landschaft, die sich mit jedem Stück, das sie sich entfernten, veränderte.

»Du warst noch nie im Reisfeld, stimmt's?«, fragte eine Frau, die in ihrer Nähe saß. Sie hatte goldenes Haar und rieb sich gerade das Gesicht mit einer Pomade ein, die es ganz weiß machte.

Agostina schüttelte den Kopf.

»Ich heiße Betta. Ich bin jetzt dreißig und fahre seit meinem fünfzehnten Lebensjahr jeden Sommer zu den Reisfeldern. Als ich das erste Mal all diese überschwemmten Äcker gesehen habe, dachte ich, es sei das Meer. Ich hatte das Meer ja noch nie gesehen. Was haben die anderen gelacht hinter meinem Rücken! Hier kennt niemand das Meer«, sagte sie.

»Ich schon«, erwiderte Agostina.

Die Frau glaubte ihr sofort. »Wie ist es?«, fragte sie.

»Flach, wenn der Himmel schön ist. Und erschreckend bei Sturm. Ich bin viele Jahre zum Olivenpflücken nach Ligurien gefahren. Das Meer habe ich jedoch nur von weitem gesehen. Das Wetter war fast immer schlecht, und das Wasser hatte eine Farbe wie Blei. Es ist nicht schön, das Meer«, erklärte sie.

»Hast du Sonnenmilch?«, fragte Betta.

Agostina schüttelte wieder den Kopf.

»Du musst dich eincremen«, riet die nette Frau und reichte ihr eine Dose. Sonst sieht jeder gleich, dass du im Reisfeld warst, wenn du in dein Dorf zurückkommst. Du weißt ja, wie die Leute sind.« Nach einer kurzen Pause fügte sie hinzu: »Da, hier fängt unsere Wasserhölle schon an.« Sie zeigte auf riesige, unter Wasser gesetzte Gebiete, die sich im Licht des Sonnenuntergangs rot färbten. Sie waren komplett unterteilt von künstlich angelegten Deichen. »Wir sind fast da. Siehst du die roten Dächer da unten? Die gehören zum Mezzetta-Hof. Der Chef heißt Signor Ettore. Ein blonder Kerl, zwei Meter groß und gut gebaut. Er hat rosige Haut wie ein Pfarrer«, informierte Betta sie.

Kurz darauf fuhr der Lastwagen in den Hof. Während sie ausstiegen, flüsterte Betta ihr zu: »Siehst du die Dunkelhaarige dort? Sie heißt Cesarina. Sie ist *capomondina*, Oberreisjäterin, und macht sich gern beim Chef lieb Kind. Pass auf, was du sagst und was du machst, wenn sie in deiner Nähe ist.«

Man konnte auf den ersten Blick erkennen, dass der Mezzetta-Hof ein wohlhabendes Anwesen war. Eine untersetzte und ausladende Frau um die vierzig mit spärlichem, farblosem Haar und einem dichten Flaum um die Lippen betrachtete sie eine nach der anderen. Sie hatte die Hände in die Hüften gestemmt, und ihre mit Rouge geschminkten Wangen leuchteten rot.

»Das ist Signora Lina, die Frau vom Chef. Oder vielmehr, sie ist die Chefin. Er hat das Kommando abgegeben«, informierte Betta sie weiter.

Die junge Frau wusste viele Dinge, und sie tratschte gern, aber Agostina dachte, dass sie ein großzügiger Mensch sein musste. Vielleicht hatte auch sie ihre Probleme, aber sie ließ sich nicht zu sehr von ihnen beeinflussen. Also lächelte Agostina ihr zu und flüsterte ihrerseits: »Ich habe diese Arbeit noch nie gemacht. Bitte bleib morgen bei mir.«

»Ich werde an dir kleben wie das Moos an der Erde«, versicherte Betta.

Zur Begrüßung hielt die Chefin eine kurze Rede. »Ich wende mich in erster Linie an die Neuen«, begann sie. »Die Minderjährigen müssen sich bis spätestens zehn Uhr abends zurückziehen, die anderen um elf. Suppe und Brot stellen wir, um den Rest kümmert ihr euch selbst. Sonntags wird nur von sechs bis mittags gearbeitet, am Nachmittag wird ausgeruht und abends kann getanzt werden. Lasst euch nicht auf die Verehrer ein, die schon hinter der Hecke lauern, von wo sie euch beobachten und euch mustern. Bisher ist noch jedes Jahr nach der Reisumpflanzung die ein oder andere mit einem dicken Bauch nach Hause gefahren, ohne zu wissen, wer der Vater ist.«

Die Frauen lachten, weil sie die jungen Männer des Dorfes, die ihnen zu Fuß oder mit dem Fahrrad bis hierher gefolgt waren und ihnen von der Holunderhecke aus zuzwinkerten, bereits bemerkt hatten. Aber sie lachten auch, weil sich Signora Lina mit den Händen in den Hüften bewegte und deklamierte wie Mussolini, da sie immer wieder das Kinn nach oben reckte und sich auf die Zehenspitzen stellte.

»In einer halben Stunde, nach dem Rosenkranz, gibt es Suppe mit Speck und Kartoffeln. Nun könnt ihr gehen«, schloss die Chefin.

Agostina fand sich in einem Schlafsaal mit fünfzig Betten und ebenso vielen Stühlen wieder. Wer wie sie keine Matratze hatte, fertigte aus mehreren Betttüchern einen Sack und füllte ihn mit trockenen Maisblättern von einem Haufen am Ende des Raumes. Koffer und Bündel verschwanden unter den Bettgestellen. Geplauder, Gelächter und Streitereien schienen Agostina ohrenbetäubend, und sie setzte sich auf ihr Bett gleich neben dem von Betta. Sie war erschöpft und müde.

»Mir war noch nie so heiß«, sagte sie.

»Es ist gerade mal der zweite Juni. Warte noch ein paar Wochen, dann weißt du, was wirkliche Hitze ist«, warnte die Frau.

Agostina ließ ihren Blick wandern. Über jedem Bett steckte ein langer Nagel in der Wand, an dem die Frauen ihre Strohhüte mit der breiten Krempe aufhängten. Allmählich war das Stroh in der Sonne ausgeblichen, doch die schmückenden Bänder waren neu und hatten auffallende Farben. Agostina fand, dass sie schön anzusehen waren. Sie würde sich stattdessen mit einem Taschentuch schützen, wie sie es machte, wenn sie auf dem Feld arbeitete.

So begann Agostina ihre Tätigkeit auf dem Reisfeld. Wie ihre Gefährtinnen es ihr beigebracht hatten, bedeckte sie Arme und Beine mit einem Hemd mit langen Ärmeln und schwarzen Strümpfen, um sich vor der Sonne zu schützen, die ihr sonst die Haut verbrennen würde. Eine Stunde nach Sonnenaufgang ging sie in die überfluteten Felder und verließ sie erst wieder eine Stunde vor Einbruch der Dämmerung. Den Rhythmus gaben dabei die Lieder vor, die die Frauen sangen und die gerade in Mode waren. Der Chef überwachte vom Feldrand aus die Arbeit, während die *capomondina* ihre Effizienz kontrollierte. Manchmal schwiegen die Frauen vor Erschöpfung, dann spornte die Vorsteherin sie an: »Singt, sonst kommt ihr aus dem Rhythmus.« Wenn die Sonne hoch am Himmel stand, brachte ein Bursche ein Fässchen kühles Wasser und Brotlaibe vom Hof. Dann konnten sie endlich, nachdem sie stundenlang gebeugt gearbeitet hatten, den Rücken strecken, trinken und etwas Brot essen. Zuweilen wurden sie an den Füßen, die immer im Wasser waren, von Schlangen gekitzelt, die jedoch meist mehr erschraken als sie.

Zu den Rügen der *capomondina* gesellten sich nicht selten die von Signor Ettore. »Los, Frauen, der Abend kommt und ihr seid mit der Arbeit im Rückstand. Singt, singt.«

Immer wieder kreisten weiße und graue Adler über den Feldern, bereit, eine Schlange zu schnappen.

Der Tag schien nicht enden zu wollen. Abends befreiten sie sich im kühlen Wasser eines Rinnsals vom Schweiß und von der Anstrengung, dann setzten sie sich im Kreis auf die Tenne und aßen die Suppe, während das Licht des Tages erlosch.

Nun kamen die jungen Männer mit brillantineglänzendem Haar aus dem Dorf. Sie hatten eine Ziehharmonika, eine Mandoline und eine Gitarre bei sich. Schon bald wurden auf der Tenne Tänze improvisiert und neue Lieben geboren.

Agostina ging meist früh ins Bett, streckte sich auf dem raschelnden »Stroh« aus, legte die Hände in den Schoß und schloss die Augen. Sie lauschte dem Kind, das in ihr wuchs, und dachte an Luigi.

Eines Abends, als sie vom Reisfeld zurückkehrte, kam ihr der Bursche vom Hof entgegen. Er brachte ihr ein Telegramm, das die Herrin bereits gelesen hatte. Der Text lautete: »Deine Anwesenheit dringend erforderlich. Giacomo letzte Nacht verschieden.«

So kehrte Agostina zu den Benazzos zurück und erfuhr, dass Giacomo sich mit einem Strick am Deckenbalken im Stall aufgehängt hatte.

34 Zum zweiten Mal innerhalb weniger Wochen war die Familie Benazzo in Trauer. Mainas Enkelkinder, sechzehn an der Zahl, waren sehr aufgeregt. Für die Kinder war ein Toter im Haus nun mal eine willkommene Abwechslung.

Die Nachbarn kamen, begleitet von großen und kleinen Verwandten, die Frauen brachten Blumen, die Männer Wein, die Kinder die wenigen Spiele, die sie besaßen. Während die Frauen abwechselnd den Rosenkranz beteten und plauderten, ergingen sich die Männer in Vorhersagen über die Ernte, diskutierten über ein neues Schädlingsbekämpfungsmittel und die neuesten Mechanisierungstechniken. Die Kinder bekamen ein Glas Wein mehr und einen Nachschlag beim Essen. Sie hörten erst auf zu essen, zu trinken und zu spielen, als sie Agostina sahen, die Witwe.

Sie bewegte sich mit unsicherem Schritt, beinah widerwillig, auf das Anwesen zu. Ihre Schwestern begleiteten sie. Ein Mädchen war ins Haus gelaufen, um ihre Ankunft zu verkünden. In der Tat wurde sie, als sie das Schlafzimmer mit Giacomos aufgebahrtem Leichnam betrat, von betretenem Schweigen empfangen. Verwandte und Nachbarn zogen sich zurück, senkten die Köpfe und gingen einer nach dem anderen hinaus. Für einen Moment schwankte Agostina wie betäubt, allerdings weniger vom Schmerz als vom Duft der Blumen, die um das Bett herum verstreut lagen. Maina d'fer saß neben ihrem Sohn, zwischen den Fingern die schwarzen Perlen eines Rosenkranzes. Sie wusste, dass ihre Schwiegertochter eingetroffen war, hob jedoch nicht den Blick.

Agostina machte ihren Schwestern ein Zeichen, dass sie das

Zimmer verlassen sollten. Dann setzte sie sich auf einen Hocker am Fußende des Bettes und sah sich um. Am Fenster fehlte ein Holzladen. Man hatte ihn abgenommen und unter die weiße Decke auf die Matratze gelegt – eine jener Rosshaarmatratzen, deren Verlust ihre Schwestern so bitter beklagt hatten –, um den Leichnam des Verstorbenen zu stützen.

Die junge Frau betrachtete Giacomos Gesicht. Er wirkte zufrieden. Sie dachte, es stimmt nicht, dass die Toten jeden Gesichtsausdruck verlieren. Er wirkte vertrauensvoll und schutzlos, wie an jenem Nachmittag im Sommer an dem kleinen Felsstrand am Fluss, als Agostina die Erdnüsse mit ihm geteilt hatte. Erneut spürte sie den sämigen Geschmack der Nüsse im Mund und musste einen Brechreiz unterdrücken.

»Du hast ihn umgebracht«, flüsterte ihre Schwiegermutter.

Agostina antwortete nicht, sondern sah sich weiter um. In diesem Zimmer hatte sie fast zwei Jahre lang geschlafen: ein paar alte, von Holzwürmern zerfressene Möbel, ein gerahmter Druck mit der Reproduktion der Heiligen Familie am Kopfende des Bettes, das an einem Nagel aufgehängte Jagdgewehr neben der Tür, ein Strauß Ähren und Lavendel auf der Kommode, außerdem Waschschüssel und Wasserkrug.

In diesem Zimmer, in diesem Bett, hatte sie die Nächte mit einem Mann geteilt, den zu lieben ihr nicht gelungen war, trotz ihres gutes Willens.

Nun dachten alle, dass er sich erhängt habe, weil sie davongelaufen war. Die Wahrheit war eine andere, und Giacomo hatte nicht einmal den Mut gehabt, sie für sich zu behalten. Er hatte sie auf sie abgewälzt und die Schuld an sie weitergegeben. »Von meinen fünf Jungen hast du mir zwei weggenommen. Das ist wirklich zu viel für eine Mutter«, sagte die Alte nun.

Agostina dachte, dass die Wahrheit viele Gesichter hat, und jeder sich das aussucht, was am besten zum eigenen Gewissen passt.

Sie kannte keine Muttergefühle, weil sie noch keine Kinder gehabt hatte, dennoch verstand sie Maina gut.

205

»Wenn Ihr das so seht«, sagte sie, »möchte ich nicht länger stören. Außerdem, hätte ich das Telegramm nicht bekommen, wäre ich jetzt nicht hier.«

Endlich hob die Frau ihren Blick von den Händen, die sich um den Rosenkranz gefaltet hatten, und sah sie ernst an.

»Was wir beide wissen, darf niemand sonst erfahren. Für alle, auch für den Rest der Familie, bist du von Giacomo schwanger. Ich habe zwei Söhne verloren, ich will nicht auch noch meinen Enkel verlieren«, erklärte Maina. Sie öffnete die Nachttischschublade und nahm die Ohrringe und die Anstecknadel heraus, die Giacomo Agostina zur Hochzeit geschenkt hatte. Die junge Frau hatte sie zurückgelassen, als sie gegangen war.

»Nimm dein Gold und damit deinen Platz in diesem Haus wieder ein«, schloss die Alte.

Langsam legte Agostina die Ohrringe an und flüsterte: »Ihr glaubt zu wissen, doch Ihr habt keine Ahnung. Giacomo hat Luigi vom Baum geworfen, und nun hat er seinem Gewissen nicht standgehalten. Das ist die Wahrheit. Ihr habt zwei Söhne verloren. Ich den Mann, den ich geliebt habe.«

Die Schwiegermutter ließ den Kopf auf die Brust sinken. Ihre Schultern zuckten in einem Schluchzen ohne Tränen.

Da trat der Pfarrer ins Zimmer, um den Leichnam zu segnen. Ein schwarzer, von zwei Pferden gezogener Karren fuhr auf der Tenne vor.

Auf sonnigen Feldwegen schlängelte sich der Trauerzug durch die Weinfelder. Der Pfarrer rief lauthals nacheinander sämtliche Heiligen des Paradieses an. Verwandte und Freunde antworteten jedes Mal: *Intercede pro heo.*«

Schließlich wurde Giacomo neben Luigi bestattet.

Agostina betete, die beiden Brüder mögen im Jenseits wieder Frieden schließen. Die Kinder täuschten einen Schmerz vor, den sie nicht empfanden, und amüsierten sich dabei, die Erwachsenen nachzuahmen. Alle umarmten Maina d'fer und beschränkten sich auf einen formalen Händedruck bei der Witwe. Die junge Frau wurde weiterhin mit Misstrauen und Furcht betrachtet. Nur Luigis Witwe kam zu ihr und sagte: »Es tut mir Leid.«

Als der Trauerzug sich auflöste, verließen alle den Friedhof und die Benazzos kehrten in das Bauernhaus zurück.

Agostina dachte, dass die Frauen ihr Leben in ständiger Untertänigkeit verbrachten: erst gegenüber dem Vater und dann gegenüber dem Ehemann. Solange eine Frau diese Regel beachtete und ihrem Mann das Recht auf Überlegenheit garantierte, genoss sie den Respekt anderer. Agostina hatte diese Situation nicht hinnehmen können.

Und so entschied sie sich ein weiteres Mal, dem Willen der Schwiegermutter nicht Folge zu leisten.

»Ich kehre zu den Reisfeldern zurück«, verkündete sie auf dem Weg nach Hause. Sie hatte nichts mehr mit dieser Familie gemeinsam.

Die Sonne ging unter, und der Himmel färbte sich goldfarben.

Maina d'fer setzte sich auf eine Steinstele, holte ein Taschentuch aus der Handtasche, das nach Naphthalin roch, und tupfte sich das schweißgebadete Gesicht ab. »Die Reisumpflanzung ist in ein paar Wochen zu Ende. Ich werde warten«, sagte sie daraufhin nur.

Agostina wusste, dass sie dann Geld und Reis besitzen würde, aber kein Zuhause, wo sie hingehen konnte. Ein Zuhause, das war für sie zu einer Obsession geworden. Sie hatte noch nie eines gehabt, nicht einmal, als sie ein kleines Mädchen gewesen war. Wie gern hätte sie in einem Bauernhaus gewohnt, statt immer nur umherzuziehen, um hier und da zu arbeiten. Nicht einmal als Ehefrau hatte sie ein Zuhause gehabt: Der Hof gehörte ihrer Schwiegermutter, nicht ihr. »Ihr wollt Euren Enkel ebenso, wie ich meinen Sohn will. Wir werden sehen. Ich kann nichts versprechen.«

Ihre Schwestern näherten sich.

»Wir müssen jetzt den Bus nehmen«, sagte Pierina.

»Den nehme ich auch«, entschied Agostina.

»Und die Matratzen?«, fragte Gianna. »Du kannst sie nicht hier lassen, wenn du vorhast, nicht zurückzukommen.«

»Ihr seid unerträglich«, platzte Agostina heraus und machte sich allein auf den Weg zum Dorf. Dort betrat sie den Kaufladen, als er gerade schließen wollte.

»Eine Tüte Erdnüsse«, bestellte sie. Sie wollte den milden und traurigen Geschmack ihrer Vergangenheit kosten.

35 Die Reisumpflanzung war beendet. Von einem Erdwall aus betrachtete Agostina den Mezzetta-Hof. Er wirkte wie eine Insel inmitten eines flachen, unendlichen, stillen Meeres. Soweit das Auge reichte, bedeckte Wasser die Erde. Mit Böcken und Holzbrettern improvisierten ihre Kameradinnen eine lange Tafel für das Abendessen, das die vierzigtägige Anstrengung beschloss. Sie sangen mit Sopran- und Altstimmen ein französisches Lied und entstellten dabei die Worte: »J'ai deux amours, mon pays et Paris ...« Sie wussten nicht einmal, was die Worte bedeuteten, aber die Intonation war perfekt. Gelächter und deftige Witze machten die Runde und verloren sich in der Luft dieses Julisonnenuntergangs. Die Mücken labten sich an ihren kräftigen weißen Beinen. Signor Ettore und seine Frau Lina, die sich auf die Fensterbank ihres Schlafzimmers gestützt hatten, sahen ihnen zu und lächelten. Aus dem Dorf waren Musiker gekommen, die nun ihre Instrumente stimmten: eine Ziehharmonika, eine Gitarre und eine Mandoline. Einige junge Dorfburschen näherten sich schüchtern und steuerten etwas zum Essen bei: Wurst, Wein, Käse.

Agostina spürte, wie sie von einer schmerzlichen Melancholie befallen wurde. Sie beneidete diese Frauen um ihre Fröhlichkeit, von denen jedoch nur wenige glücklich waren. Lediglich einige der Jüngsten hatten in diesen Tagen einen Verlobten gefunden und warteten auf ein anderes Fest, das ihrer Hochzeit. Die anderen wurden von vielen Sorgen heimgesucht: Kinder, Elend, Krankheit. Dennoch gelang es ihnen, all das weit von sich zu schieben, um den Abend zu genießen.

Agostina lief den Erdwall entlang und gelangte schließlich in den Garten des Gutes. Zwischen Hortensien- und Rosensträuchern befand sich eine Nische aus Fels und Zement, in der eine Jungfrau aus Gips mit himmelblauem Mantel aufgestellt war. Sie hatte ein leicht rosiges Gesicht und zarte Gesichtszüge. Die junge Witwe versuchte, ein Avemaria zu beten, aber ihre Stimme kippte schnell. Diese Gebet würde ihr Leben ohnehin nicht ändern.

Nun, da die Arbeit abgeschlossen war, wurden die Goldohrringe immer schwerer, denn sie wusste, dass sie in das Haus der Benazzos würde zurückkehren müssen. Sie war eine Witwe, die ein uneheliches Kind im Schoß trug. Am nächsten Morgen würde sie mit ihren Kameradinnen aufbrechen, im Gepäck vierzig Kilo Reis und das Geld, das sie in diesen Wochen verdient hatte. Sie würde alles an ihre Schwiegermutter abgeben, und das alte Leben würde wieder von vorne beginnen: arbeiten, immer nur arbeiten, bis zur Entbindung. Und dann? Die Jahre würden vergehen, sie würde alt werden, ohne einen Funken Liebe und irgendwelche Lichtblicke. Ein versteinertes Leben, dachte sie.

»Was quält dich denn so?«, fragte eine Stimme hinter ihr. Es war Betta, die gesprächige Kameradin, die sie einige Techniken gelehrt hatte, um diese mörderische Plackerei im Reisfeld zu überstehen.

»Alles quält mich, immer schon«, erwiderte Agostina und drehte sich um.

»Das ist keine schöne Art zu leben.« Betta setzte sich auf die Holzbank vor die Madonnenstatue.

»Ich kenne keine andere«, entgegnete sie.

»Vielleicht kommt endlich ein Gewitter. Es war zu heiß in den letzten Tagen. Es wird für ein paar Stunden abkühlen, dann können wir heute Nacht sicher gut schlafen«, weissagte Betta und sah in den Himmel, wo sich die Wolken sammelten.

»Unsere letzte Nacht auf dem Mezzetta-Hof«, bekräftigte Agostina und dachte mit Schrecken daran, dass sie die nächste Nacht unter dem Dach der Benazzos verbringen würde.

»Morgen werde ich bei meinen vier Kindern schlafen. Fünf

Wochen habe ich sie jetzt nicht gesehen, diese Taugenichtse fehlen mir richtig.« Betta streckte ein Bein auf der Bank aus und fing an, es zu massieren. »Von dem Geld, das ich hier verdient habe, kaufe ich ihnen Holzschuhe und neue Kleider. Die brauchen sie, die Ärmsten.«

»Du sprichst nie von deinem Mann«, bemerkte Agostina.

»Aus Rücksicht auf dich, weil du deinen verloren hast«, erwiderte die Frau.

»Es war keine schöne Ehe«, flüsterte sie. »Auch wenn sie nur kurz war, sie reicht mir für mein ganzes Leben«, gestand sie.

Betta nickte. Sie hatte verstanden, dass die junge Kameradin zutiefst unglücklich war. »Es ist eben nicht immer alles so einfach für eine verheiratete Frau. Aber zum Glück gibt es die Kinder. Sie sind ein großer Trost«, erklärte sie und ihre Augen leuchteten vor Freude.

»Das Essen ist fertig. Kommt, Frauen!« Der Ruf ertönte von der Tenne, die Stimme war die von Cesarina, der *capomondina*.

»Gehen wir. Du wirst sehen, heute Abend vergisst du deine Traurigkeit. Bettas Ehrenwort.« Die Freundin stand auf und nahm sie bei der Hand. Ihre Beine schmerzten höllisch, vor allem das linke.

Der Arzt hatte zu ihr gesagt: »Schlag dir das aus dem Kopf, zur Reisumpflanzung zu gehen. Das viele Wasser wird deine Beschwerden nur schlimmer machen.« Sie hatte geantwortet: »Ja, Herr Doktor. Ich werde tun, was Sie sagen.«

Aber als der Sommer gekommen war, war sie doch auf die Reisfelder zurückgekehrt. Dieser zusätzliche Verdienst war wichtig für die Familie. »Die Schmerzen kommen und gehen. Die Bedürfnisse bleiben«, sagte sie immer. Nun wusste sie, dass sie nach dem Essen tanzen würde, und beim Tanzen würden die Schmerzen in den Beinen schlimmer werden. Oder sie würde sie vergessen. Aber das war dasselbe.

Die Gutsherren, Signor Ettore und Signora Lina, saßen mit ein paar Freunden zusammen, die aus der Stadt gekommen waren, unter der Laube. Sie hatten es sich in Korbsesseln bequem gemacht, die mit Kissen gepolstert waren. Die Gesellschaft hatte bereits im kleinen Saal gegessen, der angeblich mit Büffet, Speisetafel und gepolsterten Lederstühlen eingerichtet war. Niemand hatte Zugang zum Herrenhaus, und schon gar nicht zum kleinen Saal, abgesehen von den Frauen der Diener, die jeden Tag sauber machten und die Böden wachsten. Neben dem kleinen Saal befand sich das Studierzimmer von Signor Ettore, in dem er den Gutsverwalter und die Lieferanten empfing, mit denen er Geschäfte machte. Nun nippten die Herrschaften an kaltem Hibiskustee und sahen sich das Schauspiel der feiernden Reisjäterinnen an, als wären sie im Theater.

Agostina war nicht sehr glücklich darüber, gemeinsam mit ihren Kameradinnen zum Amüsement der feinen Gesellschaft zu dienen. Doch so waren die Dinge nun einmal. Hätte sie sich in den Schlafsaal zurückgezogen, hätte sie nur noch mehr Aufmerksamkeit auf sich gezogen. Daher fand sie sich damit ab, auf das Ende des Abendessens warten zu müssen, wenn die Frauen zu tanzen beginnen würden.

Betta, die neben ihr war, stieß sie mit dem Ellbogen an.

»Hast du gemerkt, wie dich der mit der Ziehharmonika ansieht?«, flüsterte sie schelmisch.

Agostina nickte. Der Ziehharmonikaspieler hatte ein Lebensmittelgeschäft in der Stadt. Jeden Abend kam er zum Mezzetta-Hof und tat so, als würde er sich mit den Mädchen unterhalten. Doch er hatte nur Augen für sie. Er hieß Armando, war zweiundzwanzig und stotterte, sehr zur Belustigung der Reisjäterinnen. Als Agostina von der Beerdigung ihres Mannes zurückgekehrt war, war er mit einem Strauß Nelken angekommen.

»Da ich nicht reden kann, hoffe ich, dass diese Blumen dir sagen, wie Leid mir dein Unglück tut«, hatte er erklärt. Dabei hatte er sich verhaspelt und war rot geworden wie Klatschmohn.

Es waren rote Nelken gewesen, die angenehm geduftet hatten.

»Ich werde sie vor die Madonna stellen«, hatte Agostina geantwortet und ihn einfach stehen lassen.

Einige Abende lang hatte Armando sich rar gemacht, denn er war überzeugt, sie beleidigt zu haben. Dann war er zurückgekehrt und hatte jedes Mal versucht, ihre Aufmerksamkeit zu erregen.

»Armando ist ein guter Junge. Ich bin sicher, dass er sich in dich verliebt hat«, fuhr Betta fort. »Du wirst es bald müde sein, Trauer zu tragen. Jedenfalls könntest du ihn ruhig ein bisschen ermutigen.«

Agostina antwortete nicht, denn sie hatte nicht die Absicht, irgendjemanden zu ermutigen. Sie hatte nur einen Mann geliebt, und niemand würde je seinen Platz einnehmen. An diesem Abend spielte Armando nur für sie herzzerreißende Tangos und fröhliche Mazurkas. Agostina spürte dabei jedoch nicht die geringste Gefühlsregung. Stattdessen wartete sie auf den passenden Augenblick, um sich unbemerkt zurückzuziehen. Als jemand einen Trinkspruch ausbrachte und allgemeine Aufregung herrschte, schlüpfte sie schnell ins Haus. Sie stieg die ersten Stufen der Holztreppe hoch, die zum Schlafsaal unter dem Dach führte, als Signora Lina sie zu sich rief.

»Komm her. Ich muss mit dir sprechen«, sagte die Herrin.

Agostina verspürte den Impuls, die Treppe hinaufzulaufen und den Ruf zu ignorieren. Doch die Herrin hatte Mann und Gäste eigens allein gelassen und kam ihr entgegen. In der Dunkelheit des Abends funkelten ihre Diamantohrringe wie Glühwürmchen an den Seiten ihres bärtigen Gesichts. Reinste Verschwendung, dachte Agostina.

»Ich habe dich beobachtet«, sagte Signora Lina. »Du bist eine, die gern arbeitet«, fügte sie hinzu. Das sollte ein Kompliment sein.

Die Witwe sagte nichts. Sie lehnte sich an das Treppengeländer und wartete, was nun käme.

»Jetzt, wo du keinen Mann mehr hast, könntest du hier bleiben. Ich habe ein Zimmer frei, am Ende des Hofes«, schlug die Signora vor.

Damit hatte die junge Frau nicht gerechnet, es erschien ihr zu schön, um wahr zu sein. Sie würde nicht zu den Benazzos zurückkehren müssen und könnte sich ein Leben voller Zweideutigkeiten, voller Heuchelei ersparen.

»Ich bin im dritten Monat schwanger«, flüsterte sie leise.

»Das wusste ich nicht«, sagte die Herrin überrascht. »Natürlich, du redest ja auch nicht viel. Das Angebot gilt jedenfalls trotzdem. Der Mezzetta-Hof ist voller Kinder. Eines mehr oder weniger macht da keinen Unterschied.«

»Einverstanden«, erwiderte Agostina und stieg die Treppe weiter hoch. Sie dachte daran, dass sie den Benazzos nun endgültig die Rosshaarmatratzen hinterließ, gekauft mit dem Geld ihrer Schwestern, die ihr das nie verzeihen würden. Außerdem dachte sie, dass dies keine endgültige Anstellung sein konnte. Früher oder später würden die Herrschaften sie sicher fortschicken. Es war selten, dass Bauern, die unter fremder Herrschaft arbeiteten, ihr Leben auf ein und demselben Hof verbrachten.

Sie erwartete an jenem Abend jedoch auch nicht, dass der Aufenthalt auf dem Mezzetta-Hof von derart kurzer Dauer sein würde. Er dauerte genau so lange, bis sie Rosanna zur Welt brachte. Gleich darauf erreichte sie die Nachricht, dass ihr Vater an einem Infarkt gestorben war. Er war noch keine sechzig gewesen.

Er hatte ein bescheidenes Vermögen in Form von Ländereien und Geld hinterlassen, ohne ein Testament zu machen. So teilten seine Kinder alles zu gleichen Teilen. Agostina war auf einmal wohlhabend und dachte, dass dieser Reichtum kein Geschenk, sondern vielmehr der Lohn einer furchtbaren Schufterei war.

Armando war weiterhin mit kleinen Geschenken auf den Hof gekommen. Er versuchte, die Gefühle auszudrücken, die er ihr gegenüber hegte, aber er verhaspelte sich fast immer. Seine Unbeholfenheit überzeugte sie schließlich davon, dass er ein guter

Kamerad sein könnte. Er bot sich als Taufpate ihrer Tochter an und fragte sie schließlich, ob sie seine Frau werden wolle.

»In Ordnung«, sagte Agostina. »In dieser Welt kommt eine allein stehende Frau nicht weit. Aber erwarte von mir nichts, was ich dir nicht geben kann.«

»Ich erwarte überhaupt nichts«, erwiderte Armando. »Mir genügt, dass du ja sagst.«

Agostina wusste, dass Armandos Eltern gegen eine Heirat mit einer Witwe, noch dazu einer Bäuerin, waren, während sie sich für wohlhabende Kaufleute hielten. Sie hatten ihr zu verstehen gegeben, dass ihr Sohn nichts für diese Ehe bekommen würde.

Doch das kümmerte sie nicht im Geringsten, schließlich war sie nunmehr reich. Sie kaufte ein bescheidenes Stück Land, das sie bestellen konnte, acht Milchkühe, die eine weitere Sicherheit darstellten, und ein völlig heruntergekommenes Bauernhaus. Sie brachte es wieder in Schuss, wobei sie als Modell das Haus der Benazzos im Sinn hatte. Es sollte geräumig und komfortabel werden. Sie beschloss, ein paar Jahre zu warten, bevor sie weitere Kinder bekamen, und nahm sich erneut das Versprechen ab, ihrem Mann nicht zu erlauben, sie mit zahllosen Schwangerschaften zu Grunde zu richten.

Sie dachte, die schweren Jahre seien nun vorüber. Sie wusste nicht, dass das Schlimmste noch kommen sollte.

4. August 2002

36 Am Mittag ging Tancredi an den Strand von Cefalù hinunter. Sein Sohn stritt gerade mit zwei kleinen Jungen aus dem Ort, Nannuzzo und Toni. Es erfüllte ihn mit Stolz, festzustellen, dass John die beiden Gleichaltrigen in Schach hielt, indem er mit erstaunlich schnellen Reflexen um sich boxte und trat.

Da er den Grund für den Streit nicht kannte, beschloss er, abzuwarten und vorerst nicht einzugreifen.

Als Nannuzzo und Toni sich geschlagen gaben, befahl sein Sohn: »Jetzt sprecht ihr mir nach: Die Mama von John ist kein Gespenst. Sie ist so schön, dass sie aussieht wie ein Engel.«

Die beiden gehorchten.

»Meine Oma hat gesagt, dass sie mich vielleicht hier besuchen kommt. Dann könnt ihr sie auch sehen«, fuhr das Kind fort und streckte die Hand aus. »Freunde?«

»Freunde«, erklärten Toni und Nannuzzo und drückten ihm die Hand.

Nun ging Tancredi den dreien entgegen. Als John ihn sah, machte er einen Satz und stürzte sich auf ihn, wobei er seine Kleider mit Sand panierte.

»Ciao, Papa. Ich wusste gar nicht, dass du so früh kommst«, wunderte er sich.

»Wie geht es, Champion? Sieht so aus, als hätte dir jemand ein blaues Auge verpasst«, stellte Tancredi fest.

»Wer austeilt, muss auch einstecken können«, erklärte das Kind.

»Wie's aussieht, hast du am Ende die Runde gewonnen.«

»Ist doch logisch. Ich hatte ja auch Recht. Vielleicht kommt Mama nach Cefalù.«

»Wirklich? Davon weiß ich nichts.«

»Natürlich nicht. Ihr seht euch nie, und ihr redet nie miteinander.«

Diese Worte trafen ihn, doch er zeigte es nicht. »Aber deine Eltern lieben dich sehr«, versicherte Tancredi.

John wechselte das Thema. »Ich habe Salvatore Licausi zum Essen eingeladen, meinen besten Freund«, verkündete er.

»Kenne ich ihn?«

»Vielleicht. Er ist der Sohn vom Schuster.«

»Ich dachte, Nannuzzo und Toni wären deine besten Freunde«, bemerkte er.

»Ich habe viele beste Freunde. In London habe ich Philip, Martin, Wilson und Linda. Genauer gesagt ist Linda meine Verlobte, aber das weißt du ja.«

Tancredi nickte.

Sie war die jüngste von sechs Schwestern, den Töchtern eines Nachbarn in der Cherry Lane, dessen Frau ständig schwanger war, in der Hoffnung, endlich einen Jungen zu bekommen.

»Aber Linda zählt nicht. Schließlich ist sie nicht so schön wie Mama und außerdem ist sie auch nur eine Frau. Die zählen nicht, oder?«

»Das kommt darauf an. Für mich zählt deine Mutter sehr viel. Und ich freue mich zu hören, dass sie vielleicht nach Cefalù kommt.«

»Dann lernt sie endlich mal meine sizilianischen Freunde kennen«, schloss John.

Tancredi hatte sich die Schuhe ausgezogen, die Hose hochgekrempelt und ließ die Wellen seine Knöchel umspielen. Ein trockener Wind, der nach aromatischen Kräutern duftete, machte die Hitze der Augustsonne erträglich. Er liebte das Klima der Insel und das Meer. Jedes Mal, wenn er nach Sizilien zurückkehrte, spürte er, dass er mit Leib und Seele diesem Stückchen Land verschrieben war, wo er seine Wurzeln hatte. Er stieß einen tiefen Seufzer aus. Dann nahm er Johns Hand und sagte zu ihm: »Unter all diesen Jungen wirst du eines Tages deinen wirklich besten Freund wählen müssen.« Da erinnerte er sich an seine letzte Begegnung mit Großvater Tancredi. Zu jener Zeit war er neunzehn gewesen. Er hatte die Abiturprüfungen mit guten Noten bestanden und sich gerade an der Universität eingeschrieben.

Kurz darauf war er aufs Land gefahren, um seinen Großvater zu besuchen.

»Ich habe gehört, dass du ein gelehrter Mann werden willst«, sagte der Großvater, während er seinen Enkel musterte.

»Ich werde Betriebswirtschaft studieren«, erwiderte Tancredi.

Der Alte antwortete nicht. Er saß an seinem gewohnten Platz vor dem Gehöft und hatte seinen schwarzen Schal um die Schultern gelegt. Tancredi blieb eingeschüchtert vor ihm stehen. Der Großvater löste bei ihm immer noch Befangenheit aus.

»Ohne Freunde nützen Schulen nicht viel«, urteilte er.

»Ich habe viele Freunde«, erwiderte sein Enkel.

»Einer reicht. Aber er muss ein wirklich guter Freund sein. Sonst wirst du irgendwann Hunger leiden wie deine Eltern.«

Sein Vater Ruggero war bei der Gemeinde angestellt, beim Einwohnermeldeamt. Sein Gehalt war bescheiden, und um es aufzubessern, verwaltete er eine Import-Export-Firma. Doch mit drei Kindern, die es großzuziehen galt, reichte das Geld vorn und hinten nicht. Tancredi hatte zwei jüngere Geschwister: Alvaro und Giuseppina. Seine Mutter, Rosalia D'Antoni, hatte Großes vor mit ihren Kindern. Darin wurde sie von ihrem Bruder unterstützt, Monsignor Alvaro, dem Pfarrer von Cefalù. Seine Hilfe ermöglichte es der Familie, die Kinder studieren zu lassen.

Der Großvater nahm einen gefalteten Umschlag aus seiner Jackentasche. »Wenn die Zeit gekommen ist«, sagte er zu seinem Enkel, »schickst du diesen Brief an Don Giuseppe Nicosia.«

Tancredi las den mit der spitzen Schrift des Großvaters geschriebenen Namen des Empfängers. »Er ist ein Freund. Er wird verstehen. Der Rest kommt von allein«, schloss er.

Als der Großvater starb, schickte Tancredi den Brief nach Amerika.

Bald darauf kam aus Denver in Colorado eine Einladung von Don Nicosia. Tancredi machte sich zur Abreise bereit und sprach mit Franco Bruschi, seinem besten Freund, darüber.

»Was für ein Glück du hast!«, rief Franco aus.

»Das ist Ansichtssache. Amerika macht mir ein bisschen Angst. Großvater hat gesagt, dass es furchtbar groß und sehr kalt ist.«

»Es wird dir gefallen. Du wirst eine Menge zu erzählen haben, wenn du zurückkommst«, beruhigte sein Freund ihn und beneidete ihn aufrichtig um die Reise.

»Amerika passt eigentlich nicht in meine Pläne. Eigentlich wollte ich nach dem Examen nach Mailand gehen. In Sizilien habe ich beruflich keine Zukunft«, hatte Tancredi eingewandt.

»Mach die Augen auf, mein Freund. In Sizilien gibt es enorme Möglichkeiten, man muss sie nur zu nutzen wissen, und man darf der Mafia nicht in die Quere kommen.«

»Da merkt man, dass du kein Sizilianer bist. Ihr vom Festland nehmt immer allzu leichtfertig das Wort Mafia in den Mund«, hatte Tancredi entgegnet.

»Natürlich. Al Capone ist ja auch eine Figur aus dem Messbuch«, hatte Franco ironisch geantwortet.

»Gibt es bei euch in Mailand etwa keine Banditen? Gibt es dort keine Leute, die schießen und morden?«

»Hör mal zu, hier in Palermo hat mein Vater sich mehr als einmal gezwungen gesehen, Kredite ohne Sicherheiten zu gewähren. Gezwungen, verstehst du? Mehr als einmal musste er Millionenkonten eröffnen, mit Geld, über dessen Herkunft er nichts wusste. Er war gezwungen, verstehst du? In Mailand passiert so was nicht.«

»Es ist doch überall dasselbe«, hatte Tancredi entgegnet.

»Das stimmt nicht. Jedenfalls musst du hier Freunde haben, sonst kriegst du keinen Fuß auf die Erde. Weißt du noch, was der Dozent in der Rechtsstunde gestern geantwortet hat, als ich nach der Demarkationslinie zwischen Legalität und Illegalität gefragt habe? Die Freundschaft! Wir haben alle gelacht, auch du. Aber er hat eine grundlegende Wahrheit ausgesprochen«, hatte Franco behauptet.

Sie spazierten noch eine Weile über den Corso Libertà. Dann betraten sie eine Bar, setzten sich an einen Tisch und bestellten etwas zu trinken. Immer spendierte Franco die Runde, Tancredi hatte nie eine Lira in der Tasche.

»Also«, war der Mailänder fortgefahren, »wenn die Mafia nichts dagegen hat, kann man in Sizilien viel erreichen. Man muss nur die richtigen Freunde haben.«

»Mir genügt einer: du. Eines Tages werden wir beide große Dinge tun. Ich weiß, dass es so sein wird«, hatte Tancredi versichert.

»Wenn ich Glück habe, werde ich nach dem Studium einen Posten in einer Bank bekommen, und wenn alles gut läuft, werde ich eines Tages Filialleiter, wie mein Vater.«

»Ist das dein Traum?«

»Mit zwanzig ist man aus dem Alter heraus, zu träumen. Man muss der Realität ins Auge sehen«, hatte Franco erklärt.

»Jetzt hör mir mal gut zu. Man ist nie aus dem Alter heraus, zu träumen. Mein Großvater hat Steine geklopft, um Straßen zu pflastern. Ich werde Straßen, Häuser und Städte bauen, und dazu brauche ich die Hilfe eines Freundes. Nur von einem. Du bist der Freund, den ich brauche«, hatte Tancredi bestimmt.

Dann flog er nach Denver. Er lernte Don Nicosia kennen und verstand, dass Freundschaft eine Kette aus vielen miteinander verbundenen Ringen ist. Auf einer Kette von Freunden hatte Tancredi schließlich ein Wirtschaftsimperium errichtet, das ihn zu einem der reichsten Männer Italiens machte. Nun aber begannen ein paar Ringe nachzugeben, und das bereitete ihm Sorgen. Doch vorerst war er bei seinem Sohn, und er wollte nicht an diese Probleme denken. Also sagte er: »Du hast Recht, John. Man braucht viele Freunde. Aber unter ihnen ist immer einer, der ein besserer Freund ist als alle anderen.«

»Für dich ist es Onkel Franco«, beteuerte das Kind. »Für mich wird es Salvatore Licausi sein.«

Salvatore sah die beiden kommen und lief ihnen entgegen.

»Bist du der Sohn von Nunzio?«, erkundigte sich Tancredi und sah den Jungen aufmerksam an. Seine Nase hatte einen Höcker wie die des Schusters, und seine Augen waren so dunkel wie ein Unwetter.

»Jawohl, Signore«, erwiderte dieser.

»Dein Vater hat mir Sandalen genäht, als ich ein kleiner Junge war«, erzählte Tancredi.

»Ich kann auch Sandalen nähen, und John habe ich es auch beigebracht«, sagte Salvatore. »Dafür bringt er mir Englisch bei.«

Rosalia trat auf die Terrasse hinaus. »Die Post aus Mailand ist gekommen«, verkündete sie ihrem Sohn.

Tancredi ging ins Haus. Das Büro hatte ihm seine persönliche Korrespondenz nachgeschickt. Während er die Umschläge durchging, erkannte er sofort Irenes Handschrift. Er las ihren Brief und lächelte. Letztendlich wollte sie ihn sehen, sonst hätte sie die Nachricht nicht mit den Worten »lass uns darüber sprechen« geschlossen.

Er zog sich in den Salon zurück und rief im Büro in Mailand an.

»Die Signora ist nicht da«, informierte ihn Irenes Sekretärin.

»Wissen Sie, wann sie zurückkommt?«, hakte er nach.

»Sie wird ein paar Tage weg sein«, lautete die lakonische Antwort.

5. August 2002

37 Signorina Magda betrat pünktlich um acht ihr Büro. Sofort sah sie das kleine rote Licht über der Tür ihres Chefs leuchten. Der Portier hatte ihr gesagt, dass der Dottore soeben direkt aus Cefalù gekommen sei. Sie setzte sich an ihren Schreibtisch und ging rasch die Termine des Tages durch.

Derweil begannen die Frühaufsteher unter den Mitarbeitern anzurufen.

»Der Dottore ist besetzt«, teilte sie ihnen mit, ohne weiterzuverbinden.

Von Zeit zu Zeit leuchtete auch das rote Licht der direkten Telefonleitung von Tancredi auf. Er telefonierte und wurde angerufen.

Um zehn fing Signorina Magda an, sich Sorgen zu machen. Sie klopfte an die Tür des Präsidenten, bekam aber keine Antwort. Also trat sie ein.

Tancredi saß am Schreibtisch und hielt, die Ellbogen auf die Tischplatte gestützt, den Kopf in beiden Händen.

»Alles in Ordnung, Dottore?«, fragte sie mit dünner Stimme.

»Was wollen Sie?«, fuhr er sie an.

In ihrer dreißigjährigen Berufslaufbahn war er noch nie derart unhöflich zu ihr gewesen. Beleidigt drehte sie sich um und ging steif hinaus. Signorina Magda musste wieder einmal feststellen, dass Doktor Sella nicht mehr derselbe war wie früher. Seit Irene Cordero ihn verlassen hatte, war er verbittert und hatte auch mit einigen Gesundheitsproblemen zu kämpfen.

Zu Beginn dieser Beziehung war Signorina Magda sehr eifersüchtig gewesen. Die vorübergehenden Affären ihres Chefs hatte sie immer toleriert, doch sie war nicht darauf vorbereitet gewesen, ihm diese völlige Vernarrtheit, die Tancredi für Irene empfand, zu verzeihen. Irgendwann aber hatte sie die junge Frau dann doch akzeptiert und sie sogar im gleichen Stock untergebracht wie den Firmenleiter. Ein Schachzug, auf den sie durchaus stolz war. Als die Streitereien zwischen Irene und Tancredi angefangen hatten, wusste sie nicht recht, für wen sie Partei ergreifen sollte, auch weil sie die Gründe für die Unstimmigkeiten nicht kannte. Diese junge Frau besaß einen Stolz, der ihr gefiel und den sie selbst gern gehabt hätte. Sie beobachtete die Höhen und Tiefen der beiden Verliebten mit der naiven Neugier derer, die noch nie eine Liebesgeschichte am eigenen Leibe erlebt hatten.

In ihrer Jugend hatte sie ein paar sehr diskrete Verehrer gehabt, die sie jedoch sofort entmutigt hatte. Doktor Sella war wie ein Stern, neben dem all die anderen Männer verblassten. Darüber hinaus hatte sie keine Zeit, an einen Freund zu denken, denn sie widmete all ihre Energien Tancredi. Außerdem war da noch ihre Familie, die sie nötig brauchte. Nach dem Tod ihres Vaters musste sie mit ihrem Gehalt für ihre Mutter und ihre drei Schwestern sorgen. Es war ihr gelungen, ihnen ein Studium zu ermöglichen und sie alle drei unterzubringen. Sie arbeiteten inzwischen in Schwesterfirmen der Cosedil, hatten geheiratet und Kinder bekommen. Ihre Nichten und Neffen befriedigten ihre Muttergefühle vollauf.

Ihre Mutter, die inzwischen die neunzig überschritten hatte, verbrachte ihr Leben nunmehr zwischen Bett und Sessel. Sie war stets schwermütig und konnte sich schlecht mit der Hilfe eines Hausmädchens abfinden. Sie wurde nur lebhaft, wenn Magda nach Hause kam. Die beiden Frauen aßen dann gemeinsam zu Abend, und die Tochter erzählte die Neuigkeiten des Tages, aber vor allem sprach sie vom Dottore. Das war ein erfüllendes Thema für alle beide.

Tancredi hätte sich niemals vorstellen können, nicht nur das Objekt der Liebe seiner Sekretärin, sondern auch ihrer neunzigjährigen Mutter zu sein. Die beiden Frauen sprachen leise über sein Leben und seine Unternehmen, wie Freundinnen, die die Liebe zum selben Mann teilen. Die Mutter von Signorina Magda hatte die gleiche Eifersucht durchlitten wie ihre Tochter, als Tancredi sich in Irene verliebt hatte. Schließlich akzeptierten sie die Konkurrentin jedoch mit derselben Resignation. Später hatten sie auf eine prachtvolle Hochzeit gehofft, die ihre Träume krönen würde. Als Irene sich von Tancredi zurückgezogen hatte, hatten die beiden sie mit der gleichen Verachtung verdammt.

Nach vielen Jahren war Irene immer noch Bestandteil ihrer ruhigen Unterhaltungen. Und jedes Mal mussten sie sich schmerzlich eingestehen, dass der Doktor nicht mehr derselbe war, seit diese Frau ihn vernachlässigte.

»Was für eine Undankbarkeit«, klagte die alte Dame. »Nicht ein Fitzelchen Rücksicht auf das Kind, das arme Ding. Wer weiß, wie es darunter leidet, keine normale Familie zu haben.«

»Ein wahrer Affront«, stimmte Signorina Magda zu. Es war nicht klar, ob sie meinte, es sei ein Affront gegenüber Tancredi oder gegenüber ihnen beiden, die in dem Widerschein dieser großen Liebe einen Lebenssinn gefunden hatten.

Nun nahm die Sekretärin ihren Platz am Schreibtisch ein und versuchte, sich in die Arbeit zu stürzen. Aber die Unhöflichkeit des Doktors hatte sie so sehr verletzt, dass sie sich nicht richtig konzentrieren konnte. Unterdessen blieb die Tür zum Büro des Präsidenten hermetisch verschlossen.

Plötzlich tauchte Doktor Franco Bruschi auf. »Ich gehe zu ihm rein«, sagte er.

»Bitte sehr. Er ist allerdings sehr schlecht gelaunt. Lassen Sie mich ihm kurz Bescheid geben«, schlug sie vor.

»Das ist nicht nötig. Er hat mich gerade angerufen und wartet auf mich«, beruhigte er sie und öffnete die Bürotür.

Tancredi war über dem Schreibtisch zusammengebrochen, er war bewusstlos.

»Signorina, rufen Sie sofort einen Arzt«, schrie Franco.

224

Sie trat auf die Türschwelle, sah, was es zu sehen gab, und wusste sofort, was zu tun war, ohne sich von ihren Gefühlen aus der Ruhe bringen zu lassen.

Tancredis Arzt wohnte in der Via Turati, genau gegenüber dem Gebäude der Cosedil. Die Sekretärin kannte seine Sprechstunden und wusste, dass Doktor Gaudenzi zu dieser Uhrzeit zu Fuß zum nahe gelegenen Krankenhaus ging. Sie wählte seine Handynummer.

»Hier ist Magda. Dem Präsidenten ist übel geworden«, sagte sie ohne Umschweife.

»Ich bin in zwei Minuten da«, versicherte Doktor Gaudenzi.

Sie kehrte in das Büro zurück und half Doktor Bruschi, Tancredi zum Sofa zu tragen. Rasch lockerte sie ihm den Krawattenknoten, knöpfte den Hemdkragen auf und zog ihm die Schuhe aus.

»Jetzt verstehe ich«, flüsterte sie und verzieh ihm augenblicklich seine unwirsche Art von vorhin. Tancredi öffnete die Augen. Er kam allmählich zu sich.

»Ich muss sofort seinen Blutdruck messen. Helfen Sie mir, ihm die Jacke auszuziehen«, befahl sie Doktor Bruschi. Sie holte das Instrument aus dem Schränkchen im Bad. Der Arzt kam herein, als die Sekretärin den Blutdruck bereits gemessen hatte. »Hundertfünfundachtzig zu hundertzwanzig«, verkündete sie Doktor Gaudenzi.

»Wir müssen ihm sofort ein Diuretikum verabreichen«, sagte der Arzt.

»Ist schon hier«, erwiderte die Sekretärin und hielt ihm eine Packung Lasix hin.

Der Arzt hörte Herz und Puls ab. »Zum Glück hat er keine Kompensationsstörung«, stellte er erleichtert fest.

Seit ein paar Jahren litt Tancredi an Bluthochdruck, den er mit einer geringen Dosis stabilisierender Medikamente unter Kontrolle hielt. Der plötzliche Anstieg seiner Werte war folglich besorgniserregend.

Die Sekretärin gab ihm zwei Tabletten von dem Diuretikum und ein Glas Wasser. »Trinken Sie«, befahl sie.

Tancredi gehorchte, während der Doktor ihn befragte.

»Hat es irgendeinen Zwischenfall gegeben?«

»Die gibt es immer«, erwiderte Tancredi.

»Etwas, worüber du dich aufgeregt hast?«, bohrte der Arzt weiter.

»Hör zu, mir geht es wieder gut«, erwiderte Tancredi ungeduldig.

»Du bleibst zumindest erst mal ein paar Stunden liegen. Weißt du, wenn ich ein gewissenhafter Arzt wäre, würde ich dich für ein paar Untersuchungen in die Notaufnahme einliefern lassen«, informierte Gaudenzi ihn.

»Aber das bist du nicht. Und du hast zu tun. Also vielen Dank und auf Wiedersehen«, sagte Tancredi.

»Signorina, bitte messen Sie in einer halben Stunde noch einmal seinen Blutdruck. Und geben Sie mir die Daten dann durch«, verabschiedete sich der Arzt.

Signorina Magda beugte sich herab, um Tancredi die Schuhe anzuziehen.

Er protestierte entrüstet. »Verdammt noch mal! Das kann ich noch allein.«

Sie hörte jedoch gar nicht hin und tat, was sie tun musste.

»Jetzt könnte ich gut einen Kaffee vertragen«, mischte sich Franco Bruschi ein.

Die Sekretärin ging in ihr Büro und rief den internen Cafeteria-Service an. »Einen amerikanischen Kaffee und einen Kamillentee«, bestellte sie.

Ihre Hände zitterten. Nun, da der erste Schreck vorüber war, machte die kühle Nüchternheit, mit der sie den Notfall gemeistert hatte, ihren Gefühlen Platz. Sie setzte sich an den Schreibtisch und wartete, bis sie ruhiger wurde.

In diesem Augenblick drangen die Stimmen von Tancredi und von Franco Bruschi durch die halb geschlossene Tür.

»Was hat dich denn nun so in die Luft gehen lassen?«, fragte Franco.

»Irene«, erwiderte Tancredi.

Die Sekretärin spitzte die Ohren. Sie wollte nicht lauschen, aber sie wollte wissen, was wieder zwischen dem Präsidenten und Irene lief.

»Drück dich ein bisschen genauer aus«, bedrängte ihn der Freund.

»Irene ist letzte Woche in der San-Marco-Basilika überfallen und ausgeraubt worden. Dabei ist sie am Kopf verletzt worden. Man hat sie genäht, und als sie wieder wach wurde, hatte sie das Gedächtnis verloren. Tagelang hat man nicht gewusst, wer sie ist. Als man sie endlich identifiziert hatte, hat die Polizei sie im Krankenhaus überwachen lassen. Man hat den Angreifer noch nicht gefunden, und sie fürchten, dass er einen Auftraggeber hat: jemanden, der mich treffen wollte durch die Frau, die ich liebe. Irene könnte meinetwegen überfallen worden sein, verstehst du?«, erzählte Tancredi verängstigt.

»Nein, ich verstehe nicht, aber bitte beruhige dich. Wer sollte dich über Irene bestrafen wollen?«

»Diejenigen, die schon einmal ohne Erfolg versucht haben, mich zu treffen«, erwiderte Tancredi.

»Das halte ich für eher unwahrscheinlich«, bemerkte Franco. »Außerdem ist sie ausgeraubt worden. Der Angreifer war also ein Dieb.«

»Auf jeden Fall muss ich sie sehen, ich muss mit ihr sprechen«, sagte Tancredi.

»Wer hat dir gesagt, dass Irene überfallen wurde?«, fragte Franco.

»Ich habe es heute Morgen erfahren, von dem Ermittler, Angelo Marenco.«

Signorina Magda hatte alles mitgehört. Das Zittern ihrer Hände wurde stärker. Sie bereute, gelauscht zu haben, und beschloss, dass sie ihrer Mutter am Abend nichts davon erzählen würde.

227

38 Sie träumte, in einem Wald zu sein, wo sie aus den Bäumen tausend Augen anstarrten. Sie erschrak und klammerte sich an die Beine ihrer Großmutter.

»Du hast deinen Sohn vergessen, als wäre er ein Regenschirm«, warf Agostina ihr vor.

»Das ist nicht wahr. Dieser Wald ist daran schuld, dass ich ihn vergessen habe«, verteidigte sie sich mit tonloser Stimme.

Dann erwachte sie. Morgenlicht fiel durch das weit geöffnete Fenster, und Angelo saß auf einem Stuhl neben ihrem Bett.

»Wo bin ich?«, fragte Irene und sah sich verwirrt in ihrem Zimmer um.

»Ich würde dir gern sagen, dass du auf einer Wolke bist. Aber das stimmt nicht«, erwiderte Angelo und sah sie zärtlich an.

Sie setzte sich im Bett auf.

Angelo hob die Stimme, damit der Polizeibeamte vor der Tür ihn hörte.

»Zwei Kaffee«, befahl er. Dann wandte er sich wieder ihr zu. »Du hast dich im Schlaf hin und her gewälzt und geklagt.«

»Ich träume in letzter Zeit sehr unruhig«, erklärte sie.

»Weißt du jetzt, wo du bist?«

»Ja, natürlich.«

»Sehr gut. Dann musst du aufstehen, dich waschen und anziehen. Im Bad findest du neue Kleider. Ich hoffe, sie passen. Ich kenne mich mit Kleidern und Wäsche für Damen nicht aus«, brummte er in barschem Ton, während Irene aus dem Zimmer ging.

Nach dem Duschen betrachtete sie sich im Spiegel. Angelo

hatte ihr ein rosa Unterkleid und eine zwei Nummern zu große Bluse in derselben Farbe gekauft.

Sie ging ins Zimmer zurück, wo Angelo auf sie wartete.

»Du kennst dich wirklich nicht mit Kleidern und Wäsche aus. Du solltest lieber bei Parfüms bleiben. Mein Fläschchen ist fast leer.«

»Dann weiß ich ja, was ich dir das nächste Mal mitbringen werde«, erwiderte er.

»Ich will hier weg. Ich will meinen Sohn sehen«, sagte sie.

»Ich kann dich gut verstehen. Ich würde meine Jungs auch gern sehen«, sagte Angelo.

Irene rührte in der Kaffeetasse, die auf dem Nachttisch stand.

»Wo kommt dieser Brief her?«, fragte der Ermittler. »Er ist an dich adressiert, und es ist deine Schrift. Du hast ihn von London aus an das Kloster geschickt. Wie ist er hierher gekommen?«

»Die Äbtissin hat ihn mir gebracht. Mach ihn auf, wenn er dich interessiert.«

Der Ermittler öffnete den Umschlag und las die Schenkungs-urkunde über Altopioppo. »Man kann deinem Sella nicht vor-werfen, dass er geizig wäre«, bemerkte Angelo voller Bitterkeit. »Also bist du nach London geflogen, um dieses Dokument zu holen und es dir ins Kloster zu schicken. Warum?«

»Ich hatte nur eine Stofftasche dabei und fand es unvorsichtig, die Urkunde mit mir herumzutragen«, erklärte sie. »Ich will zwei Bauernhäuser in der Nähe des Klosters in eine Bibliothek um-bauen lassen und so den Traum der Äbtissin verwirklichen. Als ich in Mailand angekommen bin, habe ich ein Taxi genommen, um ins Büro zu fahren. Dabei bin ich an San Marco vorbeige-kommen und habe spontan beschlossen, zu beten. Ich wollte von dort zu Fuß weiter in die Via Turati. Jetzt erinnere ich mich an al-les, zumindest, bis ich in die Kirche gegangen bin. Dann ist da nur ein schwarzes Loch in meiner Erinnerung.«

»Vielleicht war das das Motiv für den Überfall«, überlegte An-gelo.

»Was genau meinst du?«, fragte Irene.

»Dass jemandem deine Idee, die beiden Bauernhäuser dem Kloster zu schenken, vielleicht nicht gefällt.«

»Du bist ja verrückt, du gehörst eingesperrt«, fuhr Irene ihn an. »Ich habe mit niemandem über meine Pläne gesprochen. Nicht einmal mit Tancredi, falls du ihn meinst. Außerdem, warum hasst du ihn so sehr?«, fragte sie wütend.

»Warum liebst du ihn so sehr?«, forderte Angelo sie heraus.

»Ich bin nicht sicher, ob ich in ihn verliebt bin«, lehnte sie sich auf.

»Warum hast du dich dann vor zwanzig Jahren mit ihm eingelassen?«, platzte er mit harter Stimme heraus.

In der Unterhaltung mit Tancredi hatte er feststellen müssen, dass dieser attraktive und intelligente Mann Irene liebte und sie immer geliebt hatte. Sofort hatte sich die alte Eifersucht wieder gemeldet. Er hatte sich fest vorgenommen, sich zu beherrschen, doch es war ihm nicht gelungen, und so war er auf sich selbst wütend geworden. Er vermischte Arbeit und Privatleben: ein falsches und gefährliches Verhalten.

»Willst du mir etwa die Vergangenheit vorhalten? Jetzt möchte ich wirklich gerne mal wissen, ob ich hier bin, um beschützt zu werden oder um mir Vorwürfe anzuhören.« Sie holte tief Luft, bevor sie fortfuhr. »Ich möchte auch wissen, ob du als Polizist hier bist oder als zurückgewiesener Liebhaber.«

Angelo presste die Lippen aufeinander. »Verzeih mir«, flüsterte er.

»Ich will hier weg. Ich will meinen Sohn sehen«, insistierte sie.

»Nicht jetzt«, beendete der Ermittler das Thema.

»Lass mich wenigstens nach Altopioppo fahren.«

»Zuerst müssen wir den Angreifer finden und diesen Fall abschließen. Dann erst kannst du gehen.«

»Du rennst Gespenstern hinterher«, schloss Irene.

Angelo antwortete nicht und ging aus dem Zimmer. Den Beamten, der im Korridor stand, wies er an: »Lass sie nicht aus den Augen. Sie ist in der Lage, vor deiner Nase zu verschwinden.«

Wieder allein im Zimmer, ging Irene ans Fenster. Sie sah einen kleinen weißen Schmetterling durch die heiße Luft flattern, der sich schließlich erschöpft auf der Fensterbank niederließ. Das hochsommerliche Licht verblasste bereits in Vorahnung des Herbstes, und ihre Gedanken flogen wie erschöpfte Schmetterlinge müde umher, auf der Suche nach einem Ort, an dem sie sich ausruhen konnten. Mit einem Mal kam ihr der Bauernhof in San Benedetto wieder in den Sinn. Dort war Mauro Cordero und hütete die Erinnerungen an die Vergangenheit. Sie dachte an seine väterliche Zärtlichkeit, an die Großzügigkeit, mit der er ihre Mutter geliebt hatte, an seine hingebungsvolle Zuneigung zu Agostina. Nun erinnerte sie sich auch an Weihnachten vor vielen Jahren. Es war 1982 gewesen. Sie hatte gerade mit Angelo zu Mittag gegessen. Als der Junge sich auf den Weg machte, war Mauro zurückgekehrt, um ihr zu sagen, dass die Großmutter gestorben war. Dann waren sie und Mauro in Agostinas Zimmer hinaufgegangen. Aus den Kleidern der Großmutter hatten sie das schönste ausgesucht und es in eine Tasche gesteckt.

»Jetzt machen wir uns erst mal einen guten Kaffee«, hatte Irene gesagt, als sie wieder in der Küche standen, und sich die Tränen getrocknet. Mauro hatte den Kamin angemacht und sich vor das Feuer auf die Bank gehockt. Irene hatte sich neben ihn gesetzt und ihm eine Tasse mit bereits gezuckertem Kaffee gereicht.

»Oma braucht uns jetzt nicht mehr, sie kann warten. Aber du musst mir endlich Mamas Geschichte erzählen. Ich bitte dich, Papa, tu es jetzt. Ich muss es wissen«, hatte Irene ihn angefleht.

Und Mauro Cordero hatte angefangen zu erzählen.

Rosannas Geschichte

39 »Sie ist wie eine Mairose«, sagten die Bäuerinnen, wenn sie das junge Mädchen mit seiner Mutter sahen. Die Tochter war von einer vollkommenen Schönheit, besaß eine Haut wie Seide, rotblondes Haar, das ihren Hals liebkoste, und eine schlanke Figur. Sie war Agostinas ganzer Stolz – und auch ihr Leid. Von ihrem Vater hatte sie den ernsten, durchdringenden Blick, das entschlossene Profil und die harmonischen Bewegungen geerbt. Von ihr den widerspenstigen und argwöhnischen Charakter. Im Gegensatz zu ihrer Mutter jedoch war Rosanna voller Ängste, derer sie nur mit einer Aggressivität Herr werden konnte, die an Gewalttätigkeit grenzte. Agostina entschuldigte sie damit, dass ihre Tochter in ihrem Schoß vieles hatte durchmachen müssen. Nun war sie in einem schwierigen Alter und äußerte ihr Unbehagen zunehmend durch Unzufriedenheit.

»Meine Freundinnen haben ein neues Kleid für das Fest und ich nicht«, protestierte sie.

»Wenn ich dir ein neues Kleid nähe, wollen deine Geschwister auch eins. Dafür reicht das Geld nicht«, erwiderte Agostina.

»Meine Freundinnen gehen sonntags ins Kino. Ich muss hier bleiben und auf dem Feld arbeiten.«

»Ich brauche deine Hilfe.«

»Meine Freundinnen fahren im Sommer in eine Ferienkolonie am Meer. Warum darf ich nirgendwo hin?«

»Deine Freundinnen haben keinen Vater im Sanatorium«, erklärte die Frau und dachte an ihre Kindheit. Als sie ein kleines Mädchen gewesen war, hatten ihre Eltern ihr Essen, ein Paar neue Holzschuhe, einen wärmeren Schal und die Möglichkeit, zur

Schule zu gehen, verweigert. Ihre Tochter hatte ganz andere Ansprüche, sie wollte dem Vergleich mit den Gleichaltrigen stand-
halten, war getrieben von Neid und Geltungsdrang.

Der Krieg hatte Agostina der Unterstützung ihres Mannes be-
raubt, und sie war nun ganz allein auf sich gestellt, um das Überleben der Familie zu sichern.

Sie musste mehrere Männer bezahlen, damit sie ihr halfen, die
Erde zu pflügen. Doch einige der letzten Ernten waren schlecht
gewesen, und sie hatte ihre Ohrringe versetzen müssen, um Saat-
gut zu kaufen. Mitten in der Nacht stand sie auf, um die Kühe zu
melken. Bei Sonnenaufgang, wenn ihre Kinder noch schliefen,
fuhr sie mit dem Motordreirad davon, um die Milchkannen an
die Kooperative des Dorfes auszuliefern, die nicht immer pünktlich bezahlte. Glücklicherweise kamen am Wochenende Leute
aus der Stadt, die Eier, Hühner, Gemüse und Butter kauften.
Allerdings waren die Einnahmen dennoch unsicher.

Am Ende des Krieges war ihr Mann gemeinsam mit den anderen Soldaten zurückgekehrt, die den Feldzug in Russland überlebt hatten. Auf einem Lazarettzug hatte man ihn in die Heimat
geschickt und sofort in ein Sanatorium in den Bergen gebracht.
Agostina war zu ihm geeilt und hatte ihn lange betrachtet, ehe sie
in dieser Larve von Mensch den schönen jungen Mann wieder-
erkannte, den sie einmal geheiratet hatte.

»Du hast kein gutes Geschäft gemacht, als du mich geheiratet
hast«, hatte Armando mit dünner Stimme gesagt.

Sie hatte ihn angesehen, ohne zu antworten.

»Es passt mir nicht, mit dreißig zu sterben. Die Ärzte sagen,
dass meine Lunge völlig zerfleddert ist.«

»Heutzutage gibt es Wundermittel«, tröstete sie ihn.

»Vielleicht solltest du lieber der heiligen Muttergottes ein paar
Kerzen anzünden«, riet er ihr.

»Das werde ich tun«, versprach Agostina.

Sie kehrte ins Dorf zurück, ging in die Kirche, kaufte fünf Kerzen, zündete sie vor der Statue der Madonna an und betete, dass

ihr Mann wieder gesund und stark würde, wie damals, als sie ihn geheiratet hatte. Die Kerzen taten ihre Wirkung, und nach ein paar Monaten, mit Anbrechen des Frühlings, begann Armandos Lunge zu vernarben.

Agostina fuhr ihn alle sechs Monate besuchen. Die Reise war lang und kostspielig. Außerdem musste sie dann jedes Mal einem jungen Knecht, der in der Scheune schlief, und den Nachbarn, die um ihre Not wussten und gern halfen, Kinder und Hof überlassen.

Mit dem Verstreichen der Monate nahm sie eine stete Verbesserung des Zustandes ihres Mannes wahr. Er hustete nicht mehr so stark, hatte zugenommen und stotterte nicht mehr. Es war, als hätten der Krieg und die Krankheit ihn auch in der Seele gestärkt. Oft spazierten sie über die baumgesäumten Alleen im Park des Sanatoriums. Von dort gingen sie ins Dorf hinunter und aßen in einem Gasthaus. Dann setzten sie sich auf eine Bank und betrachteten die Berge.

Einmal sagte Armando zu ihr: »Ich möchte gern mit dir schlafen.«

Agostina sah ihn an, als hätte er etwas Unschickliches gesagt. Sie war nie eine Frau fürs Bett gewesen. Nur bei Luigi hatte sie entdeckt, wie glücklich man sein konnte, wenn man Liebe machte. Aber damals war sie neunzehn und verliebt gewesen.

»Wir reden ein andermal darüber«, versprach sie. »Ich muss jetzt zum Bahnhof, sonst verpasse ich den Zug.« Sie dachte an die Kinder, an die Tiere, an das Land.

Das nächste Mal sah sie ihren Mann im Sommer wieder. Sie machten einen Spaziergang im Wald, der sich bis zu einem Teich hoch oben auf einer Hochebene erstreckte. Aus dem Wasser wuchsen rosafarbene Seerosen. Sie setzten sich in das sonnengewärmte Gras und aßen, was Agostina vom Hof mitgebracht hatte: Brot und Wurst, gekochte Eier und Aprikosenkuchen. Dazu tranken sie süßen Wein von ihrem eigenen Weinberg.

Wie immer redete hauptsächlich Armando, der nie die Probleme des Hofes anschnitt. Die Sonne hob sein kräftiges und zugleich sanftes Profil hervor. Er war wieder ein schöner und starker Mann geworden.

Plötzlich umarmte er seine Frau. Ungestüm warf er sie ins Gras und nahm sie ohne allzu viele Umstände. Agostina hatte nicht den Mut, ihn zurückzuweisen, und unterwarf sich resigniert. Zwei Monate später teilte sie ihm in einem Brief mit, dass sie schwanger war. Dabei gelang es ihr jedoch nicht, ihre Enttäuschung über diese neuerliche Schwangerschaft zu verbergen.

An all das dachte sie, während ihre Tochter Rosanna ihr wegen der finanziellen Engpässe Vorwürfe machte. Die Familie, die nicht auf den kranken Vater zählen konnte, vermochte ihre Ansprüche nun mal nicht zu befriedigen.

Nun erklärte Rosanna: »Außerdem ist Armando nicht mein Vater. Es ist nicht meine Schuld, wenn du auch für ihn schuften musst.«

An ihren Stiefvater erinnerte sie sich nur vage, denn sie war gerade erst vier gewesen, als Armando in den Krieg gezogen war. Zu jener Zeit wusste sie noch nicht einmal, dass er nicht ihr Vater war. Das hatte sie erst erfahren, als sie zur Schule ging, denn sie trug einen anderen Nachnamen als ihre Geschwister. Sie hatte diese Andersartigkeit stets als einen Verrat ihrer Mutter empfunden.

»Armando ist mein Mann, und ich bitte dich, ihn als solchen zu respektieren«, sagte Agostina.

Sie stand vor dem Herd und kochte Fleischsoße für die Nudeln. Rosanna sah ihre nüchtern wirkende Mutter an, die sich keinerlei weibliche Koketterie gestattete. Meist trug sie die Männerhemden und -hosen von Armando, die unbenutzt in den Schubladen lagen. Irgendwann hatte sie den praktischen Nutzen dieser Kleidungsstücke entdeckt und begriffen, dass Männer schlauer waren als Frauen. Auf dem Feld schützten die Hosen ihre Beine, und für ihre Knie waren sie eine wahre Wohltat. Mittlerweile konnte sie gerade noch die Knöpfe schließen. Sie war im vierten

Monat schwanger und hatte sich noch nicht entschließen können, es ihren Kindern gegenüber zu erwähnen.

Rosanna stand vor dem Tisch und rieb ein Stück abgelagerten Käse.

»Warum sollte ich ihn respektieren? Er respektiert dich doch auch nicht. Glaubst du, ich merke nicht, dass du in anderen Umständen bist?«

Agostina ließ den Holzlöffel fallen, mit dem sie die Soße rührte und errötete, als wäre sie auf frischer Tat ertappt worden.

»Diese Dinge gehen dich nichts an«, erwiderte sie und zügelte ihren Impuls, dem Mädchen eine Ohrfeige zu verpassen.

»Und ob sie mich was angehen. Ein Mund mehr zu stopfen, und wir müssen den Gürtel noch enger schnallen, während der Herr sich in den Bergen ein schönes Leben macht.«

Agostina überraschte sich selbst dabei, wie sie dieselben Worte aussprach, die ihre Mutter vor vielen Jahren benutzt hatte. »Es ist der Wille des Herrn«, flüsterte sie mit einem resignierten Seufzen.

»Es ist der Wille des Herrn, dass Armando im Sanatorium sitzt, sich den Bauch kratzt und sich einen Dreck um unsere Probleme schert«, erwiderte Rosanna.

Sie war zwölf und fühlte sich wie alle Heranwachsenden nicht ganz wohl in ihrer Haut. Sie war wie besessen davon, sich mit Gleichaltrigen zu vergleichen, die aus wohlhabenderen Familien kamen, sorgloser lebten und eleganter waren als sie. Die Eltern ihrer Freundinnen hatten fast alle das Land verlassen und arbeiteten in der Fabrik. In der Gegend schossen Betriebe, Werkstätten und Unternehmen jeder Art wie Pilze aus dem Boden.

Der Vater von Adelia, ihrer besten Freundin, hatte Land und Vieh verkauft und den Stall in eine Lagerhalle umgewandelt. Er hatte Arbeiterinnen eingestellt, die gebrauchte und zerlumpte Militäruniformen zu Ballen pressten. Die verkaufte er an die Papierfabrik und wurde damit reich. Schließlich wurde damals viel Papier benötigt, denn man druckte neue Zeitungen und viele

Bücher. Adelias Vater hatte sich ein Motorrad gekauft und sonntags fuhr er mit Frau und Kindern spazieren. Das Mädchen prahlte damit, einen reichen Vater zu haben. Sie wusch sich mit Lux-Seife, der Seife der Stars, die weiß und schaumig war und intensiv duftete. Rosanna dagegen benutzte Seife zum Wäschewaschen, die die Mutter zu Hause aus Tierknochen selbst herstellte.

»Jetzt reicht's!« Agostina hatte sich zu ihr umgedreht, und ihre Augen funkelten vor Zorn.

Dieses Kind, das in ihr heranwuchs, hatte sie nicht gewollt, aber nun, da ihr Bauch mit jedem Tag dicker wurde, überwog ihr Beschützerinstinkt für dieses entstehende Leben.

»Dann reib doch deinen Käse selbst«, erwiderte das Mädchen frech und warf die Reibe auf den Tisch. Sie stürzte aus der Küche und schlug die Tür hinter sich zu, um ihre Wut an den beiden Brüdern auszulassen, die mit anderen Kindern spielten. Sie schubste die Jungen, so dass sie hinfielen, und lief dann in die Felder davon.

Rosanna war eifersüchtig, das wusste ihre Mutter genau. Wie alle älteren Kinder hatte sie die mütterliche Aufmerksamkeit zuerst mit zwei Geschwistern teilen müssen, und nun kam noch ein drittes dazu, das im Winter geboren werden sollte. Da nützte es wenig, dass Agostina ihr, wann immer sie konnte, heimlich eine Tafel Schokolade oder ein Spitzentaschentuch zusteckte. Ihre Tochter verlangte sehr viel mehr. Ständig forderte sie Aufmerksamkeit und verstand nicht, dass ihre Mutter auch die Last eines Gutshofes auf den Schultern trug, den sie am Laufen halten musste.

Es waren wirklich schwere Zeiten, und den Landarbeitern war jeder Vorwand recht, um einen Streik zu organisieren. Die Carabinieri wiederum ließen keine Gelegenheit aus, sie niederzuprügeln und ins Gefängnis zu stecken. Agostina wurde bewusst, dass die Tagelöhner unterbezahlt waren und die Ordnungskräfte Anweisungen von oben ausführten. Tief in ihrem Innern war sie auf der Seite der Arbeiter, aber sie konnte ihren Forderungen nicht nachkommen.

In solchen Momenten fehlte ihr Armando sehr. Sie brauchte einen Mann, mit dem sie sich austauschen und die Verantwortung teilen konnte. Ihre Tochter hatte nicht völlig Unrecht. Ihrem Mann ging es inzwischen gut, aber er schien keine Eile zu haben, nach Hause zurückzukehren. Zwei Wochen zuvor hatte sie eine Postkarte mit den üblichen Grüßen an sie und die Kinder bekommen. Einen Satz hatte sie allerdings nicht zu deuten vermocht: »Der Doktor hat gesagt, dass er mich entlässt, wann ich will.«

Sie hatte ihm nicht geantwortet, denn sie war zu wütend gewesen, aber inzwischen fürchtete sie auch seine Rückkehr. Er war mittlerweile zu viele Jahre fort gewesen, und ihr war, als müsse sie einen Fremden aufnehmen.

Sie schob die Gedanken beiseite, ging zur Tür und rief die Kinder: »Kommt essen!« In diesem Augenblick sah sie Armando von dem Karren eines Bauern springen. An den Türrahmen gelehnt, blieb Agostina stehen, in der einen Hand hielt sie den Kochlöffel, mit der anderen ordnete sie ihr Haar. Sie stieß einen tiefen Seufzer aus. Zu gern hätte sie sich gefreut, doch stattdessen wurde ihr das Herz schwer.

40 Nach und nach waren alle Bewohner der umliegenden Höfe vorbeigekommen. Die Rückkehr Armando Elias war ein Vorwand, sich zu versammeln und zu feiern. So waren nun alle auf der Tenne und lauschten Agostinas Mann, der dem Krieg und der Tuberkulose entronnen war, der die Ziehharmonika genommen und ihr die ersten Akkorde des *Valzer delle Candele* entlockt hatte, begleitet von einem Nachbarn und seiner Gitarre. Die Frauen lauschten ihnen verzückt, die jüngeren wiegten sich im Takt, hielten einander bei den Händen und sangen zur Musik: »*Domani tu mi lascerai e più non tornerai …*«

Eine Alte klopfte ihrem Mann auf die Schulter und sagte: »Na los, wagen wir ein Tänzchen.«

Augenblicklich taten die anderen es ihnen nach. Die Kinder gesellten sich zu den Erwachsenen, Mädchen bildeten Paare mit anderen Mädchen, Männer mit Männern, Junge mit Alten.

Agostina lief die ganze Zeit zwischen Tenne und Küche hin und her, um Gläser, Wein, Plätzchen zu holen. Unterdessen fielen Kommentare zu Armando, der schöner zurückgekehrt war als vorher, zu den kürzlichen Unruhen wegen der habgierigen Forderungen der Bauern, die die dürftigen Einkünfte der von der Steuer geschröpften Herren nicht in Betracht zogen. Sie redeten über das Unglück, das diese oder jene Familie getroffen hatte, über Agostina und dass sie diesem Bären von einem Mann ein neues Kind schenken würde, der sie noch im Krankenhaus geschwängert hatte.

»Kommt her, schöne Gattin, schwingt auch Ihr das Tanzbein«, sagte der junge Knecht, der Agostina in den schwierigsten Monaten nach dem Krieg beigestanden hatte. Nun, da Armando zurück war, fürchtete er, seinen Posten zu verlieren.

»Ich bin keine gute Tänzerin«, wehrte sie mit gewohnter Widerspenstigkeit ab.

»Nein! Wenn Agostina mit jemandem tanzt, dann mit mir«, rief ihr Mann. Er ließ den Gurt der Ziehharmonika von der Schulter gleiten und gab das Instrument an Pietro Marenco weiter, der ein wahrer Tastenvirtuose war. Im Weggehen setzte er noch hinzu: »Spiel *Violino Tzigano*. Das Lied gefällt meiner Frau.«

Dann packte er sie schwungvoll wie ein Schmierenkomödiant und ließ sie eine Pirouette drehen, um sie anschließend leidenschaftlich an sich zu ziehen.

»Du gefällst mir«, flüsterte er ihr zu und musterte sie mit sehnsuchtsvollem Blick.

»Ich bin aus dem Alter für solche Dinge raus. Außerdem sind die Kinder da«, erwiderte sie und versuchte, sich aus seiner leidenschaftlichen Umarmung zu winden. »Es ist nicht gut, wenn sie sehen, dass sich ihre Mama wie ein dummes Ding benimmt.«

Sie dachte an diese Larve von Mann, die sie im Krankenhaus vorgefunden hatte, kurz nachdem sie ihn in die Heimat geschickt hatten. Er war wie neu, sogar besser als vorher, und legte eine Kraft und eine Kühnheit an den Tag, die sie an ihm nicht kannte. Er hatte nicht nur aufgehört, zu stottern und rot zu werden, sondern er sah sie auch mit einer Unverschämtheit an, die sie irritierte. Völlig unerwartet war er mit einem Gehabe aufgetaucht, als wollte er sagen: »Der Herr ist zurück.« All die Mühen und tausend Schwierigkeiten, denen sie sich tagtäglich während seiner langen Abwesenheit hatte stellen müssen, hatte er überhaupt nicht zur Kenntnis genommen. Nun stolzierte er wie ein feiner Herr in Sonntagskleidung umher und nahm sich heraus, sie mit einer inakzeptablen Kühnheit zu behandeln. Ebenso unerhört war seine Ankündigung, die er vom Stapel ließ, kaum dass er das Haus betreten hatte: »Ich war in Cuneo und habe ein Motorrad gekauft. Morgen hole ich es ab.«

Agostina war sprachlos. Ein Motorrad war eine Ausgabe, die sie sich nicht erlauben konnten, und zudem eine Form der Prahlerei, die sie ganz und gar nicht mochte.

»Dafür braucht man Geld, wir haben aber keins. Hier wird das Leben immer schwieriger. Seit dem Kriegsende haben wir eher einen Rückschritt gemacht als einen Schritt nach vorn«, hatte sie ihn erinnert. Dabei musste sie daran denken, dass sie jeden Tag, sobald sie mit ihrer eigenen Arbeit fertig war und ihr eigenes Land bestellt hatte, für andere das Heu wenden ging. Der junge Knecht bekam zwar keinen Lohn, aber er musste ernährt werden, und am Sonntag stand ihm ein Taschengeld von fünfhundert Lire zu. Sie verdiente hundert Lire die Stunde mit ihren Gelegenheitsarbeiten. Die Kinder gingen in die Schule und brauchten Hefte, Schuhe, Kleidung. Sie selbst hatte an einem kariösen Zahn gelitten, und um Geld zu sparen, hatte sie sich an den alten Schmied von San Benedetto gewandt, der auch Zähne zog. Seit Jahren nähte sie sich kein neues Kleid und gönnte sich nicht einen Tag Ruhe.

»Warum regst du dich so auf? Ich habe dich nicht um Geld gebeten. Außerdem wolltest du das Land kaufen. Du hättest schließlich hinter der Theke arbeiten können, im Laden in Tortona. Ich habe mich deinem Willen gebeugt und übe einen Beruf aus, für den ich nicht geschaffen bin. Ich habe Jahre in der Hölle verbracht. Jetzt ist das Kapitel beendet, und wir fangen von vorne an«, hatte Armando erwidert und dabei die Kinder angesehen, fast als suche er ihre Zustimmung.

Die Nudeln dufteten einladend, und beim Anblick der kräftigen Farbe der Soße, die aus Schweinelende zubereitet war, lief ihm das Wasser im Mund zusammen.

»Du fängst von vorne an, ich habe nie aufgehört. All die Jahre bin ich Tag für Tag vor Sonnenaufgang aufgestanden und mitten in der Nacht schlafen gegangen. Erzähl mir nicht, dass wir jetzt von vorne anfangen.« Agostina zwang sich, ruhig zu bleiben, aber sie war zutiefst wütend. Das Motorrad kam ihr vor wie eine Beleidigung all der tausend täglichen Opfer. In diesem Augenblick tauchte ihre Tochter auf und sah den Mann an, der mit ihren Geschwistern am Tisch saß. Die Marencos hatten ihr von seiner Rückkehr erzählt, in dieser Gegend blieb nichts unbemerkt. Auch er musterte sie verwundert.

»Ich bin Rosanna«, sagte sie.

»Gut, dass du's mir gesagt hast, ich hätte dich sonst nicht wiedererkannt. Du bist ja eine richtige kleine Dame geworden. Deine Mutter hat mir erzählt, dass du groß geworden bist, aber so groß, das hätte ich nicht gedacht. Gut. Komm her, und gib mir einen Kuss.«

»Das ist nicht nötig. Bei uns zu Hause ist das nicht üblich«, erwiderte das Mädchen und nahm am Tisch Platz.

Armando lachte. »So, nun hast du Distanz geschaffen und Grenzen gesetzt. Du bist nicht umsonst die Tochter deiner Mutter«, lautete sein Kommentar.

Während des Abendessens blickte sie ihn verstohlen an, halb misstrauisch, halb neugierig.

»Papa hat ein Motorrad gekauft«, verkündete Roberto, ihr zehnjähriges Brüderchen.

»Wie das von Adelias Papa?«, ereiferte sich Rosanna sofort. »Wo ist es? Kann ich es sehen?«

»Er holt es morgen ab«, fügte Gino hinzu, der jüngste der Geschwister.

»Sagen und tun sind zweierlei«, erwiderte sie altklug.

»Deine Mutter hat gar nicht erwähnt, dass du so bissig bist wie eine alte Jungfer«, unkte ihr Stiefvater, der aussah, als würde er sich prächtig amüsieren. »Ich mache mit euch allen vieren einen Ausflug. Zuerst mit den Damen, natürlich.«

Agostina hätte am liebsten laut aufgeschrien angesichts dieser Verschwendung. Erst wenige Tage zuvor hatte sie Marianna Barbero fünftausend Lire geben müssen wegen des Schadens, den Roberto, Gino und die ganze Bande von Rotznasen aus der Nachbarschaft angerichtet hatten. Die Schuld aber war einzig und allein die ihrer Söhne gewesen, und daher hatte sie auch die Kosten für den Arzt übernehmen müssen.

Statt ihr zu helfen, machten ihre Jungs ihr nur Scherereien. So hatten sie beschlossen, die alte Witwe zu erschrecken, die oft betrunken war und ständig von einer Hexe erzählte, die sie nachts verfolgte und ihr Haus verwüstete. Die Kinder hatten großen Spaß daran, ihr und den Kommentaren der Erwachsenen zuzuhören.

Eines Tages hatte Agostina die Jungen zu den Marencos geschickt, um eine Schubkarre auszuleihen, weil ihre kaputtgegangen war. Auf dem Rückweg hatte Roberto einen großen Kürbis im Garten der Marencos entdeckt. Mit Hilfe seines Bruders stahl er ihn, lud ihn auf die Schubkarre und versteckte ihn hinter dem Hühnerstall.

»Mama verprügelt dich, wenn sie erfährt, dass du den Kürbis geklaut hast«, hatte Gino bemerkt.

»Wir brauchen ihn, um Marianna einen Streich zu spielen«, hatte Roberto gesagt.

»Ach so! Willst du etwa einen Schädel daraus machen?«, hatte sich der Bruder ereifert.

»Ganz genau. Wir brauchen ein Messer, einen Stock und eine Kerze.«

Ein Spielkamerad sah sie und wollte an dem Unternehmen teilhaben. Die Kunde, dass man Marianna einen Streich spielen wollte, verbreitete sich in Windeseile, und als es Nacht wurde, entwischten die Kinder aus ihren Betten. Der große, ausgehöhlte und zu einem Totenschädel geschnitzte Kürbis war bereit. In den Hohlraum stellten sie eine Kerze, befestigten den Kürbis auf einem Stock und wickelten ein Laken darum. Dann machten sie sich auf den Weg und erreichten bald darauf den Barbero-Hof. Durch das Küchenfenster sahen sie die Frau am Tisch sitzen. Sie trank Wein und redete mit sich selbst.

»Marianna, ich bin der Geist deines Weines und bin gekommen, um dich zu holen«, hatte Roberto mit hohler Stimme heruntergeleiert. Währenddessen schwenkten die anderen den Kürbis vor dem Fenster hin und her. »Marianna, du kommst mit mir in die Höllenfeuer«, war der Junge fortgefahren.

Die arme Frau hatte das Glas zu Boden fallen lassen und war heulend vor lauter Angst aus dem Haus auf die große Straße gelaufen. Völlig panisch hatte sie die Arme hochgerissen und geschrien: »Nein, nicht in die Hölle! Nicht in die Hölle!« Schließlich war sie hingefallen, hatte sich die Schulter gebrochen und war ohnmächtig geworden.

Die Kinder erschraken.

»Wir haben sie umgebracht«, riefen sie immer wieder weinend.

Angelockt von dem Lärm eilte eine Bäuerin herbei, die Marianna in diesem bemitleidenswerten Zustand vorfand. Andere Leute kamen hinzu und luden sie auf einen Karren, um sie ins Krankenhaus zu bringen.

Agostina hatte erst am nächsten Tag von der Geschichte erfahren, als einige Nachbarinnen sie über das Bravourstück, das ihre Söhne ausgeheckt hatten, in Kenntnis setzten.

Sie war sofort ins Dorf gelaufen, um die Witwe zu besuchen, der es noch immer sehr schlecht ging. Man hatte ihr die Schulter eingegipst, und sie war in einem Zustand besorgniserregender Verwirrung. Agostina musste erst eine Standpauke vom Arzt über sich ergehen lassen, dann wurde sie zum Bürgermeister zitiert und dazu verpflichtet, sämtliche Kosten zu übernehmen. Fünftausend Lire. Als sie nach Hause gekommen war, waren die Bengel verschwunden. Geduldig hatte sie bis zum Abend auf die beiden gewartet, als sie versuchten, unbemerkt in ihre Betten zu schlüpfen. Sie hatte die Jungen mit dem Besen vertrimmt und ihnen auferlegt, eine Woche lang jeden Abend den Stall zu putzen.

Erst dann hatte sie sich in ihr Zimmer zurückgezogen und herzhaft gelacht.

Aber die fünftausend Lire schmerzten sie, und nun hatte ihr Mann sicher mindestens fünfzigtausend Lire für das Motorrad ausgegeben. Dann waren die Nachbarn gekommen, und Armando hatte die Ziehharmonika zur Hand genommen, die sie so viele Jahre gehütet hatte.

Nun wirbelte er sie herum wie ein junges Mädchen. Er zog sie an sich, schmiegte seinen Körper an den ihren und flüsterte: »Das ist nur ein kleiner Vorgeschmack. Das Beste kommt erst heute Nacht, wenn wir allein sind.«

»Je nachdem, wie man's sieht«, entfuhr es Agostina. Lieber wäre ihr eine Ohrfeige gewesen als diese Zweideutigkeiten. Sie löste sich aus seiner Umarmung und beeilte sich, ins Haus zu gelangen.

Die schwangere Frau schloss sich im Schlafzimmer ein. Sie war wütender auf sich selbst als auf Armando, denn letztendlich forderte er nur sein Recht als Ehemann ein. Aber sie hatte keinerlei Verlangen danach, ihre ehelichen Pflichten zu erfüllen. Vielmehr hatte sie das Gefühl, ihren Körper zu verkaufen, im Tausch gegen eine nur scheinbare Sicherheit. Und sie kam sich gedemütigt vor. Gleich würde sie Armando empfangen müssen. Sie musste sich fügen, auch weil es schlecht für das Kind in ihrem Leib war, wenn sie sich aufregte. Mit einem tiefen Seufzer trat sie ans Fenster. Ihr Mann stellte sich in einem Tango mit Rosanna zur Schau, die sich jedoch recht unbeholfen bewegte, weil ihr noch niemand beigebracht hatte, zu tanzen. Agostinas Tochter lächelte. Ihren Groll gegen den Stiefvater, sofern er sie noch quälte, schien sie gut zu verbergen.

41 »Das kann doch wohl nicht wahr sein, dass ihr jeden Tag derart zugerichtet nach Hause kommt.«

Agostina war verzweifelt und brüllte, um ihre Angst jener Wochen zu verbergen. Roberto und Gino, ihre beiden Jungen, waren gerade mit zerrissenen Kleidern, einem blauen Auge und einer Wunde an der Stirn aus der Schule gekommen. Sie hatte Roberto ein Stück rohes Fleisch auf sein geschwollenes Auge gelegt und säuberte nun Ginos Schnitt auf der Stirn mit Desinfektionsmittel. Roberto hatte seine Schulkameraden mit Fäusten geschlagen, Gino hatte mit Steinen geworfen. Das ging nun schon zu lange so, und zwar seit der unbegrenzte Streik der Tagelöhner begonnen hatte. Diese forderten von ihren Arbeitgebern hunderttausend Lire mehr Lohn im Jahr, sechs Tage bezahlten Urlaub und Sonntagsruhe sowie Lohnfortzahlung im Krankheitsfall.

»Wir haben eingesteckt, aber wir haben auch ausgeteilt. Tanino Furia habe ich so eine dicke Nase verpasst«, prahlte Gino, der neun Jahre alt war und kräftig wie ein kleiner Stier.

»Wir können doch nichts dafür, dass wir die Söhne der Herren und die der Tagelöhner gegen uns haben«, klagte Roberto, der sich im Spiegel betrachtete. Dabei drückte er das Fleisch auf sein Auge und wiederholte mehrmals: »Wie ekelhaft!«

Das zu jener Zeit vorherrschende politische Lager machte sich für die entstehende Industrie stark, damit Italien mit den anderen Ländern Europas Schritt halten konnte, was natürlich zu Lasten der Landwirtschaft ging. Die Tagelöhner beklagten das Gefälle zwischen ihrem Lohn und dem der Arbeiter. Agostinas Familie saß zwischen allen Stühlen. Zwar war sie Herrin über

246

ein Stückchen Land, doch um überleben zu können, musste sie außerdem tageweise für einige Nachbarn arbeiten, die mehr Land besaßen als sie. Da die Kinder der Herren und die der Tagelöhner zu ihren Eltern hielten, wurden Gino und Roberto bei Streit, der meist mit Worten begann und mit Schlägen endete, immer wieder mal vom einen, mal vom anderen Lager aufs Korn genommen. In dieser Zeit hatte auch Rosanna ihre Probleme, denn die Mädchen waren nur dem Anschein nach weniger aggressiv. In Wirklichkeit brachten sie ihren Groll mit schlechter Laune und Bosheiten zum Ausdruck.

Die Freundinnen beleidigten sie und sagten, dass sie einen nichtsnutzigen Vater habe, der von den Streiks profitiere, um auf seinem Motorrad durch die Gegend zu fahren. Außerdem wolle er es sich mit keiner Partei verderben, um sich keine Feinde zu machen.

»Wenn wir endlich diesen verfluchten Bauernhof verlassen und zu Opa und Oma nach Tortona gehen würden, hätte ich ein angenehmeres Leben und wir alle den Bauch voll«, platzte sie heraus, wenn sie mal wieder wütend aus der Schule kam. Oft hatten die Freundinnen ihr dann das Tagebuch geklaut, ein Buch voll gekritzelt oder sie an den Haaren gezogen.

Das brachte wiederum ihre Mutter auf die Palme. »Eines Tages werde ich dir dein loses Mundwerk einfach zunähen«, drohte sie. Agostina war jedes Mal zutiefst beleidigt, wenn die Familie ihr Leben als Bauern in Frage stellte. Sie konnte sich nicht mit dem Gedanken anfreunden, tagein, tagaus hinter einer Ladentheke zu stehen, eingesperrt zwischen vier Wänden, ohne richtig atmen zu können. Sie brauchte Platz um sich herum, den fernen Horizont, den Geruch nach Erde und Tieren.

Abends, wenn sie mit den Nachbarn auf der Tenne saß, versuchte sie, die Ereignisse zu begreifen. Sie wollte eine für sie zufriedenstellende Erklärung finden und herausbekommen, welche Seite Recht und welche Unrecht hatte.

Soweit sie sich erinnern konnte, hatten die Tagelöhner noch

nie einen derart harten Streik durchgeführt, und nie zuvor war die Politik so nachhaltig in ihr Leben getreten.

Pietro Marenco war ein vernünftiger Gutsbesitzer, dem es gelang, in dem großen Durcheinander zwischen Kommunisten und Christdemokraten Klarheit zu schaffen. »Unsere Regierung ist blind«, sagte er. »Sie glaubt, die Probleme lösen zu können, indem sie die Polizei losschickt, um die Streikenden niederzuknüppeln. Dabei begreift sie nicht, dass das Land eine große Ressource für Italien ist.«

Agostina nickte. Sie brauchte in dieser Hinsicht nicht überzeugt zu werden, aber sie wusste, dass die Forderungen der Tagelöhner legitim waren. Schließlich war sie die Erste, die sich, wenn sie für andere arbeitete, über die dürftige Entlohnung beschwerte. Aber sie wusste auch, wie ungewiss die Erträge der Landwirtschaft waren. Die neuen Technologien konnten plötzlichen Frost, Überschwemmungen oder Hagel nicht verhindern. Trotz allem liebte sie das Land.

Sie spürte einen Stich im Herzen, als Tullio, ein anderer Nachbar, verkündete: »Meine Kinder werden keine Bauern werden wie ich. Ich will, dass sie zum Arbeiten in die Fabrik gehen, denn das Land ist verflucht.«

Die Frau eines Tagelöhners beklagte weinend, dass sie nichts mehr auf den Tisch bringen könne, weil ihre Männer seit über zehn Tagen streikten. »Mein Mann redet überhaupt nicht mehr mit mir. Er macht ein langes Gesicht, und wegen jeder Kleinigkeit lässt er seine Wut an mir aus. Meine beiden ältesten Söhne stehen gar nicht mehr auf. Sie sagen, dass sie Angst haben, sich draußen zu zeigen, denn sie wissen, nach dem Streik wird der Gutsherr einen Vorwand finden, um sie zu entlassen.«

»Sei nicht so pessimistisch, Faustina«, ermutigte Pietro Marenco sie.

»Sie haben gut reden, Sie sind ja auch ein Gutsherr. Jetzt sind auch noch die Streikbrecher gekommen und bringen uns um Lohn und Brot.«

»Die werden genauso gehen, wie sie gekommen sind. Das sind auch nur arme Teufel wie die Bauern.«

Die Streikbrecher eilten von allen Seiten herbei, um ihre ungeschickten Hände anzubieten. Marenco selbst hatte einige eingestellt, und ihm drehte sich der Magen um, wenn er die schlechte Arbeit sah.

»Als ich heute Morgen im Stall war, stand plötzlich der Verbandsführer aus Cuneo vor mir«, erzählte Agostina. »Er hat gesagt, ich darf meine Kühe nicht melken, weil sonntags nicht gearbeitet wird. Ist der verrückt? Das sind doch Tiere, die wissen nicht, dass sie sonntags keine Milch produzieren dürfen. Wenn ich sie nicht melke, bekommen sie eine Entzündung, und ich kann sie nur noch zum Schlachter schicken. Der Typ ist einer von denen, die glauben, der Milchmann macht die Milch. Jedenfalls hat er mich davor gewarnt, für andere Gutsherren zu arbeiten. Also tue ich es nicht«, sagte sie an Pietro Marenco gewandt.

Herren und Tagelöhner waren sich einig: Man lebte schlecht dieser Tage, und das Land schien weniger schön, die Luft weniger rein, das Wasser weniger gut. Die Sonne war schon eine Weile untergegangen, aber man konnte keine Sterne sehen.

»Selbst die Sterne streiken«, rief ein Kind mit silberheller Stimme.

Ein Bauer führte sein Weinglas an die Lippen und kostete einen kleinen Schluck.

»Auch der Wein scheint mir weniger gut«, sagte ein Tagelöhner. »Der Pfarrer hat zu meiner Frau gesagt, dass wir in die Hölle kommen, wenn wir uns mit den Kommunisten abgeben. Ich habe zwar keinen Parteiausweis, aber wenn die anderen streiken, kann ich doch keinen Rückzieher machen. Was sagen Sie dazu, Padrone?«

Er versuchte, sich wenigstens von Pietro Marenco die Absolution erteilen zu lassen.

»Ich sage, dass du Recht hast. Du musst endlich mehr Lohn bekommen. Aber ich schwimme auch nicht in Geld. Die Steuern zahle ich und die schlechten Ernten ebenfalls. Was also sollen wir tun?«

Rosanna unterhielt sich ein wenig abseits mit anderen Mädchen, jedoch nicht ohne mit einem Ohr den Gesprächen der Erwachsenen zu lauschen. Unterdessen beobachtete sie Armando, der schweigend trank. Sie war neugierig darauf, wie der Mann ihrer Mutter die verfahrene Situation sah. Allerdings beschränkte er sich darauf, von Zeit zu Zeit Agostinas Arm zu streicheln, die ihn verärgert zurückwies.

Auf der ausgehobenen Straße kam eine vom Pfarrer angeführte Prozession vorüber, bei der vier Männer die Statue der Madonna trugen. Das Gefolge bestand aus Bäuerinnen und jungen Marientöchtern, die brennende Kerzen hielten und sangen: »Wir wollen Gott, unseren Vater, wir wollen Gott, unseren König. Mögen die Söhne stark, die Töchter keusch sein ...«

»Die Kirche hat immer Recht«, mischte sich Armando ein. »Nicht umsonst existiert sie seit zweitausend Jahren. Diese Kommunisten sind Sklaven der Sowjetunion, und wenn wir nicht aufpassen, bekommen wir nach den deutschen Kanonen auch noch die der Russen zu spüren.«

»Humbug!«, platzte Agostina heraus. »Du redest nie, und wenn du doch einmal den Mund aufmachst, dann gibst du Unsinn von dir.«

»Inzwischen geht das Land zum Teufel, und die Kühe werden krank, weil die Streikbrecher nicht melken können«, beharrte er. Dann lächelte er seiner Frau zu. »Gehen wir schlafen, wir lösen das Problem heute ohnehin nicht.«

Rosanna trat zu ihm. »Endlich weiß ich, dass du anders denkst als meine Mutter.«

»Kümmere du dich um deine eigenen Angelegenheiten, und fälle keine Urteile mit deinem Grünschnabel«, wies Agostina sie zurecht.

Alle machten sich auf den Heimweg, und sie waren alle traurig. In der Nacht würde es neue Schlägereien zwischen Tagelöhnern und den von den Gutsherren eingestellten Streikbrechern geben. Während sie in ihr Haus zurückkehrten, legte Armando schützend einen Arm um die Schultern seiner Frau.

»Du bist zu hart zu Rosanna«, sagte er.

»Nicht ich. Das Leben ist hart, und es ist nur gut, wenn man es von klein auf lernt«, erwiderte sie.

»Ich vergaß, dass du alles weißt und ich nichts, dass du gut bist und ich böse.«

»Du gehst mir auf die Nerven, wenn du so dummes Zeug redest. Aber ich beneide dich, weil du weißt, auf wessen Seite du stehst. Du bist auf der Seite der Herren und der Pfarrer, die von ihrer Kanzel aus oder durch die Felder wandernd Propaganda machen. Auch wenn ich weiß, dass ich gegen meine Interessen handele, bin ich dennoch auf der Seite der Kommunisten und somit der Tagelöhner. Sie können keine Propaganda machen, weil sie sonst niedergeprügelt und ins Gefängnis gesteckt werden. Was bitteschön soll das für eine Demokratie sein?«

»Frau, denk daran, deine ehelichen Pflichten zu erfüllen, und überlass die Politik uns Männern«, sagte Armando flüsternd und streichelte ihre Brust.

»Geh und kühl dich im Wirtshaus ab«, fluchte sie beleidigt. Hastig schloss sie zu ihren Kindern auf und ging gemeinsam mit ihnen ins Haus.

Armando setzte sich auf sein Motorrad und brauste davon.

In dieser Nacht geschah die Sache mit den Weinstöcken.

Ein reicher Landwirt, Ersilio Tonello, führte am nächsten Morgen die Carabinieri in seine Weinberge und zeigte ihnen die abgeschnittenen Reben.

»Diese dreckigen Roten haben mir den Boden unter den Füßen entzogen«, brüllte er verzweifelt. »Sie haben die Stöcke gekappt, das ist, als würde man die Pflanze töten. Ich bin ruiniert.« Er nannte die Namen zweier Kommunisten und beteuerte, dass sie dafür verantwortlich seien. Die beiden, es waren seine Landarbeiter, wurden verhaftet und in eine Zelle gesteckt. Dort schlug

251

man sie, damit sie das Verbrechen gestanden, doch sie gestanden nichts.

»Wie könnt Ihr glauben, dass ein Arbeiter so etwas tun würde?«, verteidigten sie sich. »Diese Rebstöcke waren schön, schließlich haben wir sie versorgt und gezüchtet«, erklärten sie.

Allerdings gab es Zeugen, die bereit waren zu schwören, die beiden in der Nacht in den Feldern gesehen zu haben. Der Fall füllte die Titelseiten der Zeitungen. Endlich hatte die Polizei die idealen Schuldigen gefunden, um ihre repressiven Aktionen zu rechtfertigen.

In jenen Tagen besuchte Agostina Pietro Marenco. »Was können wir für diese beiden Jungen tun? Wir wissen, dass sie unschuldig sind.«

»Ich habe mir einen Parteiausweis besorgt«, erklärte Pietro und fügte hinzu: »Ich bin nie Kommunist gewesen, und das bin ich auch jetzt nicht. Aber ich habe keine andere Möglichkeit gesehen, der Regierung gegenüber, die unsere Leute misshandelt, meinen Unmut auszudrücken.«

»Dann besorge auch ich mir einen Ausweis, und ich werde mich darum kümmern, dass auch dieser Tunichtgut von meinem Mann einen bekommt«, entschied sie.

»Du bist wohl verrückt geworden«, protestierte Armando, als sie ihn bat, mit ihr ins Dorf zu fahren.

Aber wie immer musste er tun, was sie wollte. Sie stellten sich also im Bürgerhaus vor, wo ein junger Aktivist Armando bemerkte. Er beobachtete ihn, als wolle er Maß nehmen, und flüsterte einem Kameraden etwas ins Ohr. Der lief sofort los, um den Parteisekretär zu rufen, welcher die Eheleute Elia gut kannte.

»Ihr wollt also unseren Ausweis«, begann der Herbeigerufene mit finsterem Blick.

»Ja, ich will einen. Also muss er auch«, erklärte Agostina.

»Dir gebe ich sofort einen, sogar mit Vergnügen, aber Armando nicht. Wir müssen erst noch etwas klären.«

Agostina errötete.

Armando hingegen wurde blass. »Gehen wir«, sagte er zu ihr.

»Moment mal. Was ist das für eine Geschichte? Was gibt es zu klären?«, fragte sie.

»Gib uns ein bisschen Zeit, Agostina. Hier ist schon einmal dein Ausweis. Er liegt schon eine ganze Weile für dich bereit«, sagte der Sekretär.

»Nein! Wenn ihr Armando keinen Ausweis gebt, will ich auch keinen«, erwiderte sie und stellte sich sofort auf die Seite ihres Mannes.

Armando stieß sie mit dem Ellbogen in die Seite und flüsterte: »Hör auf damit. Lass uns gehen.«

»Dein Mann hat Recht. Kehrt jetzt nach Hause zurück, wir werden euch unsere Entscheidung dann mitteilen«, sagte der Sekretär.

Die Frau war beleidigt und besorgt. »Du hast irgendetwas angestellt, wovon ich nichts weiß«, vermutete sie, während sie auf das Motorrad stieg.

»Ich habe wirklich nichts getan. Ich habe dir gesagt, dass man um die Kommunisten besser einen großen Bogen macht«, protestierte er schüchtern.

Doch wie sich bald herausstellte, hatte Armando sogar etwas wahrhaft Furchtbares getan. Die Weinstöcke von Ersilio Tonello hatte er abgeschnitten und dafür eine Belohnung von zwanzigtausend Lire bekommen. Ein junger »roter« Aktivist hatte während eines nächtlichen Erkundungsgangs mit einigen Kameraden sein Motorrad am Rand des Weinbergs bemerkt. Agostina erfuhr es jedoch erst, als die Carabinieri auf den Hof kamen, um ihn zu verhaften. Auch sie waren nicht sehr glücklich darüber, zugeben zu müssen, dass sie die kommunistischen Tagelöhner zu Unrecht beschuldigt hatten. Die Feldarbeiter hingegen atmeten erleichtert auf. Sie waren die ganze Zeit überzeugt gewesen, dass ihre Leute niemals ein derart hinterhältiges Verbrechen begehen würden. Zu guter Letzt kam eine weitere Wahrheit ans Licht: Die abgeschnittenen Weinstöcke waren jene alten, die ohnehin dazu bestimmt waren, abzusterben. Armando Elia hatte die Arbeit »auf Befehl« des Besitzers durchgeführt, der daraufhin ebenfalls angeklagt wurde.

Agostina empfand so glühenden Schmerz und Scham, dass sie es nicht mehr wagte, ins Dorf zurückzukehren.

Als Armando der Prozess gemacht wurde, bekam er nur eine leichte Strafe, doch er hatte die Familienehre beschmutzt. Das verzieh sie ihm nie.

42 Agostina hatte sich von ihrem Mann die zwanzigtausend Lire geben lassen, die er von Ersilio Tonello für seinen Verrat bekommen hatte. Damit ging sie nun zu Pietro Marenco, dem einzigen Nachbarn, mit dem sie noch zu sprechen wagte.

»Tu mir bitte einen Gefallen und gib dieses Geld den Ärmsten, die unseretwegen verprügelt worden sind. Sag ihnen nicht, dass ich es schicke. Gib es ihnen, und es ist gut«, bat sie.

»Agostina, alle hier kennen dich. Du brauchst dich wegen nichts zu schämen«, beruhigte er sie.

»Ich habe einen ehrlosen Mann geheiratet. Am liebsten würde ich verschwinden und irgendwohin gehen, wo mich niemand kennt«, sagte sie mit schwerem Herzen.

Inzwischen war es Herbst, und der Streik, der vierzig Tage gedauert hatte, war endlich vorbei. Herren und Tagelöhner waren am Ende ihrer Kräfte und arbeiteten Tag und Nacht, um aufzuholen, was liegen geblieben war. Schließlich kann man die Erde nicht sich selbst überlassen. Jedenfalls hatten die Tagelöhner einige Forderungen durchgesetzt, und ein neuer Kampf begann: jener der Herren gegen die Regierung, die sie über Gebühr mit Steuern belegte.

»Ich werde nicht mehr den Mut haben, mich im Dorf sehen zu lassen. Auch meine Kinder schämen sich dafür, was ihr Vater angestellt hat«, gestand Agostina und zwang sich, die Tränen zurückzuhalten.

»Hab Geduld, und lass ein wenig Zeit vergehen. In ein paar Monaten wird keiner mehr über diese hässliche Episode sprechen«, ermutigte er sie.

255

Agostina besuchte ihren Mann nicht einmal im Gefängnis. Sie schickte Rosanna, um ihm frische Kleidung zu bringen, und erhielt von ihm einen Brief, in dem er sie um Vergebung bat. Doch sie antwortete ihm nicht.

Sie fühlte sich niedergeschmettert. Zwar arbeitete sie hart wie immer, aber der Gedanke, dass das Land, das Haus und das Vieh ihr gehörten, vermochte sie nicht zu trösten.

Nicht einmal der kleine Ugo, der Letztgeborene, konnte ihr Trost spenden. Sie betrachtete Rosanna, ihre einzige Tochter, und fragte sich, was die Zukunft wohl für sie bereithielt.

Einmal sagte sie zu ihr: »Männer kommen irgendwie immer durch. Wenn sie es nicht allein schaffen, finden sie eine Frau, die ihnen als Schutzschild dient. Aber bei wem kann sich eine Frau anlehnen?«

Rosanna antwortete nicht, und die tiefe Traurigkeit ihrer Mutter erfüllte sie mit Furcht.

In ihrer Zurückgezogenheit hatte Agostina angefangen, mit sich selbst zu reden. Während sie Heu und Korn mähte oder die Kühe molk, ging sie wieder und wieder ihr Leben durch. Jedes Mal fragte sie sich, an welcher Stelle sie etwas falsch gemacht hatte.

Ihre Kinder, die ihre Angewohnheit, mit sich selbst zu reden, kannten, versteckten sich zuweilen, um ihr zuzuhören. Sie verstanden den Sinn ihrer Worte zwar nicht, aber sie fanden diese Eigenart ihrer Mutter komisch. Manchmal, wenn sie in ihre Selbstgespräche vertieft war, machten die Kinder sich einen Spaß daraus, sich plötzlich auf Agostina zu stürzen und sie zu erschrecken. Als Antwort schlug sie um sich und verteilte aufs Geratewohl Kopfnüsse, woraufhin die Kinder lachend flohen.

Als der Herbst sich dem Ende zuneigte, kehrte Armando mit dem Aussehen eines geprügelten Hundes aus dem Gefängnis zurück. Sein Haar war vollkommen weiß geworden, und er wirkte wie ein alter Mann. Er war abgemagert und noch schöner als vorher.

Als Erstes verkaufte er das Motorrad, das monatelang in der

Scheune gestanden hatte, und steckte den Erlös dafür in die Zuckerdose, in der Agostina das Haushaltsgeld aufbewahrte. Als sie das Geld fand, rührte sie diese Geste sehr, und sie dachte, dass sie zu hart zu ihm gewesen sei. Vielleicht war Armando nur ein verwirrter Mann.

Eines Morgens Ende November, als die Kinder bereits auf dem Weg zur Schule waren und der kleine Ugo in einem Korb auf der Tenne schlief, luden sie und Armando Mist auf den Karren.

Agostina trug immer noch die Hosen ihres Mannes. Er hatte sich eine Schürze aus Barchent umgebunden, die ihm bis zu den Füßen reichte. Es war, als hätten sie die Rollen vertauscht: Sie trug Hosen, er den Rock. Sie schüttelte untröstlich den Kopf.

Als sie den Karren voll geladen hatten, nahm sie den Kleinen auf den Arm, dann stiegen sie auf die Deichsel und verschwanden in den Feldern. Die gepflügte Erde war bereit für den Dünger. Als sie das Ende des Feldes erreicht hatten, hielten sie an, stiegen vom Karren und setzten Ugo auf dem Weg ab. Der Hund, der ihnen überallhin folgte, kauerte sich neben den Kleinen.

»Armando«, sagte sie, »schau dir mal die Erde an. Es ist, als würde sie atmen.« Von den dunklen Erdschollen stieg ein leichter Dampf auf.

»Sieht mir nicht so aus«, erwiderte er.

»Die Erde lebt, wie wir. Sie atmet und ernährt sich von unserer Pflege. Die Erde liebt den, der sie liebt, und sie respektiert uns, wenn wir sie respektieren«, erklärte Agostina.

Armando wollte nicht ihr Missfallen erregen, aber er verstand sie nicht. Seine Frau hingegen beugte sich herunter und streichelte die Erdschollen. Da begann Ugo zu weinen.

»Das Kind braucht etwas«, erinnerte er sie, glücklich, dem Ganzen ein Ende setzen zu können.

Agostina erhob sich und ging zu ihrem Sohn. »Du wirst nie ein Bauer sein. Du bist als Kaufmann geboren«, sagte sie bedauernd.

Sie nahm das Kind auf den Arm, während Armando begann, den Dung zu verteilen.

257

»Wenn du dich ein bisschen weniger um die Erde und ein bisschen mehr um deine Nächsten kümmern würdest, dann würde es zwischen uns vielleicht besser laufen«, entfuhr es ihm, als sie zum Hof zurückkehrten.

»Ich habe dich gewarnt, als wir geheiratet haben«, erwiderte sie. »Ein Kaufmann und ein Bauer sind so weit voneinander entfernt wie der Mond und die Erde.«

»Du bist also der Mond?«

»Ich bin eine arme Irre, die versucht hat, dir entgegenzukommen.«

»Du weißt ja nicht einmal, wer ich bin. Hast du mich je gefragt, was ich im Krieg oder im Sanatorium durchgemacht habe? So etwas verändert einen Menschen.«

Armando vermochte die Schrecken und das Leid der fünf Jahre im Krieg nicht zu vergessen. Er konnte sich nicht erklären, wie er es geschafft hatte, den Feldzug in Russland zu überleben. Fast alle seine Kameraden waren gestorben, und er war in ein Gefangenenlager gesperrt worden. Dort hatte er gelernt, die Kommunisten zu hassen, und war zudem an Schwindsucht erkrankt. Er war überzeugt, dass ihn einzig der Gedanke, Agostina eines Tages wieder in die Arme zu schließen, am Leben gehalten hatte.

Als sie ihn im Sanatorium besuchen kam, hatte er sie endlich wiedergesehen. Doch im Blick seiner Frau hatte er nichts als Resignation lesen können, als hätte sie sich mit seinem Tod, der ihm scheinbar bevorstand, bereits abgefunden.

Ganz anders war die Reaktion seiner Eltern gewesen, die ihm stets Hoffnung auf Heilung gemacht hatten.

Armando hatte die Krankheit bekämpft und war schließlich gesund geworden. Mehr noch, er hatte sich so stark gefühlt, dass er seine Schüchternheit überwand, ebenso wie sein Stottern und sein Erröten, unter denen er immer gelitten hatte.

Als er begonnen hatte, Spaziergänge durch den Park des Sanatoriums zu machen, hatte er einen Zaun entdeckt, der den Bereich der Männer von dem der Frauen trennte. Unter den jungen Patienten entwickelten sich Affären, die Menschen tauschten Liebesbriefchen und heimliche Küsse zwischen den Maschen des Drahtzaunes aus. Jenseits des Zaunes hatte Armando eines Tages ein hochmütiges und schönes Mädchen bemerkt. Auch er war ihr offensichtlich aufgefallen. Sie begannen, das ein oder andere Lächeln, Worte und Briefchen zu wechseln. Sie hieß Silvia und war zwanzig Jahre alt. Eine Schwester überraschte die beiden, als sie sich durch den Zaun küssten, und setzte ihrer Affäre ein Ende, indem sie Silvia verbot, in den Park hinauszugehen. Doch Armando fand einen Weg, über einen kranken Jungen mit ihr zu kommunizieren, der die Frauenabteilung ohne Kontrolle betreten durfte. Der Austausch von Nachrichten wurde intensiver, bis Silvia eine Verabredung in der Stadt vorschlug, vor dem Brunnen auf dem Rathausplatz. Die junge Frau fuhr in einem Cabriolet vor, und ein im Nacken verknoteter Seidenschal bedeckte ihr goldenes Haar. Ihr Gesicht war teilweise unter einer großen Sonnenbrille verborgen, die Lippen mit leuchtendem Lippenstift geschminkt.

»Steig ein«, forderte sie ihn auf.

»Du siehst aus wie eine Schauspielerin«, bemerkte er bewundernd.

Sie lächelte amüsiert und fuhr mit quietschenden Reifen über die Hauptstraße.

»Wohin fahren wir?«, fragte Armando.

Im Sanatorium sprach sich alles herum. Daher wusste Silvia, dass Armando verheiratet war, und er wusste, dass sie als Tänzerin in einem Varieté arbeitete. Seit ihrem fünfzehnten Lebensjahr war sie ständig im Krankenhaus. Sie hatte einen Turiner Anwalt zum Liebhaber, der sie mit Geschenken überhäufte und ihr auch das Auto geschenkt hatte.

»An einen Ort, wo uns keiner kennt«, behauptete sie, wobei sie auf die Kranken anspielte, die sonntags Ausgang hatten.

Sie fuhren zum See hinunter und aßen auf der Terrasse eines Gasthauses, das sich im Wasser spiegelte, zu Mittag.

»Du hast Fieber«, stellte er fest.

»Das habe ich immer«, erwiderte sie sorglos und nahm eine Zigarette aus ihrer Handtasche.

»Du solltest nicht rauchen«, bemerkte er, während sie eine Rauchwolke ausblies, die ihr einen Hustenanfall verursachte.

»Das macht keinen Unterschied«, behauptete sie und tupfte sich die Lippen mit einem Taschentuch ab, das sich rot verfärbte. »Das ist nur Lippenstift«, beruhigte sie ihn.

»Das ist Blut«, berichtigte sie Armando. Kurzerhand bemächtigte er sich der Zigarette und warf sie ins Wasser.

»Mach das nie wieder«, sagte Silvia eisig und zündete sich sofort eine neue Zigarette an.

»Komm, wir machen eine Fahrt über den See«, schlug Armando vor.

»Mir ist kalt. Lass dir ein Zimmer geben«, bestimmte sie.

Die meisten anderen Gäste auf der Terrasse unter der Laube aus Glyzinien, die vor der Sonne schützte, sahen Silvia an, denn sie war schön und sehr auffällig.

Das Zimmer des Gasthauses ging auf einen Rosengarten hinaus, dessen Rosenduft bis zu ihnen hinaufstieg. Armando schlug die Decke aus weißem Cretonne zurück. Silvia zog sich aus und schlüpfte schaudernd unter die Laken.

»Mir ist kalt«, flüsterte sie.

Armando wärmte sie mit seinem Körper und liebte sie mit all der Zärtlichkeit, zu der er fähig war.

»Hast du vorher noch nie eine Schwindsüchtige geküsst?«, fragte Silvia ihn.

Armando hatte bisher nur Agostina geküsst, allerdings nicht auf diese Art. Weder hätte seine Frau es ihm erlaubt, noch hätte er es überhaupt gewagt. Selbst im Krieg, als die Regierung entschied, dass die Soldaten Anspruch auf ein wenig Abwechslung mit Prostituierten hatten, hatte er sich nie eine gesucht. Er war zu schüchtern dazu. Die Krankheit hatte ihn wirklich verändert.

»Ich bin verliebt in dich«, flüsterte er ihr ins Ohr und atmete ihr intensives Parfüm ein.

»Ich bin nicht verliebt in dich, Armando. Ich liebe nur das Leben, das ich bald verlassen werde. Du wirst leben, ich dagegen werde sehr bald gehen. Letzte Woche hat das Fieber mir nicht einen Tag Pause gegönnt. Ich habe die letzten Röntgenaufnahmen gesehen. Anstelle von Lungen habe ich nur Höhlen.«

Er verschloss ihr den Mund mit einem Kuss. Sie zündete sich eine Zigarette an und begann wieder zu husten und zu bluten. Besorgt säuberte er sie mit einem feuchten Handtuch. Silvia war sehr schwach, und er musste ihr helfen, sich wieder anzuziehen.

»Schaffst du es, bis zum Sanatorium zu fahren?«, fragte er sie.

Sie schüttelte den Kopf und gab ihm die Autoschlüssel.

Silvia starb drei Tage später. Er sah sie erst in der Leichenkammer wieder, wo ihm die Nonne der Abteilung einen Umschlag überreichte. Darin waren Geld und ein Zettel, auf den Silvia geschrieben hatte: »Es stimmt nicht, dass ich dich nicht liebe. Kauf dir von diesem Geld etwas, was dir gefällt, so wirst du dich an mich erinnern können.«

Als Armando geheilt nach Hause zurückkehrte, kaufte er von dem Geld ein Motorrad.

Nun sagte er zu seiner Frau: »Du hast mich nicht einmal gefragt, warum ich diese Gemeinheit mit den beiden Tagelöhnern gemacht habe, die mir deine Verachtung und das Gefängnis eingebracht haben.«

»Warum hast du es denn gemacht?«

»Um dich zu ärgern. Du verhältst dich wie meine Mutter, dabei solltest du nur meine Frau sein.«

»Du kennst mich genauso wenig. Hast du mich je gefragt, wie ich gelebt habe, als du im Krieg und im Sanatorium warst?«

»Wenn ich dich gefragt hätte, hätte ich eh keine Antwort bekommen.«

»Ich bin es nicht gewohnt, mich selbst zu bemitleiden. Ich mag nicht einmal das Mitleid anderer. Vorbei ist vorbei. In meiner Welt ist kein Platz für Mitleid.«

»Und auch nicht für Liebe. Es sei denn, es handelt sich um

deine Kinder«, hob Armando hervor. Agostina hatte sich ihm verweigert, seit er aus dem Gefängnis entlassen worden war.

Nun antwortete sie nicht. Sie wusste, dass ihr Mann Recht hatte, aber es gelang ihr nicht, sich schuldig zu fühlen.

»Du brauchst keinen Mann.« Armando schüttelte untröstlich den Kopf.

»Jede Frau braucht einen Gefährten«, gab sie schließlich mit sanfter Stimme zu. »Aber wir zwei passen nicht zusammen. Dennoch, wir haben Kinder großzuziehen und müssen uns irgendwie arrangieren. Ich werde mein Stück Land niemals verlassen, und du wirst nie ein Bauer werden. Wo sollen wir anfangen?«

»Beim Schlafzimmer«, entschied er und schlang die Arme um ihre Hüfte. Er hob sie von der Wagendeichsel und setzte sie auf dem Boden ab. Sie waren mittlerweile vor dem Haus angekommen, und Ugo war im Korb eingeschlafen.

»Die Kinder kommen jeden Moment zurück, und ich muss das Mittagessen kochen«, versuchte Agostina ihm Widerstand zu leisten. Doch Armando umarmte sie und verschloss ihr die Lippen mit einem Kuss.

Da kam Rosanna mit dem Fahrrad aus dem Dorf. Sie bemerkte die Innigkeit zwischen ihrer Mutter und dem Stiefvater, und sie gefiel ihr nicht.

Auch die beiden sahen sie.

»Mach etwas zu essen und kümmere dich um den Kleinen«, befahl Armando, als sie auf der Tenne stehen blieb.

»Warum ich?«, fragte sie verärgert.

»Deine Mutter und ich haben zu tun«, erwiderte er und schob seine Frau ins Haus.

Das Mädchen hasste sie beide.

43 Rosanna hatte ein angeborenes Talent zum Nähen und Sticken. Mit ihrer Freundin Adelia wählte sie häufig Stoffreste aus den Lumpenhaufen aus, die nach Gewicht verkauft wurden, wusch sie, bügelte sie und verwandelte sie in Röcke, Blusen und Kleider. Nur so konnte sie mit den Freundinnen mithalten, die es sich erlauben konnten, sich Kleider von der Schneiderin anfertigen zu lassen. Manchmal waren ihre Kleider sogar schöner als die ihrer Freundinnen.

»Denk daran, dass du noch das Gras mähen musst«, forderte ihre Mutter sie auf, als sie sah, wie sie mit Schere, Nadel und Faden zugange war.

Rosanna machte sich nicht einmal die Mühe, zu antworten, sondern setzte ihre Näharbeit fort und ignorierte sie.

Agostina brauchte ihre Hilfe, um das Land zu bestellen, aber sie merkte sehr wohl, dass Rosanna andere Interessen und Ziele hatte. Seit Kriegsende hatte die Welt sich verändert, und die jungen Leute hatten das Land verlassen, um in den Fabriken zu arbeiten, wo man sich weniger anstrengen musste und mehr verdiente.

Rosanna hätte Armandos Tochter sein können, so sehr ähnelten sie sich. Beide arbeiteten nur widerwillig auf dem Land und allein aus Gehorsam. Aber während Armando teils schnaubte, teils lachte und sich über seine Frau amüsierte, machte Rosanna ein langes Gesicht, wenn es ihr nicht gelang, sich vor den Befehlen ihrer Mutter zu drücken.

»Ich ertrage dich nicht mehr«, klagte Agostina.

»Ich dich auch nicht«, erwiderte das Mädchen mit finsterem Gesicht und vor Wut funkelnden Augen.

»Frauen, hört endlich auf, oder ich kitzle euch zu Tode«, drohte Armando, der ihnen folgte. Agostina stieß ihn mit einem festen Schub von sich. Als er es schaffte, Rosanna zu packen und unter den Armen zu kitzeln, lachte und kreischte sie und schrie: »Nicht kitzeln! Das gilt nicht.«

Agostina sah ihnen zu und schüttelte den Kopf.

Das einzig Positive war, dass ihre Tochter dem Stiefvater nicht mehr ganz so feindlich gesinnt war wie früher. Anscheinend hatte sie aufgehört, ihn zu hassen.

Armando bedachte das Mädchen mit vielen kleinen Aufmerksamkeiten, und deswegen kritisierte Agostina ihn, weil man den Kindern gegenüber ihrer Meinung nach Distanz halten musste.

»Zu viele Vertraulichkeiten lassen sie den Respekt verlieren«, brummte sie.

Rosanna ging inzwischen auf die Fünfzehn zu. Sie wurde immer schöner, ihr Charakter besserte sich hingegen nicht. Manchmal zog sie sich in ein stures Schweigen zurück, das tagelang anhielt, und ihren Brüdern gegenüber legte sie meist eine völlige Gleichgültigkeit an den Tag.

Sie las gern und lieh sich etliche Bücher aus der Bibliothek aus. Dann sperrte sie sich in ihrem Zimmer ein, und ihre Mutter musste ihre ganze Entschlossenheit aufwenden, um sie aus der Lektüre zu reißen und dazu zu bringen, das Heu zu wenden oder den Garten umzugraben.

Agostina ließ nicht zu, dass ihre Tochter in den Tag hineinlebte, ohne etwas zu tun.

Nach der Grundschule hatte Rosanna drei Jahre in einer Schule zur Berufsvorbereitung verbracht. Die Lehrerinnen waren recht zufrieden mit ihr, lediglich einmal ließen sie ihre Eltern rufen. Natürlich kam nur Agostina, bereit, sich Klagen über wer weiß was für Streiche ihrer Tochter anzuhören.

»Rosanna ist eine brillante Schülerin«, behauptete stattdessen ihre Italienischlehrerin. »Ich würde sagen, sie ist die Beste der ganzen Schule.«

Agostina dachte an Luigi und sagte: »Sie ist intelligent wie ihr Vater.«

»Sie ist in allen Fächern gut, sowohl in den praktischen als auch den theoretischen«, fuhr die Lehrerin fort. »Es wäre eine Schande, wenn man sie nicht studieren ließe, um sie stattdessen arbeiten zu schicken.«

»Haben Sie ihr das schon gesagt?«, fragte Agostina.

»Ja, aber sie will mich nicht anhören.«

»Sie wird auch mich nicht anhören wollen. Sie versucht immer ihren Kopf durchzusetzen. Natürlich wäre es ein großes Opfer für uns, sie weiter studieren zu lassen, aber das würden wir durchaus in Kauf nehmen. Ich weiß, wie sehr ich gelitten habe, als mein Vater beschlossen hat, mich von der Schule zu nehmen. Das möchte ich meiner Tochter nicht antun. Aber sehen Sie, Signora, sobald ich weiß sage, sagt meine Tochter schwarz, aus dem puren Vergnügen, mir zu widersprechen. Reden Sie mit ihr«, bat Agostina.

Nichtsdestotrotz versuchte sie, das Thema anzusprechen, als Rosanna aus der Schule kam.

»Deine Lehrerinnen haben gesagt, dass du die Beste der ganzen Schule bist«, begann sie, während sie auf dem Schneidebrett das Gemüse für die Minestrone zerkleinerte.

»Na und?«, fuhr ihre Tochter sie an und machte sich ein Käsebrötchen.

»Es freut mich zu hören, dass man dich lobt.«

Rosanna kletterte auf die Fensterbank und setzte sich, und sofort sprang die Katze auf ihren Schoß. Das Mädchen biss in das Brötchen und gab auch der Katze ein Stück, während sie ihre Mutter betrachtete. Agostina war vierunddreißig, und in ihrem Haar konnte man bereits die ein oder andere graue Strähne erkennen. Ihr sonnengebräuntes Gesicht war von tiefen Falten gezeichnet, und in ihrem Verhalten und ihrer Kleidung lag nicht ein Hauch von Koketterie. Sie achtete nicht wie andere Frauen auf ihr

Äußeres und hatte noch nie eine Creme benutzt, geschweige denn einen Lippenstift. An ihr war nichts, was die Aufmerksamkeit eines Mannes erwecken konnte. Dennoch streichelte Armando ihr oft über die Hüften, wenn er glaubte, dass die anderen es nicht mitbekämen. Und als wäre das nicht genug, hörte Rosanna nachts oft das Bettgestell quietschen. In solchen Momenten hasste sie ihre Mutter.

»Es wäre schön, wenn die Leute sich um ihre eigenen Angelegenheiten kümmern würden«, sagte das Mädchen.

»Das ist keine Antwort«, entgegnete Agostina. Das Wasser im Topf kochte, und sie warf das gehackte Gemüse hinein. Dann gab sie eine Prise Salz dazu, stellte die Flamme klein und deckte den Topf zu. Vor einiger Zeit hatten sie den alten Holzofen durch einen praktischeren Herd ersetzt, der mit Gas funktionierte. Diese Neuerung hatte Armando durchgesetzt, um seiner Frau viel Mühe zu ersparen.

»Ich lerne nicht, weil es mir Spaß macht, sondern um nicht aufs Feld zu müssen. Ich will in der Fabrik arbeiten und ein festes Gehalt verdienen, damit ich nicht in deiner Schuld stehe«, erklärte Rosanna. Sie schob die Katze beiseite und stieg vom Fensterbrett.

»Außerdem«, fügte sie hinzu, »habe ich nichts mit dir und dem Rest der Familie zu tun. Hier heißen alle Elia. Ich heiße Benazzo. Klar?«

Die Leute sagten oft zu Agostina: »Deine Jungs sind schön, aber das Mädchen ist wie eine Rose.« Sie antwortete dann immer: »Ja, aber sie hat zu viele Dornen. Egal wie man sie anpackt, immer sticht sie einen.« Dann trösteten die anderen sie: »Sie wird ruhiger werden, wenn sie erst einmal ein Liebchen hat.«

Verehrer gab es viele, darunter auch Amilcare, ein Sohn der Marencos, der immer in Rosannas Nähe war. Eines Nachts stellte er sich unter ihr Fenster und brachte ihr auf seiner Gitarre ein Ständchen.

Doch während er *Chi gettò la luna nel rio* sang, wurde über seinem Kopf ein Eimer Wasser ausgeschüttet. Beschämt nahm er die Beine in die Hand und hastete davon. Von ihrem Fenster aus sah Rosanna ihn im Dunkeln verschwinden und schloss die Fensterläden. Unvermittelt stand Armando neben ihr, der ihr eine Hand auf die Schultern legte, und diese zarte Berührung ließ sie erschauern.

»Warum jagst du sie alle weg? Amilcare ist ein guter Junge. Er könnte ein guter Ehemann werden«, sagte ihr Stiefvater.

»Ich will keinen Bauern«, flüsterte sie, plötzlich aufgewühlt durch die Nähe dieses Mannes, der noch attraktiver geworden war, seit seine Haare ganz weiß waren.

Mit einem Ruck drehte sie sich um und sah ihm in die Augen. Armando schob sie langsam von sich und ging aus dem Zimmer.

Da begriff Rosanna, dass sie weder von Bauern noch von Stadtjungen etwas wissen wollte, weil ihr nur Armando gefiel.

44 Auf dem Tisch standen ein Krug mit heißer Milch, einer mit frischem Kaffee, ein Marmeladenschälchen und geschnittenes Brot.

Agostina rief aus der Küche, um die Familie zu wecken: »Es ist halb sieben. Das Frühstück ist fertig. Raus aus den Betten.«

Sofort klopfte es an der Tür. Sie nahm die Kette weg und öffnete.

Erminio, der Knecht, nahm seine Mütze ab und neigte den Kopf. »Guten Morgen, Signora Agostina«, sagte er. Er war immer der Erste bei Tisch. »Ich bitte um Erlaubnis«, fuhr er fort und steckte die Mütze in die Jackentasche. Er hatte bereits den Hof gefegt und gleich nach dem Frühstück würde er in den Stall gehen, um die Kühe zu melken.

Lärmend kamen die noch müden und halb angezogenen Jungen herunter, gefolgt von Armando. Alle bedienten sich schweigend. Agostina nahm Ugo auf den Arm, band ihm das Lätzchen um und half ihm, das Butterbrot in die Milch zu tunken. Unterdessen sah sie sich um.

»Wo ist Rosanna?«, fragte sie.

»Sie hat heute Morgen um halb sechs den Bus genommen«, erwiderte Erminio.

»Hat sie etwas gesagt?«, erkundigte sich Agostina.

»Ich habe ihr einen guten Morgen gewünscht, aber sie hat nicht geantwortet«, berichtete der Mann nun.

Die Bäuerin blickte ihren Mann fragend an, doch der schüttelte nur den Kopf.

»Geh sie suchen«, befahl sie ihm.

»Wenn sie weggefahren ist, wird sie ihre Gründe haben«, wehrte Armando ab.

»Du hast gestern Abend als Letzter mit ihr gesprochen, nachdem sie den Wassereimer über dem armen Jungen ausgekippt hat.«

»Das Konzert hat ihr wohl nicht gefallen«, stellte Armando fest.

»Irgendetwas wird sie dir doch gesagt haben«, bohrte Agostina und sah ihm fest in die Augen, als wollte sie ihn töten.

Armando senkte den Blick auf die Kaffeetasse und antwortete nicht.

Der älteste Sohn leerte seine Tasse Milchkaffee, wischte sich den Mund ab und informierte seine Eltern: »Sie arbeitet heimlich in der Lumpenfabrik, bei Adelias Vater.«

»Bist du sicher?«, rief seine Mutter wütend.

»Das hat sie mir gestern erzählt«, erwiderte der Junge.

Agostina fragte sich, was sie Schlimmes getan hatte, dass ihre Tochter sie ständig herausforderte.

Erminio war zum Stall gegangen, und die beiden großen Söhne hatten sich auf den Weg zur Schule gemacht.

Agostina fuhr sich mit der Hand über die Stirn, als wolle sie schlechte Gedanken fortwischen.

»Wie soll ich mit diesem Mädchen nur umgehen?«, fragte sie ihren Mann, auch wenn sie keine Antwort erwartete.

In der Tat sagte Armando nichts. Er nahm die Arbeitsschürze vom Kleiderhaken, band sie sich um und ging hinaus. Aber bevor er die Tür schloss, sah er seine Frau zärtlich an.

»So ist Rosanna nun einmal«, sagte er. »Es hat keinen Sinn, dass du dir den Kopf zerbrichst. Beruhige dich.«

Rosanna kam erst nach Sonnenuntergang zurück.

Agostina sah sie aus dem Bus steigen, als sie gerade auf der Treppe vor dem Haus saß und Bohnen putzte. Sie sah ihr Kind fragend an.

»Ich arbeite in der Lumpensortierung«, verkündete ihre Tochter. »Sie zahlen mir dreißigtausend Lire im Monat.«

269

Agostina dachte, dass Rosanna ihr Land hätte bestellen oder aber weiter auf die Schule hätte gehen können und dass sie stattdessen lieber einen der dreckigsten Berufe ausübte.

»Die Hälfte gebe ich ab, für meinen Unterhalt«, sagte sie außerdem stolz.

»Ich will dein Geld nicht«, entgegnete Agostina.Es tat ihr Leid, dass ihre Tochter sich mit einer so undankbaren Arbeit erniedrigte.

»Dann stecke ich es einfach in die Zuckerdose«, entschied das Mädchen.

»Ich bin nicht sehr glücklich darüber«, wandte ihre Mutter ein.

»Genau deshalb mache ich es ja«, erwiderte Rosanna mit einem herausfordernden Lächeln und ging ins Haus.

Agostina dachte daran, dass auch ihr Mann zwei Tagelöhner verraten hatte, nur um sie zu ärgern, besann sich dann aber eines Besseren. Vielleicht würde Rosanna es sich noch einmal überlegen. Sie seufzte und fuhr damit fort, die Bohnen zu putzen.

Der kleine Ugo lief über den Hof, gefolgt von einer Gans, die ihn beißen wollte. Er war amüsiert und verängstigt zugleich. Die Gans hieß Florinda, in der Tat ein boshaftes Tier, und wäre fähig gewesen, ihm richtig wehzutun. Agostina stellte die Tüte Bohnen auf den Boden und stürzte sich mit einem Stock bewaffnet auf die Gans, um sie fortzuscheuchen.

»Kusch, kusch«, brüllte sie und fuchtelte mit dem Stock herum.

Florinda breitete die Flügel aus, plusterte das Gefieder auf, ließ von dem Jungen ab und machte sich daran, mit ihrem bedrohlichen »Quak-Quak« stattdessen auf sie loszugehen.

»Wenn du nicht sofort Ruhe gibst, drehe ich dir den Hals um, du scheußliches Biest«, schrie Agostina.

Ugo lachte. Die Gans beruhigte sich und watschelte davon.

Nun lachte auch Agostina. »Halt dich von Florinda fern. Du weißt doch, dass sie bösartig ist«, ermahnte sie den Kleinen.

»Sie ist böse wie Rosanna«, sagte Ugo.

Agostina nahm den Jungen auf den Arm. »Deine Schwester ist nicht böse«, flüsterte sie. »Sie ist nur ein wenig kompliziert.«

»Rosanna ist nicht böse«, wiederholte Ugo. »Sie ist nur böse, wenn sie Wein trinkt. Drehen wir ihr auch den Hals um?«

Agostina fröstelte. »Du trinkst manchmal auch einen Tropfen Wein«, beteuerte sie, um die Aussage zu entkräften, die so furchtbar klang.

»Aber sie trinkt direkt aus der Korbflasche. Mit einem Strohhalm. Ich hab's genau gesehen«, erklärte er treuherzig.

Es war keine Seltenheit, dass Landkinder sich auf diese Weise über Verbote hinwegsetzten. Agostina war als kleines Mädchen nicht anders gewesen.

Sie stellte den Jungen auf die Erde und sagte: »Geh wieder spielen. Und mach einen Bogen um Florinda.«

Dennoch behielt sie das Mädchen im Auge, als die Familie sich um den Tisch versammelte. Rosanna aß die Minestrone und Eierkuchen mit Käse und trank dazu lediglich ein Glas verdünnten Wein wie alle anderen. Agostina beruhigte sich.

Während des Essens versuchten die Brüder wie immer ihre Schwester zu sticheln.

»Unangenehme Arbeiten bringen viel Geld ein«, behauptete Roberto und bewarf sie mit einer aus Brot geformten Kugel.

»Von der Lumpensortiererin zur Millionärin«, fiel auch Gino mit ein.

Rosannas Arm zuckte über den Tisch und traf blitzschnell erst den einen, dann den anderen Bruder. Die beiden lachten sich ins Fäustchen und begannen zu singen. *Chi gettò la luna nel rio, chi la gettò?*, eine Verballhornung der Serenade von Amilcare Marenco.

»Jetzt reicht's. Entschuldigt euch sofort bei eurer Schwester«, ergriff Armando das Wort, der bis zu diesem Moment nicht von seinem Teller hochgesehen hatte.

»Misch du dich nicht ein! Du bist nicht mein Vater. Vergiss das nicht!«, entgegnete Rosanna und funkelte ihn wütend an. Dann schob sie den Stuhl zurück, lief die Treppe hinauf und schloss sich in ihrem Zimmer ein.

»Es gelingt dir einfach nicht, dir Respekt zu verschaffen«, kritisierte ihn Agostina.

»Ich bin nicht ihr Vater«, stimmte Armando dem Mädchen zu. Er trank ein Glas Wein und ging hinaus auf den Hof.

Als er zu Rosannas Fenster hinaufsah, konnte er sie hinter der Scheibe erkennen. Sie sah ihn an, während sie langsam ihre Bluse öffnete und sich ihm in ihrer unreifen Nacktheit zeigte. Armando wurde heiß und kalt. Dann senkte er den Blick und entfernte sich in Richtung Felder. Nach einem flotten Fußmarsch erreichte er das Dorf, ging ins Wirtshaus und ertränkte seine Schwäche im Wein. Mitten in der Nacht kehrte er sturzbetrunken zurück. Rosanna saß auf der Fensterbank, und im Mondschein leuchtete die Weinflasche, die sie in der Hand hielt.

Armando schwankte ins Haus, stieg die Treppe hinauf und öffnete die Schlafzimmertür. Agostina schlief, von Müdigkeit übermannt. Er nahm sie mit Gewalt und weinte wie ein Kind.

45 Die Jahre vergingen, und die Tagelöhner, die den Streik wieder aufgenommen hatten, sahen sich gezwungen, ihn zu unterbrechen, weil der Fluss über die Ufer trat und Häuser, Pflanzen und Tiere bedrohte. Auf Agostinas Hof waren alle nervös, und die geringste Kleinigkeit genügte, um einen Streit heraufzubeschwören.

So entschloss sich Agostina, eine Zauberin um Hilfe zu bitten. Sie hatte nie an Hexen geglaubt, doch sie erinnerte sich, dass ihre Mutter und die anderen Bäuerinnen sich an solche Frauen gewandt hatten, wenn sie nicht mehr weiter wussten. Danach war auch immer etwas geschehen.

Ihre Gummistiefel versanken im Matsch, als sie zum Friedhof ging. Sie war sicher, dass sie *Carulina di bindei* dort antreffen würde. So nannte man die Frau wegen der bunten Bänder, die sie sich ins Haar flocht. Sie trug ungleiche Strümpfe in verschiedenen Farben und ging jeden Tag auf den Friedhof, um Essen und Wein auf das Grab ihrer Eltern zu stellen. Carolina schmückte die Grabsteine der beiden mit bunten Schleifen, Blumen aus Kreppapier, Puppen und Nippsachen. Mehr schlecht als recht lebte sie von der Rente ihres Mannes, der im Krieg gefallen war. Sie ging in die Kirche, um die heilige Kommunion zu empfangen, wobei sie sich zuvor Hammer und Sichel der kommunistischen Partei auf die Stirn zeichnete, in der sie Mitglied war. Der Pfarrer, der sie kannte, tat so, als würde er es nicht bemerken, und erteilte ihr stets das Sakrament. Sie konnte mit Tarotkarten die Zukunft voraussehen, mit Kräuterumschlägen Wunden heilen und den Teufel mit Worten vertreiben, deren Bedeutung niemand kannte.

Agostina ging also zum Friedhof. Sie lief die gesamte Hauptstraße hinauf, bis zur gotischen Kapelle einer Familie, die einst die Besitzer dieser Ländereien gewesen waren. Von dort behielt sie unbemerkt den Eingang im Auge. Sie hing finsteren Gedanken nach, während sie eine ganze Weile wartete, bis sie die Heilerin kommen sah. Die bunten Bänder hingen der Frau aus den Haaren, und sie trug einen großen Busch Efeu auf dem Arm. Sie kniete sich vor das Grab ihrer Eltern, faltete die Hände und betete lange. Dann machte sie sich daran, die Grabsteine abzustauben, sie mit Efeu zu schmücken und die Essensschälchen auszuwechseln. Carolina war klein und dünn, ihre sechzig Jahre sah man ihr kaum an, und sie wirkte wie ein fröhlicher kleiner Geist.

Nun ging Agostina auf sie zu. »Guten Tag, Carolina«, begrüßte sie die Alte.

»Ist jemand gestorben?«, fragte die Hexe.

»Nein. Ich habe den Frieden verloren«, erwiderte Agostina.

»Das sieht man«, entgegnete die andere mit einem ironischen Lächeln. Sie setzte sich – mit dem Rücken zum Grabstein – auf den Rand des Grabes. Agostina hockte sich neben sie.

Sie dachte an all die Male, in denen sie, als sie die Heilerin von weitem gesehen hatte, einen großen Bogen um sie gemacht hatte, um ihr nicht begegnen zu müssen. Mit einem Mal tat es ihr Leid.

»Wie kann man ohne Frieden leben?«, fragte sie.

»Nicht alles geht zum Teufel, auch nicht deine ganze Familie«, sagte Carolina und strich über den Kies des Weges. Die kleinen Steinchen waren durch die Feuchtigkeit dunkel geworden, aber dort, wo die Alte mit der Hand darüber strich, trockneten sie und wurden weiß.

»Wen, was werde ich retten können?«, fragte Agostina.

Die Hexe sah ihr in die Augen und lächelte ihr zu. »Die Kinder deiner Kinder werden sich retten. Vor allem Irene«, prophezeite sie.

»Es gibt keine Irene, und meine Kinder sind noch klein«, erklärte sie.

»Deine Kinder werden groß werden. Wäre es dir lieber, sie würden sterben, ohne sich fortzupflanzen? Irene kommt als Erste. Sie wird den Frieden kennen lernen. Nicht du, nicht dein Mann, der ohne Rückgrat ist, nicht deine Tochter, die so verzweifelt ist, dass sie sich dem Teufel verschreibt, und auch nicht die Jungen, die nur das Geld lieben werden. Füge dich. Jeder hat sein Schicksal.«

Carolina sagte all das in einem Flüstern, das Gesicht auf die Brust gesenkt, den Blick fest auf die Kies gerichtet, den sie noch immer streichelte.

»Was habe ich Böses getan?«, fragte Agostina.

»Du hast nur getan, was du tun musstest. Gut und Böse haben damit nichts zu tun. Lass die Dinge geschehen, und quäle dich nicht. Der Herr allein ist allmächtig. Willst du dich mit ihm messen?«

Enttäuscht und aufgewühlt ging Agostina davon. Die *Carolina di bindei* hatte sie allen Ernstes aufgefordert, sich in ihr Schicksal zu ergeben. Das war, als würde man zum Arzt gehen und der würde einem sagen, dass man bald sterben müsse und er nichts tun könne, einen zu retten. Und was diese Irene anging, die vielleicht kommen würde, das interessierte sie nicht im Geringsten.

An jenem Abend aber verkündete Rosanna: »Ich arbeite nicht mehr in der Lumpenfabrik.«

Wieder einmal saßen alle am Tisch. Agostina spitzte die Ohren.

»Sie nehmen mich bei Vauro, in der Hosenfertigung«, erklärte das Mädchen.

Die Vauros waren seit Generationen Bauern gewesen, bis eine Tochter begonnen hatte, Hosen zu schneidern. Innerhalb von fünf Jahren hatte sie mit der Unterstützung ihrer Familie eine Schneiderwerkstatt aufgebaut und belieferte inzwischen die Kaufhäuser in allen wichtigen Städten.

»Wenn ich gut bin, stellen sie mich in drei Monaten fest ein und geben mir vierzigtausend Lire im Monat.«

Rosanna war nunmehr zwanzig Jahre alt und legte großen Wert auf ihre Kleidung. Vor allem liebte sie Schuhe mit schwindelerregend hohen Absätzen und breite Gürtel, die sie eng um ihre schmale Taille schnürte. Wenn sie abends aus der Fabrik kam, setzte sie sich, statt nach Hause zu laufen und zu helfen, wie Roberto und Gino es taten, mit ihren Freundinnen an ein Tischchen in der *Bar Centrale*. Sie genoss die Bewunderung, schlug die in hauchdünnen Nylonstrümpfen steckenden Beine übereinander und ließ dabei ihr weißes Unterkleid mit üppigen, gestärkten Volants sehen, das ihren grellbunten Glockenrock aufplusterte. Aus der schmalen Taille wuchs wie eine Blume ihr wohlgeformter Oberkörper hervor, den sie mit weit ausgeschnittenen Blusen betonte. In einer Hand hielt sie das Glas mit dem Aperitif, in der anderen eine Zigarette.

Man konnte sie gar nicht übersehen. Ihre Freundinnen beneideten sie, die Männer warfen ihr lüsterne Blicke zu, und genau das schien sie zu befriedigen. Aber dem war nicht so, denn sie wollte nur einen einzigen Mann: ihren Stiefvater.

Sie blieb stets lange in der Bar, weil sie wusste, dass er sie auf Agostinas Anordnung hin abholen und nach Hause bringen würde.

Unter den jungen Männern, die wie Fliegen um sie herumschwirrten, war auch Mauro Cordero, der in Rosannas Alter war. Er war ein gut aussehender, aber recht schüchterner Junge. Abends kam er häufig mit dem Motorroller bei der Bar vorbei.

Fast jedes Mal machte er eine kleine Pause, ehe er zur Fabrik weiterfuhr, in der er in der Nachtschicht arbeitete. Er war so schüchtern, dass er nicht einmal wagte, Rosanna zu grüßen, dennoch hielt er nur ihretwegen an. Er ging zum Tresen und bestellte einen Espresso. Während er ihn in kleinen Schlucken trank, musterte er sie verstohlen und gab sich paradiesischen Fantasien hin. Seine Freunde stießen ihn mit dem Ellbogen an und sagten zu ihm: »Dummkopf, mach dich an sie ran.« Doch er errötete dann nur und suchte das Weite.

Eines Abends, als er die Terrasse überquerte und an Rosanna vorbeilief, stellte ein Junge ihm ein Bein. Mauro verlor das Gleichgewicht, fiel auf seine Angebetete und zog sie mit sich zu Boden.

Es war ihm so peinlich, dass seine Augen sich mit Tränen füllten, während er bis zu den Ohren errötete.

»Verzeihen Sie mir, Signorina«, flehte er, während er ihr wieder hochhalf.

Seine Freunde von der Bar lachten und machten sich über ihn lustig.

»Aber ich bitte Sie«, sagte sie und fand seltsamerweise ein Lächeln. »Ich habe schon bemerkt, dass sie Ihnen einen Streich spielen wollten.«

»Es ist mir wirklich peinlich«, wiederholte Mauro.

»Mich hingegen freut es. Ich möchte Sie einladen, an meinem Tisch Platz zu nehmen. Leisten Sie mir doch ein bisschen Gesellschaft. Diese jungen Männer von San Benedetto sind so ungehobelt«, stellte Rosanna mit lauter Stimme fest, damit alle sie hörten.

Mauro war aufgeregt und verwirrt. Er konnte nicht glauben, dass die Frau seiner Träume mit solcher Sanftmut zu ihm sprach und ihn tatsächlich den anderen vorzog.

»Ich muss arbeiten gehen«, war alles, was er herausbrachte. Seine Aufregung war jedoch so groß, dass er diesmal von allein stolperte und zwischen die Tische fiel. Rosanna half ihm sogleich und ignorierte das Gelächter der Neider.

Gemeinsam verließen sie die Bar, und die junge Frau reichte ihm zum Abschied die Hand: »Ich muss auch nach Hause.«

Diesmal nahm Mauro all seinen Mut zusammen. »Wenn Sie mit meiner Lambretta vorlieb nehmen, fahre ich Sie.«

»Aber dann kommen Sie zu spät zur Arbeit«, bemerkte sie schelmisch.

»Dann werde ich eben die Strafe bezahlen.«

Sie hatten sich einander nicht vorgestellt, aber das war auch nicht nötig, weil sie sich schon eine Weile kannten, selbst wenn sie nie zuvor miteinander gesprochen noch einander gegrüßt hatten. Rosanna wusste, dass Mauro, der beide Eltern verloren hatte, in einem Waisenhaus aufgewachsen war, wo er einen Beruf gelernt hatte. Mit sechzehn Jahren, als er nach San Benedetto zurückgekehrt war, hatte ihn eine Schwester seines Vaters aufgenommen. Sie war alleinstehend und führte seit jeher einen alten Lebensmittelladen, der ihr gerade so viel eintrug, wie sie zum Leben brauchte. Mauro war ein einsamer Junge und hatte nie die Wärme einer Familie kennen gelernt. Diese fehlende Zuneigung gab ihm immer das Gefühl, den anderen etwas zu schulden, fast als wolle er sich dafür entschuldigen, auf der Welt zu sein. Er bewegte sich stets diskret, versuchte, unauffällig zu bleiben und träumte von einer Verlobten, die er würde heiraten können. Rosanna war der schönste Traum. Ihre erste Begegnung war für ihn wirklich alles andere als gut gelaufen, und dennoch hatte sie ihn nicht nur allen anderen vorgezogen, sondern sogar sein Angebot, sie nach Hause zu bringen, angenommen.

Mauro wusste nicht, dass ihn das Mädchen nur benutzte, um Armando eifersüchtig zu machen. Sie hatte nämlich ihren Stiefvater auf der anderen Seite des Platzes entdeckt und wollte, dass er sie mit Mauro wegfahren sah. Als sie auf der Lambretta an ihm vorbeifuhr, schenkte sie ihm ein breites Lächeln.

46 Agostina, die auf der Tenne saß, atmete erleichtert auf, als ihre Tochter mit Mauro auf dem Motorroller angefahren kam. Sie kannte ihn als einen sanftmütigen, respektvollen und fleißigen Jungen. Signorina Cordero, die Kurzwarenhändlerin, hatte ihr unlängst gesagt, dass er nachts in die Fabrik ging, um tagsüber auf dem Land zu arbeiten, als Gegenleistung für ihre Gastfreundschaft.

»Siehst du, das Treffen mit *Carulina di bindei* bringt dir Glück«, sagte sie leise zu sich selbst und ging den jungen Leuten entgegen.

Erfreut lud sie Mauro auf ein kühles Getränk ein, doch der Junge beschränkte sich darauf, sie zu begrüßen, und entschuldigte sich, dass er das Angebot nicht annehmen könne.

»Er würde zu spät in die Fabrik kommen. Aber bestimmt ein andermal«, beteuerte Rosanna für ihn.

Agostina lächelte wie schon lange nicht. Sie dachte, wenn die beiden sich häufiger träfen, würde ihre Tochter sich bessern.

»Ich mache dir Gemüsekuchen mit Pilzen und Kartoffeln, den isst du doch so gern«, sagte sie.

Rosanna hörte sie gar nicht mehr, denn sie war schon ins Haus geeilt und hatte sich in ihr Zimmer eingeschlossen. Dort bezog sie hinter dem Fenster Stellung, um die Rückkehr ihres Stiefvaters zu beobachten.

Sie sah ihn aus dem Bus steigen und mit seinem weißen, in die Stirn fallenden Schopf, die Hände in den Hosentaschen, mit wiegendem Gang, der ihr so gefiel, auf das Haus zukommen. Sie setzte sich auf die Fensterbank, da sah er auch schon hoch und erblickte sie. Er kickte eine Blechbüchse aus dem Weg, beschleunigte den Schritt und ging um das Haus herum in den Hinterhof. Dort zog er die Schürze an und setzte die Arbeit fort, die er unterbrochen hatte, um ins Dorf zu fahren und sie abzuholen. Sie wechselte das Fenster, öffnete das zum Hinterhof und setzte sich wieder auf die Fensterbank.

Armando hob den Blick nicht von seiner Arbeit. Er wusste genau, dass sie dort oben war und ihn beobachtete.

Rosanna schob sich nun ganz aus dem Fenster und setzte ihre Füße auf die Dachpfannen des Schuppens. Sie lief über das Dach und erreichte die Scheune, wo sie sich durch die Falltür herunterließ. Mit einem Satz landete sie auf dem weichen Heuberg und blickte ihn herausfordernd an.

»Geh deiner Mutter helfen«, sagte er mit erstickter Stimme. Dieses schöne Mädchen, das da mit hochgerutschtem Rock im Heu lag und ihm ihre vollkommenen Beine darbot, hätte jeden verwirrt.

»Du bist eifersüchtig. Warum gibst du es nicht zu?«, fragte sie ihn.

»Du raubst mir meine Geduld«, warnte er sie und kämpfte gegen das Verlangen, sie zu umarmen.

»Du willst mich. Du hast mich immer gewollt, aber du hast Angst vor Agostina. Wie sie sagt, du bist zwar schön, aber du hast kein Rückgrat. Heute Abend hast du mich mit Mauro auf die Lambretta steigen sehen und dir gedacht: Dieser Junge schnappt sie mir weg. Aber du siehst mich an und traust dich nicht, etwas zu tun. Du hast keinen Mut, Armando. Und quälst dich vor Eifersucht.«

Rosanna stand wieder auf, und dabei verrutschte der Ausschnitt ihrer Bluse und entblößte einen perfekten Busen.

»Du musst aufhören, mich zu provozieren«, tadelte Armando sie und gab ihr eine Ohrfeige.

Gleich darauf packte er sie an einem Arm und drückte sie an sich, dass es ihr wehtat. »Verzeih mir«, flüsterte er verzweifelt. »Das wollte ich nicht.«

280

Nun versuchte Rosanna, sich loszumachen, aber er presste seine Lippen auf die ihren und verschloss sie mit einem Kuss. Sie fielen zusammen ins Heu, und er nahm sie mit einer Leidenschaft, die er noch nie gefühlt hatte, und bedeckte sie mit Küssen.

»Ja, ich bin eifersüchtig. Ich wollte dich nicht, aber ich wollte auch nicht, dass ein anderer dich kriegt. Wenn das Liebe ist, dann ist Liebe eine Qual, die einem das Herz zerreißt.« Er weinte rückhaltlos und umarmte sie, als fürchte er, sie zu verlieren.

Da ertönte die Glocke: Agostina rief die Familie zum Abendessen. Sie wurden brutal in die Wirklichkeit zurückgerissen.

»Lieber Himmel, was habe ich nur getan«, stöhnte Armando auf. Er stand aus dem Heu auf und ordnete mit beinah mütterlichen Gesten Rosannas und seine Kleider.

Das Mädchen antwortete nicht. Sie kletterte die Strickleiter hinauf, stieg auf das Dach und hüpfte von einer Dachpfanne zur nächsten in ihr Zimmer zurück.

Dort zog sie sich aus, wusch sich, schlüpfte in ihren Schlafanzug, ging die Treppe halb hinunter und sagte: »Ich esse heute Abend nicht. Ich bin müde und gehe schlafen.« Sie schaffte es nicht, Agostina unter die Augen zu treten.

»Aber ich habe dir Gemüsekuchen mit Pilzen und Kartoffeln gemacht«, protestierte ihre Mutter enttäuscht.

»Den esse ich morgen«, versprach sie und fügte unerwartet hinzu: »Danke.« Dann schloss sie sich in ihrem Zimmer ein.

Sie nahm eine Weinflasche hinten aus dem Kleiderschrank, legte sich auf das Bett und leerte ganz langsam, Schluck für Schluck, die Flasche.

Jetzt fühlte sie sich leicht, während ihre Lider schwer wurden. Sie schloss die Augen und schlief ein.

Am nächsten Morgen ging sie nicht zum Frühstück hinunter, und so kam Agostina in ihr Zimmer. Rosanna war bereits eine Weile wach, aber sie tat, als schliefe sie. Die leere Weinflasche hatte sie unter dem Bett versteckt.

»Denk dran, dass heute nicht Sonntag ist. Du musst aufstehen, sonst kommst du zu spät zur Arbeit«, sagte die Mutter und rüttelte sie.

»Ich bleibe heute zu Hause«, erwiderte das Mädchen.

»Warum?«, fragte Agostina forschend.

»Ich fühle mich nicht gut.«

Ihre Mutter legte ihr die Hand auf die Stirn. »Fieber hast du nicht. Was ist los mit dir?«

»Muss man Fieber haben, um sich nicht gut zu fühlen? Ich werde doch wohl wissen, wie es mir geht«, entgegnete sie gereizt.

Für einen Augenblick kam Rosanna der Gedanke, dass ihre Tochter log. Doch dann schämte sie sich. Es gab keinen Grund, Lügen zu erzählen, außerdem war Rosanna eher zu aufrichtig. Sie sagte ihr die Wahrheit immer geradewegs ins Gesicht, selbst wenn sie manchmal grausam war.

»Ich muss den ganzen Tag aufs Feld. Dein Vater wartet auf den Tierarzt. Ruf ihn, wenn du etwas brauchst«, machte Agostina kurzen Prozess. Der Tierarzt kam alle sechs Monate vorbei, um den Gesundheitszustand der Tiere zu überprüfen.

Als sie sicher war, allein zu sein, schlich Rosanna in die Küche hinunter und stürzte sich auf den Gemüsekuchen. Dann hörte sie ein Auto auf den Hof fahren und sah, wie Armando dem Tierarzt entgegenging. Verzückt blickte sie ihn an und dachte: Er gehört mir.

Sie ging wieder in ihr Zimmer, um auf ihn zu warten, denn sie wusste, dass Armando zu ihr kommen würde, sobald der Tierarzt fort war. Sie rechnete mit einer halben Stunde, während sie den Raum in Ordnung brachte. Stattdessen hörte sie wenige Minuten später seine Schritte auf der Treppe und öffnete die Tür einen Spalt. Er war in das Zimmer gegangen, das er mit seiner Frau teilte. Kurz darauf kam er wieder heraus und hatte einen Rucksack auf dem Rücken.

»Wohin gehst du?«, fragte Rosanna und riss die Tür auf.

Armando blieb auf halber Treppe stehen und sah sie verzweifelt an. »Ich gehe weg. Siehst du das nicht?«, sagte er.

»Warum?«, fragte sie erschrocken.

»Ich habe die ganze Nacht an dich gedacht, daran, dich zu streicheln, mit dir zu schlafen, während ich neben deiner Mutter gelegen und so getan habe, als würde ich schlafen. Es gibt eine Tragödie, wenn ich nicht gehe.«

»Armando, ich bitte dich, verlass mich nicht.« Rosanna war kurz davor, zu weinen. Er kam die Treppe wieder hoch, fasste sie an der Taille und nahm sie fest in den Arm.

»Komm«, flüsterte sie. »Komm in mein Bett.«

Armando schob sie von sich und rannte die Treppe hinunter. Vom Fenster aus sah Rosanna ihn mit dem Tierarzt in den Wagen steigen.

Nachdem die beiden fort waren, ging sie in den Keller, steckte den Gummischlauch in den Hals der Korbflasche mit dem Wein und begann gierig zu saugen.

47 »Euer Vater wird eine Weile weg bleiben. Er ist zu seinen Eltern gefahren, Oma geht es schlecht«, verkündete Agostina, als zum Abendessen die Kinder um sie versammelt waren.

Rosanna hielt den Kopf über den Teller geneigt und blickte finster drein.

»Fühlst du dich immer noch schlecht?«, erkundigte sich die Mutter.

»Habe mich noch nie so gut gefühlt«, erwiderte das Mädchen mit einem Blick, als wolle es sie anspringen.

»Das dachte ich mir. Ich habe gesehen, dass du den ganzen Gemüsekuchen weggeputzt hast.«

»Wenn Oma stirbt, machen wir Ferien, oder?«, fragte Gino.

Ihre Großeltern waren den Kindern fast völlig fremd. Einmal im Jahr kamen sie zu Besuch, zum Weihnachtsessen, brachten Geschenke, aßen und fuhren wieder ab. Die Enkel hatten keinerlei emotionale Bindung an sie. Doch wenn es der Großmutter schlecht ging, war es bei ihrem Alter gut möglich, dass sie starb, und in diesem Fall hätte Gino wegen der Beerdigung die Schule ausfallen lassen können.

»Hoffentlich stirbt sie bald«, sagte Gino.

Agostina verpasste ihm eine Kopfnuss, und alle lachten. Ugo hingegen fing an zu weinen. Er weinte immer, wenn Mama böse wurde. Rosanna schnellte hoch wie eine Feder und gab ihm eine Ohrfeige.

»Ich hab keine Lust, mir Heulsusen anzuhören«, brüllte sie.

Agostina warf ihr einen wütenden Blick zu. »Wage nie wieder, meine Kinder zu misshandeln!«, rief sie.

»Deine Kinder. Dein Haus. Dein Mann. Alles gehört dir. Hier gibt es nichts, was mir gehört! Nicht mal, wenn ich mit der Lupe danach suche«, platzte das Mädchen heraus.

»Dein Leben gehört dir, wenn du nur etwas Vernünftiges damit anzufangen wüsstest«, flüsterte ihre Mutter.

»Was willst du damit sagen?«

»Du hast mich sehr gut verstanden«, sagte die Mutter und musterte sie streng.

Rosanna errötete. Hatte Armando ihr etwas erzählt? Sicher, irgendetwas musste er ja gesagt haben, um sie über seine Abreise in Kenntnis zu setzen. Aber was hatte er ihr noch gesagt?

»Ich mag es nicht, wenn du in Rätseln sprichst«, forderte Rosanna ihre Mutter heraus.

»Du bist egoistisch und eitel. Du denkst nur an dein Vergnügen, und damit wirst du nicht sehr weit kommen. Wenn du nicht meine Tochter wärst, hätte ich dich längst rausgeworfen«, machte Agostina sich Luft.

Rosanna schnappte sich ihre Handtasche, die am Abtropfbrett hing, und brüllte: »Gut. Dann gehe ich jetzt.«

Die Brüder sahen sie überrascht und auch ein wenig erleichtert an, denn ihre Schwester war wirklich unerträglich.

»Rosanna, wohin gehst du?«, fragte Ugo unter Tränen.

»Ich gehe nach Tortona, um zu sehen, wann Oma stirbt.«

Dann eilte sie los und lief zur großen Straße, denn sie hatte den Bus aus der Kurve kommen sehen.

Als kleines Mädchen war sie ein paar Mal in Tortona gewesen, und der Laden der Elias hatte sie von Anfang an fasziniert. Besonders beeindruckt hatte sie der Geruch, der in der Luft lag: ein Gemisch aus Schinken, Kaffee, Vanille, Muskatnuss, Käse und frischem Brot. Die Großeltern wohnten über dem Laden, in einer Wohnung mit vielen Zimmern.

Rosanna kam mitten in der Nacht bei ihnen an. Armando, der ihr die Tür öffnete, war in Hemdsärmeln und sah erschöpft aus. Er sah sie an. Lächelte ihr zu. Umarmte sie.

»Ich bin gekommen, um dich zurückzuholen«, sagte sie.

»Armando, wer ist da?«, fragte eine Stimme aus einem weit abgelegenen Zimmer. Es war seine Mutter, die aufgewacht war.

»Niemand. Sei unbesorgt«, erwiderte ihr Sohn.

»Also, lässt du mich rein?«, fragte Rosanna.

Er nahm sie auf den Arm und trug sie in sein Zimmer. Dort legte er sie aufs Bett und fing an, sie auszuziehen.

»Du bist mein Fluch«, flüsterte er. »Weglaufen hat mir nichts genützt.«

»Dann ergebe dich. Ich würde dich überall finden, selbst wenn du ans andere Ende der Welt gehen würdest.«

»Warum hast du dir unter so vielen Männern ausgerechnet mich ausgesucht?«, fragte er nunmehr besiegt. »Ich trage dich mit mir herum wie eine Krankheit, von der ich mich nicht befreien kann, auch wenn ich es noch so sehr wollte.«

Sie liebten sich die ganze Nacht. Erst als das erste Morgenlicht durch die Fensterläden fiel, trug Armando sie in das Nebenzimmer, ein kleines Wohnzimmer. Er legte sie auf eine Ottomane und deckte sie mit einer Decke zu.

»Jetzt schlaf. Wir fahren später wieder nach Hause.«

»Was hast du meiner Mutter erzählt?«, fragte sie ihn.

»Nichts. Denkst du, ich kann ihr einen so großen Schmerz zufügen?«

»Dann hat sie einen Verdacht.«

»Da kennst du sie aber schlecht. Agostina ist nicht fähig, gegen irgendjemanden einen Verdacht zu hegen.«

»Du verteidigst sie.«

»Sie verdient es nicht, beleidigt zu werden.«

»Ich hasse dich, wenn du das tust.«

»Sie ist meine Frau und die Mutter meiner Kinder. Ich liebe sie.«

»Aber du schläfst mit mir«, stellte Rosanna mit einem triumphierenden Lächeln fest.

»Ich bin nicht stolz auf unser Verhältnis«, gab Armando traurig zu.

»Ich schon«, flüsterte sie.

Endlich hatte sie sich etwas bemächtigt, was ihrer Mutter gehörte. Das allein zählte für sie, die nicht wusste, dass sie Agostina so sehr liebte, dass sie sein wollte wie sie, in sie hineinkriechen, wie sie denken und das besitzen wollte, was sie besaß.

Armando hatte sich auf die Bettkante gesetzt und streichelte ihr Haar.

»Wie war meine Mutter, als du sie kennen gelernt hast?«, fragte Rosanna.

»Sie war wie du. Du bist genau wie sie.«

Das Mädchen lächelte zufrieden. »Erzähl«, spornte es ihn an.

»Agostina war mehr oder weniger in deinem Alter und arbeitete im Reisfeld. Sie war argwöhnisch und traute niemandem, vor allem Männern nicht. Deine Mutter bewegte sich würdevoll wie eine Königin, und in ihrer Gegenwart waren alle befangen. Sie trug dich in ihrem Schoß, aber sie hatte ihren Mann verlassen. Als er starb, fand ich den Mut, mich ihr zu erklären. Ich war unsterblich verliebt in sie, doch ich bezweifle, dass sie je in mich verliebt war. Sie hatte immer Angst, ihre Gefühle zu zeigen. Du bist ihr ähnlich, aber du besitzt nicht ihre Großzügigkeit und ihre Kraft, sonst wären wir nicht hier. Du trinkst heimlich, und ich will dich und begehre dich und denke an dich und träume von dir, und deshalb verfluche ich mich. Jetzt schlaf. Später fahren wir nach Hause zurück, möge Gott uns gnädig sein«, schloss er in einem Flüstern.

Als sie nach Hause zurückkehrten, war Mauro Cordero da. Er arbeitete auf der Tenne.

»Was machst du denn hier?«, fragte Rosanna, wobei sie ihn automatisch duzte.

»Ich wollte dich gern ins Kino einladen«, erwiderte er und wurde rot.

»Mauro, hör mit diesen Höflichkeiten auf«, sagte sie.

»Es ist mein freier Tag. Du warst nicht da. Und ich habe gesehen, dass hier Hilfe benötigt wird.« Er musterte sie bewundernd.

Rosanna schätzte seine Sanftmut, seine Hilfsbereitschaft und seine Naivität nicht. Mauro war für sie lediglich ein Mittel, um Armandos Eifersucht anzuheizen.

»Dann gehen wir sofort ins Kino«, entschied sie.

»Tu nicht auch ihm weh. Er ist ein guter Junge«, flüsterte der Stiefvater ihr zu, ehe er im Haus verschwand.

Rosanna lächelte und fühlte sich unbesiegbar. Sie hatte den Mann ihrer Mutter in der Hand. Das war es, was sie immer gewollt hatte. Mauro weckte keinerlei Gefühle in ihr.

Agostina dankte dem Himmel, dass ihr Mann und ihre Tochter zurückgekehrt waren, dass es ihrer Schwiegermutter doch nicht so schlecht ging, wie sie gedacht hatte, und dass Rosanna auf Mauro Corderos Lambretta stieg und mit ihm ins Kino fuhr.

Es tat ihr Leid, dass der Junge kein Bauer war. Aber inzwischen hatte sie sich mit dem Gedanken abgefunden, dass keines ihrer Kinder mehr das Land bestellen wollte.

Als sie ins Haus ging, umarmte sie ihr Mann.

»Was soll das Getue?«, wehrte sie ab und schob ihn von sich.

Ohne zu antworten setzte Armando sich an den Tisch. Die Kinder schienen enttäuscht, dass die Großmutter nicht gestorben war. Gino mehr als die anderen. Er lernte nicht gern, und er arbeitete auch nicht gern auf dem Feld. Er konnte es kaum erwarten, dass die Schule zu Ende war, und dann würde er, ganz gleich ob er versetzt würde oder sitzen blieb, nach San Benedetto gehen, um dort in einer Autowerkstatt zu arbeiten. Motoren waren seine Leidenschaft.

Agostina setzte sich ihrem Mann gegenüber und seufzte tief.

»Was ist?«, fragte Armando.

Die Jungen waren hinaus auf den Hof gegangen und lärmten mit ihren Freunden.

»Rosanna trinkt heimlich«, gestand Agostina.

»Ich weiß«, nickte Armando.

288

»Sie ist unglücklich.«

»Das weiß ich auch.«

»Was soll ich nur tun?«, fragte sich die Frau flüsternd.

So verging der Sommer. Es kam ein langer Winter, und ein neues Jahr begann. Rosanna und Armando liebten sich, wann und wo sie konnten. Die junge Frau wurde immer aggressiver, denn sie fand nur in Armandos Armen Frieden oder wenn sie eine Weinflasche ansetzte.

Mauro machte ihr weiterhin diskret den Hof. Er war verliebt, fand jedoch nicht den Mut, sich ihr zu erklären. Allerdings genoss er das Privileg, mit ihr ins Kino oder tanzen zu gehen oder einen Ausflug zu machen. Manchmal schenkte er ihr Blumen und half Agostina, wenn sie Hilfe brauchte.

Eines Tages erfuhr Rosanna, dass sie schwanger war.

48 Der Brauch, sich abends mit den Nachbarn zu versammeln, um ein paar Worte zu wechseln und ein Gläschen Wein zu trinken, hatte inzwischen nur noch in wenigen Familien überdauert. Hauptsächlich waren es die vermögenderen, denen es gelungen war, mit der Zeit Schritt zu halten, und die ihre Güter führten wie Unternehmen.

Viele kleine Bauernhöfe waren dem Tode geweiht. Die jungen Leute arbeiteten in der Industrie, die den einzigen Ausweg darstellte, um zu überleben, während die Eltern mühsam die kleinen Güter am Leben hielten.

Wo ein Bauernhof starb, wurde eine kleine Fabrik geboren, und bald überschwemmten die Werkshallen der Vorstädte das Land. Das Neue schritt mit der Arroganz des Siegers voran, und das Alte konnte sich, auch wenn ihm der Atem ausgegangen war, nicht entschließen zu sterben.

Agostina war Teil dieser dem Untergang geweihten Menschheit. Ihre Kinder hingegen warfen sich, wenn sie von der Arbeit kamen, in Schale und gingen sich amüsieren. Sie bewegten sich mit der Vespa, der Lambretta, dem Lieferwagen.

»Sie können nicht mehr laufen. Ihre Füße brauchen sie nur noch zum Tanzen«, klagte Agostina. »Und sie wechseln ihre Liebchen wie Socken.«

Ugo, ihr jüngster Sohn, lernte gern, und er mochte Mathematik, ein Fach, in dem er glänzte.

»Ich werde Buchhalter«, sagte er und plusterte sich vor seinen Brüdern auf wie ein Pfau. »Ich werde in Anzug und Krawatte arbeiten, nicht im Blaumann wie ihr.«

Rosanna war die Einzige, die keine Pläne machte, und das auch deshalb, weil sie nur Düsternis vor sich sah.

Manchmal ging sie mit Mauro Cordero aus, häufiger aber schloss sie sich in ihrem Zimmer ein und trank.

Armando spielte längst keine Ziehharmonika mehr, und abends ging er fast immer in die Bar im Dorf. Er lebte in dem Gefühl, vor einem Abgrund zu stehen, in den zu stürzen er sich gleichzeitig wünschte und fürchtete. Agostina war mit ihren Geistern allein.

Manchmal lastete die Einsamkeit so schwer auf ihr, dass sie die Marencos besuchte. Die Wärme dieser großen Familie tröstete sie, und sie verglich deren Stabilität mit ihrer eigenen Schwäche. Sie sah Paolo Marenco an, den ältesten Sohn, der früh geheiratet hatte und bereits dreifacher Vater war. Auch Amilcare, der jüngste Bruder, den Rosanna als Verehrer zurückgewiesen hatte, war nun glücklich verheiratet und erwartete das erste Kind. Agostina hätte sich so sehr gewünscht, dass es ihr Enkel wäre.

An diesem kalten Märzsonntag zog Ugo sie zu den Marencos, weil dort andere Kinder waren, mit denen er spielen konnte. Roberto und Gino waren in den Bergen Skifahren, Armando war zum Kartenspielen in die Dorfkneipe gegangen, und Rosanna hatte sich in ihrem Zimmer eingeschlossen. Vom Fenster aus sah sie ihre Mutter und ihr Brüderchen über den Weg davongehen und hoffte, dass Armando bald zurückkäme.

Sie zog sich eine große Strickjacke über, setzte sich auf die Stufe vor dem Haus und wartete auf ihn. Die übliche Weinflasche leistete ihr Gesellschaft und wärmte sie. Endlich sah sie ihn kommen.

Armando radelte gemächlich dahin, und zum ersten Mal erschien er ihr nicht so begehrenswert. Er war fast achtundvierzig, zu alt, verglichen mit ihr. Sein weißes Haar steckte unter einem Wollbarett, das auch seine Ohren bedeckte. Er hatte sich tief über den Lenker gebeugt, eingemummt in eine Lederjacke. Unter der Laube hielt er an und hauchte in seine Hände, um sie zu wärmen. Dann sah er sie.

»Was machst du denn hier draußen in der Kälte?«, fragte er.

Als Rosanna nicht antwortete, setzte sich Armando neben sie auf die Stufe.

»Wo ist deine Mutter?«

Er bekam keine Antwort. Die Flasche, die Rosanna in der Hand hielt, war fast leer. Er nahm sie ihr aus der Hand und trank einen Schluck Wein. Dann stellte er die Flasche auf die Erde.

»Ich bin schwanger«, sagte sie schließlich.

Drei schwer auszusprechende Wörter.

»Das ist wohl wieder einer von deinen Witzen«, entgegnete er.

»Ich habe heute das Ergebnis von der Urinuntersuchung abgeholt.«

Der Mann legte kurz das Gesicht in seine Hände. Dann sah er sie an und stöhnte: »Das ist unmöglich, ich habe immer aufgepasst.«

Er dachte an den kleinen, wohlriechenden Bauch des Mädchens. Er war warm, einladend, machte ihn schwindelig, er war der Brunnen seiner Tränen, der Quell seiner Freude. In diesem kleinen Bauch hatte er sich unendliche Male verloren und wieder gefunden. Er hatte jeden einzelnen Zentimeter berührt, gestreichelt und geküsst.

»Ich habe immer aufgepasst«, wiederholte er kopfschüttelnd. Armando war verwirrt und bestürzt.

Rosanna stand auf, so dass sie ihn überragte, und sagte: »Dann ist meine Schwangerschaft ein Werk des Heiligen Geistes.«

»Möge Gott sich unserer erbarmen!«, rief Armando aus, der unter plötzlicher Atemnot litt.

»Dachtest du, dieses Verhältnis könnte bis in alle Ewigkeit so weitergehen, ohne dass irgendetwas passiert?«, fauchte Rosanna ihn an.

»Mein Gott, was habe ich nur getan?«, flüsterte er.

»Jetzt ist es zu spät, um dein Gewissen zu befragen. Es wäre angebrachter, nach einer Lösung zu suchen«, erwiderte sie.

Armando war sich seiner Schuld vollkommen bewusst. Rosanna, die wunderschöne Tochter von Agostina, war unschuldig. Sie hatte ihn auf jede erdenkliche Art gereizt, und statt sich mit der Autorität eines Vaters gegen sie durchzusetzen, war er schwach geworden. Er hatte sich von seinem Verlangen besiegen lassen und sich ihrem Willen gebeugt. Nun musste er die Verantwortung auf sich nehmen. Die Vorstellung, dass im Schoß seiner Geliebten Leben entstand, machte sie ihm noch wertvoller. Sie würden zusammen fliehen. Das Haus seiner Eltern in Tortona war schöner und komfortabler als das Bauernhaus, in dem sie lebten. Dort gab es den Lebensmittelladen, in dem er arbeiten könnte. Rosanna und ihr Kind würden sicherlich nicht Hunger leiden. Endlich würden sie sich nicht mehr verstecken müssen. Die Leute würden reden, und sie würden schlecht reden, manch einer würde einen Skandal heraufbeschwören, aber letztendlich würde die Zeit alles in Vergessenheit geraten lassen. Er würde seine Tage damit verbringen, Rosanna und diese wunderbare Blume anzubeten, die aus ihrer Liebe entstanden war.

Er stand auf, zog sie an sich und streichelte ihr Haar. »Ich liebe dich und unser Kind. Ich werde dich zu einer glücklichen Frau machen«, versprach er und schob eine Hand unter ihre schwere Strickjacke, um ihren Busen zu suchen.

Rosanna wich zurück. »Du widerst mich an«, schrie sie und stieß ihn von sich.

Es war das erste Mal, dass sie ihn zurückwies.

»Aber was sagst du denn da? Du bist nur erschrocken, das bin ich auch. Aber wir werden einander Mut machen und nach Tortona ziehen«, schlug er vor.

»Und an sie denkst du nicht? Du denkst nicht an meine Mutter? An den Kummer, den wir ihr bereiten werden? Was bist du nur für ein Mann? Ach ja, ich vergaß, dass du ein Schwächling bist, dass du nicht in der Lage warst, deinen gesunden Menschenverstand zu gebrauchen, als es vonnöten gewesen wäre. Jetzt rennst du einfach vor der Verantwortung weg. Ein richtiger Mann hätte eine eifersüchtige kleine Göre nicht zu seiner Geliebten gemacht. Schämst du dich denn überhaupt nicht? Du und ich, wir haben meiner Mutter schon vieles angetan. Aber ich werde ihr nicht auch noch diesen Schmerz zufügen, der schlimmer ist als all die anderen«, entschied sie. Mit einem Ruck öffnete sie die Haustür.

Armando hielt sie am Arm fest.

»Was möchtest du, dass ich tue?«, fragte er.

Rosanna drehte sich mit einem Ruck um und sagte: »Du hast schon genug getan. Ich bringe dich um, wenn du es wagst, auch nur ein Sterbenswörtchen zu Mama zu sagen.«

49 Mauro Cordero hatte einen gebrauchten perlgrauen Seicento gekauft.

»Ein Glücksgriff«, hatte er Rosanna erklärt. »Er ist erst zwanzigtausend Kilometer gelaufen, also praktisch wie neu.«

Er hatte den Wagen gekauft, um das Mädchen von der Arbeit abzuholen und nach Hause zu bringen. So musste sie nicht lange an der Bushaltestelle stehen. Wenn er in das Bauernhaus kam, nahm Agostina ihn auf wie einen Sohn und Rosannas Brüder bereiteten ihm einen warmen Empfang. Ihm schien, dass das die Familie war, die er nie gehabt hatte. Auf dem Tisch stand für ihn nun eine Tasse heiße Suppe bereit. Rosanna machte ihm zwei Brötchen für die Nacht, und er fuhr glücklich in die Fabrik.

An jenem Abend, als er den Seicento auf den Hof fuhr, sagte Rosanna zu ihm: »Warte kurz. Ich muss mit dir reden.«

Mauro hatte noch nie gewagt, sie zu berühren, und sich stets mit dem Privileg zufrieden gegeben, sich als ihren Beschützer zu betrachten.

»Ich möchte dich etwas fragen, und du musst nicht antworten. Wenn du mit mir ins Haus gehst, lautet die Antwort ja. Wenn du deinen Wagen wendest und fährst, lautet sie nein. In beiden Fällen werde ich dich immer als einen loyalen Freund betrachten.«

Mauro ahnte, dass er nun etwas hören würde, was ihm nicht gefiel.

»Ich bekomme ein Kind«, gestand sie schließlich in einem Atemzug.

Er seufzte tief. »Das habe ich nicht erwartet«, flüsterte er.

»Ich auch nicht«, sagte Rosanna.

»Weiß der Vater es?«

Mauro fragte sich, wer der Mann sein könnte, der die Barriere hochmütiger Distanz überwunden hatte, die Rosanna zwischen sich und ihren Verehrern errichtet hatte. Dann kam ihm in den Sinn, dass sie vergewaltigt worden sein könnte.

»Das ist irrelevant«, versicherte sie.

»Nicht wirklich. Ich denke, du solltest heiraten«, wandte Mauro ein. Doch schon der Gedanke, dass sie ihm jemand für immer fortnehmen würde, war ihm unerträglich.

»Er ist bereits verheiratet, außerdem liebe ich ihn nicht. Im Gegenteil, ich hasse ihn für das, was er mir angetan hat.«

Mauro dachte, dass der Hass ein ebenso starkes Gefühl war wie die Liebe, und das missfiel ihm.

»Meine Mutter hat genug gelitten in ihrem Leben«, fuhr das Mädchen fort, »und ich will nicht, dass die Kette ihres Kummers noch länger wird. Aber das wird sie, wenn du mir nicht hilfst. Willst du mich heiraten und die Vaterschaft für dieses Kind übernehmen?«, fragte sie und hielt den Atem an, während sie darauf hoffte, dass Mauro zu ihr sagen würde: »Gehen wir Suppe essen.«

Der Junge antwortete nicht.

Agostina tauchte in der Küchentür auf. Sie hatte gesehen, dass der Wagen des Jungen auf dem Hof gehalten hatte. »Worauf wartet ihr zwei?«, fragte sie.

»Gehen wir die Suppe essen, bevor sie kalt wird«, antwortete der Junge nach einem Moment des Zögerns und trat mit ihr ins Haus.

Bei Tisch leerte er wortlos seine Schüssel. Rosanna stellte eine Tüte mit zwei Schinkenbrötchen vor ihn hin.

»Ihr seid sehr schweigsam heute Abend«, bemerkte Agostina.

Mauro hatte keine Lust zu reden. Er schluckte einen Löffel nach dem anderen und dachte über Rosannas Worte nach. Die Neugier, zu erfahren, wer dieser mysteriöse Mann war, nagte an ihm. Es war bestimmt niemand aus dem Dorf. Er wusste, wie geschwätzig Männer waren, vor allem, wenn es um Frauen ging.

Ob Junggesellen oder Ehemänner, sobald es ihnen gelang, eine Frau herumzukriegen, prahlten sie damit wie mit einer Heldentat. Ganz gleich, ob ihre Ehefrauen oder Verlobten davon erfuhren. Die Frauen schluckten das Unrecht und ihre Tränen seit jeher herunter und schwiegen.

Was Rosanna betraf, hatte es in dieser Hinsicht noch nie Tratsch gegeben. Alle zerrissen sich das Maul über ihren schlechten Charakter und ihre Vorliebe für Wein. Daher nahm er an, dass der Vater des Kindes ein Fremder sein müsste. Derer kamen viele, vor allem Vertreter, die eine Reise über die Höfe machten und die Frauen mit ihrem Geschwätz schwindlig redeten. Sie spielten sich fürchterlich auf, weil die Männer auf dem Feld oder in der Fabrik und die Frauen allein waren. Aber auch Rosanna war tagsüber in der Fabrik, und abends schloss sie sich zu Hause ein. Also konnte es auch kein Fremder gewesen sein. In der Fabrik waren nur Frauen, einschließlich der Chefin. Es gab nur einen einzigen Mann, den Buchhalter. Der aber war ein kurzsichtiges altes Männlein mit einem Buckel und somit jenseits jeder Versuchung.

Wie, wo, wann und von wem war Rosanna verführt worden? Irgendwann zog Mauro ihren Stiefvater in Betracht, und mit einem Mal kamen ihm die etwas seltsamen Blicke zwischen den beiden in den Sinn. Aber er schämte sich dieses Gedankens, der ihm völlig unvorstellbar erschien. Er hatte ihn immer als einen harmlosen Mann betrachtet, der stets bemüht war, es Agostina recht zu machen und Rosanna zu beschützen.

Doch dann erinnerte er sich an einen Sonntagnachmittag vor vielen Jahren. Es war Sommer, und unter der heißen, unbarmherzigen Sonne lag das Land ruhig da. Seine Lambretta bockte, und er hatte sie in der Werkstatt gelassen. Rosannas Brüder waren – das wusste er, weil er sie dort gesehen hatte – in der *Bar Centrale*, wo sie sich mit Flippern die Zeit vertrieben, bis das Kino öffnete. Agostina war für zwei Tage zur Beerdigung eines Bruders gefahren und hatte Ugo mitgenommen. Das hatte ihm Rosanna am Vorabend gesagt. Mauro hatte das Fahrrad abgestellt und zum Fenster des Mädchens hochgesehen. Die Holzläden waren zum Schutz vor der Sonne angelehnt. Er war sicher, dass das Mädchen im Bett war. Er hatte ein Kieselsteinchen genommen und es an das Fenster geworfen. Keine Antwort. Also hatte er ein zweites Steinchen geworfen und dann ein drittes. Endlich hatte sich ein Laden geöffnet, und Rosanna hatte sich in dem Spalt abgezeichnet, ein Unterkleid vor den nackten Oberkörper gepresst. Ihr Haar war zerzaust.

»Ich habe nicht mit dir gerechnet«, hatte sie geflüstert, offensichtlich verärgert über diesen unerwarteten Besuch.

Mauro hatte gemeint, hinter ihr einen Schatten zu erkennen.

»Wer ist da bei dir?«, hatte er sie gefragt.

»Mein Liebhaber«, hatte Rosanna geantwortet. »Quatsch, du Dummkopf! Wer soll da schon sein? Warte auf mich. Ich ziehe mich schnell an und komme runter.«

Sie war sofort bei ihm gewesen und hatte die Küchentür geöffnet.

»Komm rein. Ich mach dir eine schöne kühle Mandelmilch«, hatte sie ihm angeboten.

»Tut mir Leid, dass ich dich geweckt habe«, hatte er sich entschuldigt und die Einladung angenommen.

»Nein, das war gut so. Ich bin froh, dass du da bist. Aber rede leise. Ich glaube, Armando schläft noch«, hatte Rosanna ihm gesagt.

Stattdessen war eine knarrende Tür im oberen Stock zu hören, und kurz darauf kam Armando mit schweren Schritten die Treppe herunter. Sein weißes Haar fiel ihm sanft in die Stirn. Er war ein sehr attraktiver Mann, und er hatte ihm zugelächelt und sich neben ihn an den Tisch gesetzt.

»Hast du nicht geschlafen?«, hatte das Mädchen gefragt und dem Stiefvater einen wütenden Blick zugeworfen.

Armando hatte gelächelt. »Ich habe einen leichten Schlaf. Ich habe gehört, dass jemand gekommen ist. Nimm das Mädchen mal ein bisschen mit nach draußen. Wenn es nach ihr ginge, würde sie den ganzen Sonntag zu Hause bleiben«, hatte er gesagt.

Trotz des Lächelns hatte Mauro sich wie ein Eindringling gefühlt, und es war ihm so vorgekommen, als ob es zwischen dem Mädchen und dem Stiefvater den Schatten einer beunruhigenden Befangenheit gab. Dann war der Mann auf den Hof hinausgegangen. Rosanna hatte sich ihm gegenübergesetzt und ihn zärtlich angesehen.

»Gehen wir ins Kino?«, hatte sie vorgeschlagen.

Als er sich an diese Episode erinnerte, brach sich in ihm die Gewissheit Bahn, dass Rosanna Armandos Geliebte gewesen war. Ihr Stiefvater war also der Vater ihres Kindes. Er wollte sie nicht verurteilen, sondern beschränkte sich darauf, die Realität zu akzeptieren.

Sein Blick fiel auf Agostina, und er empfand unendlich viel Mitleid.

»Danke, Signora Agostina«, sagte er. »Sie sind immer so freundlich zu mir.« Dann wandte er sich an das Mädchen: »Ich danke auch dir für die Brötchen. Ich werde sie heute Nacht essen.«

Rosanna antwortete nicht. Sie ging zum Spülbecken und begann, die Teller zu spülen.

Als er im Begriff war zu gehen, wandte Mauro sich noch einmal zu der Frau um. »Signora Agostina«, verkündete er mit klarer Stimme, »ich hatte vor, Rosanna zu fragen, ob sie mich heiraten will. Was sagen Sie dazu?«

50 Sie hatten nicht genug Geld, um einen Haushalt zu gründen. Mauro musste noch die Raten für das Auto abbezahlen, und seine Großtante weigerte sich, ihm finanziell unter die Arme zu greifen, weil ihr die Braut nicht gefiel, die ihr Neffe sich ausgesucht hatte. Sie fuhren nicht einmal in die Flitterwochen, und Rosannas Zimmer wurde zur Schlafstube des Brautpaares. Von ihren Ersparnissen richtete Agostina es mit neuen Möbeln ein.

Sie regte sich nicht auf, als Rosanna ihr sagte, dass sie heiratete, weil sie schwanger war.

»Das ist mir auch passiert«, gestand sie. »Ich habe deinen Vater geheiratet, weil ich ein Kind erwartete. Aber meine Ehe war eine einzige Katastrophe.«

»Mauro ist der beste Mann, der mir passieren konnte«, beruhigte Rosanna sie.

Armando verbrachte diese Tage auf dem Feld, und abends aß er oft in der Dorfkneipe. Häufig kam er erst in der Nacht zurück und schlief dann im Stall oder in der Scheune. Er war plötzlich alt geworden, sein Blick war erloschen, und er sprach mit niemandem mehr. Wenn er sich mit den anderen an den Tisch setzte – und das kam selten vor –, hielt er den Blick gesenkt und hatte selbst Mühe, auf direkte Fragen zu antworten.

Eines Nachts kam Agostina zu ihm in die Scheune. Sie näherte sich ihm und legte ihm eine Hand auf die Stirn.

»Geht es dir nicht gut?«, fragte sie zärtlich.

»Nein«, erwiderte Armando.

»Du solltest dich von einem Arzt untersuchen lassen.«

»Das ist nicht nötig«, sagte er.

»Irgendetwas muss dir doch passiert sein«, bohrte die Frau weiter.

»Ich will allein sein.«

»Warum fährst du nicht für ein paar Wochen nach Tortona? Du hast dich nie damit abgefunden, auf dem Land zu leben«, schlug sie vor.

»Ich werde darüber nachdenken«, erwiderte er. Aber er fuhr nicht.

Rosanna und Mauro heirateten im April. Armando fand eine gute Entschuldigung, um nicht mit den anderen in die Kirche gehen zu müssen. Im Übrigen war es eine kurze und bescheidene Zeremonie. Agostina bereitete im Bauernhaus eine Erfrischung für die Gäste vor, und am Abend ging das Brautpaar nach oben ins Schlafzimmer.

Rosanna zog sich aus, behielt aber ihr Unterkleid an. Mauro bemerkte, dass ihr Bauch sich leicht wölbte. Sie bedeckte sich schnell mit einem Morgenrock und setzte sich vor den Spiegel, um ihr Gesicht mit Reinigungsmilch von der Schminke zu säubern. Ihr Mann verkroch sich in eine Ecke, um ebenfalls seinen Schlafanzug anzuziehen.

Die Gäste waren gegangen, und im Haus herrschte Stille.

»Auf welcher Seite willst du schlafen?«, fragte Rosanna ihn.

»Such du dir eine aus«, erwiderte Mauro.

»Nein, entscheide du.«

»In Ordnung. Dann nehme ich die linke Seite«, beschloss Mauro und schlüpfte ins Bett.

Agostina hatte sich nicht lumpen lassen. Das Brautzimmer war aus Buchenholz, das Bettgestell hatte Federn, und die Matratzen waren aus guter englischer Wolle. Es gab auch einen dreitürigen Kleiderschrank mit einem Spiegel auf der mittleren Tür, ein zweiter Spiegel prangte über einer Kommode mit vier Schubladen und ein dritter über dem Toilettentischchen. Zwei Polsterstühle und ein Hocker vervollständigten die Einrichtung. An der Wand über dem Kopfende des Bettes hing ein Druck, der die Heilige Familie darstellte.

Rosanna schlüpfte auf der rechten Seite unter die Decke.

»Wie fühlst du dich?«, fragte ihr Mann sie.

»Wie jemand, der in der Schuld eines anderen steht und nicht weiß, wie und wann er es je wird gutmachen können«, gestand Rosanna.

»Ich bin in einem Waisenhaus aufgewachsen. Das weißt du ja. Aber du weißt nicht, wie sehr Kinder darunter leiden, ohne Eltern aufzuwachsen. Ich habe nie die Wärme einer Familie kennen gelernt. Als ich in euer Haus gekommen bin, war mir, als würde ich den Himmel berühren. Deine Brüder, die mich mit ihrer Fröhlichkeit aufnahmen, deine Mutter, die mir so viele kleine Aufmerksamkeiten zukommen ließ, du, die du mich als deinen besten Freund betrachtet hast. Ich schulde euch allen viel. Als du mir gesagt hast, dass du ein Kind erwartest, habe ich mich selbst in ihm gesehen. Alle Kinder sollten Eltern, ein Zuhause und Liebe haben. Ich bin verliebt in dich. Auch wenn du dich einem anderen hingegeben hast, so hat das meine Gefühle für dich nicht verändert. Aber die Liebe hat nichts mit meinem Entschluss zu tun, dich zu heiraten. Ich habe es aus Solidarität deinem Kind gegenüber getan. Du siehst also, du stehst nicht in meiner Schuld«, sagte er.

»Als man mir bestätigt hat, dass ich schwanger bin, hat die Ärztin mir vorgeschlagen, abzutreiben. Ich habe gesagt, dass ich darüber nachdenken würde, und sie hat hunderttausend Lire verlangt. Wenn ich das Geld gehabt hätte, dann hätte ich mich auf ihren Vorschlag eingelassen. Ich empfinde nichts für dieses Kind. Ich bin der Meinung, eine Frau muss ein Kind wollen. Ich will es nicht«, gestand sie.

»Aber ich will es. Du musst nur warten, bis die Zeit deine Wunden heilt«, versicherte er.

»Sie werden niemals heilen«, behauptete Rosanna, während ihr dicke Tränen über die Wangen kullerten.

Mauro trocknete sie mit einem weißen Taschentuch. »Vergiss, Rosanna, und vergebe. Der Frieden der Seele ist schön«, flüsterte er.

Rosanna sah ihn im matten Licht der Nachttischlampe an, und es war, als sähe sie ihn zum ersten Mal. Der Blick und das Lächeln ihres Mannes verrieten seinen sanften und freundlichen Charakter. Sie wäre gern wie er gewesen und hoffte, dass es ihr mit der Zeit gelänge, dieses Kind, das sie erwartete, und diesen Mann, der sie geheiratet hatte, zu lieben.

»Wer weiß, vielleicht werde auch ich eines Tages meinen Seelenfrieden finden. Und das wird ein großer Tag werden«, sagte sie und lächelte unter Tränen.

Mauro zog sie an sich und drückte einen schüchternen Kuss auf ihre Stirn.

»Gute Nacht«, flüsterte er. Gleich darauf schlief er ein.

Sie dagegen wälzte sich noch lange im Bett hin und her. Als sie schließlich sicher war, dass Mauro schlief, ging sie in die Küche hinunter. Sie fand eine Flasche Wein und nahm einen großen Schluck. Dann löschte sie das Licht und sah aus dem Fenster. Armando war auf dem Hof. Er rauchte eine Zigarette und blickte in ihre Richtung. Der Mond ließ sein weißes Haar leuchten. Ihr Stiefvater litt Höllenqualen, und auch sie vermochte keinen Seelenfrieden zu finden. Sie leerte die Weinflasche. Dann zog sie sich ins Dunkel zurück und schleppte sich langsam ins Schlafzimmer. Mauro schlief friedlich. Endlich schlief auch sie ein.

303

51 Irene wurde im Oktober geboren, an einem Tag, an dem es schien, als wollte ein stürmischer Regen die Welt auslöschen. Sie wurde zu Hause geboren, mit der Hilfe des Kassenarztes und der von Agostina, die sich angesichts der Kleinen an die Worte der Zauberin Carolina erinnerte: »Nicht alles geht zum Teufel. Die Kinder deiner Kinder werden sich retten. Vor allem Irene.«

»Sie wird Irene heißen«, entschied sie, beinah platzend vor Freude.

Agostina war stolz auf ihr erstes Enkelkind und hoffte, es werde Rosanna helfen, ihr Leben zu ändern. Irene kam mit Gelbsucht zur Welt, und in einem Anflug von Mutterliebe versprach Rosanna sich selbst, dass sie nie wieder auch nur einen Tropfen Wein trinken würde.

An jenem Tag waren alle wegen der heftigen Regengüsse, die Felder und Straßen in einen riesigen Sumpf verwandelten, im Bauernhaus. Der Bus stellte seinen Dienst vorübergehend ein, und selbst der Doktor kam nicht mehr weg. So setzte er sich mit den Männern des Hauses an den Küchentisch und nahm ein Glas süßen Likör mit Birnentorte, die Agostina zur Feier der Geburt vorbereitet hatte, dankend an.

Der Arzt kannte Agostinas Probleme mit Rosanna schon lange, und eines Tages hatte er versucht, ihr zu erklären, dass ihre Tochter eine gespaltene Persönlichkeit habe.

»Was soll das heißen?«, hatte sie gefragt.

»Das bedeutet, dass sie depressiv ist und sich selbst wehtut, indem sie auch den Menschen Leid zufügt, die sie liebt.«

»Aber gibt es keine Medizin, die sie heilen könnte?«, hatte sie gefragt.

»Leider gibt es die nicht. Rosanna heilt sich selbst, indem sie trinkt. Wenn sie ihr Leid nicht mehr aushalten kann, betrinkt sie sich und schläft«, hatte der Doktor erklärt.

Nun hoffte Agostina, dass die kleine Irene stärker wäre als die Krankheit ihrer Mutter oder zumindest eine bessere Therapie als der Wein.

Mauro war der Erste, der in das Zimmer hinaufkam, um die Neugeborene zu sehen. Er umarmte Rosanna und wollte die Kleine auf den Arm nehmen. »Wie geht es dir?«, fragte er seine Frau.

»Ich bin müde«, erwiderte Rosanna.

»Ich bin stolz auf dich. Ich habe dich nicht einmal schreien hören.«

»Ich hatte keine großen Schmerzen«, spielte sie die Geburt herunter.

»Ich habe dich und die Kleine sehr lieb«, gestand Mauro und betrachtete die Neugeborene stolz.

Rosanna war gerührt. Als sie weinte, ermutigte Mauro sie: »Es wird alles gut werden, Rosanna. Wir haben jetzt einen kleinen Schatz, den wir großziehen müssen.« Dann legte er ihr das Baby in den Arm und zog eine kleine, samtbezogene Schachtel aus der Hosentasche. »Das ist für dich«, sagte er und reichte sie seiner Frau.

Darin war eine Korallenkette. Gleich nach der Hochzeit, als sie mit Mauro durchs Dorf spaziert war, hatte Rosanna sie im Schaufenster des Juweliers gesehen und ausgerufen: »Ist die schön!« Am Tag darauf war Mauro allein zu dem Geschäft zurückgekehrt und hatte sie gekauft, obgleich sie eine ganze Stange Geld kostete.

Rosannas Rührung wurde noch größer. »Irgendwann werde ich mich wirklich noch in dich verlieben«, sagte sie unter Tränen.

Dann kamen Rosannas Brüder und eine Nachbarin, die dem Regenguss getrotzt hatte, um die kleine Cordero zu bewundern.

305

Sie schenkte der jungen Mutter ein Parfüm und der Kleinen ein Madonnenmedaillon.

»Und du, gehst du dir nicht deine Enkelin ansehen?«, fragte der Arzt Armando und blickte durch das Küchenfenster in den Himmel. Sein Wagen stand unter der Laube in Sicherheit. Er wartete darauf, dass es aufklarte, um weiterfahren zu können.

Armando kämpfte mit dem Rauch des Kamins, der sich in der Küche ausbreitete. Das war seine Art, die Rührung und den Schmerz zu ersticken.

»Das hat Zeit«, antwortete er. Er starb förmlich vor Verlangen danach, die Kleine und ihre Mutter zu sehen, aber er wusste, dass Rosanna ihn nicht in das Zimmer gelassen hätte. Seit dem Tag, an dem sie ihm ihre Schwangerschaft verkündet hatte, hatte sie kein Wort mehr an ihn gerichtet. Die ganze Zeit über, in der sie in den Wehen gelegen hatte, war er in der Küche geblieben und hatte den Stimmen und Geräuschen gelauscht, die aus dem oberen Stock drangen. Dann hatte er gehört, wie Agostina glücklich ausrief: »Es ist ein Mädchen.« »Meine Tochter!«, hatte er sich gesagt und nur mühsam die Rührung zurückgehalten. Er hatte einen heftigen Stich in der Brust verspürt und gedacht, er müsse sterben. Dann war der Schmerz langsam vorübergegangen. Dennoch, eine unerträgliche Last drückte auf seine Brust. Er hätte die Wahrheit herausschreien wollen, damit alle wüssten, dass Irene seine Tochter war. Doch er musste schweigen.

»Ihr Bauern seid wirklich merkwürdig«, bemerkte der Arzt, der allmählich nervös wurde. Im Haus gab es kein Telefon, und er wusste nicht, wie er seine Familie von seiner Verspätung in Kenntnis setzen sollte. Er kehrte an den Tisch zurück und goss sich noch einen Likör ein.

Die Jungen schlugen vor, eine Runde Karten zu spielen, um die Zeit totzuschlagen. Der Knecht kam durch den Regen gelaufen, seine Gummistiefel versanken bei jedem Schritt im Matsch. Er trat in die Küche und berichtete: »Die Tiere sind unruhig und treten sogar aus. Mirella hat mich hier an der Seite erwischt und mich hingeworfen wie einen Tollpatsch.« Die Nervosität der Tiere war kein gutes Omen.

»Trink einen Schluck auf meine Enkelin«, empfing Agostina ihn.

»Prost und Gratulation«, sagte der Knecht und hob das Glas.

Im Westen klarte der Himmel auf. Es hörte auf zu regnen, ein Sonnenstrahl fiel durch die Wolken, und in der Küche zog der Rauch plötzlich durch den Rauchfang ab.

»Haben Sie gesehen, Dottore?«, freute sich Agostina, »nach Regen kommt Sonnenschein.«

Aus dem oberen Stock drang das laute Brüllen von Irene. Agostina lief die Treppe hoch.

»Die Kleine hat Hunger«, erklärte sie und trat ins Schlafzimmer.

Sie sah, wie Mauro sich auf der Suche nach Tüchern abmühte und Rosanna über die Ungeschicktheit ihres Mannes lachte.

»Aus dem Weg. Ich kümmere mich um das Kind«, entschied die Großmutter und schob den Schwiegersohn aus dem Zimmer.

»Gut, dass du da bist«, bemerkte Rosanna, die ihrer Mutter dankbar war, dass sie dieses kleine, lärmende Wesen versorgte.

Irene klammerte sich an die Brust ihrer Mutter und begann, gierig zu saugen.

»Sie ist unglaublich hässlich«, stellte Rosanna fest.

»Alle Neugeborenen sehen so aus, irgendwie alt«, erklärte Agostina. Es war für sie wie ein Traum, sich derart friedlich mit ihrer Tochter unterhalten zu können. Vielleicht hatte die Mutterschaft sie wirklich verändert.

Ein Blitz zuckte durch den Himmel, und gleich darauf hallte ein Donner wider. Irene fuhr zusammen, ruderte mit den Ärmchen, ließ von der Brustwarze ihrer Mutter ab und begann erneut zu schreien.

»Sie hat sich erschrocken«, bemerkte Rosanna.

»Das ist normal. Kinder erschrecken sich wie wir, und manchmal auch mehr«, sagte Agostina.

Es fing erneut an, heftig zu regnen.

»Hoffen wir, dass es nicht wieder Hochwasser gibt. Ich habe das schon zwei Mal erlebt, und das hat mir gereicht«, seufzte die Frau.

»Das wird nicht passieren. Nicht jetzt, wo mein Kind erst wenige Stunden auf der Welt ist«, erklärte Rosanna. »Weißt du, Mama, ich bin froh, dass ich Mauro geheiratet habe.« Es gefiel ihr, sich vorzustellen, dass Irene die Tochter ihres Mannes war.

In diesem Moment öffnete sich die Tür, und Armando steckte den Kopf herein.

»Darf ich das Kind sehen?«, fragte er schüchtern. Ihm war, als wollte sein Herz vor lauter Rührung bersten.

Rosanna packte ein Ende des Lakens und bedeckte damit ihre Brust und das Gesicht der Kleinen.

»Raus!«, befahl sie mit wütender Stimme. Irene fing wieder an zu weinen, und er schloss rasch die Tür.

»Warum machst du das?«, fragte Agostina mit einem Seufzer. Dann war ein dumpfes Geräusch zu hören, und sie stürzte nach draußen. Armando lag auf dem Boden und sah aus wie tot.

Der Arzt war noch auf dem Hof, weil sich der Wagen nicht starten ließ. Er leistete gleich erste Hilfe und tat, was er tun konnte, aber Armando erholte sich nicht mehr von dem Sturz, der seine linke Körperhälfte gelähmt hatte. Von Gewissensbissen und Eifersucht gepeinigt, flehte er seit Monaten um den Tod. Gott hatte ihm nicht gestattet zu sterben.

1982

52 »So, jetzt weißt du, dass ich nicht dein Vater bin«, schloss Mauro Cordero.

Irene betrachtete die Landschaft, die jenseits der Fensterscheibe in der eisigen Kälte dieses Weihnachtsnachmittages erstarrt war.

»Oma wusste das alles?«, fragte sie.

Die Pendeluhr über dem Kamin skandierte die Sekunden in der Stille der großen Küche, die von den ersten Schatten des Abends heimgesucht wurde.

»Wer kann das schon sagen? Tatsache ist, dass Armando, als man ihn ins Krankenhaus brachte, den Namen deiner Mutter ausrief, ehe er ins Koma fiel. Drei Mal rief er ihn. Ich erinnere mich noch genau daran. Ich war an seiner Seite, mit deiner Großmutter, und sie stieß einen gequälten Seufzer aus. Ich glaube, dass sie alles verstanden hatte, aber dass sie sich immer geweigert hat, der Wahrheit ins Auge zu blicken«, behauptete Mauro.

Irene legte ihm eine Hand auf die Schulter. »Fahren wir ins Krankenhaus«, sagte sie leise.

Sie wandte sich um und betrachtete noch einmal die gerahmten Fotografien auf der Anrichte.

Darunter war auch eine von Armando Elia, wie er in Lederjacke auf seinem Motorrad saß und ein strahlendes Lächeln zur Schau trug. Doch die großen Augen, in denen man beinah versinken konnte, schienen von einer Melancholie gezeichnet, die das Lächeln und seine Pose eines Schauspielers aus einem alten amerikanischen Film Lügen straf te.

Der Armando, den Irene gekannt hatte, war ein alter Mann mit weißen Haaren gewesen, der nicht sprechen konnte und der gefüttert, gewaschen und angekleidet werden musste.

Wenn sie als kleines Mädchen in seiner Nähe gespielt hatte, dann hatte sie stets seinen leidenden Blick auf sich gespürt, der ihr folgte, was auch immer sie tat. Sie schenkte ihm keine Beachtung. Niemand kümmerte sich um ihn, außer der Großmutter. Agostina strich ihm häufig über die Stirn, ohne ein Wort zu sagen, er hätte ja ohnehin nicht antworten können.

Einmal gelang es Armando, Irene beim Arm zu packen. Sofort stürzte ihre Mutter sich wie ein Raubvogel auf sie beide, entriss sie ihm und brüllte: »Du fasst sie nicht an!«

Irene erschrak. Er schloss die Augen und ließ den Kopf auf die Brust fallen. Das Mädchen suchte Schutz an der Schulter ihrer Mutter, die es auf dem Arm hielt, und begann zu schluchzen. Da war irgendetwas Unklares zwischen dem Großvater und der Mutter, das sie erstickte. Sie war vier Jahre alt gewesen, und diese Erinnerung verfolgte sie ihr ganzes Leben.

»Ist es möglich, dass meine Mutter ihn noch geliebt hat?«, fragte das Mädchen und betrachtete eingehend das Foto.

»Dessen bin ich mir sicher. Sie hat nie aufgehört, ihn zu lieben«, behauptete Mauro.

»Dennoch hat sie ein weiteres Kind gewollt«, stellte Irene fest und sah sich nach Mauro um.

»Das war, nachdem Armando gestorben war. Sie sagte mir, sie fühle sich wie neugeboren. Ich glaube eher, dass sie versuchte, sich selbst davon zu überzeugen. Sie wollte ein Kind, sie wollte den Bauernhof verlassen und eine Wohnung in einem Mietshaus mieten, das gerade in San Benedetto gebaut wurde. Sie hatte sogar aufgehört zu trinken. Ich hatte sie noch nie so glücklich gesehen. Sie nähte dir ein paar sehr schöne Kleidchen, überhäufte uns mit Zärtlichkeiten und machte Torten und andere Köstlichkeiten. Kurzum, sie war eine neue Frau.«

»Ich kann mich gut an diese Zeit erinnern. Sie hielt Wochen an«, pflichtete das Mädchen bei.

»Sogar Monate. Wir waren alle glücklich. Bis Ezio geboren wurde, unser Sohn.«

»Und dann? Wie kam es, dass meine Mutter starb?«

»Ich brachte eine Flasche Champagner mit, um die Geburt zu feiern. Das hätte ich nicht tun sollen. Ein halbes Glas genügte, und deine Mutter fing wieder an zu trinken. Wir hatten allen Wein aus dem Haus geschafft, und wenn sie ihn nicht fand, wurde sie zur Furie. Sie stillte den Kleinen und verschwand dann auf der Suche nach einer Kneipe. Ezio nahm nicht an Gewicht zu, er war zerbrechlich und hatte immer irgendein Problem. Schließlich starb er an Lungenentzündung. Er war kaum älter als zwei Monate geworden.«

»Mama verbrachte Stunden auf dem Friedhof und weinte an Ezios Grab«, erinnerte sich das Mädchen.

»Die Wahrheit ist, dass Rosanna versuchte, ohne Armando zu leben, aber es gelang ihr nicht. Was die beiden verbunden hatte, war eine verrückte und tragische Liebesgeschichte. Wenn sie vom Wein umnebelt war, rief sie ihn an, mit zärtlichen Worten, die mir das Herz zerrissen. Ich glaube, dass deine Eltern nun wirklich glücklich sind. Wenn es das Paradies für Verliebte gibt, sind sie sicher dort und werden sich bis in alle Ewigkeit lieben«, flüsterte Mauro.

Irene betrachtete wieder Armandos Foto. »Meinst du, ich ähnle ihm?«, fragte sie.

»Du siehst aus wie deine Mutter, die deiner Großmutter ähnelte. Aber du hast auch etwas von Armando, die Form deiner Augen und deiner Nase«, stellte der Mann fest.

»Ich schaffe es nicht, mir Opa als meinen Vater vorzustellen.«

»Ich habe dich immer geliebt wie eine Tochter.«

»Das weiß ich. Du warst der liebste Vater, den ich mir denken kann, und das wirst du immer bleiben. Vergiss nicht, dass ich deinen Nachnamen trage«, bekräftigte Irene, und sie hatte Tränen in den Augen. Sie weinte wegen Agostinas Tod und wegen ihrer unglücklichen und verwirrenden Kindheit, die Narben an ihrer

Seele hinterlassen hatte. Doch vor allem weinte sie wegen der tragischen Liebe ihrer Eltern, die sich nie mit ihrer Trennung abgefunden hatten und im Tod den Weg gesucht hatten, sich endlich wieder zu vereinen.

»Wir müssen gehen«, forderte Mauro sie auf.

»Nimm mich in den Arm. Jetzt, wo Oma uns verlassen hat, habe ich nur noch dich«, sagte Irene.

Sie verbarg ihr Gesicht an der Schulter des Mannes und schluchzte wie damals, als sie ein kleines Mädchen gewesen war, das Herz zerrissen von so viel Kummer.

Sie stiegen ins Auto. Irene hatte die Tasche auf dem Schoß, in die sie Agostinas Kleid und eine Tüte Erdnüsse gesteckt hatte, die sie in der Anrichte gefunden hatte. Die Straße war menschenleer. Auf den Höfen feierten die vereinten Familien Weihnachten.

Als sie vor dem Krankenhaus ausstiegen, wartete ein Vertreter des Beerdigungsinstitutes bereits auf sie.

Agostina wurde angekleidet, aufgebahrt und in die Kapelle gebracht.

Mauro und Irene setzten sich auf die Bank und sprachen leise.

»Oma hat ein paar Mal gesagt, dass sie keine Trauerfeier will, wenn sie stirbt«, erinnerte sie Mauro.

»Ich weiß. Einmal hat sie mich ermahnt: ›Wenn ich sterbe, benachrichtigt niemanden. Ich mag keine Trauerzüge.‹ Aber wir werden die Onkel und Tanten benachrichtigen müssen.«

»Mach das, wenn du willst. Aber du wirst sie nicht erreichen, sie sind im Urlaub. Sie wussten, dass es Oma schlecht geht, und trotzdem hat keiner von ihnen angerufen, um nach ihr zu fragen. Ich verstehe sie nicht«, stellte Mauro fest.

»Sie sind nicht bösartig. Sie haben sie einfach vergessen, weil ihr Leben sich woanders abspielt und die Vergangenheit sie nicht mehr betrifft. Dann sind eben nur du und ich bei ihrer Beerdigung, und ich glaube, dass Oma so zufrieden sein wird«, überlegte Irene.

»Weißt du, dass sie dir alles hinterlassen hat, was sie besaß?«

»Sie hatte nichts, die arme Frau.«

»Sie hatte sehr viel mehr, als du dir vorstellen kannst. Schließlich hat sie Armandos Vermögen geerbt: drei Häuser in Tortona und den Laden. Außerdem hat sie ihre Ersparnisse gut angelegt. Deine Onkel und Tanten sind vor einiger Zeit ausgezahlt worden. Was übrig ist, gehört dir«, erklärte der Mann.

»Es gehört uns«, berichtigte ihn Irene.

»Wir reden morgen nach der Beerdigung darüber«, sagte Mauro.

Am Vormittag des Feiertages, als der Pfarrer kam, um die Trauerfeier zu zelebrieren, füllte die Kapelle sich mit Menschen und Blumen. In aller Stille hatte sich die Nachricht von Agostina Elias Tod wie ein Lauffeuer verbreitet. Aus einem Umkreis von zwanzig Kilometern waren alle Bauern, Arbeiter, Grundbesitzer, Autoritäten und sogar die kommunistischen Genossen gekommen, um ihr die letzte Ehre zu erweisen. Der Pfarrer sprach von den christlichen Werten einer großen Frau, die sich den Widrigkeiten des Lebens immer mit Hilfe des Glaubens gestellt hatte. Der Leiter der Ortsgruppe der kommunistischen Partei sprach von dem Stolz der Kämpferin für Gerechtigkeit und ihrer politischen Weitsicht, da sie nie aufgehört hatte, auf dem Land zu arbeiten.

Irene dachte, dass der Pfarrer und der Kommunist jeder seine eigene Versammlung abhielten und dass Agostina sie, wenn sie gekonnt hätte, ungeduldig zum Schweigen gebracht hätte.

5. August 2002

53 Irene erinnerte sich, wie schwierig die Tage gewesen waren, die auf die Erzählung ihres Vaters folgten. Rosannas Geschichte hatte sie zutiefst aufgewühlt. Nach der Beerdigung der Großmutter war sie in eine Art Lähmung verfallen, die sie in dem alten Landhaus, ihrem Mädchenzimmer, ihrem Bett festhielt. Sie hüllte sich in die Steppdecke und schlief. Im Schlaf suchte sie Zuflucht vor dem Unwohlsein, das die Enthüllungen in ihr ausgelöst hatten. Sie wollte niemanden sehen und ging auch nicht ans Telefon. Alle außer Mauro führten ihr Verhalten auf den schmerzlichen Verlust zurück, und selbst Angelo nahm die Zurückweisungen hin. Jeden Tag schrieb er ihr einen Brief und schob ihn unter ihrer Schlafzimmertür durch. Er berichtete ihr alles, von Belanglosigkeiten über große Pläne bis hin zu Büchern, die er gerade las, oder Familienklatsch. Zerstreut überflog sie die Seiten und vergaß sie sofort. Einmal schrieb er ihr: »Wenn du traurig warst, hast du immer zu mir gesagt: ›Angelo, schöner Angelo, komm, flieg zu mir.‹ Ich bin für dich da und warte, dass du mich rufst.«

Mauro zwang sie, in die Küche hinunterzukommen, wenn es Zeit zum Mittag- oder Abendessen war. Sie zog dann einen schweren Morgenmantel der Großmutter über und nahm ihm zuliebe ein paar Bissen. Dann schloss sie sich wieder in ihrem Zimmer ein.

Die Feiertage vergingen, und Signorina Magda von der Cosedil rief an. Sie sprach mit Mauro, der ihr sagte: »Weihnachten ist unsere Großmutter gestorben. Irene ist sehr niedergeschlagen. Ich weiß nicht, ob sie nach Mailand zurück möchte. Aber ich weiß, dass es ihr gut täte.«

Am gleichen Tag traf ein Blumenstrauß mit einem Kärtchen

von Tancredi ein, auf dem stand: »Ich warte auf die Rückkehr von Miss Lächeln.«

Es kam auch eine Nachricht von Angelo: »Morgen gehe ich zum Bezirkskommando des Militärs. Sie schicken mich für vierzig Tage nach Caserta. Danach werde ich woandershin versetzt. Muss ich fortgehen, ohne dich noch einmal gesehen zu haben?« Irene antwortete nicht.

Dann hatte sie ganz langsam wieder zu leben begonnen und trug die Last so vieler verwirrender Gefühle mit sich herum.

Seitdem waren zwanzig Jahre vergangen, und Irene dachte, dass sie diese ganze Geschichte immer noch nicht gänzlich verarbeitet hatte, auch wenn sie mit ihrem Leben mittlerweile sehr viel zufriedener war.

Jemand klopfte an die Tür und riss sie aus ihren Gedanken. Der Polizeibeamte steckte den Kopf herein und kündigte ihr einen Besuch an, »der Sie freuen wird«, wie er fröhlich hinzufügte. Gleich darauf trat Kommissar Bonanno ein.

Sie erhob sich aus dem Sessel und ging ihm zur Begrüßung entgegen.

»Guten Tag, Signora Cordero. Ich habe eine gute Nachricht für Sie. Sie können das Krankenhaus verlassen, auch sofort, wenn Sie wünschen«, erklärte er zufrieden.

»Heißt das, der Fall ist abgeschlossen?«

»Wir haben Ihren Angreifer endlich festgenommen und ihn verhört. Unsere Überprüfungen haben ergeben, dass er die Wahrheit gesagt hat. Randazzo hat sie aus dem Taxi steigen sehen und Sie mit einem Topmodel verwechselt. Er hat gedacht, Sie hätten Geld und Schmuck in der Tasche. Also ist er Ihnen in die Kirche gefolgt und hat Sie überfallen, um Sie auszurauben. Kurzum, es handelt sich um einen banalen Raubüberfall.«

»Da bin ich aber froh, danke, Commissario«, rief Irene. Nach einer kurzen Pause fügte sie hinzu: »Ich möchte sofort gehen, aber ich brauche Geld für ein Taxi und ein Flugticket.«

»Sie haben noch keine Papiere und können daher leider nicht verreisen«, bemerkte der Kommissar.

»Ich bin sicher, dass Sie mir in wenigen Stunden einen Ausweis besorgen werden«, behauptete Irene mit einem schelmischen Lächeln.

»Ich werde es versuchen«, erwiderte Bonanno und ging.

Sie sah sich um, um ihre Sachen zusammenzusuchen. Als Erstes öffnete sie die Schublade der Kommode und nahm den Chanel-Flakon heraus. Dabei erinnerte sie sich an Weihnachten 1985. Das war das letzte Mal gewesen, dass Angelo ihr dieses Parfüm geschenkt hatte.

Irene
1985

54 »Ich will, dass das Leben für dich ein immerwährender
Traum ist. Wache niemals auf, mein Liebling«, flüsterte Tancredi
und berührte mit den Lippen sanft Irenes Handgelenk, an dem
ein brillantenbesetztes Platinarmband funkelte. Er hatte es ihr
gerade angelegt, es war sein erstes bedeutendes Geschenk.

Sie waren in Rom, in dem kleinen Gastraum eines Restaurants,
das wie eine Bonbonniere des ausgehenden neunzehnten Jahrhunderts eingerichtet war. Sie saßen an dem einzigen runden
Tisch, der klein genug war, dass ihre Hände sich berühren konnten. Eine zarte Komposition aus weißem Jasmin und roten Kerzen
auf einer silbernen Damasttischdecke sorgte für Weihnachts-
stimmung. Es waren nur noch zwei Tage bis zum 25. Dezember 1985. Irene war einundzwanzig und seit sechs Monaten die
heimliche Geliebte des reichsten Mannes Italiens. Nur wenige
waren in ihr Verhältnis eingeweiht: Franco Bruschi, Signorina
Magda, die Leibwächter und der Chauffeur. Offiziell gehörte
Irene, die viel und gut arbeitete, zu den leitenden Angestellten der
PR-Abteilung der Cosedil. Sie war aus dem Apartmenthaus auf
dem Corso di Porta Romana ausgezogen und wohnte nun im
obersten Stock eines Palazzos aus dem neunzehnten Jahrhundert
in der Via Solferino. Ein spanisches Haushälterehepaar kümmerte sich um sie und um ihre Wohnung.

Irene hatte all das, was für viele Frauen in ihrem Alter ein un-
erreichbarer Traum war: eine wichtige Arbeit, eine vornehme
Wohnung, ein Girokonto ohne Limit und einen faszinierenden,
in sie verliebten Mann. Kurz, sie hatte alles, was sie sich zu wünschen glaubte.

»Ich werde dich zwei Tage nicht sehen und nur anrufen können. Wirst du ohne mich überleben?«, fragte Tancredi in scherzhaftem Tonfall.

Der Heilige Abend war seiner Ehefrau und seinen beiden Kindern vorbehalten, die ihn mit einigen Freunden und den engsten
Mitarbeitern in seiner Villa auf dem Land erwarteten. Es würde
das übliche Ritual geben: Austausch von Geschenken, Weihnachtsessen mit Austern aus dem Atlantik und Dom Pérignon,
ein Orchester, das *Stille Nacht* spielen würde, und anschließend
die Mitternachtsmesse in der kleinen Privatkapelle. Dabei würden alle ihre schlechte Laune, ihre Frustration, ihre Ängste, ihre
Melancholie und ihre Verärgerung sorgfältig unter Lächeln, Küssen, Beifall und Dankesbezeugungen verbergen. In Cassana lag
bereits Schnee, in Rom dagegen kündigte der Schirokko Regen
an.

Den ersten Weihnachtstag würde Tancredi in Sizilien verbringen, in der Villa zwischen Palermo und Trapani, wo er mit seiner
Mutter, seiner Schwester, seinem Bruder und allen Verwandten
und Freunden, die auf der Insel lebten, zu Mittag essen würde.

»Frag dich lieber, ob du ohne mich überleben wirst«, entgegnete Irene und ihre Augen blitzten schelmisch.

Tancredi hob eine Braue und sah sie mit dem Ausdruck des
harten und lebenserfahrenen Mannes an.

»Jetzt halt mal den Ball flach, Kleines«, sagte er in einer komischen Imitation von Humphrey Bogart. »So wie ich dich geschaffen habe, kann ich dich auch wieder zerstören.«

Irene lachte amüsiert, er küsste sanft ihre Hand, dann begann
er leise zu singen: »*And then remember this, a kiss is just a kiss*«,
das Lied aus *Casablanca*.

Irene würde sich sicher nicht nur wegen seiner Abwesenheit
grämen, sie freute sich auch, nach San Benedetto zurückzukehren, wo Mauro sehnsüchtig auf sie wartete.

Nachdem die Großmutter gestorben war, hatte Mauro Cordero das ganze Haus umgebaut, und in zwei Jahren war aus

Agostinas Haus ein Palast geworden. Er hatte alle Rohrleitungen, Treppen, Decken, Böden und Mauern erneuert, wobei er alte Holzbalken, mit den Jahren verwaschene Dachpfannen, wertvolle Fliesen und wunderschönen Marmor verwendet hatte, die er auf seinen Streifzügen übers Land aus alten Abrisshäusern geholt hatte.

Die Scheune war zu einer Werkstatt geworden, in der er Möbel und Hausrat restaurierte, die er überall, wo er gerade war, sammelte. In einem Palazzo des siebzehnten Jahrhunderts, der gerade abgerissen wurde, hatte er einige bemalte Holztafeln und Antiquitäten ausgegraben, die einst das Schlafzimmer eines Kindes möbliert hatten. Er hatte sie für eine geringe Summe gekauft und restaurierte sie gerade.

»Es hat nicht viel gefehlt, und sie hätten mir noch Geld gegeben, damit ich das ganze Zeug mitnehme«, hatte er – voller Stolz auf sein Geschäft – Irene erzählt.

Irene hatte im vergangenen Sommer einen fröhlichen Urlaub mit Mauro verbracht.

»Papa, warum suchst du dir nicht eine neue Freundin?«, hatte sie ihn eines Tages gefragt.

Ihr schien, dass er sich deshalb so sehr in Aktivitäten stürzte, weil er die Leere in seinem Gefühlsleben füllen wollte.

»In meinem Alter? Da müsste ich ja verrückt sein«, hatte Mauro erwidert.

»Was redest du denn da? Du bist erst fünfzig. Ich würde mich freuen, wenn du bei einer netten Frau endlich zur Ruhe kämst«, hatte Irene beharrt.

»Und ich würde mich freuen, wenn du bald heiratest und mir ein paar Enkelkinder schenkst.«

»Vergiss es. Ich habe nicht die Absicht, zu heiraten.«

»Ich habe es nicht eilig. Ich hatte gehofft, dass du dich für Angelo entscheidest, aber es ist anders gekommen. Also werde ich auf den nächsten Kandidaten warten.«

Nun betrachtete Irene abschätzend Tancredi und fragte sich,

319

welcher Art ihre Gefühle für ihn waren. Nach ihrer Ansicht hatte die Liebe viele Gesichter, aber konnte sie von sich sagen, dass sie in ihn verliebt war? Sie war von ihm fasziniert, beeindruckt, sie war seinem Charme erlegen, er begeisterte sie. Er schaffte es, sie zu verblüffen. Dennoch konnte oder wollte Irene sich nicht eingestehen, dass sie in ihn verliebt war.

»Was ist Liebe, Tancredi?«, fragte sie ihn.

»Kennst du Emily Dickinson?«, fragte er zurück.

»Ist das eine neue Sekretärin?«, scherzte Irene.

Der Mann lachte herzhaft. »Okay, du kennst sie. Emily Dickinson hat einmal geschrieben: ›Alles, was wir über die Liebe wissen, ist die Liebe.‹«

»Ich mag die Liebesgedichte von Dickinson sehr, aber das ist nicht die Antwort, die ich von dir wollte«, protestierte Irene.

»Die Liebe braucht keine Antworten. Das verstehst du doch, Schatz?«

»Nein, aber das macht nichts. Du verstehst ja schon alles, du verstehst sozusagen für mich mit«, sagte Irene.

»Was soll das? Versuchst du etwa, mich aufzuziehen?«, fragte Tancredi.

Irene beugte sich zu ihm hinüber, und während sie ihre Lippen den seinen näherte, rezitierte sie: »Komm langsam – Eden! Lippen deiner ungewohnt – Nippen schüchtern – deinen Jasmin – Wie die ermattete Biene – Spät ihre Blüte erreichend.« Sie küsste ihn und fuhr fort: »Das hat Emily Dickinson auch geschrieben, und ich könnte schwören, dass du das Gedicht nicht kanntest«, behauptete Irene.

»Du hast die Gabe, mich immer wieder zu überraschen«, entgegnete Tancredi.

»Und du hast die Gabe, mich zum Essen einzuladen, ohne mich die Gänseleberpastete kosten zu lassen.«

»Wenn du dich zwischen der Gänseleberpastete und mir entscheiden müsstest, was würdest du wählen?«

»Gibt es eine dritte Möglichkeit?«

»Nein.«

»Dann nehme ich die Pastete«, behauptete Irene amüsiert.

»Was für eine dritte Möglichkeit hättest du gern gehabt?«

»Sage ich dir nicht, schließlich hast du sie mir nicht angeboten«, erwiderte sie und begann zu essen.

»Ich will gar nicht daran denken, dass ich mir morgen wieder die üblichen blöden Witze meiner Mitarbeiter anhören muss. Aber wer zwingt mich eigentlich dazu? Ich bin der Chef, und trotzdem kann ich nicht mit meiner Liebsten zusammen sein, wo und wann ich will. Warum ist das so?«, klagte Tancredi.

Irene dachte, dass sich sicher auch die Mitarbeiter fragten, aus welchem Grund sie einen derart intimen Moment der Feierlichkeiten ihrem einnehmenden Chef opfern sollten, der ihre Zeit auch an Urlaubstagen einforderte. Aber das sagte sie ihm nicht.

»Weil du gern den Monarchen spielst. Wenn du zur Zeit Ludwigs XIV. in Frankreich gelebt hättest, hättest du selbst den Sonnenkönig in den Schatten gestellt. Du bist ein normannischer Fürst und brauchst deine Höflinge, die von dem Licht leben, das du abstrahlst. Was meinst du? Habe ich richtig geantwortet?«, fragte Irene ironisch mit dem Gesichtsausdruck eines reumütigen Schulmädchens.

»Du bist eine kleine Schlange. Du ersparst mir aber auch gar nichts. Ich würde gern mal in dein Köpfchen reinschauen, um zu sehen, was du denkst.«

»Das ist der Unterschied zwischen uns. Ich brauche nicht in deinen Kopf zu sehen, um zu wissen, was du denkst. Mir genügt dein Tonfall, eine Geste, um zu verstehen«, erwiderte Irene ruhig.

»Falsches kleines Biest. Und wenn ich dich zerstöre?«, drohte er wieder.

»Mein Lieber, schlag dir diese Illusion aus dem Kopf. Du kannst mich nicht zerstören, weil du mich nicht erschaffen hast. Du hast dich darauf beschränkt, mir Dinge zu schenken, die ich absolut nicht brauche. Dinge, die mir Spaß machen, keine Frage. Aber du wirst nie meine Seele bekommen. Denn du bist nicht Doktor Faust, und ich bin nicht Gretchen.« Irene schenkte ihm ein entwaffnendes Lächeln.

In dieser Nacht, im Schlafzimmer des Palazzos in der Via Borgognona, liebte Tancredi sie voller Leidenschaft, und er hätte sich ganz bestimmt nicht vorstellen können, dass sie in Gedanken woanders war. Im Geiste war sie bei Angelo Marenco, und die Gewissensbisse, ihn verlassen zu haben, plagten sie noch immer.

55 Als sie am nächsten Morgen erwachte, war sie allein. Tancredi war im Morgengrauen gegangen und hatte ihr ein Päckchen und eine Nachricht auf dem Tisch im Schlafzimmer hinterlassen.

Sie setzte die nackten Füße neben das Bett, zog einen Morgenrock aus duftigem weißem Kaschmir über und bestellte über die Sprechanlage in der Küche das Frühstück. Dann setzte sie sich an den Tisch und öffnete den Umschlag.

Tancredi schrieb:»Willst du wirklich wissen, was meiner Meinung nach Liebe ist? Ein kolossaler Schwindel. Denn seit du bei mir bist, habe ich keinen Frieden mehr. Ich liebe dich. Frohe Weihnachten.«

In dem Päckchen war ein Abendtäschchen aus hochkarätigem Gold. Kleine Topase in zarten Farben schmückten den Verschluss. Sie öffnete die Tasche. Und war enttäuscht. Es war, als hätte sie gehofft, in diesem kostspieligen Futteral ein Wunderelixier gegen das Unwohlsein zu finden, das sie schon immer quälte. Nichts und niemand hatte vermocht, ihre Melancholie, ihre Angst zu verscheuchen. Nicht einmal Angelo, der sie in- und auswendig kannte, hatte ihr ein wenig Frieden schenken können.

Sie schloss die Abendtasche wieder und warf sie auf das Bett, in dem sie mit Tancredi geschlafen hatte.

Ein Hausangestellter klopfte an die Tür und trat – das Tablett mit dem Frühstück balancierend – ein. Ein Mistelzweig mit vielen kleinen roten Kugeln begleitete duftende Croissants, amerikanischen Kaffee, Honig und Butter. Irene liebte es, ganz allein zu frühstücken, unter der Bedingung, dass sie in einer angenehmen Umgebung war: die Leinen schneeweiß, die Stövchen aus Silber und die Teller aus feinstem Porzellan.

»Frohe Weihnachten«, sagte der Diener. Er hieß Urbano, ein Bauer aus dem Madonie-Gebirge. Seine Frau und er arbeiteten seit zehn Jahren in Tancredis Palazzo in Rom, und er hatte schon viele Damen durch diese Zimmer gehen sehen. Einige für nur eine Nacht, andere für wenige Monate, Schauspielerinnen, Tänzerinnen, Fotomodelle auf der Suche nach Erfolg. Irene war völlig anders. Sie war groß, schlank, diskret und kleidete sich schlicht, auch schminkte sie sich nicht und tat alles, um unauffällig zu bleiben. Urbano hatte zu seiner Frau gesagt: »Die sieht aus, als würde sie lange bleiben.«

Wenn Irene nach Rom kam, wohnte sie wie immer im Flügel der Mitarbeiter. Dennoch wusste das Haushälterehepaar, dass der Firmenchef in der Nacht heimlich zu ihr ging, aber niemand, nicht einmal sie, sollten Mutmaßungen über die junge Frau anstellen. Das bedeutete, die Verbindung zwischen Tancredi und Irene sollte geheim bleiben. Sie hatten im Übrigen niemandem gegenüber etwas verlauten lassen.

»Frohe Weihnachten auch Ihnen und Ihrer Frau«, erwiderte Irene. Sie hatte das Radio eingeschaltet und hörte die Nachrichten.

»Der Dottore hat mich beauftragt, Sie nach Ciampino zu bringen, die Maschine nach Mailand startet um zwölf. In der Stadt ist ein entsetzlicher Verkehr, wir müssen also gegen zehn los«, informierte der Diener sie. Er redete wenig, und wenn er es tat, sagte er niemals mehr als nötig.

»Ich werde mich für zehn bereitmachen. Danke«, bestätigte Irene.

Ihre Laune besserte sich bei dem Gedanken, dass sie Weihnachten in San Benedetto in der Gesellschaft ihres Vaters verbringen würde, weit ab von Telefonen, dringenden Versammlungen, täglichen Zwischenfällen, geistlosem Geschwätz und Problemen auf der Arbeit.

Sie verfolgte die Nachrichten, goss sich Kaffee in die Porzellantasse und hellte ihn mit einem Schuss Sahne auf. Dann trank sie einen Schluck und griff nach einem Croissant.

Plötzlich, das Croissant auf halbem Weg zum Mund, verharrte sie wie gelähmt und lauschte der Stimme des Nachrichtensprechers, der eine brandaktuelle Nachricht verlas:»Am römischen Flughafen Ciampino konnte gerade noch eine Katastrophe verhindert werden. An Bord eines Flugzeuges französischer Fabrikats, Besitz des Bauunternehmers Tancredi Sella, ist eine Plastikbombe aufgefunden worden. Der Geschäftsmann war im Begriff, an Bord der Maschine zu gehen, die Kurs auf Mailand nehmen sollte, als sein Sicherheitsdienst den Sprengkörper sichergestellt hat. Eine Untersuchung des Falles wurde eröffnet.«

Irene schluckte den Bissen herunter und erstickte beinahe. Tancredis Vorsicht hielt ihn dazu an, häufig ohne sie zu reisen. Ohne diese Umsicht hätte auch sie in diesem Flugzeug sitzen können. Wer wollte Tancredi töten? Und warum? Sie musste dringend mit ihm sprechen, mehr erfahren. Warum hatte er sie noch nicht angerufen, um sie zu beruhigen?

Sie wählte seine Mobilnummer, doch sein Handy war ausgeschaltet. Sie wurde noch unruhiger. In diesem Moment wurde ihr bewusst, wie wichtig Tancredi für das Gleichgewicht in ihrem Leben war, und sie brach in Tränen aus.

»Was sind denn das für Tränen?«, sagte eine Stimme, die ihr in diesem Augenblick die wertvollste der ganzen Welt war. Eine zärtliche Hand strich ihr durchs Haar. Tancredi war da, stand vor ihr, vollkommen ruhig.

»Das Radio ... sie haben gerade etwas ... Furchtbares gesagt«, platzte Irene heraus, übermannt von ihren Schluchzern.

»Und du hörst dir diesen Unsinn an? Nichts davon ist wahr«, entgegnete er und umarmte sie.

»Was soll das heißen, nichts davon ist wahr? Du bist nicht geflogen.« Sie fischte das Taschentuch aus Tancredis Brusttasche und säuberte sich das Gesicht.

»Das soll heißen, dass wir mit dem Auto nach Mailand zurückfahren, du und ich, zusammen«, sagte er.

»Ich will es wissen«, bestand sie auf einer Erklärung.

»Mach dich fertig. Wenn alles gut geht, sind wir heute Nachmittag um zwei da, und ich habe noch zwei Geschäftstermine in Mailand«, erklärte der Mann. Dann sah er das goldene Abendtäschchen, das auf dem Bett lag. »So gehst du also mit deinen Sachen um?«, fragte er im Tonfall eines Vaters, der einem unachtsamen kleinen Mädchen seine Unordnung vorhält.

»Ich bewege mich keinen Schritt von hier, wenn du mir nicht sofort alles erzählst«, sträubte sich Irene und klammerte sich an den Sessel.

Er seufzte tief. Dann zog er den Mantel aus und setzte sich ihr gegenüber. »Diese Nachricht hätte niemals das private Umfeld verlassen dürfen, doch irgendwer hat den Kopf verloren, und so ist sie bekannt geworden. Das ist nicht das erste Mal, dass mir jemand nach dem Leben trachtet. Denkst du, ich umgebe mich mit geschultem Wachpersonal, um mich wichtig zu machen?«, fragte er sie.

»Es ist nicht das erste Mal?«, staunte sie.

»Und es wird auch nicht das letzte Mal sein«, erwiderte er abgeklärt, als handle es sich um ein unvermeidliches Risiko.

»Also, wenn ich richtig verstanden habe, könnte dich eines Tages jemand töten.«

»Es wird nie passieren. Ich bin unverwundbar«, erklärte er lächelnd.

»Warum will man dich töten? Warum zeigst du diese Attentate nicht an?«, bedrängte sie ihn.

»Das tue ich regelmäßig. Aber weißt du, Schatz, wenn Einbrecher dir dein Haus leer räumen, zeigst du es an, trotzdem werden die Einbrecher nie gefunden. Was kann man schon tun?«

»Aber hier geht es nicht um Einbrüche«, rief Irene aus.

»Sie wollen mein Vermögen, genau wie Diebe, die sich der wichtigen Dinge bemächtigen wollen, die dir gehören. Es ist dasselbe.«

»Wer will dich fertig machen?«

»Alle, die mich beneiden. Und davon gibt es viele. Jeder Handel, jede Transaktion, jeder Neuerwerb, jedes neue Unternehmen ist wie eine Schlacht auf dem offenen Feld zwischen zwei gegnerischen Fronten. Oft will der Verlierer sich nicht geschlagen geben und kämpft weiter. Und wenn er es nicht auf legalem Wege schafft, versucht er es mit Diffamierung oder, schlimmer noch, mit Einschüchterung«, erklärte er seelenruhig.

»Also weißt du, wer dich töten will?«, überlegte Irene.

»Nicht genau. Aber ich weiß, dass mich viele um meinen Erfolg beneiden.«

»Und du tust nichts?«

»Absolut nichts. Ich habe auf jeden Angriff mit der Ruhe des Stärkeren geantwortet.«

»Würdest du das auch noch sagen, wenn dein Flugzeug in tausend Stücke zersprungen wäre und du dich durch einen glücklichen Zufall gerettet hättest?«, fragte die junge Frau neugierig.

»Jetzt mach dich nicht verrückt, wir müssen fahren«, sagte Tancredi nunmehr ungeduldig.

»Du hast mir nicht geantwortet«, bohrte Irene.

»Ja, ich würde es als einen Verkehrsunfall betrachten. Bist du jetzt zufrieden?«

Während der Fahrt im Auto telefonierte Tancredi ununterbrochen. Er beruhigte Freunde, Mitarbeiter und Presse. Er schwor, dass es keine Bombe gewesen sei, sondern lediglich ein Wecker, der aus seiner Reisetasche zum Vorschein gekommen sei. Es sei absolut nicht nötig, einen Widerruf zu veröffentlichen. Die Nachricht würde ohnehin in wenigen Stunden vergessen werden. Er reise nicht im Flugzeug, denn es gebe Probleme mit dem Fahrgestell.

Schließlich schaltete er das Telefon aus und umarmte Irene.

»Hast du zugehört?«

»Jedes Wort«, erwiderte sie.

»Lerne von mir. Probleme werden mit Ruhe und Stillschweigen gelöst«, erklärte er, und seine Stimme klang wie eine schneidende Klinge.

Irene erschauerte, als sie daran dachte, was für ein großes Risiko Tancredi eingegangen war. Dennoch sagte sie:»Ich werde versuchen zu lernen.«

»Hat dir die Tasche gefallen, die ich dir auf dem Tisch dagelassen habe?«

»Zu wertvoll für mich«, behauptete sie lächelnd.

»Das ist eine nette Art, mir zu sagen, dass sie dich nicht interessiert. Das weiß ich. Ich kann nicht anders, als dich mit Gold zu überhäufen. Aber höre du niemals auf, so zu sein wie du bist. Denn genau das ist es, was ich an dir so liebe«, flüsterte er ihr zu und streichelte ihr Gesicht.

56 Irene kam an, als es bereits dunkel war. Sie parkte ihren Wagen neben dem ihres Vaters, im Hinterhof, der nun ein großer, grasbewachsener offener Platz war. Sie sah Mauro hinter den Fensterscheiben der Küche sitzen, aus der ein warmes und einladendes Licht kam. Die Hunde erkannten sie und sprangen winselnd und schwanzwedelnd um sie herum.

Mauro tauchte in der Tür auf, befreite sie von den Hunden und nahm die Päckchen entgegen, die sie aus Mailand mitgebracht hatte.

Als sie im Haus waren, umarmte der Mann sie.

»Ich habe schon angefangen, mir Sorgen zu machen. Zu Hause warst du nicht und im Büro auch nicht.«

»Verzeih mir. Ich war in Rom, und offen gestanden hätte ich nicht gedacht, dass es schon so spät ist«, entschuldigte sie sich und setzte sich mit einem Gefühl der Erleichterung auf die Holzbank neben dem Kamin.

In der Ecke zwischen Kamin und Anrichte stand ein Weihnachtsbaum, der bis an einen Deckenbalken stieß. Die Christbaumkugeln waren noch in ihren Schachteln. Auf dem Gasherd köchelte die Thunfischsoße, und das Wasser im Topf wartete auf die Spagetti.

»Hast du Hunger?«, fragte der Mann.

»Ich habe gerade Hunger bekommen, als ich deine Soße gerochen habe. Was hast du reingetan?«

»Die gleichen Zutaten wie immer, die schon deine Mutter verwendet hat. Wenn sie Lust hatte, konnte Rosanna wirklich gut kochen.«

»Du vergisst sie nie, nicht wahr?«

»Wirf die Nudeln rein«, sagte Mauro, ohne darauf einzugehen. »Nachher schmücken wir den Baum. Was sind das alles für Päckchen? Warum gibst du so viel Geld aus?«

»Du hast keine Weihnachtskrippe gemacht«, stellte Irene fest.

»Die stelle ich heute Nacht auf«, sagte er mit einem spitzbübischen Lächeln.

»Ich gebe nicht viel Geld aus. Das sind Geschenke, die ich bekommen habe, wie all die anderen Mitarbeiter der Cosedil. Aber ich habe auch eine Überraschung für dich. Etwas Kleines, woran ich wochenlang, Abend für Abend gearbeitet habe«, kündigte Irene an und suchte unter den Paketen eine rechteckige Schachtel heraus.

»Was ist das?«, fragte Mauro mit freudestrahlenden Augen.

»Öffne es, dann wirst du es sehen.«

Mauro packte das Geschenk aus, und ein kleines Bild in einem Rahmen aus blauem Holz kam zum Vorschein. Der Rahmen umschloss eine weiße Leinwand, die im Kreuzstich bestickt war. Zwischen Blütentrieben in zarten Farben hob sich eine Schrift ab: DIESES HAUS IST LEBENDIG UND SCHÖN DANK MAURO CORDERO, MEINEM PAPA. IRENE. 25. DEZEMBER 1985.

»Du musst es an die Tür hängen«, schlug sie vor und tat so, als bemerke sie seinen vor Rührung leuchtenden Blick nicht.

»Danke«, vermochte er gerade eben zu flüstern.

»Frohe Weihnachten, Papa«, sagte sie sanft und umarmte ihn.

»Frohe Weihnachten auch dir, mein Kind«, erwiderte er gerührt. In diesem Augenblick fühlte Irene sich glücklich, in diesem Zimmer, das Mauro Cordero komplett umgebaut hatte, um die traurigen und schmerzlichen Erinnerungen an die Vergangenheit auszulöschen.

»Oh Gott, die Nudeln!«, entfuhr es ihm plötzlich.

Während sie sich gerührt umarmten, war das Wasser aus dem Topf gesprudelt und hatte die Herdplatte überschwemmt.

»Wer soll dieses Chaos aufräumen?«, fragte Irene vergnügt.

Sie lachten beide. Jetzt war wirklich Heiligabend.

Später gingen sie zur Mitternachtsmesse ins Dorf. Alle Einwohner von San Benedetto und des Umlandes waren da. Irene kannte alle, und alle grüßten sie. Viele von ihnen hatten lange schlecht über sie gesprochen, weil sie die Hochzeit mit Angelo Marenco abgesagt hatte. Der geläufige Kommentar hatte gelautet: »So verrückt sie auch ist, so verrückt wie ihre arme Mutter wird sie niemals werden.«

Nun sahen die Leute sie, wie sie stolz am Arm ihres Vaters auf das Kirchenportal zuschritt, wo bereits der Chor, begleitet von der Orgel, ein Weihnachtslied anstimmte.

Eine Stimme hinter ihr rief: »Du bist doch die kleine Cordero!«

Das war Barbarina, die Chefin von der *Bar Centrale*. Ein paar Jahre zuvor hatte sie das Lokal verkauft und war in die Vereinigten Staaten gegangen, zu ihrer Tochter, der Tänzerin.

»Lass dich ansehen. Gütiger Himmel! Wie schön du geworden bist«, sagte sie und umarmte sie stürmisch.

Aus Angst, sich an Irenes Seite zu sehr in die Brust zu werfen, flüsterte Mauro ihr zu: »Ich warte drinnen und halte dir einen Platz frei.«

»Sie sehen auch sehr gut aus, Barbarina«, erwiderte die junge Frau. »Im Dorf hat man gesagt, dass Sie nicht mehr aus Amerika zurückkehren würden.«

»Lass die nur reden. Hier können sie nur zwei Dinge: arbeiten und tratschen.«

»Wissen Sie, dass ich in einer Drogerie in Mailand Erdnussbutter entdeckt habe?«, sagte Irene.

»Daran erinnerst du dich noch? Iss bloß nicht zu viel davon, Erdnussbutter ist eine Cholesterinbombe. Ich habe gehört, dass du jetzt in einer bedeutenden Firma arbeitest.«

»Das stimmt, aber ich habe meinen Heimatort nicht vergessen. Außerdem ist hier mein Vater, der so allein ist.«

»Mauro! Wenn der zehn Jahre jünger wäre, würde ich ihn glatt heiraten. Weißt du, mein Gino ist vor drei Jahren gestorben. Ein-

fach so, von jetzt auf gleich. Frieden seiner Seele. Also habe ich
das Lokal verkauft und bin nach Amerika gegangen. Meine Tochter wohnt in Los Angeles. Stell dir vor, sie lebt in einer Villa auf
dem Sunset Boulevard. Was für ein trauriger Ort. Alle sind sich
dort fremd. Wenn die Leute dort zusammen arbeiten, hat es immer den Anschein, als würden sie Freunde werden. Doch wenn
der Job vorbei ist, heißt es: aus den Augen, aus dem Sinn. Meine
Tochter ist nun Choreographin. Sie verdient einen Haufen Geld
und gibt ebenso viel aus. Sie hat schon zwei Ehemänner gehabt,
und im Moment ist sie mit einem Regisseur zusammen. Ich habe
zwei Jahre bei diesen Wilden ausgeharrt, dann habe ich es nicht
mehr ausgehalten und bin zurückgekommen. Zum Glück habe
ich das Haus nicht verkauft. Ich denke darüber nach, ein neues
Lokal zu eröffnen, etwas Amerikanisches. Ich werde es *Hollywood
Bar* nennen. Wenn sie dich in Mailand rauswerfen, komm einfach zu mir arbeiten«, rief die Frau fröhlich.

»Danke. Ich werde es im Hinterkopf behalten«, erwiderte Irene
und beeilte sich, ihren Vater zu suchen.

Es war eine schöne Messe in der festlich geschmückten Kirche. Dennoch konnte Irene sie nicht so sehr genießen, wie sie
gern gewollt hätte. Die Begegnung mit Barbarina hatte sie an die
traurigen Abende erinnert, die sie in einer Ecke der *Bar Centrale*
verbracht hatte, wo sie darauf wartete, dass ihre Mutter sich entschloss, nach Hause zu gehen. Nun, da sie Rosannas Geschichte
kannte, fragte sie sich, wie ihr eigenes Leben verlaufen wäre,
wenn ihre Mutter eine Frau wie viele andere gewesen wäre. Rosanna hatte das Leben gelebt, welches das Schicksal für sie be-
reitgehalten hatte. Und mein Leben, fragte sie sich, wie wird es
wohl verlaufen?

Sie brauchte Sicherheit, aber die würde sie weder bei der Cosedil noch in der Rolle der Gefährtin des großen Tancredi Sella
finden. Häuser, Geld, Schmuck waren nicht die Sicherheit, die sie
suchte. Die Sicherheit war wahrscheinlich Angelo Marenco. Er
hatte sie ihr ohne irgendwelche Bedingungen angeboten, und sie

war davor weggelaufen wie vor einer Gefahr. Sie hatte Angst gehabt, es mit der Sicherheit, mit der Ausgewogenheit, mit der Zufriedenheit aufzunehmen, so wie man Angst hat, sich auf vollkommen unbekanntes Terrain vorzuwagen.

Die Messe ging zu Ende, und die Leute strömten zum Ausgang.

Da legte sich eine Hand auf ihre Schulter. Sie drehte sich ruckartig
um und fand sich Angelo gegenüber. Ihr Herz begann zu rasen.

»Gehen wir ein paar Schritte?«, fragte er in ernstem Ton. Es
klang mehr wie ein Befehl denn wie eine Frage.

Die Marencos liefen geschlossen an ihnen vorüber, ohne sie zu
grüßen. Noch einmal griff Mauro mit der gewohnten Diskretion
ein.

»Ich muss schnell nach Hause. Bringst du sie bitte zurück, Angelo?«, sagte er.

Es hatte Mauro sehr Leid getan, als Irene diesen guten Jungen
verlassen hatte. Aber er hatte beschlossen, sich nicht einzumi-
schen und in einer Sache nachzubohren, die nur seine Tochter
etwas anging.

Alle sahen, wie die beiden jungen Leute sich Seite an Seite in
Richtung der großen Straße entfernten, die aufs Land führte. Sie
liefen schweigend, die Mantelkragen hochgeklappt, um Hals und
Gesicht zu schützen, ihr Atem verdichtete sich zu weißem Dampf.

»Da hat dein Chef heute aber einen schönen Schrecken bekommen«, fing Angelo beinah widerwillig an.

»Woher weißt du das?«

»Ich bin Polizist. Hast du das schon vergessen?«

»Ich dachte, du wolltest nach deinem Abschluss Anwalt werden«, bemerkte sie.

»Ich habe noch zwei Prüfungen und anschließend das Kollo-
quium. Ich werde bei den Ordnungshütern bleiben.« Er zögerte
kurz. »Wie geht es dir?«

»Ich freue mich, mit dir diese Straße entlangzulaufen.«

»Wir hätten das ganze Leben lang zusammen laufen können«,
flüsterte Angelo.

»Ich hätte dir das Leben unmöglich gemacht.«

»Das weiß ich. Aber ich war bereit, das Risiko einzugehen.«

»Ich bin erwachsen geworden, Angelo. Du siehst mich immer noch als kleines Mädchen. Ich bin jetzt eine Frau und weiß, dass ich nicht die Richtige für dich bin. Du hättest meinetwegen leiden müssen, und auch ich hätte gelitten.«

»Wohingegen es uns beiden jetzt natürlich prima geht«, sagte er ironisch.

»Du sprichst für dich.«

»Willst du streiten?«

»Warum nicht? Du kennst mich doch«, erklärte Irene.

»Aber es ist Weihnachten!«

»Ich habe dich lieb«, flüsterte sie.

»Ich weiß. Aber du liebst mich nicht und wirst nie jemanden lieben. Du gehörst nur dir selbst. Das wusste ich, seit du ein kleines Mädchen warst und ich dich auf meinen Schultern durch den Schnee getragen habe oder du auf meinem Fahrradlenker gesessen hast. Ich sollte dir dankbar sein, dass du unsere Hochzeit hast platzen lassen. Aber wenn du mir jetzt sagen würdest: ›Ich habe es mir noch einmal überlegt. Lass uns heiraten‹, würde ich sofort ja sagen von ganzem Herzen.«

»Aber das werde ich nicht sagen.«

»Auch das weiß ich.«

»Frohe Weihnachten, mein Angelo«, sagte sie und küsste ihn auf die Wange.

Angelo zog sie an sich, wohl wissend, dass er verzweifelt nur einen Traum umarmte. Irene war aus Wind gemacht, und im nächsten Moment wäre sie verschwunden. Niemand konnte sie halten.

Er drückte ihr ein Päckchen in die Hand. »Ich wusste, dass ich dich heute Nacht treffen würde. Das ist mein Geschenk für dich«, flüsterte er.

»Chanel No. 5«, sagte sie lächelnd. »Das benutze ich immer noch.«

»Das rieche ich«, entgegnete er und schnupperte am Mantelkragen der jungen Frau.

»Und das ist mein Geschenk für dich. Auch ich wusste, dass ich
dich wiedersehen würde«, erklärte Irene und überreichte ihm ein
Päckchen, das sie in ihrer Tasche gehabt hatte.

»Ein blauer Schal aus Kaschmir«, sagte er. »Der übliche Schal.
Du warst noch klein, als du mir einen versprochen hast. Erinnerst
du dich?«

»Ich erinnere mich an alles, Angelo. Manchmal denke ich, dass
ein schlechtes Gedächtnis mein Leben leichter machen würde.«

Mauro sah die beiden von seinem Schlafzimmerfenster im ersten Stock aus. Er drückte ihnen die Daumen, wie man es für seine
Lieblingsmannschaft tut, auch wenn man weiß, dass sie verliert.

Angelo wickelte sich den Schal um den Hals, über einen anderen, identischen, den Irene ihm bereits geschenkt hatte. »Gute
Nacht«, wünschte er ihr und ging davon.

»Angelo!«, sagte sie mit einer Stimme, als riefe sie um Hilfe.

Er drehte sich nicht um und setzte seinen Weg fort.

57 Durch das Küchenfenster, hinter den Spitzengardinchen, konnte man die blinkenden kleinen Lichter des Weihnachtsbaumes erkennen. Irene öffnete die Tür und trat ein. Das Feuer im Kamin erlosch bereits, und unter dem Baum lagen die Geschenke, die Mauro und sie gemeinsam am nächsten Morgen auspacken würden. Auf der Anrichte hatte er die Krippe aufgebaut. Es war dieselbe wie damals, als sie noch ein kleines Mädchen gewesen war, mit winzigen Figuren aus Pappmaché, die ihr Vater sorgfältig neu bemalt hatte. Nun strahlten sie in anmutigen Posen auf einer Wiese aus grünem Moos, um von einem Traum der Erlösung zu erzählen, der die Jahrhunderte überdauert hatte.

Irene zog den Mantel aus, nahm das Parfüm, das Angelo ihr geschenkt hatte, aus der Tasche und stellte es zu den anderen Geschenken unter den Baum.

Dann machte sie Milch warm und gab Zucker und Kakao hinein. Sie füllte zwei Schalen, stieg die Treppe hinauf und klopfte an Mauros Schlafzimmertür. Der Mann saß im Sessel und las ein Buch.

»Ich wusste, dass du auf mich wartest. Hast du Lust, eine heiße Schokolade mit mir zu trinken?«, schlug Irene vor.

»Was für eine Frage!«, rief er. Er klappte das Buch zu und nahm die Schale.

Irene setzte sich auf das Bett und sah sich um. Die Möbel hatte Agostina gekauft, als Rosanna und Mauro geheiratet hatten. Auf der Kommode standen eine Reihe von Farb- und Schwarzweißfotografien. Rosanna war auf allen zu sehen. Es gab auch eine

336

Schatulle aus hellem Leder, in der auf einem Kissen aus elfenbeinfarbenem Atlas der Schmuck ihrer Mutter gehütet wurde: eine goldene Armbanduhr, zwei Ringe, ein Armband, eine Korallenkette.

Einmal hatte sie Mauro vor dem geöffneten Kästchen überrascht, während er über Rosannas Geschmeide strich, als streichele er die Erinnerung an seine Frau.

Sie dachte an die außergewöhnliche seelische Stärke dieses Mannes, der sich von kleinen Dingen nährte und der es trotz aller Bitterkeit immer schaffte, seinen Seelenfrieden zu bewahren.

Er hatte seinen Platz in einer von viel Leid heimgesuchten Familie gefunden, und nunmehr war er allein geblieben, um die Erinnerung an sie zu hüten. Zwischen den auf der Kommode ausgestellten Fotografien, die er alle selbst aufgenommen hatte, standen auch die von Ezio, ihrem Brüderchen, das vor der Zeit verstorben war.

»Papa, fehlt dir denn das Kind nie?«, fragte Irene ihren Vater.

»Es hat nur so kurz gelebt«, flüsterte Mauro. »Wie Agostina immer sagte, jeder hat sein Schicksal«, fügte er hinzu.

»Und ich? Was ist mein Schicksal?«, fragte Irene sich selbst laut.

»Erinnerst du dich an diese Zauberin, die deine Großmutter ab und zu auf dem Friedhof besuchte?«

»Die *Carulina di bindei*. Natürlich erinnere ich mich an sie. Ist sie gestorben?«

»Die ist munter wie ein Fisch im Wasser. Sie hat deine Geburt vorausgesagt, und sie hat dir den Namen gegeben, den du trägst. Wenn du so neugierig bist, suche sie doch mal auf. Man erzählt sich, dass sie eine sehr mächtige Zauberin sein soll, und je älter sie wird, um so besser kann sie in die Zukunft sehen«, erzählte der Vater.

»Ich glaube nicht an Hexen.«

»Ich auch nicht. Die Zukunft errät man manchmal, wenn man die Vergangenheit kennt. Du hast in deiner Kindheit schwierige

Jahre gehabt und trägst Verletzungen in deinem Inneren, die sich noch nicht geschlossen haben. Warum glaubst du, bist du vor Angelo weggelaufen? Ich weiß, dass du ihn sehr lieb hast, aber du warst nicht überzeugt, dass du ihn heiraten wolltest. Komm mit mir. Ich zeige dir etwas«, sagte Mauro.

Er führte sie über den Korridor zu dem Raum, der einst Agostinas Söhnen gehört hatte. Irene hatte ein zusammengewürfeltes Zimmer in Erinnerung, mit Feldbetten, alten Koffern anstelle von Schränken und einem Regal mit vielen Brettern, auf denen die Großmutter Äpfel, Zwiebeln und andere Vorräte für den Winter lagerte.

Daraus war ein wunderschönes Schlafzimmer für ein Kind geworden. Der Boden war aus heller Buche, die Wände verputzt, in einem schönen Hellgelb gestrichen und mit blauen Borten versehen. Eingerichtet war es mit Möbeln aus dem siebzehnten Jahrhundert: das hölzerne Kopfende des Bettes war wie die Wände in Blau und Gelb gestrichen, die Schranktüren mit Pastoralen geschmückt. Dann gab es noch eine Kommode, die mit demselben Dekor versehen war, und einen kleinen Tisch mit zwei Stühlchen für Kinder.

»Da«, sagte Mauro, »das wird das Zimmer deines ersten Kindes sein. Ich weiß, dass du jetzt weder heiraten noch Kinder haben möchtest. Aber eines Tages wird es passieren. Ich werde hier sein, und wehe, du erlaubst mir nicht, mich um dein Kind zu kümmern.«

»Danke«, flüsterte Irene.

»Das habe ich für mich getan. Deine Zukunft gibt meinem Leben einen Sinn. Und jetzt gehen wir schlafen, denn es ist mitten in der Nacht und ich bin müde«, schloss der Mann und verschwand in Richtung seines Zimmers.

Irene brachte die leeren Tassen in die Küche und setzte sich auf die Bank neben dem nunmehr erloschenen Kamin. Die Lichter des Weihnachtsbaumes blinkten und erhellten den Raum nur ein wenig.

Sie dachte an Angelo. Sie war davongelaufen, um ihn nicht zu heiraten, um nicht ihre Probleme auf ihn abzuwälzen. Sie hatte sich Tancredi geschnappt, wohl wissend, dass er bereits Frau und Kinder hatte, denn so lief sie nicht Gefahr, einen zweiten Heiratsantrag zu bekommen. Sie hatte in der Tat regelrecht die Schlinge nach ihm ausgeworfen. Er hätte nie auch nur einen Finger krumm gemacht, um sie zu bekommen. Er war ein sehr korrekter Mann, das musste Irene ihm lassen, auch weil er nie Beziehungen mit den zahlreichen Frauen eingegangen war, die für ihn arbeiteten und von denen einige wirklich anmutig waren.

Es war im Juni passiert. Angelo erwartete Irene in San Benedetto, um gemeinsam im Rathaus das Einverständnis zu unterzeichnen. Am Tag zuvor war sie mit Signorina Magda, Doktor Macrì und Frau Doktor Cortesi, der Leiterin der Marketingabteilung, nach Rom gefahren.

Im Palazzo Pamphili war eine Versammlung mit dem wichtigsten Kunden der Cosedil anberaumt, in deren Rahmen eine Konferenz mit Tancredi und anschließend ein Galadiner vorgesehen waren. Die Presse- und PR-Abteilung hatte wochenlang an der Vorbereitung dieses Events gearbeitet. Tancredi sollte direkt aus Palermo kommen, wo er seinen Schwiegervater und dessen Clan getroffen hatte, um die Einzelheiten eines neuen Geschäfts zu besprechen.

Irene hatte Angelo angerufen.

»Wir fahren gerade nach Rom. Ich komme morgen früh nach Mailand zurück und bin Punkt drei vor dem Rathaus in San Benedetto.«

»Dein Vater und meine Familie erwarten uns zum Mittagessen zu Hause«, hatte Angelo sie erinnert.

»Ich weiß. Entschuldige mich bei ihnen. Ich arbeite schließlich«, hatte sie erwidert.

Im Palazzo Pamphili hatte sie ihre Rolle gespielt und gemäß den Anweisungen von Frau Doktor Cortesi mit dafür gesorgt, dass Konferenz und Abendessen glatt über die Bühne gingen. Tancredi war ein sehr anspruchsvoller Planer, und ein aus der Reihe tanzendes Haar genügte, um seine Kritik heraufzubeschwören.

Als er aus Palermo kam und bereits sehr müde war, hatte er einen winzigen Fleck auf dem Kragen seines blütenreinen Hemdes bemerkt. Irene musste in die Via Borgognona laufen und ein Hemd zum Wechseln holen, während Signorina Magda in heller Aufregung war, weil die Mikrofonanlage nicht so funktionierte, wie sie sollte. Die Röcke der für den Empfang der Gäste gebuchten Hostessen waren zwei Zentimeter kürzer als abgesprochen, und einige der Mädchen waren zu stark geschminkt: unverzeihliche Schnitzer, wie Tancredi Sella befand.

Irene hatte seit einer Weile begriffen, dass die Welt der Cosedil wie ein Filmset funktionierte, wo völliges Chaos herrschte und man die Nervosität mit dem Messer schneiden konnte, bis die Klappe fiel: Von diesem Augenblick an lief alles absolut perfekt, wie Tancredi es verlangte.

Die Müdigkeit des Firmenchefs war wie weggeblasen, als er sprach und die Aufmerksamkeit des Publikums auf sich zog. Seine ruhige Redeweise, sein unwiderstehliches Lächeln und seine physische Präsenz spielten dabei eine wesentliche Rolle. Letztendlich lief alles glatt, und auch das Abendessen war ein Erfolg.

Irene saß mit Tancredi und seiner Sekretärin an einem Tisch, gemeinsam mit einigen sehr wichtigen Kunden der Cosedil. Von Zeit zu Zeit erhob sich der Dottore, um ein paar Worte mit den Kunden an den anderen Tischen zu wechseln. Der Kaffee wurde serviert.

Irene hatte mit wenigen Worten und viel Charme einen Industriellen aus Parma unterhalten. Er war ein Mann um die Fünfzig, der vom Vater einen kleinen Glasereibetrieb geerbt und daraus einen internationalen Konzern gemacht hatte.

»Was würden Sie davon halten, mir heute Nacht Gesellschaft

zu leisten?«, hatte der Mann auf einmal vorgeschlagen, während er den Zucker in seinem Kaffee verrührte.

Sie war sprachlos. Fast hatte sie gehofft, falsch verstanden zu haben, und nicht geantwortet.

»Natürlich, niemand tut etwas umsonst. Ich bin sehr großzügig, und würde Sie fürstlich entlohnen«, war der Mann mit der Anmaßung derer fortgefahren, die überzeugt sind, dass man mit Geld alles kaufen kann.

In diesem Augenblick saß Tancredi gerade mit ihnen am Tisch. Er hatte die Worte des wertvollen Kunden und Irenes verstörten Blick mitbekommen. Sofort hatte er eines seiner unwiderstehlichen Lächeln aufgelegt und sich erhoben.

»Ich muss mal dringend mit dir sprechen«, hatte er zu dem Industriellen gesagt, während er um den Tisch herumging, um sich ihm zu nähern. Dabei hatte er Irene zugeflüstert: »Lassen Sie sich von meinem Chauffeur in die Via Borgognona fahren.«

Damit hatte Tancredi sie aus einer peinlichen Situation gerettet. Im Palazzo angekommen, hatte sie, obgleich es sehr spät war, im Innenhof auf die Rückkehr ihres Chefs gewartet.

Sie war wütend über die Vulgarität dieses Mannes, den sie, da sie professionell bleiben musste, nicht in die Schranken hatte weisen können.

Tancredi kam früher, als sie erwartet hatte. Irene saß auf dem Mäuerchen im Kreuzgang, und in der schmeichelnden Juniluft äugte der Mond vom Himmel herab.

Er stieg aus dem Wagen, bemerkte sie und kam zu ihr. »Es tut mir Leid«, entschuldigte er sich.

»Ist das alles, was Sie dazu sagen können?«, fuhr sie ihn an.

»Ich muss hinzufügen, dass ich Ihnen dankbar bin, dass Sie darüber hinweggegangen sind.«

»Ach, tatsächlich? Einer Ihrer Gäste beleidigt mich, und Sie danken mir, weil ich den Mund gehalten habe?« Irene hatte die Stimme erhoben, um ihren Frust herauszulassen.

»Was hätte ich denn tun sollen? Ihn zum Duell auffordern?«, hatte er mit der gleichen Heftigkeit entgegnet. »Was sind das bloß für Leute, mit denen Sie Geschäfte machen?«

»Signorina Cordero, hören Sie auf, sich wie die Jungfrau von Orleans aufzuspielen! Die Welt ist voll von Typen wie diesem Herrn aus Parma. Sagen Sie mir nicht, Sie wüssten es nicht, denn das nehme ich Ihnen nicht ab.«

Sie hatte ihn wütend angefunkelt, ohne zu antworten, dann war sie von der Mauer gesprungen. Beim Aufprall auf das Pflaster war der Absatz ihres eleganten Schuhs abgebrochen. Sie hatte das Gleichgewicht verloren und wäre unglücklich gefallen, wenn Tancredi sie nicht um die Hüfte gepackt und an sich gerissen hätte. Irene hatte ihn angesehen, und es war, als sähe sie ihn zum ersten Mal. Das Mondlicht erhellte schwach sein attraktives Gesicht, und sie presste die Lippen auf die seinen. Ihr schien, sie hätte ihn überrascht, doch der Überraschungsmoment dauerte nur einen kurzen Augenblick. Mit der ihm eigenen Geschwindigkeit zog der Mann sie an sich und küsste sie leidenschaftlich. Dann beugte er sich leicht herunter, schob eine Hand unter ihre Knie, hob sie hoch, und mit ihr auf dem Arm überquerte er den Hof, ohne ein Wort zu sagen.

Er trug sie in ihr Zimmer, und während er sie aufs Bett legte, sagte er: »Hier, das schwöre ich dir, habe ich noch keine Frau geliebt.«

Irene hatte sich seiner Art zu lieben, die sanft und leidenschaftlich war, hingegeben.

»Ich glaube, ich habe mich schon an dem Morgen im November vor drei Jahren in dich verliebt, als ich dich zum ersten Mal in der Eingangshalle der Cosedil gesehen habe und du ganz steif hinter dem Glastisch saßest«, hatte er ihr gesagt.

Irene hatte tief eingeatmet und gespürt, wie die Angst von ihr abfiel, heiraten, eine Familie gründen, Kinder bekommen zu müssen. So hatte die Affäre mit Tancredi begonnen.

Auf der Bank neben dem erloschenen Feuer, in der Küche der Großmutter, erinnerte Irene sich nun an jene Juninacht. Tancredi wusste es nicht, aber er hatte sie vor einem Schiffbruch bewahrt. Und vor allem hatte er Angelo vor einer verfehlten Ehe gerettet.

6. August 2002

58 Mutter Maria Serena saß am Schreibtisch und sortierte die gerade eingetroffene Post, als die Türglocke läutete. Sie erhob sich und lief mit langsamen Schritten durch das Vorzimmer, wobei sie wegen der Schmerzen im Fußgelenk leicht hinkte. Mittlerweile vermochten nicht einmal die Schmerzmittel ihr Leid zu lindern. Sie hätte sich zwanzig Jahre früher operieren lassen müssen. Jetzt, mit zweiundachtzig Jahren, war es eindeutig zu spät für einen Eingriff.

Da läutete es erneut. Sie öffnete das Guckloch und erblickte einen nicht mehr ganz jungen, doch entschieden gut aussehenden Mann. Ihr fielen die tiefblauen Augen, das akkurat rasierte und gebräunte Gesicht und eine melierte Strähne auf, die ihm in die breite Stirn fiel.

»Guten Tag«, sagte die Schwester. »Kann ich Ihnen behilflich sein?«

»Ich bin gekommen, um Euch um Eure Gastfreundschaft zu bitten«, erwiderte der Mann.

»Haben Sie eine Zelle reserviert?«, erkundigte sich die Schwester.

Der Mann schüttelte den Kopf.

»Sind Sie schon einmal bei uns gewesen?«

»Nein. Ist das schlimm?«, fragte er mit einem Hauch Sarkasmus in der Stimme.

»Das können nur Sie sagen«, erwiderte Schwester Maria Serena schlagfertig.

»Natürlich möchte ich für die Störung aufkommen«, beeilte der Mann sich hinzuzufügen.

»Darum geht es nicht. Unsere Gastfreundschaft sieht keine Entlohnung vor. Wie auch immer, warten Sie hier. Ich schicke Ihnen Mutter Maria Luciana, sie kümmert sich um die Aufnahme unserer Gäste.« Sie schloss das Guckloch vor seiner Nase, kehrte langsam an ihren Schreibtisch zurück und rief durch die Sprechanlage ihre Mitschwester.

Einige Minuten vergingen. Der Mann hörte das Geräusch von Schritten, dann öffnete sich das Tor des Klosters und eine betagte kleine Schwester sah ihn hinter dicken Brillengläsern an.

»Guten Tag. Ich bin Mutter Maria Luciana. Möchten Sie mir bitte folgen?« Das war mehr ein Befehl als eine Frage.

Sie ging ihm voran durch einen Korridor, von dem drei Türen abzweigten. Sie öffnete die letzte und forderte ihn auf, in einen kleinen Salon einzutreten. Die Ordensschwester wies ihm einen Sessel und blieb neben ihm stehen, die Hände unter dem Skapulier verborgen. Sie lächelte ihm zu, während sie ihn mit einer Eindringlichkeit musterte, die der Mann als peinlich empfand.

»Möchten Sie bei uns bleiben?«, fragte sie ihn endlich.

»Wenn es möglich ist?«

Die Schwester nickte. »Für wie viele Tage?«

»Ich habe keine Ahnung.«

»Was suchen Sie?«

»Ich weiß es nicht«, erwiderte er mit einem Anflug von Unsicherheit, die die Schwester sofort bemerkte.

»Wenn Sie nicht wissen, was Sie suchen, werden Sie hier auch nichts finden«, erwiderte sie.

Er antwortete nicht.

Mutter Maria Luciana setzte sich ihm gegenüber und dachte, dass dieser Mann, dem Benehmen, der Kleidung und der Art nach zu urteilen, ein reicher Mann mit einigen Problemen sein musste. Sie wurde neugierig.

»Erzählen Sie«, sagte sie mit dem Gebaren eines jungen Mädchens, das sich anschickt, eine interessante Geschichte zu hören.

»Ich suche Irene«, enthüllte er mit fester Stimme.

Mutter Maria Luciana erhob sich. »Was das angeht, müssen Sie mit unserer Äbtissin sprechen. Mutter Maria Francesca ist jedoch nicht hier. Sie können ein anderes Mal wiederkommen. Oder in ein paar Tagen anrufen, unsere Gastfreundschaft brauchen Sie nicht.«

Hinter der augenscheinlichen Sanftmut bemerkte der Mann eine starke Entschlossenheit zu schweigen. Er versuchte, das Hindernis zu umgehen.

»Mutter, verzeihen Sie meine Unhöflichkeit. Ich habe mich noch nicht einmal vorgestellt. Mein Name ist Tancredi Sella.«

»Ich werde Ihren Namen notieren und die Äbtissin in Kenntnis setzen, sobald sie zurück ist.«

Der Name, der für gewöhnlich Ehrfurcht hervorrief, beeindruckte die Nonne nicht.

»Erlaubt Ihr mir denn, zu bleiben, bis ich die Mutter Oberin sehen kann?« Die demütige Schwester mit dem barmherzigen und festen Blick schüchterte ihn ein. Er war es nicht gewöhnt, sich unterlegen zu fühlen. Wie ein Postulant harrte er der Antwort, die auf sich warten ließ. Das Klingeln des Telefons in der Pförtnerloge am Ende des Korridors unterstrich die völlige Stille innerhalb dieser Mauern. Ein Blitz zuckte durch den Himmel, und gleich darauf zerriss ein mächtiger Donner die Luft.

»Schon wieder ein Unwetter!«, klagte die Nonne. »Haben Sie Gepäck bei sich?«

»Ich habe eine Tasche im Auto«, erwiderte Tancredi.

»Dann gehen Sie sie holen und warten Sie vor der Kirche auf mich. Ich werde Sie in das Gästehaus führen.«

Tancredi fand sich in einer sauberen weißen Zelle wieder, in der sich ein Bett mit grüner Tagesdecke, eine Holzkommode, ein Tisch und ein Strohstuhl befanden. Auf dem Tisch lag eine Bibel, daneben stand eine Farbfotografie, die einen mittelalterlichen Christus aus Holz abbildete. Ein mit einem Fliegengitter geschütztes Flachbogenfenster ging auf einen großen, ländlichen Hof hinaus, den der prasselnde Regen in einen Sumpf verwan-

346

delte. Alles schien unbewohnt. Lediglich ein paar weiße Gänse lagen zusammengekauert unter der Laube, und die ein oder andere Taube hatte Zuflucht zwischen den alten Dachziegeln gesucht.

Tancredi erschauerte. Müdigkeit, Ängste und schlaflose Nächte richteten ihn zugrunde. Jetzt war er allein, vollkommen allein, in einem Raum von zwei mal vier Metern. Erschöpft setzte er sich auf das Bett und stützte das Gesicht in die Hände. Er dachte, dass diese kleine und nackte Zelle, in der er sich befand, der angemessene Abschluss für ein Leben war, das er damit verschwendet hatte, bedeutungslosen Zielen hinterherzujagen. Er hatte Erfolg, Macht und Geld gewollt und bekommen, und nun wurde ihm bewusst, dass er einfach nur ein unglücklicher Mann war.

Das Unwetter verzog sich, und Tancredi saß immer noch da, auf diesem kleinen Bett, und dachte nach. Von der Kirche drangen die zarten Stimmen der singenden Nonnen herüber.

Er ging ins Badezimmer, das, verglichen mit der bescheidenen Größe des Schlafzimmers, recht geräumig war und zudem von geradezu blendender Sauberkeit. Er fand Duschschaum, Lavendelseife und Handtücher aus handbesticktem Leinen.

Da klopfte es an der Tür. Es war wieder die kurzsichtige Schwester, die ihm ein Gefühl der Unterlegenheit einflößte.

»Ich dachte, dass Sie eine Wolldecke brauchen könnten«, begann sie. Über dem Arm trug sie eine bonbonfarbene Decke.

»Dieser August ist wirklich verrückt«, fuhr sie fort und trat entschlossen in die Zelle. Sie nahm die grüne Tagesdecke vom Bett und legte die Wolldecke auf das weiße Laken.

»Ich habe Sie singen hören«, sagte Tancredi.

»Das ist das Gebet der Mittagshore. Am späten Vormittag versammeln wir uns, um aus Gottes Wort die Kraft zu schöpfen, unseren Tagesablauf fortzusetzen«, erwiderte Mutter Luciana. Sie zwinkerte ihm lächelnd zu und fügte hinzu: »Wäre Ihnen ein guter Espresso angenehm?«

»Gibt es hier eine Bar?«, fragte Tancredi.

»Wir haben im Erdgeschoss einen Münzautomat, aber davon würde ich Ihnen abraten. Kommen Sie mit mir in die Küche. Ich weiß, wie man einen guten Espresso macht«, erklärte sie und ging ihm voran die Freitreppe hinab, die ins Erdgeschoss führte. »Dieses alte Gebäude war einst unser Kloster. Als die Kurie uns die Mittel gegeben hat, ein neues zu bauen, haben wir es in ein Gästehaus umgewandelt«, erklärte sie.

Sie liefen ein Stück über einen gekiesten Platz an der Kirche vorbei.

»Haben Sie gesehen, wie schön sie ist?«, fragte die Schwester. »Sie können sie später besichtigen, wenn Sie möchten.«

Sie führte den Mann in eine winzige Küche, wo die Espressomaschine bereits dampfte.

»Trinken Sie diesen Nektar, und machen Sie sich keine Sorgen. Vertrauen Sie auf den Herrn. Er weiß, was gut für uns ist«, sagte die Schwester und reichte ihm die dampfende Tasse.

»Ich bin deprimiert, Schwester«, erklärte er zu seiner eigenen Überraschung.

»Nicht Schwester, Mutter. Aber Sie können mich einfach Maria Luciana nennen. Sie wären nicht hier, wenn Sie nicht irgendetwas bedrücken würde. Lassen Sie sich damit Zeit, Ihre Probleme zu lösen, der Frieden des Herzens will mühsam erobert werden. Schmeckt Ihnen mein Espresso?«

»Er ist ausgezeichnet, danke«, erwiderte Tancredi.

»Mutter Maria Francesca wird morgen zurückkommen«, flüsterte die Schwester, als würde sie ihm ein Geheimnis anvertrauen. »Falls Sie sich entschließen sollten, hier bei uns zu bleiben, um auf sie zu warten, gegen halb eins wird das Mittagessen im Gästespeisesaal serviert. In der Zwischenzeit können Sie tun, was Sie möchten. Sie können in die Kirche gehen, sich in Ihrer Zelle ausruhen, einen Spaziergang über die Felder machen. Wir haben unsere Arbeit, die uns auf Trab hält. Auf Ihrem Tisch liegt eine Bibel. Schlagen Sie sie irgendwo auf, lesen Sie und machen Sie sich keine Gedanken, wenn Sie etwas nicht gleich verstehen. Das Wort

348

Gottes ist nicht so leicht zu begreifen. Und nun entschuldigen Sie mich, ich habe zu tun.«

»Schläft Irene im Gästehaus, wenn sie hierher kommt?«

»Denken Sie jetzt nicht an sie, sondern denken Sie an sich selbst«, ermahnte die Frau ihn und wich seiner Frage aus. Schweigend führte sie ihn zum Ausgang.

»Ich fühle mich so nutzlos«, gestand Tancredi, als er sich von ihr verabschiedete.

»Ich auch. Schlimmer noch, ich habe das Gelübde abgelegt, um zu bezeugen, dass Christus auch in Nutzlosen wie mir lebt.«

Tancredi ging auf den Platz hinaus, wo ein Sonnenstreif sich einen Weg durch die Wolken zu bahnen suchte. Er dachte, dass Mutter Maria Luciana ein besonderer Mensch sein musste, und vielleicht waren es auch die anderen Nonnen, mit denen sich Irene während ihrer Aufenthalte im Kloster unterhielt.

Er schlug eine asphaltierte Straße ein, nur wenig breiter als ein Pfad, deren rechter Straßenrand von einem Rinnsal gesäumt war, während sich links der Straße zwischen Pappelreihen Weizenfelder erstreckten. Er überquerte eine kleine Brücke und sah eine alte Mühle mit riesigem Rad, das vom Wasser angetrieben wurde. Vereinzelte Höfe hier und da, die verlassen worden waren, riefen in Tancredi ein Gefühl quälender Einsamkeit hervor. Er dachte, dass die Bauern, die einst auf den Feldern gearbeitet haben mussten, sie vermutlich verlassen hatten, um im Zentrum des kleinen Dorfes Altopioppo zu leben. Er war erst wenige Stunden dort, und schon kam es ihm so vor, als rührte dieser fernab von allem gelegene Ort seine Seele.

Die Tangenziale war nicht weit, doch die langen Pappelreihen bildeten eine Barriere gegen den Lärm. Diese friedliche Weite mit Wiesen und Äckern in der Augustsonne, die nun über den Feldern brannte, besaß die Farben, den Duft, das Licht einer Welt, an die er die Erinnerung verloren hatte. Er fühlte sich, als wäre er um Jahrhunderte zurückversetzt und in einer mittelalterlichen

Landschaft angekommen, in der diese Nonnen lebten, die auf ihn wie Geschöpfe außerhalb der Zeit wirkten.

Er machte kehrt und hörte die Glocke, die nun die Mittagsstunde verkündete.

Mutter Maria Serena stand in der Tür und lächelte ihm zu. »Bitte sehr. Hier entlang«, forderte sie ihn auf und wies ihm einen Korridor.

Der Korridor mündete in einem kleinen Saal mit zwei einander gegenüberstehenden schweren und finsteren Anrichten im Renaissancestil. In der Mitte befand sich ein rechteckiger Tisch mit einem weißen Tischtuch. Teller, Besteck und Gläser waren schlicht und blitzblank, die Stühle mit hoher Lehne waren gepolstert und mit Leder bezogen. Der Tisch war für zwei gedeckt, und ein Gast erwartete ihn bereits. Es war eine große und schlanke junge Frau mit blond gefärbtem Haar, blauem Lidschatten und einer dicken Schicht Tusche auf den Wimpern. Sie trug verwaschene Jeans und ein ärmelloses, blauweiß gestreiftes T-Shirt.

»Das ist unsere Cristina.« Die alte Nonne stellte sie einander vor. »Der Herr ist heute Morgen angekommen. Jetzt wird Mutter Maria Ornella das Mittagessen servieren«, schloss sie und entfernte sich hinkend.

»Ich heiße Tancredi«, sagte er und reichte dem Mädchen die Hand.

»Sie kommen mir bekannt vor. Sind Sie schon einmal hier gewesen?«, fragte sie ihn und blieb weiterhin stehen.

Tancredi dachte, dass die Zeitungen und das Fernsehen sein Bild seit Jahren mehr verbreiteten, als ihm lieb war.

»Das ist meine erste Begegnung mit diesem Ort«, versicherte er und wartete, dass sie sich setzte.

Eine junge Schwester kam herein. Unter der weißen Haube und dem Schleier tauchte ein frisches, lachendes Gesicht auf. Sie trug eine Backform vor sich her, die sie auf den Tisch stellte.

»Heute hat der Koch Lasagne gemacht«, verkündete sie glücklich.

350

»Der Koch?«, wunderte sich Tancredi.

»Ein guter Junge, der das Metier gerade lernt«, erwiderte Maria Ornella. »Also dann, guten Appetit«, schloss sie und verschwand hinter der Glastür.

Cristina bekreuzigte sich, faltete die Hände und betete: »Herr, wir danken dir für die Speisen, die du uns schenkst. Ehre sei dem Vater, dem Sohn und dem Heiligen Geiste. Amen.« Dann setzte sie sich.

Eingeschüchtert tat Tancredi es ihr nach. Er dachte immer noch an Irene. Aß auch sie in diesem Saal zu Mittag oder im Speisesaal der Nonnen?

»Wohnen Sie auch im Gästehaus?«, fragte er das junge Mädchen.

»Ich habe eine Bar in San Giuliano. Heute ist mein freier Tag. Den verbringe ich hier im Kloster. Ich bin heute Morgen zur Frühmesse um halb sechs gekommen. Zur Vesper verschwinde ich wieder, denn ich muss das Lokal aufräumen. Letzte Nacht habe ich erst um zwei geschlossen, und ich war zu müde, um noch zu putzen. Ich wollte ein bisschen schlafen, ehe ich meinen überaus ermüdenden freien Tag beginne. In der Tat habe ich nur drei Stunden geschlafen«, erklärte Cristina.

»Nun, da habe ich ja jemanden gefunden, der mich noch übertrifft. Ich habe immer damit angegeben, dass ich selten mehr als fünf Stunden schlafe«, erwiderte Tancredi.

»Wenn man etwas tut, was man gern macht, wird der Schlaf beinah zum Hindernis«, sagte sie und versenkte die Gabel in dem Nudelauflauf mit viel Hackfleisch und Béchamelsoße. »Lecker!«, rief sie. Dann goss sie Wein in ihr Glas, das auf dem Tisch bereitstand. »Darf ich?«, fragte sie und näherte die Flasche seinem Glas.

»Ich dachte, hier im Kloster trinkt man keinen Wein«, bemerkte er.

»Warum? Jesus hat gern getrunken. Und auch gegessen. Außerdem hat er sich gern mit schönen Frauen und fröhlichen Menschen umgeben. Wein und Reis sind gut für das Blut.«

351

»Haben Sie keinen Freund?«, fragte Tancredi sie. Er stufte sie als das ein, was sie war, ein einfaches, bescheidenes Mädchen, das sich krampfhaft bemühte, anziehend zu wirken, wozu sie ihre großen, grünen und sehr lebhaften Augen mit Schminke stark betonte.

»Er hat mich verlassen. Ich habe sehr gelitten, auch weil er nun mit meiner besten Freundin zusammen ist. Dann habe ich gedacht, dass es der Wille des Herrn ist. Er weiß, was gut und was schlecht für uns ist. Das Gebet, wenn es aus dem Herzen und aus dem Verstand kommt, hilft uns, seine Hinweise zu befolgen. Jetzt zum Beispiel sagt der Herr mir, dass ich meine spirituellen Übungen vertiefen muss. Ich bete auch hinter dem Tresen in der Bar, wenn sich die Betrunkenen volllaufen lassen oder wenn Junkies reinkommen, um meine Kasse zu plündern. Der Herr ist mein Hirte, und er wird mein Leben zu führen wissen«, behauptete sie heiter.

Tancredi dachte an Irene. Vielleicht drückte auch sie sich wie Cristina aus. Jedenfalls begann er zu begreifen, dass Irene zwischen den Klostermauern etwas sehr Bedeutendes gefunden hatte. Er würde versuchen, es herauszufinden, und vor allem würde er diesen Ort nicht verlassen, ohne sie gesehen zu haben.

Während die Schwestern arbeiteten und beteten, zog Tancredi sich wieder in seine Zelle zurück.

Dort blieb er, hinter dem Fliegengitter, und beobachtete den ländlichen Hof. Die Sonne hatte das Grundstück getrocknet. Auf einem kleinen Flecken Gras lag eine grauweiße Katze, hielt ein kleines Kätzchen in den Pfoten, das ihre Milch trank, und von Zeit zu Zeit leckte sie es mit mütterlicher Zärtlichkeit ab. Sie erinnerte ihn an die Zeit, in der Irene in dem Haus in der Cherry Lane gewohnt und ihr Kind gestillt hatte.

1997

59 Es war Mai. Tancredi war gerade aus Mailand gekommen, um die Nacht in der Villa in London zu verbringen. Irene und der Kleine gaben, gemeinsam, ein Bild der Reinheit und des Friedens ab. Sie lag im Schlafanzug zusammengerollt auf dem Bett, und John, der erst kurz zuvor ein Jahr geworden war, kauerte sich in die schützende Kuhle, die ihr Körper bildete. Sie schliefen beide tief und fest, und das Kind bewegte von Zeit zu Zeit seine Lippen, als sauge es.

Tancredi hatte vor Rührung einen Kloß im Hals, und er verspürte die Lust, sie zu umarmen. Er hatte zwei nunmehr erwachsene Kinder und erinnerte sich nicht, sie aufwachsen gesehen zu haben, noch je seine Frau in einem Moment einer so vollkommenen Zärtlichkeit überrascht zu haben.

Im Haus schliefen alle: die Hausangestellten, das Kindermädchen und seine Mutter, die Palermo verlassen hatte und hierher gezogen war, »um mit Hand anzulegen«, wie sie es nannte, seit das Kind geboren worden war.

Rosalia D'Antoni war immer gegen die Verbindung zwischen ihrem Sohn und Irene gewesen. Sie hatte vernichtende Urteile über das junge Ding vom Stapel gelassen, das als Empfangsdame eingestellt worden war, im Laufe der Jahre Karriere gemacht und sich in das Bett ihres Sohnes geschlichen hatte. Doch dann hatte sich ihre Haltung verändert, wer weiß, warum.

»Weißt du, so schlecht finde ich dieses Mädchen gar nicht«, hatte sie einmal gesagt.

Das war während eines Empfangs in der Villa in Cassano gewesen. Tancredi hatte seine engsten Mitarbeiter, die vertrauens-

353

würdigsten Journalisten, die Politiker, zu denen er einen engen Kontakt pflegte, und ihre Frauen oder Freundinnen eingeladen. Wie immer hatte Dora einen Vorwand genutzt, um sich zu drücken, während Irene die Gäste empfing.

Es war Herbst, und die Gäste waren zur Fasanenjagd auf Tancredis Landgut gekommen. Irene hatte, unterstützt vom Architekten Sabelli, die Organisation des Events übernommen.

Sie hatte die Entwürfe ausgesucht für die Dekoration von Tellern und für die mit herbstlichen Motiven aus gelbem Laub, roten Äpfeln und Kastanien bestickten Tischdecken. Außerdem hatte sie angeregt, die Säle und Gästezimmer in Gelb- und Grüntönen auszustatten, und sie hatte die Arbeit der Köche und Gärtner überwacht.

Während des Mittagessens hatte Tancredis Mutter sich einen Fleck auf ihr Chiffonkleid gemacht. Irene hatte die Enttäuschung der Sizilianerin bemerkt, die diesen Fleck als Folge einer ungeschickten Bewegung betrachtete, die ihr bei einem solchen Anlass, bei dem alle perfekt zu sein hatten, unverzeihlich schien.

»Huch!«, hatte Irene ausgerufen und Rosalia angesehen, die ihr gegenüber saß. Dann hatte sie sich an ihre Tischnachbarn gewandt und sich entschuldigt. Sie war aufgestanden und hatte der Mutter ihres Chefs so einen Vorwand geliefert, ihr aus dem Speisesaal zu folgen.

Sie waren in den ersten Stock hinaufgegangen.

»Ich habe ein Wundermittel, um diesen kleinen Fleck zu entfernen«, hatte Irene gesagt und die Frau zum Bügelzimmer geführt. Dort hatte sie einen gelblichen Schaum auf den zarten Chiffon gesprüht. Rosalia war entsetzt und hatte zunächst gedacht: Dieses dumme Ding hat mir mein Kleid ruiniert. Doch nach wenigen Augenblicken und ein paar kräftigen Bürstenstrichen sah der Stoff wieder aus wie neu. Die Frau hatte die kleine Gefälligkeit, die Freundlichkeit, mit der das Mädchen sie aus der peinlichen Situation befreit hatte, und die humorvolle und schlichte Art zu schätzen gewusst. Schließlich hatte Irene gesagt: »Et voilà, wir können zu den Gästen zurück.«

Rosalia hatte ihr zum ersten Mal zugelächelt und sich bei ihr bedankt.

»Das war doch nichts«, hatte Irene die Angelegenheit heruntergespielt und ihr ein aufrichtiges Lächeln geschenkt.

Das war es also, was an der Geliebten ihres Sohnes so besonders war: ihre Schlichtheit. Sie schminkte sich nicht, trug weder Designerlabel noch Schmuck zur Schau. Rosalia hatte sie immer nur in Hose und Bluse gesehen. Nur selten, wie zu diesem Anlass, hatte sie ein elegantes Kleid gewählt: ein eng anliegendes Abendkleid in Waldgrün. Ein heikler Farbton, doch ihr stand er hervorragend.

»Wer hat Ihnen dieses Kleid genäht?«, fragte sie, während sie in den Speisesaal zurückkehrten.

»Die Schneiderin in meinem Heimatdorf. Das ist ein Geheimnis, das ich nur Ihnen verrate. Ich werfe nicht gern Geld für teure Kleider zum Fenster hinaus«, erklärte sie sanft.

Sie waren Freundinnen geworden. Diese offene Piemontesin, die von ebenso bescheidener Herkunft war wie sie selbst, die den Wert des Geldes kannte und anpacken konnte, gefiel Rosalia. Sie konnte mit Irene über viel mehr Dinge reden als mit Dora, der offiziellen Frau ihres Sohnes. Als sie dann erfahren hatte, dass Irene ein Kind erwartete und das Kind, um Doras Willen Folge zu leisten, im Ausland geboren werden sollte, hatte sie Tancredi eine Szene gemacht.

»Wie kannst du dir das bloß gefallen lassen?«, hatte sie ihn gefragt.

»Du vergisst manchmal, dass Dora die Tochter von Don Giuffrida ist und dass du alles dafür getan hast, um diese Hochzeit in die Wege zu leiten.«

»Du machst mir Vorhaltungen? Ich werde dieses arme Mädchen jedenfalls nicht alleine lassen.«

Kurz bevor das Kind zur Welt kam, war sie nach London gekommen und hatte sich im Haus in der Cherry Lane niedergelassen. Irene war ihr sehr dankbar für ihre Hilfe.

In jener Nacht machte Tancredi es sich auf dem Bett neben Irene und dem Kind bequem und bewegte sich so vorsichtig wie möglich, um sie nicht aufzuwecken.

So blieb er liegen, betrachtete durch die Fensterscheiben den Sternenhimmel und dachte an die Worte, die Irene gesagt hatte, als sie schwanger war: »Weißt du, wie viele Farbabstufungen der Himmel von London hat? Sechsundzwanzig, ich habe sie gezählt.« Das war eine schöne Zeit für sie beide gewesen. Jetzt glitt sie ihm aus den Händen, und er wusste nicht, warum.

Im warmen Nest dieses Bettes fuhr Tancredi sanft mit den Fingern durch das zerzauste Haar seiner Frau. Irene öffnete die Augen, und er erahnte ihr Lächeln im verschwommenen Dunkel des Zimmers.

»Ich bin müde«, flüsterte sie mit weicher Stimme und schlief wieder ein.

Tancredi aber lag lange wach und fragte sich, ob es möglich war, dass die Mutterschaft eine Frau derart verändern konnte. Ihm schien, als hätte Irene Rosalia sehr viel mehr zu sagen als ihm. Er fand keine Antwort, auch nicht in dieser Nacht. Erschöpft schlief er ein, und als er erwachte, war das Bett neben ihm leer.

Der Hausangestellte sagte ihm, dass der Kleine draußen sei und den gewohnten Spaziergang mit dem Kindermädchen mache. »Die Damen frühstücken«, fügte er hinzu.

Also ging er ins Erdgeschoss hinunter und hörte ihre Stimmen. Sie unterhielten sich lebhaft. Er blieb im Anrichtezimmer stehen und füllte eine Kaffeekanne auf.

»Du brauchst dringend ein bisschen Abwechslung. Seit Monaten spielst du die Glucke, du verwöhnst den Kleinen noch. Findest du das richtig?«, fragte seine Mutter Irene.

»Was soll ich sonst tun? Außerdem bin ich gar nicht so sicher, dass ich etwas anderes tun möchte. Das Kind erfüllt mich mit Leben«, behauptete Irene.

356

Tancredi hatte nicht die Absicht zu lauschen, aber ihre Worte waren zu interessant, um sie sich entgehen zu lassen. »Kein Kind hat je das Leben einer Mutter ausgefüllt. Wenn überhaupt, versklavt es sie. Ich habe drei Kinder, und ich war immer froh, wenn meine Schwiegermutter oder meine Nachbarin auf die Kinder aufpassten und ich raus und die Welt entdecken konnte. Es waren kleine, unschuldige Fluchten, aber ich brauchte sie, um meine Batterien wieder aufzuladen«, sagte Rosalia.

»Dann meinst du also, ich könnte mal auf einen Sprung nach Mailand fahren und kurz im Büro vorbeisehen?«

Die Kaffeekanne vor der Brust betrat Tancredi die Szene. Die beiden Frauen saßen am sechseckigen Tisch, der in den Erker eingepasst war. Irene war wunderschön. Sie trug eine graue Hose und einen weißen Angorapulli. Ein Band aus weißem Atlas hielt ihre schwarze Lockenmähne zusammen.

»Wenn du mir Zeit lässt, noch zu frühstücken, können wir sofort fahren«, begann Tancredi und war fast außer sich vor Freude.

»Nur ein kleiner Abstecher. Morgen will ich wieder hier sein«, erklärte Irene.

Während des Fluges war Irene sehr schweigsam. Tancredi arbeitete, und sie betrachtete den Himmel jenseits des kleinen Fensters.

»Glaubst du, der Kleine vermisst mich?«, fragte sie ihn irgendwann und sprach damit ihre Sorge aus.

»Frag mich lieber, ob ich dich nicht seit Monaten vermisse«, erwiderte er gereizt.

»Warum sollte ich? John und ich sind in London, weil wir beide es so entschieden haben.«

»Ich wusste, dass du mir das vorwerfen würdest.«

»Und weil das Thema für dich schmerzhaft ist, vermeidest du es«, fuhr Irene ihn an.

»Du hast das Kind gewollt.«

»Mir kam es so vor, als hättest du es auch gewollt.«

»Natürlich wollte ich es!«, erwiderte er mit erhobener Stimme.

»Brüll nicht so!«, schrie sie zurück.

»Und du reiz mich nicht.«

»Es braucht nicht viel, um dich zu reizen. Es genügt, dich auf deine Verantwortung festzunageln. Du bist an deine Höflinge gewöhnt, die nicht einmal zu atmen wagen. So seltsam es dir auch erscheinen mag, aber ich gehöre nicht dazu. Ebenso wenig wie deine Frau, im Übrigen. Damit solltest du dich abfinden. Die Frauen deines Lebens fürchten dich nicht, also heul hier nicht rum und erzähl mir nicht, dass du mich vermisst«, platzte Irene heraus und brachte damit zum Ausdruck, was sie dachte.

Tancredi schob einen Finger in seinen Hemdkragen, der ihm plötzlich so eng erschien, dass er das Gefühl hatte, keine Luft mehr zu bekommen. Er sah sie mit einem vernichtenden Blick an.

»Lass meine Frau aus dem Spiel«, presste er zwischen den Zähnen hervor.

»Dann hör du mit deiner Heuchelei auf. Du hast Dora aufgrund von wirtschaftlichen Interessen geheiratet, und du hast Angst vor ihrem Vater. Mich hast du doch nur nach London verbannt, weil du dich vor seiner Rache fürchtest«, warf sie ihm vor.

Die Ohrfeige traf sie unerwartet, doch Irenes Antwort darauf kam ebenso plötzlich und energisch. Ein Couchtischchen trennte sie, und sie sahen sich an, als wollten sie einander zerfleischen.

Tancredi schlug die Hände vors Gesicht. Er war entsetzt darüber, was er getan hatte. »Verzeih mir«, flüsterte er.

Sie hatten schon oft gestritten, doch sie waren noch nie handgreiflich geworden.

»Verzeih auch du mir«, sagte sie.

Die Flugbegleiterin kam in den Salon, um anzukündigen, dass sie sich im Landeanflug befanden und sie ihre Sicherheitsgurte anlegen mussten. Sie fand die beiden eng umschlungen vor. Tancredi und Irene verbargen ihre Gesichter jeweils an der Schulter des anderen. Sie waren furchtbar unglücklich.

60 Tancredi tauchte in der Tür zu Irenes Büro auf. Es war acht Uhr abends, und sie war in ihre Arbeit vertieft.

»Hast du noch viel zu tun?«, fragte er.

»Es reicht für mehrere Wochen«, erwiderte sie.

»Ich mach für heute meinen Laden zu«, fuhr er fort und blieb in der Tür stehen.

»Dann mache ich auch zu«, stimmte sie zu.

»Essen wir draußen oder zu Hause?«

»Zu Hause. Ich habe Carmen Bescheid gesagt. Es gibt frischen Salat aus deinem Garten in Cassano, mit Korn gemästetes Hühnchen von deiner Hühnerzucht in Cassano und Erdbeeren aus deinem Wald in Cassano«, zählte sie fröhlich auf, während sie den Computer ausschaltete und dem Schreibtisch den Anschein von Ordnung verlieh.

Der Chauffeur und die Leibwächter warteten im Atrium der Cosedil auf sie.

»Es ist ein wunderschöner Abend. Warum gehen wir nicht zu Fuß?«, schlug Irene vor.

»Das ist eine gute Idee«, sagte er.

Sie versuchten beide, die Scherben nach dem heftigen Streit am Morgen zu kitten.

»Gibt es Neuigkeiten vom Kleinen?«, fragte er, während er sie unterhakte und sie die Via Turati entlangliefen.

»Deine Mutter hat mir gesagt, wenn ich es wage, noch einmal anzurufen, nimmt sie nicht mehr ab. Es geht ihm natürlich ausgezeichnet. Aber ich habe Lust, ihn zu sehen.«

Tancredi wollte etwas erwidern.

Sie fuhr fort: »Du hast die Wachen verdoppelt. Wir haben zwei Leibwächter vor und zwei hinter uns«, stellte sie fest.

»Man kann nicht vorsichtig genug sein«, behauptete er.

Es war ein schöner Mailänder Maiabend, und die laue Luft wurde noch von manch kühler Böe aufgefrischt. Auf der Via Montebello war kein Verkehr, und man konnte das regelmäßige Geräusch ihrer Schritte hören. Während der langen Monate in London hatte Irene fast vergessen, wie gern sie im matten Licht der Mailänder Laternen spazieren ging.

»Was ist während meiner Abwesenheit alles passiert?«, fragt sie.

»Das Übliche«, sagte er.

»Was ist passiert?«, beharrte Irene. Sie spürte eine plötzliche Nervosität in Tancredis Händedruck.

»Eines Morgens um acht hat auf dem Weg von Cassano nach Mailand ein Auto versucht, den Wagen meiner Söhne abzudrängen. Offenbar wussten diese Typen nicht, dass meine Männer den Jungen folgten. Sie sind geflohen. Und ich war bei dir in London. Es ist nichts passiert, aber ich habe es vorgezogen, die Jungen in die Schweiz zu schicken. Jetzt studieren sie dort und sind in Sicherheit«, erklärte er.

Irene erschauerte. Tancredi bewegte sich in einem unsicheren und gefährlichen Milieu. Sofort dachte sie an den kleinen John und dankte dem Schicksal, dass er nicht den Namen der Sellas trug und nur wenige von seiner Existenz wussten. Sie würde ihn immer von Tancredis Welt fern halten müssen.

»Wie hat deine Frau es aufgenommen?«, fragte sie.

»Sie hat sich Sorgen gemacht und sich meiner Entscheidung, die Jungen in ein Internat zu schicken, angeschlossen. So hat sie auch mehr Zeit für ihren Aristokraten«, erwiderte er.

Es war ein ruhiges Abendessen. Irene genoss es, ihre Wohnung so vorzufinden, wie sie sie verlassen hatte. An diesem Abend überreichte Tancredi ihr die Besitzurkunde über Altopioppo.

Irene steckte das Dokument wieder in den Umschlag zurück.

Sie nahm das Geschenk im Namen ihres Sohnes an und sagte: »Ich will, dass John ein Junge sein wird wie die anderen, dass er glücklich aufwächst, dass er sich für das Lernen begeistert, die Mühe und Würde der Arbeit kennen lernt. Ohne es zu wissen, hat deine Frau uns einen großen Dienst erwiesen. John wird in England leben, er wird keine Höflinge haben, sondern nur viele aufrichtige Freunde.«

»Mach dir nicht allzu viele Illusionen. Kinder entsprechen nicht immer unseren Erwartungen. Ich weiß das aus Erfahrung.«

»Das hängt davon ab, was du ihnen vorlebst. Sie brauchen keine Worte, sondern Vorbilder. Luxus ist ein ungesundes Vorbild«, behauptete sie, und es war nicht das erste Mal, dass sie den übertriebenen Wohlstand der Söhne Tancredis ins Feld führte. »Ich weiß nicht, ob es richtig von mir war, den Grundbesitz in Altopioppo anzunehmen.«

Tancredi senkte den Blick und bemerkte mit leichter Verärgerung ein Staubkorn, das sich auf seine Schuhspitze gesenkt hatte.

»Was willst du eigentlich?«, fragte er leise. »Gibt es irgendetwas, was dich befriedigt, was dich glücklich macht?«

»Ich weiß nicht, was ich will, Tancredi. Sieh mal, meine Großmutter Agostina wollte ihr Land, ihr Haus, ihre Familie. Meine Mutter wollte eine unmögliche Liebe. Auf ihre Weise sind sie in ihren Gefühlen sehr großzügig gewesen. Ich möchte auch so großzügig sein wie die beiden, aber ich schaffe es nicht. Ich glaube, dass ich Angst davor habe, mich zu hundert Prozent auf etwas einzulassen. Vielleicht habe ich einfach Angst davor, zu leiden. Wahrscheinlich ist das mein Problem«, gestand sie.

»Ich glaube, du musst erst noch erwachsen werden. Ich werde warten, bis du groß bist«, erklärte er. »In der Zwischenzeit will ich dich aber bei mir haben.« Er zog sie hoch, nahm sie auf den Arm und trug sie ins Schlafzimmer.

So sehr er Irene auch liebte, er weigerte sich dennoch, ihren komplizierten Gedankengängen zu folgen. Aber sie entfernte sich immer mehr, und er hatte nur dann das Gefühl, dass sie ihm gehörte, wenn sie sich liebten. Danach zog Irene sich sofort wieder in ihr Schneckenhaus zurück und wurde unerreichbar.

Und so sagte er in jener Nacht – er wurde inzwischen fast von seiner Müdigkeit übermannt, doch er gab sich nicht geschlagen bei dem Gedanken an Irenes völlige Selbstständigkeit – zu ihr: »Heirate mich.«

»Bitte deine Frau um meine Hand«, erwiderte sie schläfrig.

»Eines Tages könnte ich mich scheiden lassen.«

»Dann reden wir an dem Tag noch mal darüber«, entgegnete sie. »Gute Nacht, Liebster.«

Mit einem Gähnen hatte sie ihn abgespeist.

Am nächsten Morgen, als der Hausangestellte an die Tür klopfte, um sie zu wecken, war Irene bereits am Telefon und sprach mit ihrer Schwiegermutter.

»Bist du sicher, dass der Junge gut geschlafen hat?«, fragte sie im Tonfall einer besorgten Mutter. »Kann ich wirklich beruhigt sein? Dann gehe ich heute Morgen noch mal auf einen Sprung ins Büro und fliege am Nachmittag los. Gib dem Kleinen einen Kuss von mir. Du bist ein Schatz, Rosalia.«

Tancredi ging duschen, und sie hörte ihn singen: »*And then remember this, a kiss is just a kiss …*«

Sie frühstückten zusammen und waren beide bester Laune. Es war, als hätte es den Streit am Tag zuvor nie gegeben, als kenne ihr Idyll keine Trübungen.

»Ich muss nach Rom. Warum kommst du nicht mit mir?«, fragte Tancredi.

»Ich will ins Büro und heute Nachmittag nach London zurück.«

»Wir essen mit Monsignor Sidney, und danach schicke ich dich zu unserem Sohn zurück«, versprach er und wartete ängstlich auf ihre Antwort.

»In Ordnung«, stimmte Irene zu. Ihm kam es vor, als machte sie ein großes Zugeständnis.

7. August 2002

61 Tancredi war allein mit seiner Unruhe, die das Kloster in ihm hervorrief. Bisher hatte er noch nie innegehalten, um über sich selbst nachzudenken.

Als Irene sich zunehmend von ihm distanzierte, hatte er gefürchtet, dass sie sich auf eine neue Liebesaffäre eingelassen hatte. Stattdessen hatte er festgestellt, dass sie ihre Zeit auf London, das Büro in Mailand und das Kloster in Altopioppo aufteilte, in das sie sich in unregelmäßigen Abständen für eine kurze Zeit zurückzog. Er sah Irene nur noch in der Firma. Das letzte Mal, dass er mit ihr hatte sprechen können, war in London gewesen, in ihrem Haus. John war bei ihnen gewesen, und sie hatten ein Bild der Normalität inszeniert. Erst als der Kleine zum Mittagsschlaf ins Bett gebracht worden war, hatte Irene sich gefügt und Tancredis Fragen beantwortet.

Sie gingen in das winzige Gärtchen hinter der Villa. Irene hatte sich auf den Rand des Marmorbrunnens gesetzt und einen Finger unter den dünnen Wasserstrahl gehalten, der aus dem umgekippten Krug eines kleinen marmornen Amors rann. Sie hatte Tancredi, der sie ansah und sie begehrte, den Rücken zugewandt. Irene hatte sich verändert, sie wirkte glücklicher, aber auch ungreifbarer. Sie trug ihr Haar kürzer, und ihre zerzausten Locken gaben ihr zierliches und zartes Gesicht frei. Nun saß sie in Jeans und einem groben Wollpullover vor ihm, und er roch das teure und sehr weibliche Parfüm, das sie immer noch benutzte.

»Ich hätte wissen müssen, dass du dich eines Tages von mir entfernen würdest«, begann Tancredi.

Sie spielte immer noch mit dem Wasser, ohne zu antworteten.
»Du hast dich bei deinem Verlobten genauso verhalten«, fuhr
er fort. »Du trittst wie ein Wirbelwind in das Leben anderer, be-
mächtigst dich ihrer Gefühle, und dann verschwindest du. Das
ist kein besonders nettes Verhalten.«

Irene schwieg immer noch.

»Du hast Angst, Gefühle zuzulassen«, beschuldigte er sie.

Da drehte sie sich langsam zu ihm um, und Tancredi dachte,
dass sie noch nie so schön gewesen war.

»Das stimmt. Meine Gefühle haben mich oft leiden lassen.
Jetzt geben sie meinem Leben einen Sinn. Aber du, du hast nur
Wünsche, keine Gefühle«, behauptete sie.

»Die Aufenthalte im Kloster machen deinen Charakter nicht
besser.«

»Mag sein. Aber ich bin zufriedener.«

Sie ging auf die Steinbank zu, wo er saß. Es rührte sie, als sie
sah, mit wie viel Traurigkeit Tancredi sie musterte.

»Wo ist das vor Energie überschäumende, respektlose, lä-
chelnde, anbetungswürdige junge Mädchen geblieben, das es geschafft hat, mich zu rühren und mich leiden zu lassen?«, flüsterte
er und nahm ihre Hand.

»Ich habe mich verändert, aber nicht so sehr, dass ich ein anderer Mensch geworden wäre. Im Gegenteil, ich lerne mich gerade selbst kennen, ich lerne, mich zu akzeptieren und zu lieben.
Das ist ein langer und mühsamer Weg für eine wie mich, die es
immer eilig hat, ans Ziel zu kommen.«

Tancredi stand auf und trat ihr gegenüber. Er legte die Hände
auf ihre Schultern. »Ich verstehe dich nicht. Da wäre es mir lieber, du wärest mit jemandem zusammen, den du für besser hältst
als mich. Dann hätte ich wenigstens kämpfen können, um dich
zurückzugewinnen.«

»Seit wann glaubst du, dass es jemanden geben könnte, der
besser ist als du? Du hast immer eine sehr hohe Meinung von dir
gehabt«, sagte Irene.

»Du hast ziemlich viele Überzeugungen in mir ins Wanken gebracht«, bemitleidete er sich selbst.

Der kleine John kam in den Garten gelaufen, gefolgt von seiner Großmutter, die ihn zurückrief.

Irene breitete die Arme aus, und er sprang hinein.

»Mama, gehst du mit mir hüpfen?«, fragte er.

»Da warst du doch gestern schon«, mischte Rosalia sich ein.

»Hüpfen« wollte er auf einer Art Hüpfburg, die im Viertel errichtet worden war. Sie bestand aus aufblasbaren Brücken, Türmen, Höhlen, Burgen und schwindelerregend hohen Rutschbahnen in vielen bunten Farben. Die Kinder tobten, und die Eltern brauchten sich keine Sorgen zu machen, weil sie sich nicht wehtun konnten.

»Ich will mit Mama und Papa dahin«, sagte John.

»Und Mama und Papa gehen mit dir hin«, erwiderte Tancredi.

»Einen Moment, was kostet das Hüpfen?«, fragte Irene.

»Ein Pfund, und es gilt für den ganzen Tag«, versicherte der Junge.

»Haben wir ein Pfund?«, fragte Irene Tancredi.

Tancredi steckte eine Hand in die Tasche und holte eine Münze hervor.

»Ich habe nur ein halbes.« Er inszenierte eine Komödie, die das Kind amüsierte.

»Ich habe auch nur ein halbes«, behauptete Irene.

»Ein halbes und ein halbes macht ein ganzes«, erklärte John.

»Dann können wir gehen«, entschied sie.

»Was ist mit etwas zu essen? Wir brauchen drei Penny für einen Muffin«, fuhr der Junge fort.

»Da, seht ihr? Wenn man ihm den kleinen Finger gibt, will er gleich die ganze Hand. Na ja, für heute gebe ich dir die drei Penny«, mischte Rosalia sich ein.

Das war das letzte Mal, dass Tancredi ein paar Stunden mit Irene hatte verbringen können. Er hörte auf, ihre Nähe zu suchen, und bemühte sich nicht mehr, seine Aufenthalte mit den ihren zusammenfallen zu lassen.

Aber seit er erfahren hatte, dass sie überfallen worden war, war das Bedürfnis, sie an seiner Seite zu wissen, um sie zu lieben und zu beschützen, für ihn zu einer Notwendigkeit geworden.

Seine Mutter hatte ihn angerufen und ihm mitgeteilt, dass Irene nach Cefalù gekommen und mit dem Kind gemeinsam abgereist war, um es nach Altopioppo zu bringen. Also würde er so lange warten, wie es nötig war. In dieser Zelle fühlte er sich wie ein Tier im Käfig, aber er würde sich nicht von dem Unbehagen, das dieses Kloster in ihm weckte, überwältigen lassen.

Als er die Glocke hörte, die zur Vesper läutete, beschloss er, in die Kirche zu gehen. Die Fresken der Kirchenschiffe hoben die Bedeutung der Spiritualität als Nahrung für die Seele hervor. Noch einmal hatte Tancredi den Eindruck, einen Ausflug in die Vergangenheit gemacht zu haben. Die Gesänge und Gebete der Nonnen riefen in ihm ein nie gekanntes Gefühl des Friedens hervor, und er war Irene dankbar. Nach der Messe blieb er auf der Bank sitzen und genoss die Stille und die Schönheit des Ortes.

Schließlich kam eine Nonne auf ihn zu und sagte: »Es ist Zeit fürs Abendessen, Signore. Wir schließen nun die Kirche.«

»Ich glaube nicht, dass ich essen werde. Ich möchte lieber auf mein Zimmer.«

Es war ein warmer Abend, doch die dicken Mauern des Gästehauses hielten noch die Kühle des Morgens gefangen. Tancredi zog seine Jacke aus, legte sich aufs Bett und schlief ein.

Am nächsten Morgen weckte ihn das Krähen eines Hahns. Er konnte sich nicht erinnern, je so gut, so lange und so tief geschlafen zu haben.

Er wusch sich und zog sich eilig an. Dann ging er die Steintreppe des Gästehauses hinunter, und in einem Zimmer im Erdgeschoss fand er den Münzautomaten, an dem man Tee, Espresso, Schokolade und Süßigkeiten ziehen konnte. Er warf eine Münze ein und bekam einen stark gesüßten Espresso. Damit ging er auf den Platz hinaus. Das Licht des frühen Morgens überzog den Himmel mit zarten Farben, und von der Kirche drang der Gesang der Nonnen herüber. Er fühlte sich gut, strotzte nur so vor Kraft, und das Leben gefiel ihm. Er liebte Irene und wollte sie heiraten. Er hatte die Absicht, alles zu tun, um sie zu überzeugen.

Hoch oben an einer Eisenstele hing ein Schild, das die Geschichte der Abtei von Altopioppo erzählte. Er las es und dachte darüber nach, dass dieses schöne Stück Geschichte Irene und seinem Sohn gehörte: Er hatte Glück gehabt, als er es gekauft hatte.

»Dottor Sella?« Eine freundliche Stimme riss ihn aus seinen Gedanken.

Er drehte sich um und fand sich einer Nonne mit hagerem, vergeistigtem Gesicht gegenüber. Lediglich der inquisitorische Blick stand im Widerspruch zu dem sphärischen Eindruck, den die Gestalt in Schwarz vermittelte, die Hände und Arme unter dem Skapulier verbarg.

»Sie sind die Äbtissin, nehme ich an.« Die durchdringenden Augen der Frau machten ihn verlegen. Er hatte den Eindruck, als wäre die Geistliche die ganze Zeit über im Kloster gewesen und hätte sich geweigert, ihn zu empfangen, um ihn zum Bleiben zu zwingen.

»Man hat mir gesagt, dass Sie mich sprechen wollten. Ich höre«, sagte Mutter Maria Francesca.

Auf einmal fehlten ihm die Worte. Die Äbtissin sah ihn weiterhin kühl an. Sie war völlig anders als die lächelnden Nonnen, die ihn am ersten Tag aufgenommen hatten. Die Schwester, die ihm gegenüberstand, hatte mehr von einer Kriegerin.

Alles, was Tancredi herausbrachte, war: »Ich möchte Irene zurückhaben. Können Sie mir helfen?«

62 Die Äbtissin sah Tancredi als das, was er war: ein attraktiver und faszinierender Mann. Markante Gesichtszüge, der entschlossene Blick eines alten Normannen. Es wunderte sie nicht, dass Irene sich von ihm hatte beeindrucken lassen, als sie noch jung und unsicher gewesen war. Doch inzwischen war sie erwachsen geworden. In ihr waren Zweifel aufgekeimt, und in der Spiritualität hatte sie Werte gefunden, nach denen sie sich lange gesehnt hatte. »Irene sucht eine fruchtbare Erde, in der sie Wurzeln schlagen kann. Können Sie diese Erde sein, Dottor Sella?«

»Das hoffe ich doch. Ich liebe Irene und unser Kind sehr. Ich möchte, dass wir drei eine Familie sind.«

Die Schwester erinnerte sich an den Tag, an dem Irene mit einer Reisetasche in Altopioppo aufgetaucht war und sie gebeten hatte, sie aufzunehmen.

Auf diesen ersten Aufenthalt waren andere gefolgt, und bald war Irene regelmäßig für eine kurze Zeit nach Altopioppo gekommen.

Mutter Maria Francesca beobachtete sie in der Kirche. Irene stand jeden Morgen um fünf auf und wohnte den Messen der heiligen Horen bei, von der Frühmette bis zur Komplet. In den Stunden, in denen die Nonnen sich ihrem Studium oder ihrer Arbeit widmeten, wanderte sie allein über die Felder oder blieb in ihrem Zimmer.

Die Nonnen, die ihr abwechselnd die Mahlzeiten servierten, hatten der Äbtissin berichtet, dass die junge Frau sehr wenig aß, um nichts bat und nichts wollte. Sie kam ins Kloster, und nach ein paar Tagen ging sie wieder. Mittlerweile kannten alle Schwestern ihre Geschichte. Sie wussten, dass sie in London ein Kind hatte und es regelmäßig besuchte.

Eines Morgens, nach der Messe, während Irene im Gästespeisesaal frühstückte, hatte die Äbtissin ihr gegenüber Platz genommen. Sie hatte der jungen Frau zugesehen, wie sie eine Scheibe Zwieback mit Honig bestrich. Schließlich hatte sie sich einen Kaffee eingeschenkt, einen großen Schluck genommen und ihr dann zugelächelt.

»Wie geht es dir?«, hatte sie gefragt.

»Ich überlebe«, hatte die Antwort gelautet.

»Ideal wäre es, wenn du leben und nicht überleben würdest«, hatte die Nonne erwidert.

»Ich weiß noch nicht, wo ich anfangen soll, um zu lernen, wie man lebt. Sag du es mir, Mutter.«

»Erinnerst du dich an den Morgen, an dem du wie ein Unwetter über uns hereingebrochen bist?«

»Und dann bin ich weggelaufen«, sagte Irene und lachte bei dieser Erinnerung.

»Aber du bist zurückgekommen. Und du besuchst weiterhin unser Kloster. Warum?«

»Ich hoffe, ein bisschen Ordnung in meinen Kopf und in mein Leben bringen zu können«, behauptete sie.

»Wie geht es dem kleinen John?«, fragte die Schwester sie.

»Es ist unglaublich, wie er wächst. Du solltest ihn mal sehen!«, rief sie glücklich aus.

»Er sollte dich häufiger sehen. Kinder brauchen ihre Mutter«, bemerkte die Äbtissin.

»Aber er hat eine Großmutter, die immer für ihn da ist. Großmütter sind wichtig, das weiß ich aus eigener Erfahrung. Ich hatte eine ganz besondere Großmutter. John ist in guten Händen«, beteuerte sie.

»Die Hand Gottes ist die sicherste. Gleich danach kommt die der Mutter, für ein Kind. Keine Großmutter der Welt kann sie ersetzen«, flüsterte die Äbtissin.

»Willst du mir sagen, dass ich meine Arbeit aufgeben und mich mehr um meinen Sohn kümmern soll?«

»Ich denke nur laut. Vielleicht hast du Angst davor, Mutter zu sein. Meinst du nicht?«

»In Altopioppo habe ich gelernt, dass Gott einen Plan für einen jeden von uns hat. Denkst du, dass ich mich ganz meinem Sohn widmen sollte?«

»Das wirst du allein herausfinden. Hab Vertrauen.«

Nun sah Mutter Maria Francesca Tancredi nachdenklich an, dann sagte sie mit einem schelmischen Lächeln: »Überzeugen Sie sie.«

»Ich werde nichts erreichen. Ich weiß, dass ich in ihren Augen jede Glaubwürdigkeit verloren habe«, flüsterte Tancredi.

»Versuchen Sie, mit ihr zu reden«, riet die Äbtissin.

»Sie will mir nicht zuhören. Außerdem weiß ich nicht, wo ich sie finden soll.«

»Sie ist hier. Sehen Sie sie denn nicht? Da kommt sie, mit John.« Die Nonne zeigte auf das Eingangstor am Ende des Kirchplatzes.

Irene kam den Weg entlang und hielt das Kind an der Hand.

»Daddy!«, rief John, als er ihn erkannte. Er ließ die Hand seiner Mutter los und lief ihm entgegen.

Irene blieb in der Mitte des Weges stehen. Es war das erste Mal seit dem Überfall und dem Aufenthalt im Krankenhaus, dass sie ihn wiedersah.

Tancredi packte den Kleinen unter den Achseln, hob ihn hoch und drehte sich mit ihm zweimal um sich selbst, während John lachte und nach seiner Mutter rief: »*Ma, look at me! I am flying.*«

Die Äbtissin bemerkte die überwältigende Ähnlichkeit zwischen dem Kind und seinem Vater. Es war hübsch und strahlend wie er, dachte sie.

Tancredi setzte ihn ab. Sofort lief John zu Irene und griff wieder nach ihrer Hand.

»Mama, komm spiel mit mir und Papa«, rief er begeistert.

»Vielleicht müssen deine Eltern reden«, mischte die Äbtissin sich ein.

»Das ist Maria Francesca«, sagte Irene zu ihrem Sohn.

»Dein Boss?«, fragte John an seine Mutter gewandt.

Die Schwester lachte herzhaft. »Komm mit mir, mein Junge. Wir gehen ein bisschen mit den Freundinnen deiner Mutter spielen.«

Der Kleine folgte ihr.

Tancredi blieb vor Irene stehen, die Hände in den Hosentaschen.

»Wieso bist du hier?«, fragte sie.

Sie war glücklich, und ein Lächeln zeichnete sich auf ihren Lippen ab.

Auf der anderen Seite des Kirchplatzes hielt ein Bus. Eine Gruppe älterer Herrschaften stieg aus, angeführt von einem jungen Kunstgeschichtslehrer, der verkündete: »Und jetzt machen Sie sich bereit, die Krönung unseres Kurses über Giotto und seine Schüler zu genießen.«

Die neugierigen Besucher schritten ehrfürchtig durch das Eingangstor und folgten ihrem Führer in Richtung Kirche.

»Sehen sie sich jetzt die Fresken an?«, fragte Tancredi.

Irene nickte.

»Lass uns ein paar Schritte gehen«, schlug Tancredi vor und legte eine Hand auf Irenes Arm.

Sie liefen über einen kleinen Weg, der zu zwei verlassenen Bauernhäusern führte, die von Tauben und Katzen bewohnt wurden.

»Du weißt, dass das alles hier dir und unserem Sohn gehört«, sagte Tancredi und zeigte auf das Land, das sie umgab.

»Ich weiß auch, dass du eine große Umbaumaßnahme in Altopioppo planst, ohne mich einbezogen zu haben«, bemerkte Irene.

»Das hätte ich ja getan, wenn du nur auf meine Anrufe geantwortet hättest.«

»Wie auch immer, ich bin mit deinem Plan nicht einverstanden. Diese Bauernhäuser, die fünfhundert Jahre alt sind, werden niemals zu schicken Einfamilienhäusern mit Schwimmbad und Spielplätzen umfunktioniert werden. Das Kloster muss vergrößert werden. Hier wird eine große Bibliothek entstehen, und sie wird zu einem bedeutenden Studienzentrum werden, das für jedermann zugänglich sein wird.« Irene hatte sich in Rage geredet, und das machte sie noch schöner und begehrenswerter.

»Willst du den Nonnen etwas schenken? Tu es. Ich werde mich bestimmt nicht dagegenstellen«, sagte er.

Irene blieb stehen und sah ihn lange an. Dann verkündete sie: »Im Geschäftsleben gibst du nie etwas, ohne eine Gegenleistung zu erwarten, das weiß ich. Also, was willst du dafür?«

»Heirate mich.«

Irene wusste, dass Tancredi und seine Frau inzwischen geschieden waren, und sie wusste auch, dass Dora die Scheidung gewollt hatte. Daher schwieg sie und lächelte ihn mit einem Hauch von Ironie an.

»Du musst mir nicht sofort antworten«, bestürmte Tancredi sie. »Lass dir alle Zeit, die du brauchst, um darüber nachzudenken. Reichen dir fünf Sekunden?«, sagte er dann und sah auf die Sekundenzeiger seiner Uhr. Schließlich lächelte er und meinte: »Das war natürlich ein Witz. Ich werde warten. Ich hoffe, dass du dich entschließt, meine Frau zu werden.«

Sie schüttelte den Kopf. »Ich werde darüber nachdenken, aber ich bezweifle, dass die Ehe etwas für mich ist. Jedenfalls muss ich erst sicher sein, ob ich mir selbst genüge.«

Sie dachte an Großmutter Agostina. Sie hatte zweimal geheiratet, allerdings nicht aus Liebe, sondern um sich zu verteidigen, und beides waren unglückliche Verbindungen gewesen. In der Welt, in der sie gelebt hatte, war kein Platz gewesen für eine Frau ohne Ehemann. Sie dachte an ihre Mutter, die Mauro aus den gleichen Gründen geheiratet hatte. Es war wirklich demütigend, so ins Eheleben zu gehen, doch sie hatten keine Wahl gehabt. Sie dagegen konnte ihren Weg allein fortsetzen, ohne sich hinter einem Mann verstecken zu müssen. Sie wollte mit dem kleinen John leben und für ihn und für sich selbst arbeiten.

»Trotzdem danke ich dir, dass du mich gefragt hast«, fügte sie hinzu.

»Ich habe dir noch nicht alles gesagt. Wenn wir zusammen leben, kann ich dich und das Kind besser schützen«, erklärte Tancredi.

»Schützen vor wem? Vor was? Hat Angelo dir nicht gesagt, dass es ein Raubüberfall war? Sie haben den Täter geschnappt, er hat gestanden und sitzt nun im Gefängnis.«

63 Irene fuhr durch das mittelalterliche Tor nach San Benedetto hinein, einst der einzige Zugang zum großen Dorf. Sie war mit ihrem alten Lieferwagen gekommen, der noch sehr gut in Schuss war. John saß neben ihr, und zum ersten Mal besuchte er die Heimat seiner Mutter.

»Jetzt werde ich dir zeigen, wie viel Schönes dieses Dorf besitzt«, verkündete Irene.

»Was denn Schönes?«, fragte das Kind, das nur sich schlängelnde Gassen und baufällige Häuser sah, als es sich umblickte.

»Das Schloss zum Beispiel«, sagte sie.

»Aber das interessiert uns nicht, oder Mama? Wir haben schon ganz viele in der Nähe von London gesehen«, erwiderte John.

»Die Kirche, in der ich getauft worden bin«, fuhr sie fort und fühlte Wehmut in sich aufsteigen.

»Kirchen haben wir auch schon viele gesehen, oder?«

»Dann gibt es noch das Kino *Splendor,* aber es ist nur samstags und sonntags geöffnet. Manchmal zeigen sie Kinderfilme.«

»Das finde ich interessant«, stimmte John zu.

»Wir haben auch Parks mit Rutschen und Schaukeln.«

»Gehen wir da hin?«

»Und vor allem haben wir die *Hollywood Bar.* Die Besitzerin heißt Barbarina und macht die beste Granita in der ganzen Gegend.«

»Ich habe Durst«, verkündete das Kind.

Irene lächelte und parkte den Wagen im Schatten einer großen Platane, die der ganze Stolz des Dorfes war.

Sie hatten Altopioppo nach der Messe und dem Frühstück, das

sie in Gesellschaft der Äbtissin zu sich genommen hatten, verlassen.

»Du glaubst doch wohl nicht, dass du mich so schnell loswirst, oder?«, hatte Irene zu ihr gesagt.

»Ich weiß, dass du uns besuchen kommst, wann immer du das Bedürfnis verspürst. Und ich will dich hier haben, damit du die Restaurierungsarbeiten der Bauernhäuser verfolgen kannst.«

»Habe ich eigentlich gesagt, dass ich in der neuen Bibliothek eine kleine Wohnung für John und mich vorgesehen habe?«

Das Kloster war immer ein Teil ihres Lebens gewesen. Sie wusste, dass John, wenn er größer würde, ihre Entscheidungen anfechten und seinen eigenen Weg gehen würde, was auch nur recht und billig war. Doch bis dahin wollte sie ihn bei sich haben, jederzeit und überall.

»Mama, gehen wir jetzt den neuen Großvater kennen lernen?«, hatte das Kind sie gebeten.

Am Abend zuvor hatten Mutter Maria Emanuela und Mutter Maria Cristina für ihn ein Rockkonzert mit Gitarre und Orgel improvisiert. Die Äbtissin hatte ein paar Lieder von Elton John gesungen, und Irene hatte mit ihm getanzt. John hatte sich prächtig amüsiert.

Nun waren sie vor der *Hollywood Bar*. An der Tür stand: AIR CONDITIONING. Sie traten ein. Im Inneren war alles verchromt und verspiegelt, an den Wänden hingen riesige Drucke mit den bekanntesten Persönlichkeiten aus Hollywood, von Brad Pitt bis Harrison Ford, von Julia Roberts bis Madonna. In großen Glasbehältern auf dem Tresen rührte eine elektrische Schaufel Granita mit Minz- und Kaffeegeschmack sowie Zitronen- und Orangenlimonade. An einem Tisch in der Ecke saßen zwei Hausfrauen bei einem Tässchen Espresso und tratschten. Die Lesebrille auf der Nase, las Barbarina Zeitung.

Es war eine ruhige Stunde. Das Lokal belebte sich erst am Abend, nach dem Abendessen, wenn die Besitzerin, unterstützt von zwei Kellnern, amerikanische Longdrinks mixte, aus der Ste-

375

reoanlage Rockmusik erscholl und die jungen Leute in Scharen kamen, weil die *Hollywood Bar* die angesagteste Bar in der Gegend war.

Barbarina sah von der Zeitung hoch und starrte die Frau mit dem Kind einen Moment an. Dann breitete sich ein Lächeln auf ihren Lippen aus. Sie stieg von dem Barhocker, auf dem sie gesessen hatte, ging um den Tresen herum und kam auf die beiden zu.

»Irene! Was für eine schöne Überraschung. Und das ist dein Kind, richtig? Heilige Jungfrau, was für ein hübscher Junge. Du bist also der kleine Engländer. Dein Vater hat mir gesagt, dass du kommen würdest. Macht es euch bequem. Willst du eine leckere Minzgranita?« Sie redete abwechselnd auf sie und John ein, der ein wenig benommen war von so viel Herzlichkeit.

»Genau deshalb sind wir hier, Barbarina«, sagte Irene und setzte sich mit dem Kleinen an einen Tisch.

»Eure Getränke kommen sofort«, zwitscherte die Besitzerin.

»In dieser Bar, John, habe ich viele Abende mit Barbarina verbracht, die mir Brot mit Erdnussbutter gemacht hat.«

Die beiden Hausfrauen beobachteten sie neugierig, und Irene dachte, dass in ein paar Stunden ganz San Benedetto von ihrer Ankunft wüsste.

Wie es ihre Art war, begann Barbarina, John von ihren Abenteuern in Amerika zu erzählen, auf dem Set des Films, in dem ihre Tochter mitgespielt und getanzt hatte.

»Jetzt fahren wir nach Hause«, schlug Irene vor, nachdem John seine Granita getrunken hatte.

Als sie auf den Hof einbogen, erwartete Mauro sie bereits.

»Barbarina hat mich angerufen«, teilte er ihnen mit und ging ihnen entgegen, während sie aus dem Auto stiegen.

Er hatte einen Hundewelpen mit schneeweißem Fell auf dem Arm.

John sah das Tier mit strahlenden Augen an. »Bist du mein Opa?«, fragte er den Mann.

»Ganz genau. Seit Jahren warte ich auf dich. Und das ist dein Hund«, sagte Mauro.

»Wie heißt er?«, fragte das Kind.

»Er hat noch keinen Namen. Er wartet darauf, dass du ihm einen gibst.«

»Darf ich ihn mal auf den Arm nehmen?«, fragte er. Der kleine Hund war viel interessanter als der Großvater.

Mauro gab ihn dem Jungen.

»Ich muss ihn erst ein bisschen kennen lernen, bevor ich ihm einen Namen gebe«, entschied er.

Irene und Mauro umarmten sich.

»Du machst mir ein Riesengeschenk damit, dass du mir meinen Enkel bringst«, sagte der Mann gerührt.

»Wie weit sind die Weinberge, Papa?«, fragte Irene.

»Deine Arbeiter sind bereits fleißig. In drei Jahren werden wir unsere ersten Trauben ernten«, versprach Mauro.

»Ich habe mir einen Namen für unseren Wein überlegt. Rate mal, welchen.«

»Hat er mit Großmutter zu tun?«, fragte Mauro.

»Unser Wein wird ›Donna Agostina‹ heißen.«

»Wenn sie hier wäre, würde sie sich ausschütten vor Lachen«, bemerkte der Vater.

»Die Weinberge sollten auch ein Zeitvertreib für dich sein, abgesehen davon, dass sie ein bisschen was einbringen werden. Von nun an werde ich mich mit dir um den Wein kümmern, Papa. Ich habe die Felder, die Mühe und die Freude daran, Pflanzen wachsen zu sehen und ihre Früchte zu ernten, in den Genen. Das ist es, was ich immer gewollt habe, auch wenn ich eine Weile gebraucht habe, um es herauszufinden.« Sie dachte kurz nach: »Weißt du, in den Jahren bei der Cosedil habe ich alle Tricks des Metiers gelernt. Ich spreche von Werbung, vom Vertrieb, von den Strategien, mit denen man ein Produkt an den Mann bringt. Du wirst sehen, du und ich, wir werden richtige Geschäftsleute.«

Der Ferragosto kam, und das Land war wie gelähmt von der Hitze und dem Zirpen der Zikaden. Irene, John und der Welpe waren auf der Hollywoodschaukel unter der Laube des Bauernhauses eingeschlafen. Mauro war in seiner Werkstatt und reparierte ein Landwirtschaftsgerät.

Tancredi war kurz zuvor gefahren. Er war am Morgen unter dem Vorwand vorbeigekommen, Zeit mit seinem Sohn verbringen zu wollen, und hatte dabei gleich einen Blick auf Irenes Pläne geworfen.

Sie hatte mit Worten gegeizt, und er hatte zu Tiefschlägen greifen müssen, um ihre Gefühle hervorzulocken.

»Meine Mutter vermisst ihren Enkel sehr. Sie ist noch in Cefalù. Kann ich euch für ein paar Tage wieder zu ihr bringen?«

»Diesen Sommer muss es so gehen, Tancredi. Du siehst doch selbst, wie viel Spaß der Kleine hat. Er entdeckt gerade eine neue Welt und schließt neue Freundschaften. Ich glaube, das ist alles sehr wichtig für seine Entwicklung, schließlich wollen wir doch alle beide nur sein Bestes.«

»Ich würde mit euch am Meer bleiben. Ich möchte, dass sich die alten Wunden endlich schließen. Ich glaube, auch das wäre nur zu seinem Besten«, hatte er gedrängt.

»Tancredi, hör auf damit. Es gibt keine Wunden zwischen uns. Außerdem haben wir unseren Sohn, der uns vereint«, hatte Irene entgegnet.

»Ich habe mich verändert. Wenn du an meiner Seite leben würdest, würdest du einen völlig neuen Mann entdecken.«

Sie hatte ihn angesehen.

Sein Blick war weich geworden, und das machte ihn, sofern das möglich war, noch faszinierender.

Sie wusste, dass sie sich auf Tancredi eingelassen hatte wegen dem, was er darstellte, nicht wegen dem, was er war. Er verdiente eine neue Chance.

»Auch ich habe mich verändert«, hatte sie zu ihm gesagt. »Ob du es glaubst oder nicht, ich will das Land bestellen. Ich bin eine

Bäuerin, Tancredi. Ich muss herausfinden, ob auch John ein Bauer ist.«

»Und wenn nicht?«

»Wir werden sehen«, hatte sie erwidert.

Sie hatten zusammen gegessen, unter der Laube, im Hinterhof.

Bevor er ging, hatte Tancredi ihr ein Versprechen abgenommen: Im September würden sie den Sohn nach Sizilien bringen. Es war nur gerecht, dass Oma Rosalia ihn von Zeit zu Zeit bei sich haben durfte.

»Ich werde nicht aufhören, auf dich zu warten, mein Schatz.« Er hatte sie an sich gezogen.

Nun wurden sie und John von Kinderstimmen geweckt.

»Schau mal, wie schön!«, »Er sieht aus wie ein Schneeball!«, »Er gehört dem Jungen da.«

Drei kleine Jungen drangen auf den Hof vor, und John sah sie neugierig an. Irene setzte sich auf. Mauro, der aus der Werkstatt kam, begrüßte die drei mit Namen.

»Ihr seid aber groß geworden seit dem letzten Jahr«, bemerkte er verwundert. »Kommt rein. Das ist mein Enkel John. Halb Engländer und halb Italiener«, stellte er ihn vor.

Der kleine Junge stieg von der Hollywoodschaukel und reichte ihnen die Hand, in der komischen Imitation eines Erwachsenen. Sie waren hin und weg von seinem weißen Welpen.

»Wie heißt er?«, fragte der größte der drei.

»Peter, wie Peter Pan«, erklärte John.

»Dürfen wir mit ihm spielen?«, baten sie.

Irene beobachtete die Jungen. Ihr Vater erklärte ihr, dass sie die drei Kinder von Angelo Marenco waren. Der mittlere und der kleinste sahen ihm sehr ähnlich.

»Habt ihr Lust auf eine leckere kalte Mandelmilch?«, fragte sie. Die Jungs nickten. Sie ging in die Küche, und ihr Vater folgte ihr.

»Angelo ist mit seiner Familie hier«, sagte er. »Er kommt jedes Jahr zu Ferragosto.«

Irene wusste es.

»Seine Frau ist Anwältin, die Tochter eines Staatsanwaltes. Reiche Familie. Schöne Frau«, fügte er hinzu.

Irene stellte die Gläser auf ein Tablett.

»Ihr werdet euch früher oder später begegnen«, fuhr Mauro fort.

»Papa, beruhige dich. Die Geschichte mit Angelo ist lange vorbei«, erklärte sie, während sie Mandelsirup in die Gläser goss.

»Was hab ich denn gesagt?«, protestierte der Vater.

»Ich kenne dich. Du denkst, wenn ich Tancredi nicht heiraten will, habe ich es vielleicht auf Angelo abgesehen. Ist es nicht so?«, erläuterte sie. Derweil goss sie kalte Milch auf den Sirup.

»Irgendetwas musst du dir doch für deine Zukunft überlegt haben«, entschloss Mauro sich endlich zu sagen.

»Ich brauche keinen Mann, Papa, weder um John großzuziehen, noch um unsere Interessen wahrzunehmen.«

»Aber vielleicht gibt es einen Mann, der dich braucht und seinen Sohn«, platzte Mauro heraus.

Irene antwortete nicht, sondern ging hinaus unter die Laube und verteilte die Mandelmilch an die Kinder, die bereits Freundschaft geschlossen hatten. Da sah sie Angelo herannahen, seine Frau an der Hand, und beobachtete die beiden. Sie war eine elegante Frau; so groß wie sie, nicht ganz so zierlich, langes und glattes blondes Haar, das mit einem Band im Nacken zusammengebunden war. Sie trug ein geblümtes Kleid aus leichter Baumwolle im ländlichen Stil, war sonnengebräunt und strahlte. Angelo, in Hemdsärmeln, schien etwas verlegen, während er sie anlächelte.

»Ich glaube, unsere drei Schlingel haben eure Ruhe gestört«, entschuldigte er sich.

»Aber was redest du denn da? Sie spielen mit meinem Sohn. Sieh sie dir an, sie haben nicht einmal bemerkt, dass ihr gekommen seid«, sagte Irene.

»Viviana, Irene«, stellte Angelo die Frauen vor.

Sie gaben sich die Hand und betrachteten einander eingehend.

»Wie geht es dir?«, fragte Angelo.

»Manchmal habe ich noch Kopfschmerzen, aber ich würde sagen, dass es mir gut geht.«

Mauro tauchte in der Küchentür auf. »Wollt ihr weiter in der Sonne schmoren, oder kommt ihr rein und trinkt ein gutes Tröpfchen?«

Sie betraten den großen, dunklen und kühlen Raum, während die Kinder unter der Laube weiter mit dem Hund spielten und ihr Gelächter die Luft erfüllte.

»Kompliment! Ihr habt ein sehr schönes Haus«, stellte Viviana fest.

»Willst du es sehen? Ich führe dich gerne nach oben«, schlug Mauro vor.

Viviana folgte ihm und ließ die beiden alten Freunde unter vier Augen reden.

»Der Dorfklatsch hat die Nachricht von Sellas Ankunft verbreitet«, verkündete Angelo. »Also, heiratest du ihn endlich?«

»Vielleicht. Ich habe mich noch nicht entschieden.«

»Ich muss zugeben, dass er dich wirklich liebt. Heirate ihn, er ist der richtige Mann für dich.«

Irene schwieg und ging zur Anrichte, um die Gläser für den Wein herauszunehmen, während Angelo eine Flasche weißen Schaumwein entkorkte. Mauro und Viviana kamen in die Küche zurück.

»Dein Vater hat wunderbare Sachen gemacht«, sagte Viviana.

»Er ist ja auch ein außergewöhnlicher Mann«, pflichtete Irene ihr bei.

»Kommt ihr heute Abend zu uns, wir könnten ein wenig zusammensitzen?«, schlug Angelo vor.

»Das wäre schön. Wie in alten Zeiten«, rief Mauro begeistert.

Als die Marencos fort waren, ging Irene in ihr Zimmer hinauf. Sie nahm das alte Gruppenfoto in Schwarzweiß aus der Handtasche, das ihre Großmutter ihr geschenkt hatte und das ihr geholfen hatte, ihr Leben nachzuvollziehen. Es war der Augenblick gekommen, mit der Vergangenheit abzuschließen.

Im Hof rief ihr Sohn nach ihr. Rasch steckte sie das Foto in die Tasche, verließ das Zimmer und trat in die Laube hinaus.

»Mama, guck mal. Peter hat sich die Leine anziehen lassen. Kann ich mit Opa die Weinberge angucken gehen?«, fragte der kleine John.

»Willst du mitkommen?«, lud Mauro sie ein.

Sie schüttelte den Kopf. »Ich hab ein bisschen Kopfschmerzen. Ich warte hier auf euch«, erwiderte sie und sah ihnen nach, wie sie sich in Richtung Weinberge entfernten.

Als sie hinter der Kurve verschwanden, die der Weg beschrieb, überquerte Irene den Hof und kauerte sich in den Schatten einer alten Kastanie.

Sie nahm das alte Foto aus der Rocktasche, zündete ein Streichholz an und hielt es an den Rand des Fotokartons, der sofort Feuer fing. Dann ließ sie es fallen und sah so lange zu, bis nur noch ein Häufchen Asche übrig war, die der Wind davontrug.